Stephan Lohse

Johanns Bruder

Roman

Suhrkamp

Die Arbeit am Roman wurde ermöglicht durch ein Arbeitsstipendium der Senatsverwaltung für Kultur und Europa, Berlin, und ein Arbeitsstipendium des Künstlerhauses Lukas, Ahrenshoop, gefördert durch das Land Mecklenburg-Vorpommern.

Erste Auflage 2020

Satz: Satz-Offizin Hümmer GmbH, Waldbüttelbrunn
Druck: Pustet, Regensburg
Printed in Germany
ISBN 978-3-518-42959-4

Johanns Bruder

Für O.

Eins

52° 37' 15" N, 10° 4' 0" O

Paul schlief wie früher. Die Knie nah am Körper, die Hände zwischen den Beinen, das Ohr ins Kissen gedrückt. Johann lag neben ihm und sah eine True-Crime-Dokumentation. Ein neunzehnjähriger Afroamerikaner wurde des Mordes an einem weißen Ehepaar beschuldigt. Ein Ermittler, der mithilfe der Chemikalie Luminol auf der Rückbank eines Pick-ups Blutanhaftungen nachgewiesen hatte, nannte den jungen Mann einen schlechten Menschen, der den Tod verdient habe. Die Schwester des Beschuldigten, Halterin des Pick-ups, hatte ein wasserdichtes Alibi. Die Beute belief sich auf 68 Dollar Bargeld und einige Stücke wertlosen Modeschmucks. Johann wollte Paul wecken und ihn fragen, warum ein Mörder, der seine Opfer mit einem Pick-up fortschafft, auf die Idee kommen sollte, sie auf der Rückbank des Wagens zu transportieren und nicht auf der Ladefläche, verdeckt von einer Plane. Die Schwester schwor unter Tränen, nicht zu wissen, was ihr Bruder angerichtet habe, sie sei nach der Spätschicht noch im Supermarkt gewesen und erst in der Nacht zurückgekehrt. Johann legte seinen Kopf auf Pauls Kissen und lauschte Pauls Atem.

Es war nie anders gewesen: Johann hatte sich in Pauls Zimmer geschlichen, war unter die Decke gekrochen, hatte seinen Kopf auf Pauls Kissen gelegt und auf Pauls Atem gehorcht, um sich zu vergewissern, dass Paul noch lebte. Er selbst hatte wach gelegen und Bibelkassetten gehört, auf Stufe zwei, das Ohr am Lautsprecher. Am liebsten die Kassette mit der Geschichte von Josef und seinen Brüdern. Nachdem sie Josef für zwanzig Silberlinge an die Ismaeliter verkauft hatten, hatten die Brüder einen Ziegenbock geschlachtet und Josefs Rock im Blut des Tieres getränkt. Den Rock hatten sie dem Vater geschickt. »Zerfetzt ist Josef«, hatte Jakob geklagt, »zerfetzt, ein wildes Tier hat ihn gefressen.« Luminol hätte die Brüder überführt.

Das Zimmer sah wie bemoost aus. Aus dem Teppich schien Feuchtigkeit aufzusteigen. Ein Weberknecht verharrte totenstarr auf dem Holzdekor unter der Zimmerdecke. Die Bettwäsche roch vergoren. In der Dusche tropfte das Wasser auf die Kalkränder eines Jahrzehnts und gab den Takt zu Pauls Atem vor. Kempinski, dachte Johann.

Er versuchte, die Bäume zu bestimmen, die am Ufer des Sees standen, in dem nach Ansicht des FBI der junge Afroamerikaner das getötete Ehepaar versenkt hatte. Die Stämme waren fleckig und reflektierten die Signallichter der Einsatzwagen. Paul atmete, als wolle er keine Umstände machen. Johann betrachtete ihn mit Argwohn. Pauls Schlaf barg ein Geheimnis, und Johann hatte damals geglaubt, es enthüllen zu müssen. Er hatte Pauls Haltung eingenommen und auf Pauls Art die Bettdecke gehalten. Er hatte versucht, im selben Moment wie Paul die Augen zu schließen. Eine Zeitlang hatte er sogar dasselbe wie Paul zu Abend gegessen. Doch die Angst, Paul im Schlaf zu verlieren, hatte ihn stets wach gehalten. Also hatte er Bibelkassetten gehört. Am nächsten Morgen hatte er dafür gesorgt, dass Paul wieder aufwachte und nicht im Geheimnis eines fernen Traumes für immer verschwand.

Auf der Kommode lauerte ein Iltis. Das ausgestopfte Tier starrte mit gläsernem Blick ins tote Licht der Straßenbeleuchtung. Johann stand auf und zog an einer Schnur. Der Kunstledersaum des Vorhangs klatschte träge gegen die Wand.

Der Fall des jungen Afroamerikaners war abgeschlossen. Das Gericht hatte ihn zu lebenslanger Haft verurteilt. Mittlerweile berichtete ein Bezirksstaatsanwalt von einer Beziehungstat. Ein Chirurg, der ein Verhältnis mit einer Krankenschwester eingegangen war, hatte in einer Pause zwischen zwei Operationen seine Ehefrau getötet. Er war den kurzen Weg von der Klinik nach Hause gefahren, hatte seine Frau im Badezimmer angetroffen, sie zunächst gewürgt, bis sie das Bewusstsein verloren hatte, und ihr dann mit einer schneckenförmigen Skulptur den Schädel eingeschlagen. Kleinste Blutspritzer auf der Innenseite seines Hemdsärmels hatten ihn verraten.

Birken, dachte Johann. Gewöhnliche Birken. Er rüttelte an Pauls Schulter. »Ist dir aufgefallen, dass dem Iltis ein Stück von seiner Schnauze fehlt?«

Ohne die Augen zu öffnen, noch im Halbschlaf, griff Paul nach Johanns rechtem Arm und zeichnete ein Dreieck aufs Handgelenk.

»Nein«, sagte Johann daraufhin. »Ich kann nicht schlafen. Außerdem habe ich gestern Nacht Drogen genommen.«

52° 29' 54" N, 13° 20' 58" O

Aus den Kratern, die ausgedrückte Zigaretten im Plastik des Spülkastens hinterlassen hatten, barg Johann die Reste fremden Kokses. Während sein Zahnfleisch taub wurde, betätigte er die Spülung. Die Nacht war vorbei, bald würde die Neonbeleuchtung angehen. Er beeilte sich hinauszukommen. Auf der Straße durchsuchte er seine Taschen. Er fand ein Stück Karamellgebäck, in der Packung zu Pulver zerrieben, und siebzig Euro, die er Lukas gestohlen hatte, seinem Freund, der nun vermutlich sein Ex-Freund war. Der Himmel über ihm war blank wie eine Kachel.

Zu Hause blinkte der Anrufbeantworter. Johann wusste nicht, wer seine Festnetznummer haben sollte. Er zog sich aus, setzte sich in die leere Badewanne und duschte seinen Schwanz, bis der Schmerz in der Eichel nachließ. Er versuchte, sich zu erinnern, woher die Verletzung auf seinem rechten Handrücken kam und bei wem er sich dafür entschuldigen musste.

Als er später den Anrufbeantworter abhörte, erfuhr er, dass man Paul vor sechs Tagen wegen eines Vorfalls in einem Ortsteil der niedersächsischen Stadt Bergen in der Psychiatrisch-Psychosomatischen Klinik Celle aufgenommen habe, man allerdings beabsichtige, ihn aus der stationären Behandlung zu entlassen. Weiter erfuhr Johann, dass die Mitarbeiter des Sozialdienstes angesichts der Umstände überrascht gewesen seien, von Paul ein Mobiltelefon zu erhalten, verbunden mit dem Wunsch, mit dem einzigen darin gespeicherten Teilnehmer Kontakt aufzunehmen. Man bitte um baldigen Rückruf zur Klärung, in welcher Beziehung der Teilnehmer zu ihrem Patienten stehe und ob es gegebenenfalls möglich sei, den Patienten zur Sicherstellung der nachstationären Versorgung in dessen Obhut zu übergeben.

Johann suchte ein paar Sachen zusammen, warf sie in einen Koffer und nahm sich ein Taxi zum Bahnhof. Es hielt ihn nichts. Er bezahlte den Fahrer mit zwanzig der siebzig gestohlenen Euro. Beim Einsteigen in den überfüllten Zug schien es ihm, als ziehe er Fäden, eine Folge des nächtlichen Drogenkonsums. Während der nächsten Stunden würde ihm alles dickflüssig vorkommen. Er zwängte sich auf einen Fensterplatz und sah hinaus. Die Schallschutzwand, an der der Zug entlangfuhr, wirkte wie in die Landschaft gecremt.

Ihm wurde übel, und er ging auf die Zugtoilette. Das Fenster war mit einer Zierfolie beklebt. Ein Gewächs, dessen Fruchtkapseln unter dem Einfluss der Intoxikation der letzten Nacht über die Kunststoffwände wucherten, in Ritzen und Hohlräumen ihren Samen ablegten und durch den Abfluss der Toilette ins Freie wuchsen. Johann klappte den Deckel hinunter, setzte sich und schlief ein. Das Gewächs trieb eine weitere Fruchtkapsel aus.

Die Lider des Mannes flatterten. »Ich habe BLIPS«, flüsterte er. »Brief Limited Intermittent Psychotic Symptoms. Ich habe Glück. Lies mal meine Aufzeichnungen.« Bei den Aufzeichnungen handelte es sich um ein etwa zwei Quadratmeter großes taxonomisches Schaubild, auf dem durch ein Gewirr von Linien die Arten ins Verhältnis gesetzt worden waren: Hunde, Hundeähnliche, Paarhufer, stumme Vögel, Tiere mit Stacheln und Tiere kleiner als ein Zehennagel. Flugfähige Käfer, im Moor heimische Tiere, Tiere, die mittels Elektrizität ihre Feinde in die Flucht schlagen können, Mäuse und Drosseln. Die Rehe seien ihm jedoch die liebsten. Für sie empfinde er tiefe Freundschaft. Der Mann holte eine Sammlung abgegriffener Glanzbildchen hervor. Äsende Rehe, flehmende Rehe, trollende Rehe, eingerollte Kitze, Rehe im Sprung. Gabelböcke, Ricken, Jährlinge. Er sah sich um und rief mit Showmasterstimme: »Quick! The thicket! Faster, faster, Bambi! Don't look back! Keep running! Mother? Mother, where are you? Mother? Your mother can't be with you anymore.« Der Mann faltete das Schaubild zusammen. Im Gehen sagte er, Rehe seien Trughirsche, doch Bambi sei gar kein Reh, sondern ein Weißwedelhirschkalb.

Man hatte Johann mitgeteilt, dass sich Paul zurzeit in der Ergotherapie befinde. Frau Dr. Al-Nour, seine behandelnde Ärztin, wünsche allerdings ein Gespräch, sobald sich dies ergäbe. Am Ende des Stationsflurs befinde sich ein Aufenthaltsbereich, der auch Besuchern zugänglich sei.

An einer Wand hing ein Reinigungsplan. Er verzeichnete

eine Reinigung um 10:30 Uhr. Ein oder eine Vuković hatte eine Flächendesinfektion durchgeführt und hierfür das Mittel ProrusSept® verwendet. Während Johann dem Rehfreund nachsah, erinnerte er sich, dass ProrusSept® ein Mittel aus einer quartären Ammoniumverbindung war. Vor einigen Jahren hatte er sich den Namen eines ähnlichen Produktes einfallen lassen und damit ziemlich viel Geld verdient.

Pauls Ärztin besaß die Fähigkeit, sich vollkommen lautlos zu bewegen. »Auch ihr Bruder hielt es für eine gute Idee, wenn zunächst wir uns ein wenig unterhalten.« Sie bat Johann in ihr Büro, ein unerwartet dunkler Raum mit Möbeln aus Palisander, Leder und Chrom. In einem Regal standen vor Bänden psychiatrischer Fachliteratur einige Krankenwagenminiaturen. Dr. Al-Nour wies auf einen Sessel. Sie lächelte mit einer Offenheit, die Johann verwirrte. Schließlich erklärte sie, was vorgefallen war.

Johann erfuhr, dass Paul von der Polizei in die Klinik gebracht worden war, nachdem man ihn zuvor an der Bushaltestelle eines Dorfes namens Altensalzkoth aufgegriffen hatte. Offenbar hatte er sämtliche Hühner des Dorfes, insgesamt 17 Stück, zusammengetrieben und an Ort und Stelle getötet, indem er ihnen mit einem Beil den Kopf abgeschlagen hatte. Gegenüber den Polizeibeamten hatte Paul jegliche Auskunft verweigert.

In der Aufnahmesituation habe eine tiefgreifende Sprechstörung des Patienten imponiert, sagte die Ärztin, eine Verbalisation habe nicht stattgefunden, allerdings habe Paul mittels eines Kinderspielzeugs kommuniziert, einer Art Zaubertafel, verblüffend für einen neunundvierzig Jahre alten Mann. Zum Zeitpunkt der Aufnahme in der Klinik sei Paul zu Zeit, Ort und Person orientiert gewesen, bewusstseinsklar, adäquat schwingungsfähig und im Antrieb sowie mimisch und mnestisch unauffällig. Johann tat so, als würde er die Ärztin verstehen. Frau Dr. Al-Nour ergänzte, dass formale und inhaltliche Denkstörungen nicht feststellbar gewesen seien. Auch Anzeichen einer akuten Suizidalität hätten nicht vorgelegen.

Im weiteren Verlauf der Aufnahmesituation habe Paul mithilfe der Zaubertafel erklärt, als Kind nur mit seiner Mutter gesprochen zu haben und im Alter von zwölf Jahren vollständig verstummt zu sein, nachdem die Mutter die Familie verlassen habe. Zum Vater, der erneut verheiratet sei, halte er bis heute sporadisch Kontakt. Trotz seiner Kommunikationsstörung habe er die Hochschulreife erlangt und ein Geographiestudium erfolgreich abgeschlossen. Zu einem möglichen Arbeitsplatz habe er sich nicht äußern wollen.

»Er arbeitet in der Kartenabteilung einer Universitätsbibliothek«, sagte Johann.

Die Ärztin machte eine Notiz und legte sie in Pauls Akte. Sie fuhr fort, Paul habe angegeben, unverheiratet zu sein und keine Kinder zu haben. Am Ende des Gesprächs habe er einen vier Jahre jüngeren Bruder erwähnt, zu dem der Kontakt vor über fünfundzwanzig Jahren abgebrochen sei. Hierüber habe Paul großes Bedauern geäußert.

Johann zerrte unter dem Tisch an den Fingern seiner linken Hand. Die Ärztin beschrieb Paul im Kontakt als zugewandt und freundlich. Er kommuniziere gestisch oder schreibe auf die Zaubertafel, ein Spielzeug, das durch mechanisches Löschen von bereits Geschriebenem mehrfaches Beschreiben erlaube. Allerdings weigere er sich beharrlich, zur Aufklärung der Beweggründe beizutragen, die ihn zur Tötung der 17 Hühner des Dorfes Altensalzkoth veranlasst hätten. Trotz mehrfacher Intervention verschiedener Mitarbeiter bleibe er in diesem Punkt unnachgiebig. Dennoch gelinge es ihm, glaubhaft zu versichern, dass die Angelegenheit mit dem Tod der Tiere erledigt sei. Er habe nicht grundsätzlich etwas gegen Hühner, seine Tat habe sich ausschließlich gegen die Hühner dieses einen Dorfes gewandt.

In der Musiktherapie habe sich Paul als rhythmusstark und taktsicher erwiesen. Johann dachte an die Posaune und daran, wie sich Paul beim Spielen des Instruments hinter dem Schallbecher versteckt hatte. In der Bewegungstherapie sei Pauls Erfolg allerdings eher unterdurchschnittlich gewesen, bemerkte die Ärztin, und Johann erinnerte sich an unzählige misslungene Handstände. Auch zeige Paul auffallend wenig Interesse an der Ergotherapie. Statt die vorgeschlagenen künstlerischen Arbeiten durchzuführen, fertige er umfangreiche Notizen an. Der Bericht der Ärztin schloss mit mehreren Diagnosen, von denen jede wie ein Urteil klang.

»Gestern hat ihr Bruder übrigens den Pflanzenbestand um die Klinik herum kartiert. Ich habe ihn um eine Kopie gebeten. Ich glaube, unser Gebäudemanagement wird sich darüber freuen.« Dr. Al-Nour schob ein Blatt über den Palisander. »Bemerkenswert ist der Olivenbaum am rechten Rand, der dort eigentlich gar nicht steht.«

Johann rang nach Luft. »Es ist ein Olivenbaum aus dem Garten Gethsemane. Auf den Karten, die Paul anfertigt, befindet sich immer irgendwo ein solcher Olivenbaum. Meistens bleibt er unbemerkt.«

Gethsemane war der Ort des Verrats, der Achtlosigkeit, des Glaubens und der Unschuld. Oft hatte ihr Vater sie aufgefordert, wach zu bleiben für den heiligen Dienst und nicht in sündigen Schlaf zu sinken wie einst die Jünger Jesu oder wie Jörg Grabow, der, als sie in der Sonntagsschule die Ereignisse in Gethsemane als Theaterstück aufgeführt hatten und Johann einen Busch am Fuß des Ölbergs darstellen musste, als Jakobus der Ältere tatsächlich eingeschlafen war. »Bleibet hier und wachet«, hatte Regula Schmidt, die Darstellerin des Jesus, durch den Jutebart gelispelt. »Bleibet hier und wachet«, und: »Meine Seele ist zu Tode betrübt.« Nicht einzuschlafen, wach zu bleiben für den Dienst, galt bis heute.

»Wir sind religiös aufgewachsen. Sehr religiös sogar«, sagte Johann.

Dr. Al-Nour nickte wortlos. »Warum ist Ihr Bruder stumm?«

Über diese Frage hatte Johann nie nachgedacht. »Paul kann nicht lügen«, sagte er. Es schien ihm eine vernünftige Antwort zu sein. Pauls Schweigen war nichts Außergewöhnliches gewesen. Hätte man Johann damals gebeten, seinen Bruder zu beschreiben, hätte er dessen braune Haare, die spitzen Knie, die rachitisch eingefallene Brust erwähnt und vielleicht Pauls nervtötende Angewohnheit, auf dem Telefon zu Hause immer wieder die eigene Nummer zu wählen und sich so selbst anzurufen. Paul war der Hängeschulternjunge, der Landkarten zeichnete und beim Gottesdienst die Posaune spielte. Dass er schwieg, hätte Johann damals nicht erwähnt. Erst als Erwachsener erkannte er, wie ungewöhnlich es war, einen Bruder zu haben, der sich so anhaltend weigerte, auch nur ein einziges Wort zu sprechen.

»Als Kind hat er viel geredet. Meistens flüsternd. Manchmal wie ein Wasserfall. Allerdings nur mit unserer Mutter. Als sie weggegangen ist, hat er aufgehört. Damals war seine Stimme noch hoch. Irgendwoher wusste er, dass man täglich Tausende Wörter mit durchschnittlich acht Menschen spricht, sich selbst nicht eingerechnet. Er hat da wohl nicht mehr mitmachen wollen.«

»Ist er damals wegen seiner Sprachlosigkeit einem Arzt vorgestellt worden?«

»Paul ist nicht sprachlos. Im Gegenteil. Er schreibt jede Kleinigkeit auf. Er konnte es schon mit vier Jahren. Unsere Mutter hat es ihm beigebracht. Er hat Karten gezeichnet und neben die Wege Wörter gepflanzt. Und ja, man hat ihn dauernd zu irgendwelchen Ärzten geschickt.«

»Zu welchem Ergebnis ist man damals gekommen?«

»Zu dem Ergebnis, dass Paul nicht spricht.«

»Und hat er seit dem Weggang Ihrer Mutter jemals etwas gesagt?«

»Nein. Ich glaube, nicht.« Johann seufzte. »Er verspricht sich nichts vom Sprechen.« Der Witz klang abgestanden, und Johann entschuldigte sich damit, freischaffend als Texter für eine Werbeagentur zu arbeiten. »Eine Zeitlang hat er geglaubt, kein Deutsch mehr sprechen zu können. Er hat angefangen, Hebräisch zu lernen. Doch auch das hat er nur aufgeschrieben, und um es aufzuschreiben, ist Hebräisch zu kompliziert.«

»Und das Mobiltelefon? Das hat uns überrascht.«

»Er spricht zwar nicht, aber er kann Kurzmitteilungen versenden.«

Dr. Al-Nour blätterte in Pauls Akte. Wenn Kooperation die Grundlage menschlicher Kommunikation sei, also das Bedürfnis, einander zu helfen, habe Paul möglicherweise wenig Hilfe erwartet.

»Wie gesagt, wir sind religiös aufgewachsen. ›Eure Rede aber sei: Ja, ja; nein, nein. Was darüber ist, das ist vom Übel.‹ Dafür reicht Nicken und Kopfschütteln.«

»Und Sie haben sich wirklich vor fünfundzwanzig Jahren zum letzten Mal gesehen?«

»Nein, vor achtundzwanzig.« Für einen Moment ließ sich Johann von dem Gedanken aus der Fassung bringen, dass Pauls Ärztin zu diesem Zeitpunkt vermutlich noch Grundschülerin gewesen war.

Dr. Al-Nour fragte, ob Paul ausschließlich die Zaubertafel zur Kommunikation verwende.

»Nein. Er schreibt auch massenhaft Zettel. Die meisten bewahrt er in Tüten auf. Wir nennen das Ding übrigens Wunderblock.«

Pauls Ärztin lächelte, und Johann begann, die Maserung im Palisander des Tisches zu bestaunen. »Was geschieht nun mit ihm?«

»Wir entlassen ihn. Ihr Bruder ist bei Ihnen in guten Händen, davon bin ich überzeugt. Auch wenn die rechte verletzt ist. Brauchen Sie ein Pflaster?«

Johann verneinte. Lautlos begleitete ihn Dr. Al-Nour zur Tür.

– Ergotherapie. Ich soll zur Stärkung des Selbstausdrucks mit Wachsmalkreiden hantieren. N. sitzt mir gegenüber. Er begreift die Tageszeiten nicht. Es heißt, er leide unter dem Ausbruch einer verkappten Psychose. Das gefällt mir: ein Irresein unter der Kapuze. N. hatte mit seinen Freunden im Haus seiner Eltern eine Party gefeiert und den Eindruck bekommen, dass sich seine Gäste wohlfühlten und er sie für eine Weile allein lassen könne. Er war in den Park gegangen, zum Luftschnappen, wie er zögernd sagt, und hatte den nächtlichen Joggerinnen zugesehen. Als er nach einigen Stunden zurückgekehrt war, hatte er niemanden mehr erkannt, auch das Haus nicht, allerdings auch nicht angenommen, versehentlich auf eine falsche Party geraten zu sein.

Er sitzt im Hoodie am Tisch wie ein Gespenst und glaubt sich von jedem Blick durchschaut. Er spricht wenig. Er signalisiert, er sendet Zeichen. Er übermittelt Botschaften aus den Trümmern seines Unbewussten. Seit dem Ausbruch der verkappten Psychose waren seine Mutter und sein Stiefvater viermal auf Bali und einmal auf Mauritius.

Mir wird geraten, zum Einüben der Stresstoleranz Treppen zu steigen, Chilischoten zu essen oder saures Kaugummi. Meine Sinne anzusprechen. Wandliegestütze zu machen. Ich soll mein Problemverhalten in die Bewertungsskalen auf der Diary-Karte eintragen. Meinen Wunsch, mich zu suizidieren, auf einer Skala von 1-5, meinen Wunsch, mich selbst zu verletzen, auf einer Skala von 1-5, und ob ich Sport gemacht habe. Ich soll lernen, achtsam zu sein und nicht alles in Frage zu stellen. Mich einlassen, die Weichheit spüren.

L. hat Feldhockey auf Landesliganiveau gespielt. Das sei nun leider nicht mehr möglich, trotzdem sei sie optimistisch, und diesen Optimismus wolle sie in die Gruppe tragen, um so die Stimmung zu verbessern. Auf die Frage der Therapeutin, woher die schlechte Stimmung in der Gruppe ihrer Meinung nach komme, sagt sie, sie sei von den Wänden herabgefallen.

R., Impulskontrollstörung, also übermütig, ein Handyvertrag nach dem anderen, verlangt, dass N. (der andere N.) sie nicht anblicke, denn er blicke wie ein »Züchopath«. N. kann nichts dafür. Er ist kataton. Die Hände ausgebreitet auf dem Tisch, die Finger zu Astwerk erstarrt, verharrt er in seinem Geheimnis wie in einem Nest.

K. ist mein Bettnachbar. Sein Bett ist zerwühlt und vollgestellt mit Gegenständen. Gummistiefel, alte Zeitungen, vorwiegend die Seiten mit den Karikaturen, mehrere leere, ineinander gesteckte Joghurtbecher, ein Gebinde aus Islandmoos, ein Nähset, die Schere darin daumengroß, Kamillentee und ein Fragebogen zum Einstufen der Fröhlichkeit auf einer Skala von 1-5, von »sehr fröhlich« bis »überhaupt nicht fröhlich«. Sein kostbarster Besitz ist ein Buch mit Heiligengeschichten. Als er sich mir vorstellt, fragt er, ob ich mit meinem Namen zufrieden sei oder ob er mich lieber mit einem anderen Namen ansprechen solle, er habe eine lange Liste von Namen angelegt, die er zunächst für sich selbst in Betracht gezogen, dann aber sämtlich verworfen habe, obwohl sie alle sehr schön klängen. Ich schreibe ihm, dass ich mittlerweile an »Paul« gewöhnt sei. K. versucht, das Heilige verborgen zu halten. Es habe heutzutage von allen Seiten eine psychiatrische Diagnose zu gewärtigen. Wenn es überhaupt behandelt werden müsse, wünsche er eine traditionelle Behandlung mittels Ruten und Stöcken zum Beispiel.

Auch der Einsatz von Elektrizität sei vorstellbar oder von auf der Haut ausgesetzten Ameisen. Die moderne Psychiatrie, unpromoviert und kittellos, sei für den Umgang mit dem Heiligen ungeeignet. Seinen Ärzten gelte es bereits als Meilenstein auf dem Weg zur Genesung, dass er nachts für jeweils zwei bis drei Stunden auf sein Zimmer gehe. Diese seichten Nervenstrippenzieher, frei von jedem wahren Mitgefühl, seien das Ergebnis einer Negativauslese der medizinischen Fakultät. Die Therapieräume gestalteten sie nach den Regeln des Feng-Shui, beim Mobiliar bevorzugten sie runde Formen, da das Runde dem Unbewussten angenehmer sei, und die Farbgebung folge der Harmonie der fünf Elemente. Wäre es einem ernst mit der Psychiatrie, müsste sie wie ein Schlachtfeld aussehen, wie die Städte Rakka oder Homs. Doch hier, an diesem Ort, begnüge er sich damit, tagsüber im Aufenthaltsbereich auf einem abgewetzten Kunstledersofa zu sitzen und das Fernsehprogramm zu verfolgen, in Gesellschaft eines Mittvierzigers, der draußen als Busfahrer nur auf abgelegenen Strecken eingesetzt worden sei, hier aber den besten Platz vorm Fernseher und, entgegen der Absprache im Morgenkreis, die Macht übers Programm beanspruche. In der ersten Nacht werde ich von K. geweckt. Er bittet mich, für einen Moment das Zimmer zu verlassen. Dabei zeigt er auf eine der Steckdosen: »Der Vietcong. Da muss ich kurz rangehen.«

Die Ergotherapeutin möchte, dass wir nach innen lauschen, um unser Clowns-Ich aufzuspüren. Ich kann die Zuversicht in ihrer Stimme nur noch schwer ertragen, und mein Clowns-Ich beginnt, die Interessen eines Serienmörders zu verfolgen. Das behalte ich aber für mich, um meine Entlassung nicht zu gefährden.

Hochachtungsvoll Paul

52° 37' 41" N, 10° 5' 15" O

Auf dem Flur klammerte sich eine Patientin an das flache Holzgeländer, das zugleich als Kollisionsschutz gegen achtlos geschobene Betten diente. Im Aufenthaltsbereich wurde gestritten. Johann atmete absichtlich flach. Er entdeckte Paul in einer Gruppe, die soeben durch die Stationstür kam. Wie die meisten trug er, was hier üblich zu sein schien: Trainingsanzug, Frotteestrümpfe und Plastiklatschen. Als er Johann sah, lächelte er. Früher hatten sie es sein Butterlächeln genannt, ein Lächeln, das jeden schläfrig machte und faul und die Fragen, die Paul zu stellen waren, verstummen ließ. Johann grüßte mit einer schlaffen Handbewegung. Paul schrieb ein Ausrufezeichen auf das Zelluloid seines grünen Wunderblocks.

»Immer noch der Wunderblock.«

– Nein, schrieb Paul, der ist neu.

Er ließ den Satz mit einer schnellen Bewegung wieder verschwinden.

»Hallo«, sagte Johann.

Sie umarmten sich, sachlich, dann behutsam. Johann glaubte, unter Pauls Haut seine Knochen hören zu können, ein hölzernes Singen, als wüchsen sie noch immer. Der Klang war ihm so unerwartet vertraut, dass ihn die Erkenntnis der Stille, die ihn selbst umgab, erstarren ließ. Er machte sich los und zwang sich ein Grinsen auf.

»Ich habe zugenommen. Fünf Kilo Übergewicht.«

– Über was?, schrieb Paul.

»Über dem Idealgewicht.«

– Du siehst gut aus.

»Das sind zwanzig Stück Butter. Selbst nackt fühle ich mich, als würde ich einen Pullover tragen.«

Paul lächelte.

– Schicke Schuhe. Stadtschuhe.

»Du auch«, sagte Johann mit Blick auf die Plastiklatschen an Pauls Füßen.

Paul lächelte noch immer. Er nahm Johanns Hand und machte das Zeichen für Hunger, das zugleich das Zeichen für Wahrheit war. Außer einem zerriebenen Karamellkeks hatte Johann seit Stunden nichts gegessen.

»Hier? In der Psychiatrie?«

– 13:00 Uhr. Kassler, Kartoffeln und Katharsis.

»Und zum Nachtisch?«

– Kekse und Kuchen.

Paul lachte tonlos. Paul, Paule, Paulchen, Paulemann, Paolo, Pollek, Paulinho, Paulinator, Paulitschkowski, Pavel, Paulerich. Johann folgte seinem Bruder in den Speisesaal.

Auf dem Weg zu einem Tisch unter einem großen Fenster hielt sie ein Mann auf. Er wolle Paul dringend mal was sagen, nämlich, dass er praktisch auch stumm sei. Sein Satzverständnis sei nur halb eingestellt. Es sei ein einziges, großes Absacken im Geiste. Paul lächelte und schob Johann durch den Saal.

Das Mittagessen türmte sich auf ihrem Tablett. Paul nahm die beiden abgedeckten Teller und stellte sie auf den Tisch. Als sie sich gesetzt hatten, schrieb er auf den Wunderblock:

– Und? Kassler oder Hackbraten?

Johann hob die Speisehaube von seinem Teller. »Kassler.«

– Schade, schrieb Paul und sah ungläubig unter die Speisehaube seines Tellers.

Ein Herr trat an den Tisch. Er war ungewöhnlich klein. Er deutete einen Knicks an, dann setze er sich.

– Karl. Mein Bettnachbar, schrieb Paul auf den Wunderblock.

Er zog einen Zettel, den er offenbar vorbereitet hatte, aus der Trainingsjacke und legte ihn auf den Tisch.

– Er ist mein Bruder. Er holt mich ab.

»Hocherfreut, jüngerer Bruder«, sagte Karl und gab Johann die Hand. »Schmecken dir salzlose Kartoffeln?«

»Ich habe noch nicht probiert. Essen Sie gar nichts?«

»Doch. Zum Abendessen eine Scheibe Feinbrot mit Paprikamortadella und Harzer Käse in der Größe eines Fünfmarkstücks. Das ist völlig ausreichend für jemanden, dessen bescheidene physische Existenz die Mühe des Selbstmords nicht lohnt.«

Johanns Nacken verkrampfte sich. Er fühlte sich aufgefordert, etwas zu sagen, wusste aber nicht, was. Trost schien in jeder Hinsicht unangebracht zu sein, ihn zu verweigern jedoch mitleidlos und kalt. Er zerteilte eine Kartoffel. Sie zerfiel in drei wässrige Stücke.

»Sieh mich mal an«, sagte Karl und wies mit beiden Händen auf sich. »Und nun sag mir, woran du bei einem Pechvogel eher denkst. An einen zerrupften Raben oder einen Pfau?«

»An eine Amsel«, sagte Johann.

Karl und Paul lachten, Karl meckernd, Paul sein tonloses Mutistenlachen.

»Ihr scheint euch hier irgendwie wohlzufühlen, oder?«

Paul fasste an Johanns rechten Ellenbogen und machte das Zeichen für »Er ist weg«, das zugleich »Beruhige dich« bedeutete. Er lächelte, drehte den Zettel auf dem Tisch um und schrieb auf die Rückseite:

– Ich falle hier nicht auf. Ich bin es leid aufzufallen.

Johann versuchte, das fasrige Fleisch des Kasslers zu zerteilen. Karl sah ihm zu. »Dein Bruder hat recht. Wir sind hier unter unseresgleichen. Egal, was uns im Einzelnen verrückt gemacht hat, nach durchschnittlich siebzehn Tagen Klinikaufenthalt hat uns die Psychiatrie verrückt gemacht. Diejenigen, die zucken und eckige Bewegungen machen, während ihnen der Speichel aus den Mundwinkeln rinnt, die Augen und Münder weit aufgerissen wie Tiere im Schmerz, sind die Gesunden, die Simulanten, die sich hier nur verstecken. Die wahren Irren lächeln.« Er zeigte auf Paul. »Es ist ihre Maske für eine Welt, die die Teilhabe des Irren nicht vorsieht. Dein Bruder kann froh sein, dass du ihn hier rausholst.« Karl stand vom Tisch auf, griff an seine Brust und tat so, als richte er ein Einstecktuch. »Ich muss leider zur VA. Ich melde mich ab. Für mindestens dreitausend Jahre.« Er gab Johann die Hand, küsste Paul flüchtig aufs Ohr, deutete einen weiteren Knicks an und verließ den Saal.

Nach einer Weile fragte Johann, was der kleine Herr mit »VA« gemeint habe.

– Verhaltensanalyse, schrieb Paul.

Eine Dame mit makellos frisiertem Scheitel betrat den Speisesaal. Sie beschenkte die Anwesenden mit der Andeutung eines Lächelns und öffnete die Tür zur Terrasse.

– Die Oberärztin. Ein Gesicht wie angemietet. Das Personal fürchtet sich vor ihr.

Paul nahm zwei kleine Teller mit Kuchen vom Teewagen und ging hinaus.

Sie aßen den Kuchen unter einer Steinbirke, deren junger Stamm wie frisch bandagiert aussah. Zwei Frauen bewegten sich wie Roboter über den Rasen.

»Birken sind übrigens keine Bäume«, sagte Johann.

– Was denn sonst?, schrieb Paul.

»Gräser. Birken sind Gräser. Große Gräser.«

Ein Kaninchen kauerte nahe dem Zaun, der den Grünstreifen jenseits des Weges begrenzte. Einige Patienten versuchten, das Tier zu füttern. Ein junger Mann redete auf die Oberärztin ein, man könne ihm nicht einfach vorwerfen, hier herumzuhängen. Die Oberärztin nickte teigig. Dort, wo Paul auf der Karte den Olivenbaum aus Gethsemane eingezeichnet hatte, stand der Rehfreund, in die Betrachtung eines Glanzbildchens versunken.

»Ich möchte hier weg«, sagte Johann.

– Ja, schrieb Paul, ich auch. Ich möchte hier auch weg.

52° 37' 41" N, 10° 5' 15" O

– Johann ist gekommen.

52° 37' 15" N, 10° 4' 0" O

Für einen Moment hatte es der Wirtin die Sprache verschlagen, als Johann sie am Abend zuvor gefragt hatte, ob es möglich sei, das Frühstück aufs Zimmer serviert zu bekommen. Dann war sie über ihn hergefallen: »Das hat in dreißig Jahren noch keiner gefragt. Das ist ja unerhört. Wir sind doch nicht das Kempinski. Was denn noch? Massage vielleicht? Aber nur von einem männlichen Mitarbeiter, hab ich recht? Von mir aus können Sie sich Ihre Brötchen im Frühstücksraum abholen. Bis 9:30 Uhr. Danach schließt die Küche.« Johann hatte Paul zu einem billigen Gasthaus in Bahnhofsnähe überredet, um gegebenenfalls schnell fliehen zu können, falls sich herausstellen sollte, dass Paul irgendwo sonst noch etwas getötet hatte. Dass das Gasthaus selbst der Grund zur Flucht sein könnte, hatte er nicht erwartet. Er weckte Paul und schickte ihn Frühstück holen.

Es schien Johann, als sei ihm sein Körper vorausgeeilt. Sich selbst hatte er auf einer Zugtoilette zurückgelassen, dem hypertrophen Wuchern einiger Fruchtkapseln ausgesetzt. Er empfand nichts außer Scham über die Gewissheit, dass nicht eine Sekunde der letzten achtundzwanzig Jahre es wert gewesen war, Paul im Stich gelassen zu haben. Seine Schuhe gehörten Lukas, sein Anzug war aus zweiter Hand, und selbst seine Brille war Betrug, eine Fundusbrille mit Fensterglas, ein Geschenk von jemandem, dem er einen geblasen und der fürs Fernsehen gearbeitet hatte.

Auf dem Psychiatrieflur hatte Johann erwartet, in Tränen auszubrechen, doch stattdessen hatte er den Bauch eingezogen und versucht, den Harndrang zu bezwingen, der ihn dort befallen hatte. Später hatte er bei der Wirtin Zigaretten gekauft, fast ein halbes Päckchen geraucht und es dann ins Klo geworfen, um nicht nach zwei Jahrzehnten wieder anzufangen.

Paul kehrte mit einem vollgeladenen Tablett zurück. Er stellte es aufs Bett und zog weitere Brötchen aus seinen Jackentaschen. Es gab reichlich Marmelade, Wurst und Käse sowie einen Wochenvorrat an Butter. Paul nahm den Wunderblock vom Nachttisch und schrieb:

– Die Aprikosenmarmelade riecht wie das Waschmittel in der Psychiatrie.

»Willst du zurück?«

– Nein. Wieso?

»Naja. Wo ist der Kaffee?«

Paul zog ein Glas Instantkaffee aus der Hosentasche, stellte es aufs Tablett und grinste. Er sah aus wie ein Kind von bald fünfzig Jahren. Seine Haut war glatt und rosig, seine Augen blank, sein Gesicht an unablässiges Staunen gewöhnt. Sein Haar war etwas dünner als früher, und er ging leicht gebeugt. Auf seinem linken Handrücken befand sich eine kreisrunde Verbrennungsnarbe von etwa zwei Zentimetern Durchmesser. »Was hast du da gemacht?« Johann legte einen Finger auf die starre Haut. Paul schüttelte den Kopf und lächelte.

Sie zogen Decken und Laken von den Betten und türmten die Kissen übereinander. Dann schmierten sie Brötchen, belegten sie mit Wurst und Käse und rührten in den Zahnputzbechern aus dem Bad lauwarmen Instantkaffee an. Es war wie damals, als sie zu dritt an der Ostsee waren, ohne ihren Vater, der zu jener Zeit in Tansania Missionsdienst leistete. Ihre Mutter hatte sich von der Nachbarin ein gelbes Sommerkleid geliehen und sah darin aus wie ein Mannequin aus München. Sie hatten Kissen und Decken von den Betten gezogen und aus einigen Wäschestücken eine Feuerstelle gebaut. Zur Nacht gab es in Flammen aus Unterhosen geröstete Würste und in Strümpfen gegarte Bohnen, das Gericht wackerer Trapper und Scouts. Am nächsten Morgen spielten sie Verschlafen. »Oh Mann, schon so spät«, jammerte Johann, und Paul schnitt dazu Grimassen. Mittags gingen sie zum Strand hinunter. Es war stürmisch, die Möwen kämpften gegen den auflandigen Wind, die Gischt sprang von den Wellen. Rote Warnbeflaggung wies auf das Badeverbot hin. Sie rollten ihre Handtücher in einer Kuhle aus, machten sich flach wie Flundern und ließen sich von ihrer Mutter ihre Lieblingsstrandgeschichte erzählen, die Lebensgeschichte der nonkonformistischen Krabbe Konrad von Stolzenburg. Nachdem sie die Geschichte beendet hatte, stand ihre Mutter auf und streckte sich. »Ich bin eine olympische Schwimmerin. Für mich gilt der rote Wimpel nicht. Ihr bleibt hier und passt auf, dass ihr nicht wegweht.«

Sie schwamm hinaus wie eine wahre Olympionikin. Für sie musste sich das Wasser nicht teilen, sie teilte es selbst. Sie war Moses und das Meer zugleich, dachte Johann, sie war Prophet und Mannequin. Sie verschwand in den Tälern, tauchte auf, wurde über die Kämme gehoben, verschwand wieder und tauchte wieder auf. Zwischen zwei Tälern winkte sie. Das Winken erinnerte Johann an seine Puppe Cordula. Sie hatte gestrickte Gelenke und ein aufgenähtes Gesicht. Johann winkte zurück. Eine Zeitlang blieb ihre Mutter verschwunden, dann tauchte sie wieder auf und winkte, nun mit beiden Händen. Plötzlich stand Paul vor Johann und fuchtelte herum. Er ließ die Arme durch die Luft wirbeln, als hätte auch er gestrickte Gelenke. Er schien keine Luft zu bekommen. Sein Gesicht verzog sich zu einer Fratze, und er schlug sich gegen den Kopf. Irgendwann stieß er hervor: »Mami geht unter.« Der Satz klang wie dünnes Husten. Es war das letzte Mal, dass Johann Pauls Stimme hören sollte. Paul zeigte auf die Strandwache in den Dünen und rannte los.

Der Gummizug an Johanns Badehose war ausgeleiert, er musste die Hose festhalten, während er Paul hinterherlief. Paul fuchtelte noch immer mit den Armen, er grimassierte und trat in den Sand. Die Wachgänger versuchten, ihn zu beruhigen, doch Paul begann, auf sie einzuschlagen. Erst als Johann die Wache erreichte, hörte er auf damit. Johann tat, was er immer tat. Er übersetzte: »Unsere Mutter geht unter.«

Ihre Mutter wurde gerettet. Sie war unverletzt, nur sehr müde. Zu dritt kehrten sie in die Strandpension zurück, räumten Kissen und Decken auf die Betten, und ihre Mutter schlief bis zum nächsten Morgen. Dann fuhren sie nach Hause. Ihre Mutter blieb müde. Tagelang lag sie auf dem Sofa. Einige Monate später verschwand sie.

Ein halbes Jahr nach ihrem Verschwinden erhielt ihr Vater den Unfallbericht einer Versicherung. Ihre Mutter hatte einen Verkehrsunfall verschuldet. Durch den Aufprall des Wagens war die Werbeaufschrift eines Linienbusses beschädigt worden, was durch die Versicherungsleistungen nicht gedeckt war. Der Wagen ihrer Mutter hatte einen Totalschaden erlitten, ihr selbst war nichts geschehen. Paul brachte sich bei, den Ort des Unfalls mittels geographischer Koordinaten zu bestimmen. 50° 6' 37" N, 8° 40' 55" O. Für welches Produkt die Aufschrift auf dem Bus geworben hatte, war nicht mitgeteilt worden. Dieser Umstand beschäftigte Paul noch lange Zeit.

»War Gunni wirklich eine olympische Schwimmerin?«

Paul durchsuchte lächelnd eine seiner Zetteltüten. Er hatte zwei Tüten mit aufs Zimmer genommen, drei weitere hatte er im nahen Bahnhof in ein Schließfach eingeschlossen. Er schien genau zu wissen, was er tat, als er die Blätter auf unterschiedlich hohe Stapel verteilte. Während er sie ordnete, bewegte er die Lippen. Dann zog er einen Zettel aus einem der Stapel, als vollführe er einen Zaubertrick, und reichte ihn Johann.

– 1960 tritt Mutter bei den Olympischen Spielen in Rom für die Mühlheimer Wassersportfreunde an und lernt während der Wettkämpfe John Devitt, den australischen Goldmedaillengewinner über 100 Meter Freistil, kennen. Sie selbst scheidet im Vorlauf über 400 Meter Schmetterling aus. Sechs Jahre später studiert sie in Frankfurt Erziehungswissenschaften. Sie verliebt sich in Vater, der dort Pharmazie studiert, folgt ihm in die elterliche Apotheke und lernt beten.

Johann gab Paul den Zettel zurück. Paul steckte ihn in den Stapel, von dem er ihn genommen hatte, und legte die Zettel zurück in die Tüte. Dann durchsuchte er einen zweiten Stapel. Wieder bewegte er die Lippen. Er hielt inne und schien zu zählen, schließlich legte er den Stapel zur Seite, nahm einen dritten und zog einen abgegriffenen Zettel hervor.

– Johann hat mich gefragt, ob ich ihm Mutter beschreiben kann. Das fragt er dauernd. Kannst du mir Mutter beschreiben? Kannst du mir Mutter beschreiben? Ich glaube ihm nicht, dass er sich nicht an sie erinnert. Er will nur, dass ich es ihm aufschreibe. Wenn ich etwas aufschreibe, das nicht stimmt, zerreißt er den Zettel und will einen neuen. Neulich habe ich geschrieben, dass Mutter gesagt hat, dass ich vom Herrn erwählt sei. Den Zettel hat er nicht zerrissen. Er hat ihn eingesteckt, ist in sein Zimmer gegangen und hat geweint.

»Was soll das?« Johann schnippte den Zettel auf die Matratze. »Gunni hat dich nicht für erwählt gehalten. Nicht für erwählter als mich.«

Paul fasste an Johanns rechten Ellenbogen, nahm den Zettel von der Matratze und schrieb auf den unteren Rand:

– Johann hat recht. Mutter hat mich niemals für erwählt gehalten. Ich habe es mir nur ausgedacht.

Er zerknüllte den Zettel und bewarf den ausgestopften Iltis damit. Dann rollte er sich auf die Seite.

Johann beobachtete Paul und leckte dabei die Reste der Aprikosenmarmelade aus den Plastikschälchen. Er war gereizt. Pauls Stummheit war maßlos geworden. Mutismus galt als Kinderkrankheit wie Masern, Röteln oder Windpocken. Spätestens als junge Erwachsene fanden die meisten Erkrankten zum Sprechen zurück. Doch Paul war nie erwachsen geworden. Er war das Kind geblieben, das »Mami geht unter« zu sagen versucht hatte. Gefangen in diesem Satz, war die Zeit für ihn nicht mehr in gewohnter Weise verlaufen. Er erfuhr sie nicht als etwas, das verging, sondern als etwas, das blieb: eine Fläche, die sich auf Flächen legte, Zeitflächen, die sich übereinanderschichteten und so Geschichten hervorbrachten, durch die Paul sich erst in einer Welt zurechtfand, in der Kinder ihre Mütter verlieren. So stellte es sich Johann jedenfalls vor.

– Zeit ist Landschaft, hatte Paul einmal geschrieben, und meine Karten sind Kalender.

Früher hatten ihn Fragen nach der Uhrzeit oft in Panik versetzt. Seine Schrift war dann über das Papier geflogen:

– Es ist fünf nach vier und elf nach acht und sieben vor fünf am 6. und 18. September.

Paul lebte in einem Zustand schwebender Gleichzeitigkeit, deren Preis, so schien es Johann, eine endlose Einsamkeit war, in der er sich, seit ihre Mutter fortgegangen war, verloren hatte.

Tatsächlich hatte Johann Paul häufig gebeten, ihm ihre Mutter zu beschreiben. Manchmal beschrieb Paul dann ihren Geruch als Duft aus vielen Düften, aus Rasen und Brombeeren und Seife und ein bisschen Pferd, aus klarem Wasser und Zimt, manchmal beschrieb er ihre Hände, die nie kalt wurden, und manchmal den Klang ihrer Stimme als Ton eines Musikinstruments. Manchmal blieb er die Antwort schuldig, und manchmal fiel sie sachlich aus. Diese Zettel waren Johann die liebsten.

– Mutter ist schlank, sie ist 173 cm groß, obwohl in ihrem Führerschein 172 cm steht. Sie hat glatte Haut. Auf ihrem linken Arm unterhalb der Schulter befinden sich elf Leberflecke, auf ihrem rechten Arm nur sieben, auf der übrigen Haut habe ich sie nicht gezählt. Sie hat blaue Augen. Früher trug sie ihre Haare aufgetürmt, jetzt trägt sie sie kurz, sie sind brünett und nur wenig gelockt.

Johann legte sich neben Paul auf die Matratze, schloss die Augen und atmete im Takt von Pauls Atem. Leise sagte er: »Vielleicht ein bisschen erwählt.«

Zwei

52° 37' 15" N, 10° 4' 0" O

Nachdem er mehrfach gegen die Möbel gelaufen war, wollte Paul in die Stadt. Er sei von der Psychiatrie noch zu benebelt, er müsse dringend an die Luft. Wegen eines Termins bei Dr. Al-Nour hatte er zwei Tage zuvor den Patientenausflug verpasst. Seine Therapiegruppe war geschlossen in eine Eisdiele gegangen, in der man auch gemischten Salat bestellen konnte. Das wollte Paul nun nachholen. Johann weigerte sich. Er lag mit geschlossenen Augen auf dem Bett und verfolgte die Muster auf der Innenseite seiner Lider. »Weißt du eigentlich, wie du aussiehst? Wie entflohen. In dem Trainingsanzug gehe ich mit dir nirgendwohin. Sonst werden wir noch verhaftet.«

Paul schrieb, dass auch seine Kleidung im Bahnhof eingeschlossen sei und er für das Eis mit gemischtem Salat aufkommen werde. Johann rieb über sein Gesicht. Es war unangenehm warm.

Die meisten der Kleidungsstücke, die Paul zwanzig Minuten später aus dem Schließfach zog, waren mit Hühnerblut besudelt und klebten starr aneinander.

»So werden wir erst recht verhaftet. Diese Mörderkluft kannst du nicht anziehen. Wir müssen in einen Waschsalon.«

– Aber dafür müssten wir in die Innenstadt, schrieb Paul auf den Wunderblock.

– Im Trainingsanzug. Zur Eisdiele. Der Waschsalon ist in der Innenstadt. Tut mir leid.

Während sie durch die Innenstadt gingen, flüsterte Johann das Wort »beschaulich«, bis es, nur noch Klang, seine bedrückende Bedeutung verloren hatte. Die Stadt war wie von Kulissenbauern aufgestellt, ein Filmset vor einem wolkenlosen Himmel aus Folie, eine Attrappe, die Vergangenheit simulierte. Die Häuser waren gebaute Lügen, betrügerisch detailliert, jeder schiefe Balken verwies auf den Vorsatz der Täuschung. Hinter den Fassaden vermutete Johann die wahre Stadt. Greise Bewohner zwängten sich unter niedrige Zimmerdecken, Zurückgelassene an einem toten Ort. Auf der Straße, die hier eine Fußgängerzone war, waren sie auf Gehhilfen angewiesen. Nur das Geschäft einer bekannten Modemarke nahm sich in der Enge Platz. Es beanspruchte zwei nebeneinanderstehende Häuser für seine Verkaufsfläche. Trotz schrill beworbener Sonderangebote in den Fenstern wirkte es schlecht besucht.

Paul griff nach Johanns rechtem Mittelfinger und zog daran. Es bedeutete: »Beeil dich.«

Sie setzten sich in den Außenbereich der Eisdiele. Paul überließ Johann den Schatten. An einem der Nebentische entdeckte Johann den Rehfreund aus der Psychiatrie. Der Rehfreund grüßte abwesend. Dann murmelte er: »Eine Hirschkuh.« Vor ihm stand eine kleine Waldlandschaft, einige Bäume, etwas Unterholz, mehrere Tiere, aus Brotkrumen modelliert und mit Salatresten umstellt.

»Eine Hirschkuh?«, fragte Johann und fürchtete sich vor der Antwort.

»Mach mal ein Geweih aus Brot.« Der Rehfreund schüttelte den Kopf. Er erhob sich, räumte den modellierten Wald vom Tisch und aß ihn auf. »Man was in the forest«, sagte er und ging. Paul lachte. In einer Parkbucht gegenüber übte ein Fahrschüler einparken.

Johann bestellte bei einer Frau mit einem Spitzenhäubchen auf der Frisur. »Einen gemischten Salat für mich und für meinen Bruder drei Kugeln Eis mit Sahne und Streuseln. Nuss, Nugat und Schokosplit. Und zusätzlich Löffelbiskuit, bitte.« Paul sah wie ein zufriedenes Geburtstagskind aus. Johann war seiner Einladung gefolgt, mehr verlangte er nicht. Er würde Johann Platz einräumen, wie er in seinem Regal Johanns Bibelkassetten Platz eingeräumt hatte. Er würde neue Zeichen erfinden und sie auf Johanns Haut zeichnen. Er würde ihm die Welt erklären und alles, was in ihr vorging. Doch Johann wollte von der Welt nichts wissen. Er wünschte sich an einen Schwundort, an dem nichts wirklich existierte.

Sie hatte zwischen zwei Wellentälern wie die Puppe Cordula gewinkt, und Johann hatte geglaubt, sie teile mit ihm den Sieg über das Wasser. Dieses eine Mal hatte seine Mutter ihn gemeint und nicht wie üblich Paul. Nachdem sie verschwunden war, war Johann in ihr Nähzimmer gezogen. Er hatte sich die Haare wachsen lassen, hatte sich geweigert, die Finger- und Fußnägel zu schneiden, und hatte seine Kleidung nur noch selten gewechselt. Stundenlang hockte er auf dem Teppich, räumte das Nähkästchen aus und ordnete das Stopfgarn der Farbe nach, von warm nach kalt. Er verhakte die Sicherheitsnadeln und stellte auf diese Weise eine Kette von über zwei Metern Länge her. Er systematisierte die Knopfsammlung. Er sortierte die Knöpfe in schöne Knöpfe und langweilige Knöpfe. Die schönen waren Knöpfe aus Messing, Horn oder Holz oder Knöpfe, die mit Stoff bespannt waren. Eine Ausnahme bildeten Wäscheknöpfe, sie zählten trotz ihrer Stoffbespannung zu den langweiligen Knöpfen, ebenso wie sämtliche Knöpfe aus Kunststoff. Einem Satz Mantelknöpfe mit einer feinen Rillenstruktur räumte er die Stellung als beste Knöpfe ein, sie erhielten im Nähkästchen ein eigenes Fach. Er zeichnete mit der Schneiderkreide Linien auf den Teppich und nutzte sie als Straßen für seine Spielzeugautos. Er stach sich mit Nähnadeln die Fingerspitzen blutig und ließ ein Hosengummi gegen sein Gesicht schnellen. Er bereitete sich ein Bett aus Schnittmustern, schlief ein und lernte im Schlaf, seine Mutter zu vergessen. Je vollkommener er sie vergaß, umso unwahrscheinlicher war es, dass sie jemals existiert hatte. Als er sich zu einer Geburtstagsfeier eines Schulfreundes mit einem der Hüte ihrer Mutter kostümierte und Paul darüber lachte, verließ Johann das Nähzimmer und betrat es nicht wieder. Er nahm nur einen Fingerhut mit. Wenn er allein war, steckte er ihn auf und klopfte ein paar der Lieder, die er kannte.

Nachdem die Frau mit dem Spitzenhäubchen ihnen Eis und Salat gebracht hatte, sagte er: »Vielleicht hat sie sich der RAF angeschlossen.«

– ?

»Gunni.«

– ?

»Oder den Sannyasins.«

– ?

»Als Kind habe ich geglaubt, dass sie der Teufel geholt hat.«

– Ich kann es nicht ausstehen, wenn du Mutter Gunni nennst.

Paul schrieb auf die Rückseite der Werbung einer Diskothek, die der Eiskarte beigelegt war.

– Du nennst doch Vater auch Vater. Pastor Berger meint,

es stelle eine Beeinträchtigung des elterlichen Führungsanspruchs und somit letztlich der göttlichen Autorität dar, wenn die Eltern sich von ihren Kindern mit Vornamen anreden ließen.

»Ich nenne Vater auch Martin.«

– Seit wann?

»Seit Ewigkeiten.«

Paul starrte auf den Flyer, schrieb aber nichts.

»Sie war plötzlich verschwunden. Ohne jede Erklärung. Wie vom Teufel geholt. Jahrelang habe ich jedem, der mir zu nahe kam, heimlich auf die Füße gesehen, ob sich nicht ein Ziegenfuß im Schuh versteckt.« Johann stocherte in seinem gemischten Salat auf der Suche nach einer Tomate. Sie schmeckte nach Gurke. »Er hat gesagt, sie wäre durchgebrannt. Ich habe gedacht, wie eine Sicherung. Kannst du sie mir noch einmal beschreiben?«

Paul kratzte die Reste des Nugateises aus dem Becher, stellte den Becher zur Seite, durchsuchte die Zetteltüten, die er aus dem Bahnhofsschließfach mitgenommen hatte, legte mehrere Zettelstapel übereinander auf den Tisch und beschwerte sie mit dem Holzblock, in dem die Eiskarte steckte. Dann nahm er Maß, zog einen Zettel aus einem der Stapel und legte ihn vor Johann auf den Tisch.

– Mutter erzählt Geschichten. Sie kann aber auch gut vorlesen. Als sie fortgegangen ist, habe ich angefangen, selbst Bücher zu lesen. Bis zu meinem Tod oder, wenn ich Pech habe und erblinde, bis zu dem Tag, an dem ich mein Augenlicht verliere, werde ich mehr Zettel geschrieben und mehr Bücher gelesen haben, als Mutter Geschichten erzählt hat. Der Ausgang von Mutters Geschichten verändert sich nach ihrer oder Johanns oder meiner Laune. Die Geschichten in den Büchern, die ich lese und noch lesen werde, enden alle gleich. Mutter hat eine schöne Stimme. Ich kenne keine schönere. Hochachtungsvoll Paul

»Hast du mir den Zettel irgendwann schon mal gezeigt?«

– Nein. Er ist von letzter Woche.

Johann fasste an Pauls rechten Ellenbogen und nahm ihm den Wunderblock aus der Hand.

– Ich glaube, ich vermisse sie, schrieb er.

– Ich weiß, dass ich sie vermisse, schrieb Paul.

Der Fahrschüler wendete.

Sie gingen in den Schlosspark. Paul legte sich auf seine verschmutzte Kleidung und schlief innerhalb weniger Minuten ein. Johann setzte sich neben ihn und beobachtete den vergeblichen Versuch zweier Jungerpel, sich zu paaren. Er griff nach einer der Zetteltüten und sah hinein. Pauls Konvolute wurden von kleinen Büro- und großen Aktenklammern zusammengehalten, vereinzelt auch von Wäscheklammern. Einige waren mit Gummibändern verschnürt, andere mit Klebeband zu großen Bögen zusammengefügt. Johann entdeckte eine Schachtel, in der besonders kleine Zettel verwahrt wurden. Alles, was Paul jemals gedacht hatte, befand sich in seinen Tüten. Johann nahm an, dass Paul noch immer regelmäßig Tüten in Kisten packte und einlagerte. Erkannte Paul Sinn, schrieb er ihn auf. Er freute sich an seinen Notizen, gab sie auch gerne anderen zu lesen, forderte sie jedoch stets zurück, strich die Blätter glatt und legte sie an ihren ursprünglichen Platz. Wollte er sich jemandem mitteilen, gab er die Notiz, als das noch möglich war, Johann, der sie dann vorlesen musste. Manchmal las Johann mit sinnentstellender Betonung, manchmal verfälschte er den Inhalt, machte ihn banaler, als er war, oder fügte Blödsinn hinzu. Paul korrigierte ihn nie, schrieb aber die nächste Notiz in schönerer Schrift.

Er hatte drei Zetteltüten vom Bahnhof mitgenommen, zwei weitere hatte er im Schließfach gelassen. Die Tüten waren mit dem Logo einer Supermarktkette und den Werbeaufschriften eines Möbeldiscounters und eines Duty-free-Shops bedruckt. Der Möbeldiscounter bewarb seine

Produkte mit einem Biber, was Johann abwegig fand, immerhin war der Biber ein Tier, das Holz zernagte. Der Duty-free-Shop warb mit etwas Luftigem, das vermutlich eine Wolke darstellen und Grenzenlosigkeit symbolisieren sollte. Hinter einem Tier mit einem sonderbaren Schwanz und dem Versprechen zollfreier Flauschigkeit verbargen sich Teile von Pauls ausgelagertem Gedächtnis. Zugleich fand sich in diesen Tüten ein verlässliches Archiv von Johanns eigenen Erinnerungen.

Paul wachte auf. Ohne Johanns Mitwirkung, was Johann etwas verwunderte.

»Haben sie dich in der Psychiatrie nicht schlafen lassen?«

Paul grinste träge.

»Und?«

Paul schrieb auf den Wunderblock, ohne hinzusehen.

– Für einen Menschen normaler Statur sind es 256 Schritte von der Stadt zum Schloss.

»Woher weißt du das?«

– Gezählt.

»Und sonst?«

– Was sonst?

»Was hast du vorbereitet?«

– Wofür?

»Für die Fragen, die ich dir nach so langer Zeit stellen muss.« Johann klopfte auf Pauls Kopf. »Zum Beispiel, was du die letzten Jahre gemacht hast.«

– Nichts.

»Du hast nichts gemacht?«

– Ich habe nichts vorbereitet.

»Früher hättest du. Du bist den Fragen immer zuvorgekommen. Du warst wie diese Talkshowmoderatorin, die ihre Gäste nie ausreden lässt. Niemand war für dich ein Rätsel.«

– Welche Talkshowmoderatorin?

»Die aus dem Osten. Keine Ahnung, wie die heißt. So wie ihre Sendung.«

Paul setzte sich auf und zog ein leeres Blatt aus einer der Zetteltüten. Während er zu schreiben begann, holte Johann sein Handy heraus und starrte mit zugekniffenen Augen auf das Display. Er suchte nach einer Nachricht seines Freundes oder Ex-Freundes. Er erhoffte sich Vergebung. Danach würde er Lukas endgültig verlassen können. Von den gestohlenen siebzig Euro waren noch fünfundzwanzig übrig.

– Was machst du?

Paul hielt den Wunderblock vor Johanns Gesicht.

»Nimm das Ding weg und kümmere dich um deinen eigenen Kram. Ich suche nach Sex-Kontakten in dieser Fachwerkhölle. Aber ich verstehe mein Handy nicht.« Paul schien die Gräser im Rasen zu ordnen. »Achtundzwanzig Jahre, Paul. Da wird ja wohl was passiert sein. Schreib.«

Die Jungerpel dümpelten auf dem Wasser und schliefen mit offenen Augen. Der Transporter einer Gärtnerei fuhr Spuren in den frischgemähten Rasen. Pauls Hand flog über das Papier. Zwei Mädchen im Hidschab saßen auf einer gemusterten Fleecedecke. Sie untersuchten etwas auf der Hand der einen. Johann fotografierte sie und vergrößerte das Bild auf dem Handydisplay. Die Mädchen betrachteten ein verblasstes Mehndi, ein Hennatattoo. Johann legte sich neben Paul ins Gras und blinzelte in den Himmel. Jemand hatte ihm erzählt, dass das Universum eine Möbiusschleife sei. Er versuchte, im Blau eine Krümmung zu erkennen, die Rückseite der Zeit. Nach einer Weile stieß ihn Paul an und legte ihm eine Notiz auf den Bauch.

– Ich bin ein paar Wochen nach dir ausgezogen. Ich habe ein Zimmer in einem Studentenwohnheim gemietet. Zu den Mitbewohnern hatte ich wenig Kontakt, abgesehen von einigen flüchtigen Begegnungen auf dem Flur oder in der Teeküche, bei denen zur Verständigung ein Nicken ausreichte. Ich habe mich damals dafür geschämt, stumm zu sein. Nicht wegen des Mangels an Sprache, sondern wegen des Mangels an Beteiligung. Oft habe ich Walkman-Kopfhörer getragen, ohne Walkman, um meine Stummheit zu begründen. Noch bevor ich die Abschlussprüfungen bestanden hatte, bekam ich die Zusage von der Bibliothek. Ich weiß bis heute nicht, warum. Wahrscheinlich tat ich ihnen leid. Ich habe mir eine Wohnung im Univiertel genommen. Ich lebe dort noch heute. Es ist eine kleine Wohnung in der arisierten Villa eines jüdischen Wirtschaftsprofessors, die ihrem rechtmäßigen Besitzer niemals zurückgegeben wurde. Ich arbeite rund um die Uhr. Ich komme erst spät nach Hause. Abends lese ich wahllos Bücher, die Buchrücken habe ich mit Malerkrepp abgeklebt, und mache ebenso wahllos Notizen, meistens handschriftlich, weil mir das Klappern der Computertastatur auf die Nerven geht. Ich habe zwei Tageszeitungen abonniert und lese Blogs im Internet. Um zwei Uhr nachts gehe ich ins Bett. Dabei verfluche ich die Tatsache, dass ich schlafen muss. Bin ich eingeschlafen, wache ich meistens kurze Zeit später wieder auf, oft im Glauben, mein Atem habe ausgesetzt. Ich klammere mich dann ans Bettgestell. Oder ich stehe auf, gehe ins Bad und brause meine Beine ab, vom Knie abwärts, mit kaltem Wasser. Eine Zeitlang bin ich im Morgengrauen zum Spätkauf gegangen und habe Kakao aus der Kühlung getrunken. Gelegentlich fahre ich am Wochenende zu Vater und Tante Ulla. Wir essen dann Zitronencremetorte. Außer Schlaf fehlt mir nichts. Im Gegenteil. Ich führe ein eigenständiges Leben, obwohl das für mich nicht vorgesehen war. Manchmal habe ich Angst, dass ich mich zu sehr aufblähen könnte, vom Boden abheben und aufsteigen wie ein Ballon. Ich würde über Wiesen und Wälder schweben, der Sonne entgegen, und, von Aufwinden abgetrieben, an einer Klippe havarieren. Wahrscheinlich würde ich dann zu sprechen anfangen. Und du?

Die Hidschabmädchen lachten. Johann schob Pauls rechten Ärmel hoch und zeichnete ein Dreieck auf seinen Arm. Es bedeutete »Kümmere dich nicht darum« und »Schlaf«.

»Ich kann mich leider an nichts erinnern«, sagte Johann und schloss die Augen.

»Ich erinnere mich wirklich nicht. Für mich existiert nur Gegenwart. Mir bleiben drei Sekunden. Solange die Gegenwart eben dauert. Wie viele Sekunden hat ein Jahr?«

Paul rechnete.

– 31536000.

»Und wie viele achtundzwanzig Jahre?«

Paul rechnete. Diesmal länger.

– 883008000.

»Wie viel ist das durch drei?«

– 294336000.

»Siehst du. In achtundzwanzig Jahren haben sich 294336000 Gegenwartspartikel aneinandergereiht. Obwohl es genau genommen nur 2,7 Sekunden Gegenwart sind. Die restlichen 0,3 Sekunden braucht das Gehirn, um aus den Reizen, die es erreichen, so was wie Wirklichkeit zu konstruieren. Aber das ist zu schwer zu rechnen. Ich gucke nächtelang Serien. Ich nehme Drogen und habe folgenlosen Sex. Ich hänge in Clubs rum. Ich lüge viel und weine gerne. Lukas, mein Freund oder eher Ex-Freund, findet Ironie feige. Dass die Zeit vergeht, erkenne ich nur daran, dass die Tätowierungen meiner Bekannten allmählich von ihren Hautfalten untergepflügt werden.«

Sie saßen im Waschsalon wie in einem Terrarium. Ein Mann wusch einen Berg Radlerhosen. Eine Frau, etwas jünger als Johann, stakste vor einer Waschmaschine auf und ab. Hin und wieder beugte sie sich ruckhaft vor und starrte wie ein Vogel durch das Sichtfenster in der Luke der Maschine. Es sah aus, als versuche sie, durch Gedankenkraft den Waschgang zu beschleunigen. Johann erinnerte sich, dass er früher manchmal in einem löchrigen Tanktop, in Shorts und Springerstiefeln ins Waschcenter gegangen war, sich in die warme Abluft der Trockentrommel gesetzt und gewartet hatte, dass ihn jemand anspräche. Waren die Männer alt und begehrlich, verwandelte sich sein Körper in ein pornographisches Klischee, in das er sich zurückziehen konnte, ohne etwas fühlen zu müssen. Das erste Kilo Übergewicht hatte der Sache ein Ende bereitet. Jetzt fühlte er sich an diesem Ort schamloser Öffentlichkeit den Blicken der anderen ausgeliefert.

Draußen stand eine Frau und starrte durchs Fenster. Sie kratzte sich Schuppen aus dem Haar, die wie Hagelguss zu Boden fielen. Die fünf Tüten, die vermutlich ihren Besitz enthielten, hatte sie um sich herumgebaut. Johann schloss die Augen und suchte nach den Mustern auf der Innenseite seiner Lider.

»Sie hat zwei Tüten mehr als du«, sagte er zu Paul, der neben ihm seine Wäsche sortierte. Er zupfte an Pauls Trainingsanzug. »Wasch das auch, du riechst wie ein geöffnetes Marmeladenglas.«

Das Hühnerblut auf Pauls Kleidung war zu einer braunen Kruste geronnen. Es sah harmloser aus, als Johann gedacht hatte. Wie die eingetrockneten Flecken vergossenen Kaffees. Paul warf Geld in einen Automaten und befüllte einen Behälter mit Waschpulver.

»Kann es sein, dass du wegen den Hühnern ins Gefängnis kommst?«

– Rechtlich betrachtet ist es Sachbeschädigung, schrieb Paul auf den Wunderblock.

– Plus ein bisschen Ärger mit dem Tierschutz. Deshalb kommt man nicht ins Gefängnis. Nicht einmal hier.

»Und wo ist das Beil?«

– Das hat die Polizei beschlagnahmt. Es ist ein Beweisstück.

Die Vogelfrau riss die Luke ihrer Waschmaschine auf, nahm die nasse Wäsche heraus, stopfte sie in einen Kleidersack und verließ hastig den Waschsalon.

»Weshalb, Paul?«

Paul startete die Waschmaschine. Er setzte sich, nahm Johanns linke Hand und zeichnete einen Halbkreis auf sein Handgelenk. Er lächelte, während er schrieb.

– Wegen Eichmann.

»Was für ein Eichmann?«

– Wegen Adolf Eichmann. Otto Adolf Eichmann alias Adolf Karl Barth alias Otto Eckmann alias Otto Heninger alias Ricardo Klement.

Paul zog einen Stapel Notizen aus einer der Zetteltüten und zählte die Blätter.

– Lies. Wenn du durch bist, ist meine Wäsche trocken.

– Als er am späten Abend des 11. Mai 1960 seine Identität preisgibt, scheint er erleichtert zu sein. Die Umstände seiner Entführung beeindrucken ihn. Einer der Agenten hatte ihn in gebrochenem Spanisch angesprochen, den Worten war ein Handgemenge gefolgt. Er war in einen Wagen mit laufendem Motor gezerrt, in ein ihm unbekanntes Haus gebracht und dort an ein Bett gefesselt worden. Mittlerweile hat man sich des Vorhandenseins zweier Narben vergewissert, einer schlecht verheilten, von einer Blinddarmoperation herrührend, und einer unter seiner linken Achsel, die er sich fünfzehn Jahre zuvor beim Versuch, die SS-Blutgruppentätowierung zu entfernen, selbst beigebracht hat. Sein Schädel ist mit einer Röntgenaufnahme aus dem Jahr 1932 verglichen worden. Im Dienst der Vacuum Oil Company AG, Wien, zum Aufbau eines Benzinpumpennetzes hatte er seinerzeit einen Motorradunfall erlitten. Er misst 1,76 Meter und hat Schuhgröße 42. Er ist von hagerer Gestalt, zeigt eine schlechte Haltung, sein Haar ist schütter. Bisweilen entgleitet ihm das Gesicht, er nagt an den Innenseiten seiner Wangen, ein Tic, der ihn, seiner Sekretärin Frau Werlemann zufolge, bereits im Amt gelegentlich befallen hat. Seine Staatsangehörigkeit: deutsch. Sein Beruf: SS-Obersturmbannführer, dann a. D., später Waldarbeiter und Hühnerzüchter. Zuletzt technischer Vorarbeiter. Seine Adresse: Calle Garibaldi 14, Buenos Aires, Argentinien. Für seine Feinde ist er der Kriegsverbrecher Nr. 1, weil er, ihnen zufolge, sechs Millionen Menschen auf dem Gewissen habe. Dabei sei er, respektiert von den Juden, die ihn, wie die

Auslandspresse schreibt, gleichsam als Zaren auf den Thron gesetzt hätten, der eingefleischteste Zionist, den man sich vorstellen könne, und der Name Eichmann »unrettbar verknüpft mit der Judenpolitik«. Als Quidproquo für die forcierte Auswanderung von 8000 Juden aus der Ostmark verwendet er sich eigenen Angaben zufolge für die Überführung der Gebeine Theodor Herzls nach Palästina. Nach seinem Dienst, der »zum Knochenkotzen« ist, wie er später schreibt, spielt er Geige – jedoch niemals im Duett mit Obergruppenführer Heydrich, dessen Spiel, wie man im Amt weiß, meisterhaft ist – oder arbeitet im Garten. Er nimmt, was sich ihm bietet, »Liebe, Lenz und Leben«. Er hat Freundinnen, bevor er heiratet – »warum auch nicht«? Er ist kein geschlechtsloser Ackerschachtelhalm, auch wenn man später in der Haft seine Sexualität gutachterlich für schwer rekonstruierbar hält, da er auf einer mit psychiatrischer Hinterlist vorgelegten Fotografie eine Frau, die jemanden würgt, als Mann identifiziert, und zwar als Seemann, der Handelsmarine angehörig, da er keine Uniform trägt, der am Fuß eines Treppengeländers eine dem Profil nach aus dem Fernen Osten stammende Frauensperson in liebender Umarmung umfängt. Als er, Eichmann, 1938 die Leitung der neugegründeten Zentralstelle für jüdische Auswanderung in Wien übernimmt, erscheint er groß, schwarz und glänzend, eisern entschlossen, die Zerwürfnisse zwischen dem Juden und seinem »Wirtsvolk«, dem Deutschen, durch Exilierung des Juden zu befrieden, wahlweise nach Madagaskar (Überseelösung insularen Charakters, hoher Viehbestand, Ernährungslage gesichert, wie seine Dienststelle feststellt) oder Palästina. 1937 unternimmt er eine Schiffsreise dorthin. Die britischen Behörden gewähren lediglich zwei Tage Aufenthalt. In Haifa poussiert er mit jüdischen Mädchen. »Im Ausland gelten ja die Nürnberger Gesetze nicht, ha, ha, ha!« Er fühlt echte Herzenssorge, er zittert für die Partei, »welche die Schmachbeseitigung auf ihr Banner geschrieben hat«, und für das Reich, das er mit Judenlösungsinjektionen zu versehen sich verpflichtet sieht. Vor dem Gesetz und seinem Gewissen unschuldig, sei er nur ein »kleines Rädchen im großen Räderwerk des Menschenmordenden Motors: Krieg« gewesen, wie er in Vorbereitung eines Buchprojekts dem deutsch-niederländischen Nationalsozialisten Willem Sassen aufs Tonband spricht, ein Rädchen, das sich »jeden Tag aufs Neue selbst kämpfend besiegen musste«, schreibt er später in seiner Autobiographie. In der Einstellung zum Nationalsozialismus bedingungslos, beseelt von den idealen Regungen für das Vaterland, dem anzugehören er die Ehre habe, all dies sei aktenkundigst, gibt er in den Interviews zu Protokoll. In keinster Weise krieche er zu Kreuze, das wäre zu leicht, das könne er ja billig machen, dass er zutiefst bedauere, dass aus einem Saulus ein Paulus würde. Im Verhör mit Hauptmann Less erklärt er später unter Tränen, dass er bereit sei, als abschreckendes Beispiel für alle Antisemiten der Länder dieser Erde sich selbst öffentlich zu erhängen. Dies heiße aber nicht, dass er etwas bereue. Reue habe keinen Zweck. Reue sei etwas für kleine Kinder. Reue ändere nichts. Durch Reue werde niemand wieder lebendig. »Und ich sage Ihnen, wir haben unsere Arbeit nicht richtig getan, meine Herren, da wäre mehr drin gewesen!«, erklärt er den Kameraden um Sassen. »Ich muss Ihnen ganz ehrlich sagen, hätten wir von den 10,3 Millionen Juden, die Korherr, wie wir jetzt nun wissen, ausgewiesen hat, 10,3 Millionen Juden getötet, dann wäre ich befriedigt und würde sagen, gut, wir haben einen Feind vernichtet.« Ungeachtet der belastenden Umstände auf den »Lebensauslöschungsfeldern«

habe er durch dies alles einen ungeheuren Aufschwung genommen in der »gesetzten Ordnung und Harmonie des Waltens«, wessentwegen das organische Einzelwesen überhaupt existiere, den Prinzipien der Bewegung der Körper im All unterworfen. In Budapest stiehlt ihm ein Junge Kirschen aus dem Garten. Ein Zeuge in Jerusalem bezichtigt ihn, den Auftrag zur Ermordung des Jungen erteilt zu haben, doch die Tat lässt sich ihm nicht nachweisen. Einst hatte er selbst dem Juden Taussig, dem Hopfenhändler, die Erdbeeren aus dem Gehege geschnabelt, wie er es selbst beschreibt, jedoch mit »Einverständnis und Einladung«.

Seine Bewacher haben aus Sicherheitsgründen das Glas aus den Fassungen seiner Brillen entfernt und durch Kunststoff ersetzt. Nun zerkratzen die Brillen leichter, wenn er sie beim schnellen Wechsel zwischen Lese- und Fernbrille falsch ablegt. Im abgedunkelten Gerichtssaal werden Filmaufnahmen aus den Konzentrationslagern Bergen-Belsen und Auschwitz gezeigt, und es muss so wirken, als sehe er keinen Grund, die Lesebrille abzusetzen, um etwas auf der gegenüber aufgestellten Leinwand zu erkennen. Man hat ihm die Aufnahmen bereits vorab im Gefängnis gezeigt. Während der fünfundvierzig Minuten Film denkt er daran, dass man ihm zugesichert hatte, stets in seinem dunkelblauen Anzug und nicht in Alltagskleidung vorgeführt zu werden. Er ist verärgert. Sein energischer Protest bleibt jedoch wirkungslos, einen Tag später sitzt er in einer grauen Strickjacke vor Gericht. Er hält es im Übrigen für durchaus möglich, dass die Aufnahmen, die ohne Tonspur abgespielt werden, Fotomontagen sind und in ihrer Echtheit anzuzweifeln. Der Film zeige Kinder, Alte, Junge; der Film zeige nicht die Rüstungskombinate, wo Hunderttausende im Arbeitseinsatz waren, erklärt er. Seine Meilensteine heißen: Gehorsam, Fleiß, Ehrlichkeit, Ordnung, Sauberkeit, Opfersinn und Liebe zum Vaterland. Bueno, furchtbar bleibe furchtbar. Er zieht es vor, unbewegt und stumm über den höheren Sinn von Logos und Leben nachzudenken, denn das geschaute Grauenhafte habe er damals weder abstellen können, noch habe er es angeordnet, und er könne es auch nicht ungeschehen machen.

Später wird man behaupten, er habe während der Zeugenaussagen und Filmvorführungen in seinem Glaskasten, den Blicken der Weltpresse ausgesetzt, oft stumm zur Seite geblickt, als beträfe ihn dies alles nicht. Jene Sensations- und Gräuelfabrikanten, Komplizen einer verlogenen Propaganda, die ihn wie ein Amphibium begaffen, ausgerechnet ihn, der sich nie freiwillig hat fotografieren lassen, und wenn versehentlich doch, die Ordonanz angewiesen hat, den Film umgehend zu beschlagnahmen. Doch ist es für ihn nicht einerlei, ob er nun während der Lügen, die die Dokumentaraufnahmen des einstigen Kriegsgegners zeigen, oder jenen, die von den Zeugen gemäß ihrer jüdischen Mentalität vorgebracht werden, dass sich die Balken biegen, auf seiner Anklagebank schläft oder aufpasst oder in die Luft sieht?

Nur einmal ist er im Verlauf seiner Tätigkeit übers Ziel hinausgeschossen und hat sich von der Prahlsucht mitreißen lassen. Im März 1944, der Reichsführer hat soeben die »Evakuierung« sämtlicher Juden aus Ungarn befohlen, schickt ihn Gruppenführer Müller nach Budapest. Zwei Monate später – der Amtsschimmel braucht überall seine Zeit – kann er, wie er später berichtet, die ersten Deportationen von rund 325 000 Juden aus Transkarpatien und Nordsiebenbürgen nach Berlin melden. Täglich werden nun vier Züge mit jeweils 3000 Juden zum Abtransport nach Auschwitz bereitgestellt. Er lässt Postkarten verteilen, Absender Waldsee in Thüringen, ein Kurort, von ihm erdacht, wie er sich nicht schöner denken lässt, die Deportierten haben dreißig Worte in Deutsch zur Benachrichtigung ihrer Verwandten, stets gleichen Inhalts: »Mir geht es gut. Ich arbeite.« Oder: »Bin wohlbehalten angekommen. Arbeite im Fach.« Oder: »Uns geht es gut. Kommt nach!« Wie eine Pik-Neun, so will es ihm scheinen, sitzt er in seinem Dienstzimmer im ehemaligen Stundenhotel Majestic, und es ist ihm zum Heulen und zum Lachen zumute. Himmler hat einem Geschäft zugestimmt, eine Million Stück Juden gegen 10 000 Lastkraftwagen, winterfest, mit Anhängern, unter der Zusicherung, diese nicht an der Westfront einzusetzen. Eichmann verhandelt mit Rechtsanwalt Dr. Kasztner und dem Ehepaar Brand. Er lässt Joel Brand ins Ausland reisen zur Unterredung mit den Alliierten und der Jewish Agency. Mit keiner Wimper zuckt er, als die ersten Transporte rollen. Sollte Brand nicht rechtzeitig zurückkehren, werde er die Mühle von Auschwitz weiterlaufen lassen, zu welchem Zweck habe man sonst die Gleise bis an die Krematorien herangebaut? Es ist seine Prahlsucht. Blut gegen Ware. Ein Denkmal in Budapest. Er hofft, der Führer werde ihn nach dem Endsieg zum Weltjudenkommissar machen.

Nun sitzt ihm Brands Ehefrau im Zeugenstand gegenüber. Er sieht sie nicht an. In ihrem Pusztadeutsch spricht sie von 15 000, die auf Eis gehalten werden sollten. Er schreibt Dr. Servatius, seinem Anwalt, eine Notiz und lässt sie vom Polizisten überbringen, der links neben ihm sitzt: »›Auf Eis legen‹, ›Mühlen laufen‹, ein Jargon, den man sich zurechtlegte, um mich ›fertig zu machen‹.« Und: »Zeugin lügt, sooft sie ihren Schnabel aufmacht.« Staatsanwalt Bach fragt: »Frau Brand, als er sagte: ›Ich lasse die Mühle laufen‹, wussten Sie, welche Mühle er damit meinte?« Die Zeugin sagt, sie habe schon gewusst, mit wem sie spreche, sie habe nicht viel nachdenken müssen, um zu wissen, was es bedeute, die Mühle laufen zu lassen. Notiz an Dr. Servatius: »›Die Mühlen‹ oder die ›Todesmühlen‹, irgendwie müssen sie sich nach dem Kriege diesen Ausspruch zusammengereimt haben und mir wird solch ein Blödsinn zugeschrieben.« Die Zeugin sagt: »Das waren die Gaskammern.« Und: »Er war nicht interessiert an zum Beispiel Juden aus Kapartho-Russland. Weil die sind positive Juden.« Der Staatsanwalt fragt, was mit »positive Juden« gemeint sei. Sie sagt: »Diese Juden sind in ihrer Seele und in ihren Körpern Jehudim.« Und weiter: »Ethnisch wertvolle Juden. Die wollte er nicht behalten. Die wollte er nicht im Leben lassen.« Eichmann faltet ein Blatt und reißt es in zwei Teile. Notiz an Dr. Servatius: »Jetzt eben lügt sie sich mit dem ›ethnisch-wertvollen‹. Es hat keinen Zweck mehr, auf dieses Geschwätz zu reagieren.« Hier ginge es darum, ihn zu braten, doch er werde zäher daraus hervorgehen, da er sich die Haut eines Elefanten zulegen werde. Die Zeugin sagt: »Ein Satz ist mir geblieben im Kopf, wo ich ihm gesagt habe: ›Wahrscheinlich Sie haben keine Kinder, deswegen haben Sie auch kein Mitgefühl mit denen nicht.‹«

Einige Wochen später fragt ihn anlässlich des Kreuzverhörs und entgegen dem amtlichen Erfordernis, den Prozess auf Hebräisch zu führen, Richter Raveh in schönem Charlottenburger Deutsch nach seiner Auffassung vom Kant'schen Imperativ, den er während der Vernehmung mit Hauptmann Less wohl einmal erwähnt haben muss. Jawohl, sagt Eichmann, er sei stets bemüht gewesen, so zu handeln, dass das Prinzip seines Wollens als Prinzip einer allgemeinen Gesetzgebung gelten dürfe. Doch müsse er den

Gehorsam gegenüber der Obrigkeit in diesen Begriff hineinbauen. Als kleiner Befehlsempfänger sei er einer höheren Kraft unterworfen gewesen, der zu gehorchen er verpflichtet gewesen sei und deren Handeln zu verantworten niemand von ihm verlangen könne. Er persönlich sei für sich ins Reine gekommen, da er eingesehen habe, dass er nichts habe ändern und nichts habe machen können. In seiner Autobiographie führt er aus, dass ein einsichtsmäßig innewohnendes Sittengesetz in der Theorie leicht und schön zu haben sei, im wirklichen Leben könnten jedoch Umstände eintreten, die einen daran hindern mögen. Als »Werkzeug stärkerer Kräfte« habe er zu jenem Zeitpunkt, als ihm durch Obergruppenführer Heydrich mitgeteilt worden sei, der Führer habe nunmehr die physische Vernichtung der Juden angeordnet, »verfahren Sie danach«, aufgehört, eigenständig zu denken und zu handeln. Im Prozess behauptet er nun, der kategorische Imperativ sei damals kurz abgetan gewesen mit den Worten: Getreu nach dem Gesetz, gehorsam, selber ein ordentliches Leben führen, nicht mit den Gesetzen in Konflikt kommen, er möchte mal sagen, der kategorische Imperativ für den Hausgebrauch des kleinen Mannes, wobei die ganze Materie Kant für einen Menschen wie ihn wohl nicht im vollen Umfang verständlich sei. Der Richter verlangt zu erfahren, wann ihm bewusst geworden sei, dass er nicht mehr nach den Erfordernissen des kategorischen Imperativs gehandelt habe. Er antwortet gerne – ein offenes Visier ist bei ihm ein geflügeltes Wort, wie er in Sassens Herrenrunde in dessen Haus in Buenos Aires betont –, dies sei ihm in Kulm bewusst geworden.

Im Januar 1942 schickt Amtsleiter Müller ihn, den Meister, wie Müller sich ausdrückt, in den Warthegau. Im Jahr zuvor war festgestellt worden, dass zahlreiche Männer der

Erschießungskommandos des SD und der Schutzpolizei, im Bereich des Generalgouvernements, des Bezirks Białystok und der östlichen Reichskommissariate eingesetzt, durch ihre Tätigkeit nervlich aufgerieben worden waren und Schaden zu nehmen drohten. Es musste für sie eine humanere Tötungsart gefunden werden. Hierbei ließ sich auf Erfahrungen früherer Jahre zurückgreifen, als man unheilbar Blödsinnigen in Wagen mit der Aufschrift »Kaiser's Kaffee-Geschäft« den Gnadentod durch Einsatz von Kohlenmonoxidgasen aus Stahlflaschen gewährt hatte. Mitte August 1941 verfügt der Reichsführer SS, dass das Kriminaltechnische Institut des RSHA chemische Bewertungen auszuarbeiten und das Referat II D 3a die Beschaffung der Wagen zu besorgen habe. Zur Klärung des Verfahrens findet im KL Sachsenhausen eine Probevergasung statt. Am Auspuff des Versuchswagens wird ein Schlauch angebracht, der mit einem Rohr verbunden ist, das über einem Loch mit einem Durchmesser von 58 bis 60 Millimetern am Boden des Wagens angeschweißt ist. Es gilt festzustellen, in welcher Zeit der Kohlenmonoxidgehalt im Inneren des Wagens eine Konzentration von einem Prozent erreicht, was nach kurzer Dauer eine tiefe Bewusstlosigkeit bewirkt und einen raschen Tod zur Folge hat. Die getöteten Sachsenhausener Häftlinge weisen die rosige Gesichtsfarbe auf, die typisch für mit Kohlenmonoxid Vergiftete ist. Seit Oktober sind nun mehrere drei Tonnen schwere und bis zu fünfzig Personen fassende Sonderwagen der Marken Diamond und Opel-Blitz in Kulmhof (Chełmno) im Einsatz, ab Dezember überwiegend zur »Verarbeitung« der Juden aus dem Ghetto Litzmannstadt (Łódź), für deren Gesamtzahl insgesamt annähernd 1000 Durchgänge zu erwarten sind. Eben noch lebendig und nun samt und sonders tot. Ihm fehlen die Worte. Die Tür wird geöffnet. Die Leichen purzeln heraus und in die Grube hinein. Eine über die andere. Er zwickt sich in den Handrücken, um sich zu vergewissern, dass er wach ist. Ihm wird unwirklich. Er sieht Wellen, auf denen sich alles bewegt. Müller hatte Hartl dessen späteren Aussagen zufolge nach dem Osten geschickt und, als dieser die Kommandoführung einer Erschießung aus nervlichen Gründen abgelehnt hatte, erklärt, er müsse nicht »Hartl«, sondern »Weichl« heißen. Richter Raveh fragt nun im Prozess, ob Müller ihn, zur Berichterstattung nach Berlin zurückbeordert, seitdem »Weichmann« statt »Eichmann« genannt habe. Dies verneint er.

Die nächste Inmarschsetzung seiner Person führt ihn im Januar 1942 nach Minsk. Um stetigem Sinnieren abzuhelfen, bevorratet er sich mit einer entsprechenden Alkoholreserve. Ihm ist bewusst, dass es nie zur Trunkenheit heranlangen darf, er ist schließlich in Uniform. Um Stunden verspätet trifft er am Exekutionsort ein. Unter Dauerfeuer wird die letzte Gruppe erschossen. Eine Frau hält in der Grube ihr Kind. Er will es ihr aus den toten Armen reißen, doch in diesem Moment durchschlägt eine Kugel den Kopf des Kindes. Sein Fahrer wischt Spritzer des Kinderhirns von seinem Mantel. Er findet keine Ordnung mehr im Wollen und Willen des Waltens. Er trinkt Schnaps, als sei es Wasser. Sein denkendes Hirn macht einen Versuch der Vorstellungsformung im Rahmen der passenden Möglichkeiten. Er findet Hilfe in Kant. Er folgt nun dem kategorischen Imperativ des kleinen Mannes.

Im Herbst 1944 – der Krieg ist bereits verloren, doch seinen Krieg, den »größten und gewaltigsten Totentanz aller Zeiten«, will er noch gewinnen – ist er ein letztes Mal in Auschwitz, unter anderem zur Erörterung technischer Details der Vergasung mit Kamerad Höß, dessen Bescheidenheit und Akkuratesse er stets bewundert hat. Die Zahl der Tötungen soll von täglich 10 000 auf 12 000 erhöht werden, da der Führer verlangt, schneller, die ganze Sache schneller durchzuführen. Kommerzienrat Storfer hatte per Telegramm gebeten, ihn sprechen zu dürfen. Eichmann kennt ihn von dessen Tätigkeit für die Jüdische Gemeinde während seiner Zeit in der Zentralstelle in Wien. Immer ordentlich gewesen, der Mann. »Ja, mein lieber, guter Storfer, was haben wir denn da für ein Pech gehabt?« Man kommt verhältnismäßig leicht hinein, aber furchtbar schwer wieder hinaus, bemerkt er rückblickend in Buenos Aires. Er kann Storfer wirklich gar nicht helfen. Der Kommerzienrat bittet, keine Schwerstarbeit verrichten zu müssen. Eichmann verspricht, eine Aktennotiz anzulegen, dass Storfer hier mit dem Besen die kleinen Kieswege in Ordnung halte und das Recht habe, sich jederzeit auf eine der Bänke zu setzen. Sie geben sich die Hand. Es ist ihm eine große innere Freude.

Dr. Servatius stellt fest, dass kein Dokument vorliege, das die Zusammenarbeit des Angeklagten mit den Vernichtungslagern beweise.

Zurück in der Dienststelle brüht er sich wie gewohnt einen Pfefferminztee auf. Das alte Logenhaus der jüdischen Freimaurer in der Kurfürstenstraße 115/116 ist mittlerweile zur Befestigungsanlage ausgebaut. Panzersperren aus Straßenbahnschienen sichern es gegen den anrückenden Feind. »Eichi« nennen sie ihn hier, er ist gern gesehen. Für seine Vera ist er der »Dolphi«. Seine israelischen Bewacher werden ihn später untereinander »Addi« nennen, mit ihm selbst sprechen sie nicht. Es sind die letzten Tage im Referat. Er lässt seine Offiziere antreten und verabschiedet sich von ihnen. Unter den Bedingungen des totalen Krieges, wenn die

Schicksalsnorne in die Fäden greift, habe der Jude als Reichsfeind aus dem deutschen Machtbereich entfernt werden müssen. Es sei ein Gebot der Vernunft gewesen, wird er sich später in Buenos Aires erinnern. Das Herz sei nie gefragt worden, sei auch nie zu fragen gewesen, Deutschland sei zu fragen gewesen, was an sich dasselbe sei. Wenn es sein müsse, springe er freudig in die Grube, da er mit dem Bewusstsein springe, dass mit ihm auch fünf Millionen Juden, nein, Reichsfeinde hineingesprungen seien. Dennoch müsse er auf dem zuständigkeitsbegründeten Sachverhalt bestehen, betont er im Prozess, dass er selbst nie einen Juden getötet habe, er habe auch nie einen Nichtjuden getötet, er habe überhaupt keinen Menschen getötet. Auch sei durch seinen Mund nie der Befehl zum Töten eines Juden erteilt worden, auch nie der Befehl zum Töten eines Nichtjuden, auch das nicht. Der Jude habe ihn gemäß dem planmäßigen Gefüge des Referateaufbaus des Amtes IV als IV B 4 lediglich erfassungsmäßig, jedoch nie vernichtungsmäßig interessiert. Er erklärt dies in einem fast zweihundert Worte langen Satz. Gerichtspräsident Landau bemerkt, Stil sei Sache eigener Angelegenheit, doch müsse der Angeklagte kürzere Sätze verwenden, andernfalls könne man ihn nicht verstehen. Bueno. Jawohl.

Nach 387 Verfahrensstunden plädiert am 14. August 1961 Dr. Servatius, das Verfahren gegen den Angeklagten sei einzustellen und der Angeklagte außer Verfolgung zu setzen. Der Grundsatz aller Staaten sei Vertrauen zur Führung. »Die Tat ist stumm, der Gehorsam blind. Das sind die Tugenden, auf die der Staat allein bauen kann. Ob diese Tugend belohnt wird, hängt vom Erfolg der Politik ab. War die Politik erfolglos, so gilt der Befehl dem Sieger als Verbrechen. Der Gehorchende hat Unglück, er hat für seine

Treue zu büßen. Galgen oder Orden – das ist hier die Frage. Misslungen ist's gemeiner Frevel, gelungen ist's geheiligt Tun.« Seit Tagen hat Eichmann in seiner Zelle an seinem Schlusswort gefeilt: »Ich sagte schon, die Führerschicht, zu der ich nicht gehörte, hat die Befehle gegeben, sie hat, meines Erachtens, mit Recht Strafe verdient für die Gräuel, die auf ihren Befehl hin an den Opfern begangen wurden. Aber auch die Untergebenen sind jetzt Opfer. Ich bin ein solches Opfer.«

An den Rand seines Abschiedsbriefs schreibt er: »Eben werde ich zur Hinrichtung abgeholt. Es ist der 31. 5. 62, 5 Min vor 24 h. Pfüat Euch!«

Hochachtungsvoll Paul

52° 37' 32" N, 10° 5' 1" O

Paul hatte seine Kleidung zusammengelegt und, sortiert nach Art, auf einem Tisch zu Stapeln aufgetürmt. Er besaß Jeans und Jogginghosen, karierte und gestreifte Hemden, bedruckte T-Shirts und bunte Unterhosen, einige mit den Emblemen von Superhelden auf dem Gummizug.

»Trägst du die auch in der Bibliothek?«

– Wieso? Die sieht doch keiner.

»Eben. Leider.«

– Ich hatte einmal ein T-Shirt mit dem Aufdruck einer historischen Karte der Inseln der vier Hügel, einer Inselgruppe in der Beringsee, dem Geburtsort der Winde, das war mein Lieblingsstück. Es ist aber leider nach einigen Jahren auseinandergefallen.

Paul packte die Kleiderstapel in eine Kunststofftüte und warf den Behälter für das Waschmittel in einen bereitstehenden Korb.

»Möchtest du vielleicht jetzt in die Psychiatrie zurück?«

– Nein, danke.

Johann legte die Zettel mit den Aufzeichnungen über Adolf Eichmann zu den T-Shirts. »Ich möchte nicht wissen, was das alles mit den toten Hühnern zu tun hat. Nicht heute. Und morgen wahrscheinlich auch nicht.« Sein Gesicht war wieder ungewöhnlich warm, wie mit einer lauen Paste überzogen, hinter der jeder Ausdruck verschwand.

– Gut, schrieb Paul, griff sich die Kunststofftüte, steckte den Wunderblock ein und war bis auf weiteres auf Gesten angewiesen.

Drei

52° 37' 15" N, 10° 4' 0" O

– Ich bin froh, dass Johann gekommen ist. Er ist mein Bruder. Unser Vater war bis zur Aufgabe seines Geschäfts Apotheker. Unsere Mutter hat uns verlassen. Als Kinder haben wir an Gott geglaubt. Ich bin vier Jahre älter als Johann. Er spricht, ich bin stumm. Er ist homosexuell, ich bin es nicht. Ich verstehe einiges von Geographie und fast genauso viel von Geschichte, er nicht. Ich bin gerne in der Natur, er kann sie, glaube ich, nicht leiden. Ich habe keinen Führerschein, er schon. Er ist von unserem Vater verprügelt worden, ich nicht. Ich war Zeuge, er war Opfer. Manchmal wünsche ich mir, unser Vater hätte mich auch verprügelt. Dann würde ich mich heute daran erinnern. Johann hat als Kind viel gebetet, ich habe ihm die Gebete aufgeschrieben. Als wir klein waren, hat uns unser Vater zur Vorbeugung ständig Medizin verabreicht. Ich habe es gehasst, Johann mochte es gern, wurde aber von den Medikamenten schläfrig. Um mit seinen Schulkameraden mitzuhalten, hat er versucht, Fan eines Fußballclubs zu werden, ich verstehe nichts von Fußball, allerdings einiges von Tennis. Ich sehe vieles, was er übersieht, manchmal frage ich mich, was er überhaupt sieht. Er ist schön, ich sehe gewöhnlich aus. Ich kann Posaune spielen, er spielt C-Flöte und ein bisschen Alt-Flöte. Er ist wütender als ich. Er hatte gute Gründe, von zu Hause fortzugehen. Ich bin geblieben. Er hat seither vermutlich einiges erlebt. Ich habe anderen dabei zugesehen. Ich lebe in einer Stadt, würde aber gern aufs Land ziehen. Er lebt gerne in der Großstadt, glaube ich. Er ist zum Hass fähig. Ich protokolliere den Hass. Ich beneide ihn um seine Fähigkeit zu hassen. Mein Bedürfnis, etwas zu verstehen, hindert mich am Hass. Wenn ich mich schlafen lege, löst sich mein Körper auf. Zumindest fühlt es sich so an. Er sieht im Schlaf kompakt aus. Tagsüber ist mein Körper wie eine Zwangsjacke, die Verschlüsse befinden sich auf dem Rücken. Er lacht über mich. Er hat Humor. Mein Schweigen hat mich humorlos gemacht. Ich kann rechnen, er nicht. Ich erinnere mich an Nazis, von denen ich gelesen habe, er erinnert sich an Prügel. Er kann sich vieles merken, ich notiere es mir lieber. Ich gelte den meisten als verrückt, er kann so tun, als wäre er normal. Ich habe mir eine lesbare Schrift angewöhnt. Seine Schrift ist nahezu unleserlich, und er müsste, wäre er stumm, Großbuchstaben verwenden, um sich verständlich zu machen. Wenn er meine Notizen anderen vorliest, tut er es in der Regel wahrheitsgetreu. Ich würde lügen.

»Zur Erinnerung: Wir sind hier nicht das Kempinski.« Die Wirtin schien mit sich zu kämpfen, ihnen den Schlüssel zu ihrem Zimmer auszuhändigen. »Nur weil Sie die Bettwäsche auf den Boden werfen, kriegen Sie noch lange keine neue. Und wie soll das Mädchen da überhaupt saubermachen? Morgen gibt es das Frühstück für Sie im Frühstücksraum, wie für alle anderen auch.«

Während sie die schmale Treppe zu ihrem Zimmer hinaufstiegen, fühlte sich Johann wie von seiner Stiefmutter zurechtgewiesen. Der Ärger kroch über seine Haut. Er war wieder zwölf und hatte dem Gezänk nichts entgegenzusetzen.

Paul bezog die Matratzen und schüttelte die Bettwäsche aus. Er öffnete das Fenster, klaubte Krümel vom Teppich und trug die Zahnputzbecher ins Bad. Dann fing er an, Zahnpastaspritzer vom Badezimmerspiegel zu putzen. Johann zog sich aus, warf seine Sachen durchs Zimmer und ließ sich aufs Bett fallen. Noch immer hockte er bei ihrer Stiefmutter in der Küche und ließ, während er im Resopal des Tisches das Auto von Pastor Berger erkannte, ihre Zurechtweisungen über sich ergehen. Paul blieb für Ulla unsichtbar. Er wusste, was sie beanstanden würde, bevor sie es selbst wusste, und verhielt sich ihren Forderungen gegenüber nachgiebig. Irgendwann hatte ihre Mutter eine Karte in Folie einschweißen lassen, auf der stand, dass Paul zwar nicht sprechen, aber gut hören könne. Bis zu diesem Zeitpunkt hatte man ihn häufig für taubstumm gehalten und in seiner Gegenwart über ihn gesprochen, als verstehe er nichts und sei nur scheinbar anwesend. Paul hatte dann meistens sein Butterlächeln gelächelt. Es sei ihm ganz recht, übersehen zu werden, hatte er Johann einmal geschrieben, denn niemand würde von einem Kind wie ihm erwarten, dass es plötzlich zu sprechen anfinge. Auch wenn es ein bisschen kränkend sei, sei es doch nützlich. Man würde verschwinden, ohne es tatsächlich zu tun.

Nur einmal hatte sich Paul gewehrt. Uwe Barthke, das einzige Kind, das ihn wegen seiner Stummheit regelmäßig hänselte, hatte sich etwas Neues einfallen lassen, und schließlich hatte Paul zugeschlagen. Ihr Vater verlangte eine minutiöse Schilderung des Vorfalls, der fast zum Schulverweis geführt hätte. Auf fünf Zetteln legte Paul dar, dass ihn die bisherigen Schikanen Uwes wenig ausgemacht hätten. Es sei ihm egal gewesen, dass Uwe seine Hoden gepackt und fest zugedrückt, dass er ihm seinen Speichel, über Tage in einem Schraubglas gesammelt, auf den Kopf geschüttet und dass er Elisabeth I., die auf ihren Geschichtsbüchern abgebildet war, ein Geschlechtsteil auf die Robe gezeichnet und im Unterricht behauptet habe, Paul hätte der Frau da eine Wichsmöse gemalt. Es sei ihm auch egal gewesen, dass Uwe versucht habe, die Mitschüler gegen ihn aufzuwiegeln, mit dem verblüffenden Ergebnis, dass Paul zum Klassensprecher gewählt worden war. Paul legte den Zettel vor, den er nach der Wahl der Klasse geschrieben hatte:

– Liebe Klasse, vielen Dank für die Stimmen. Leider kann ich das mit dem Klassensprecher nicht machen, weil ein Klassensprecher sprechen können muss. Das ist ja klar. Ich könnte aber der Schriftführer sein und zum Beispiel die Spenden verwalten, die für den Wandertag gesammelt werden sollen, und sie in Listen eintragen.

Hochachtungsvoll Paul

Selbst dass Uwe ihn ziemlich ausdauernd einen Spasti genannt habe, sei ihm gleich gewesen, ihm täten Menschen mit spastischen Lähmungen leid, und er bete für sie. Doch als Uwe angefangen habe, nah an seinen Ohren Lärm zu machen, mit den Händen zu klatschen, Bücher zuzuschlagen und Papiertüten platzen zu lassen, um einen Ausruf zu provozieren, einen Laut des Erschreckens, der Paul verraten würde, sei er wütend geworden. Als ein Piepmanscher neben seinem Ohr losgegangen sei, habe er mit der geballten Faust zugeschlagen. Er habe Uwe an der linken Schläfe getroffen. Uwe sei sofort zu Boden gegangen und habe, für einen Moment ohne Bewusstsein, leer in die Gegend gestarrt. Dann sei er zu sich gekommen und habe zu weinen angefangen, was überhaupt nicht zu ihm gepasst habe. An den Rand des Zettels schrieb Paul in Klammern:

– Wie ein Mann vom Tiefbau, der sich vor einem Regenwurm fürchtet.

Nach dem Vorfall bekam Paul hohes Fieber. Mehrere Tage lag er im Bett, unfähig, sich zu bewegen. Zeigte jemand Mitleid, zog er sich die Decke über den Kopf. Nur Johann durfte sich länger in seinem Zimmer aufhalten. Paul wusste, dass Johann gern mit dem Krankentisch spielte, und erlaubte ihm, mehrmals am Tag die Neigung der Tischplatte neu zu justieren. Der Schlag gegen Uwes Schläfe hatte Paul mit einem Mal sichtbar werden lassen, nun musste er wieder unsichtbar werden.

Auf der einberufenen Lehrerkonferenz hatte der Sportlehrer Gertsch dem Vernehmen nach Pauls Entfernung aus der Regelschule gefordert, für dergleichen Fälle sei die Sonderschule zuständig, doch Dr. Bungert hatte entschieden, dass dies selbstverständlich nicht in Frage käme, memento te hominem esse und Ende der Diskussion. Künftig hatte Paul unter dem Schutz Dr. Bungerts gestanden, dem stellvertretenden Direktor des Gymnasiums und Fachbereichsleiter für die Fächer Geographie und Geschichte.

»Erinnerst du dich noch an Uwe Barthke?«, fragte Johann.

Paul kam aus dem Bad. Er sah Johann an. Dann nickte er.

»Du hattest immer Angst, andere zu verletzen, oder?«

Paul griff nach dem Wunderblock.

– Verletzen ist das falsche Wort. Ich hatte Angst, sie zu reizen. Die Päpste zu reizen, würde Eichmann sagen. Sie gegen mich aufzubringen.

»Aber Uwe Barthke war böse.«

– Ja, schrieb Paul, das war Eichmann auch.

Er zuckte mit den Schultern und ging ins Bad zurück. Johann schaltete den Fernseher an. Auf der Innenseite seiner Lider schien etwas zu explodieren.

52° 37' 15" N, 10° 4' 0" O

Als Johann aufwachte, war der Weberknecht verschwunden. Die Sonne brannte sich durch die Schlieren auf dem Fenster. Die geprägte Maserung des Holzdekors an der Decke warf einen schmalen Schatten. Paul hatte ein Schälchen Aprikosenmarmelade auf Johanns Kopfkissen gelegt und auf dem feuchten Flor des Teppichs eine handgezeichnete topographische Karte ausgebreitet. Sie bestand aus zwölf mit durchsichtigem Klebeband aneinandergeklebten DIN-A4-Blättern, die um einzelne, unterschiedlich große, ausklappbare Papierstücke ergänzt waren, und zeigte das Dorf Altensalzkoth, den Ort des Hühnervorfalls. Die Karte war im Maßstab 1:750 gezeichnet. Höhenlinien durchzogen das Gelände. Einige der Kartenflächen waren eingefärbt und mit einer leichten Schummerung versehen, so dass ein dreidimensionaler Eindruck der Landschaft entstand. Hierfür musste Paul Aquarellfarben verwendet haben. Die Karte wies Nadel- und Mischwälder aus, Wiesen und Äcker, Gewässer und Feuchtgebiete, jedoch keine Heide. Die Gebäude des Dorfes waren schwarz dargestellt, in größter Genauigkeit, selbst Schuppen und Verschläge schien Paul nicht vergessen zu haben. Die Häuser trugen die Nummern 1, 2, 3, 4, 6, 8 und 13. Die Grundstücksflächen waren grau gefärbt. Die Landstraße, an der das Dorf lag, erschien gelb, kleinere Wege waren farblos, andere durch dünne schwarze Linien gekennzeichnet. Gegenüber den Häusern mit den Nummern 3 und 8 hatte Paul zwei Bushaltestellen durch rot getuschte Punkte markiert. Auf dem Grundstück des Hauses mit der Nummer 4 war ein Olivenbaum eingezeichnet. Auf den Acker- und Wiesenflächen, die an das Dorf angrenzten, erkannte Johann winzige Notizen, auf engstem Raum in die Landschaft geritzte Buchstabenreliefs, die mit haardünnen Pfeilen auf einzelne Gebäude des Ortes hinwiesen.

Johann nahm den Schlüssel vom Nachttisch, setzte die Fensterglasbrille auf und verließ das Zimmer. Im Flur hockte er sich auf den Fußboden und presste seinen Rücken gegen die Rippen eines Heizkörpers. Die Wände des Flurs waren in Schwammtechnik gearbeitet, der Bodenbelag war aus Kunststoff und imitierte Terrakottafliesen. Auf einem gläsernen Tisch lagen mehrere Modeillustrierte und eine Ausgabe des Jagdmagazins »Wild und Hund«. Johann wusste, dass Paul von ihm erwartete, dass er die Notizen auf der Karte las, und er nicht zurückkehren würde, ehe Johann es getan hätte. Schon als Kind hatte Paul wie unter Zwang Geschehnisse bezeugt, an denen er nicht beteiligt gewesen war. Er vergrub sich in Büchern, die er in der Bücherei auslieh, dann schrieb er auf, was sich an jenen Orten, deren geographische Koordinaten er bestimmte, ereignet hatte. Es war ein Stimmengewirr, mit dem Paul seine Einsamkeit vertrieb. Er gab sich viel Mühe mit seinen Protokollen. Indem er sie in seinem Zettelarchiv bewahrte, wurde das, was sie beschrieben, für ihn wahr. Manchmal schien es ihm, als würde sich in einer seiner Tüten etwas bewegen.

Eine Tür öffnete sich, und eine Frau trat aus einem der Zimmer. Sie trug schwere Wanderschuhe, eine halblange Wanderhose und eine Funktionsjacke mit bemerkenswert vielen Taschen. Als sie Johann erblickte, riss sie einen Teleskopstock in die Höhe, als wolle sie sich mit dessen Spitze gegen Johann verteidigen. Johann grüßte und machte eine Bewegung, die man mit etwas gutem Willen für Gymnastik halten konnte. Ihm wurde bewusst, dass er lediglich Unterwäsche und eine Fensterglasbrille trug. Er stand auf und verschwand im Zimmer.

Eine Zeitlang lehnte er unentschlossen an der Tür. Schließlich kniete er sich auf den Teppich. Paul hatte die Notizen nummeriert. Die Pfeile der ersten beiden wiesen in den Wald, der im Osten an das Dorf grenzte.

– Erstens. Günter G. »Dort hinten stand die Holzbaracke, in der die zwanzig Waldarbeiter gewohnt haben. Und da im Bach haben die meist aus dem Krieg heimgekehrten Männer sich gewaschen. 1946 und 1947. Sommers wie winters.« Woldemar Freiesleben, Revierförster im Dienst des Klosterforstamtes, Forsthaus Kohlenbach, Bruder des SS-Angehörigen Hans Freiesleben, versteckt Eichmann im Wald, in einer Hütte, die von den Bewohnern, ehemaligen Landsern, »Die Insel« genannt wird. Eichmann findet Anstellung als Waldarbeiter der Firma Burmann & Co. Er sammelt Holz und fällt Bäume. Für die Zeit nach dem Endsieg hatte er sich vom Reichsführer ein Gut in Böhmen ausbedungen. Anfang Mai 1945 zwingt ihn die Kapitulation, in die Berge zu gehen, »als Partisanenhäuptling gewissermaßen«. Eine Unaufmerksamkeit bringt ihn in amerikanische Gefangenschaft. Hier ist er Adolf Karl Barth, Kolonialwarenhändler aus Berlin, ein einfacher Soldat. Einige Wochen später wird er zum SS-Untersturmführer Otto Eckmann, geboren in Breslau, eine gute Wahl, das Melderegister der Stadt ist in den Kriegswirren verloren gegangen, das weiß er. Mit dem SS-Offiziersrang lässt sich die Blutgruppentätowierung erklären, und von der Arbeitspflicht ist man auch befreit. Es kommen »Judenkommissionen« ins Lager, »vielleicht 15 Heinis«, wie er Sassen erklärt. Die »haben jedem von uns in die Schnauze geschaut, nicht wahr, mir auch in die Fresse, nicht wahr, immer schön fröhlich«. Die Gefahr, enttarnt zu werden, ist groß. Er kann dem Lager entkommen. Am 20. März 1946 meldet er sich ordnungsgemäß im Amt Eversen. Otto Heninger, geboren in Breslau, Kaufmann, verheiratet, evangelisch, Flüchtling. Er fühlt sich hier wohl. »Das Leben in diesem wunderschönen Heideland« läuft nun »seine ruhigen Bahnen«. Günter G.: »Heninger war ein Typ wie alle anderen auch. Er hat sich nicht hervorgetan durch irgendwas. Er hat täglich von sieben Uhr bis halb fünf seine Arbeit im Wald getan, das Holz hier zu Brennholz für Lokomotiven verarbeitet. Ansonsten war er unauffällig. Ein ruhiger Mann ohne Macken und prägnante Eigenschaften. Man konnte sich gut unterhalten mit ihm. Wir haben über alles Mögliche gesprochen, nur nicht über den Krieg. Das Thema war tabu.«

– Zweitens. Ruth T. Sie versorgt die Männer in der Baracke. Kommt gut mit Eichmann aus. Er drängt sich nicht in den Vordergrund, ist »ein Einzelgänger und der friedlichste von allen«. Am Skatspiel der Kameraden beteiligt er sich nur selten. Doch nach Feierabend spielt er vor der Baracke Geige. »Klassische Violinstücke von Schubert und Beethoven.« Er ist ein hilfsbereiter Kollege, ein Streitschlichter mit großem Gerechtigkeitssinn, dessen Wort in der Gruppe etwas gilt. Im September 1947 heiratet Ruth ihren Freund Eduard, mit dem Eichmann in der Baracke ein Zimmer teilt. Die Hochzeitsfeier findet im Dorfgasthof statt. Entgegen seiner üblichen Gewohnheit lässt sich Eichmann, den Ruth als »fotoscheu« beschreibt, mit der Hochzeitsgesellschaft ablichten. Auf der Aufnahme blickt er zu Boden.

Die nächste Notiz wies nach Nordwesten auf etwas, das außerhalb der Karte lag.

– Drittens. Marie H. Ihre Eltern führen das örtliche Lokal. »Er hat uns immer geholfen, Heu abzuladen, und in unserem Gasthof hat er oft Kunstbrause getrunken, so ein rotes Zeug vom Fass. Alkohol hat er nie angerührt.« Heute will man hier nichts mehr von ihm wissen. Nur gelegentlich noch nennen die Jäger das Restaurant »Eichmann-Eck«.

Die vierte und die fünfte Notiz wiesen im Dorf auf das Haus mit der Nummer 4.

– Viertens. Otto L. Anfang 1948 geht Burmann & Co. wegen der Währungsreform in Konkurs. Für die Männer im Wald gibt es nichts mehr zu tun. Eichmann kann es nicht riskieren, sein Erspartes bei einer Bank einzutauschen, also investiert er es. Er mietet ein Zimmer bei Familie L. Vater L. ist bei Berlin gefallen, Mutter L. und die beiden Söhne, fünfzehn und neun Jahre alt, bewirtschaften den Hof allein. Die zehn Mark Monatsmiete für die 18 Quadratmeter zahlt Eichmann pünktlich. Er braucht nicht viel. Ein Feldbett, ein Schrank, ein Radio »Marke Eigenbau«, das einzige Radio im Ort. »Es war ihm heilig.« Die Fenster des Zimmers gehen nach hinten hinaus. Eichmann sieht auf Schuppen und Viehweiden, auf zwei große Eichen. Unter den Bäumen baut er seine Geflügelfarm auf. »Etwa 100 Hühner. Einmal kam er zu mir und hat sich darüber beschwert, dass der Fuchs ihm dauernd Federvieh klaut. Er hat den Zaun dann verstärkt. Als der Fuchs fernblieb, kam der Habicht. Also hat Eichmann auch noch ein Netz über seinen Hühnerauslauf gelegt. Dann hatte er Ruhe vor den Raubtieren.« Ein geschickter Mann. Seine Hühner haben es gut. Sie bekommen Mais, davon wird das Eigelb dunkel. Im Wald sammelt er Preiselbeeren für sie. Schwache Küken kommen unter die Wärmeglucke. Die Eier verkauft er an die »Eier-Emma« aus Eversen. Für 20 Pfennig das Stück. Das ist nach der Währungsreform viel Geld. Kann die »Eier-Emma« einmal die Kiepe nicht tragen, fährt er selbst zum Lager, ein Fahrrad hat er sich im Dorf besorgt.

– Fünftens. Adolf E. alias Otto H. »In der Lüneburger Heide bin ich viel herumgekommen, nicht wahr. Sehen Sie, ich war dauernd auf Achse gewesen, ich bin ja nicht irgendwo in einem Loch gesteckt.«

Die sechste Notiz befand sich auf einem angeklebten Stück Papier, das sich ausklappen ließ. Sie wies ebenfalls nach Nordwesten auf einen Ort außerhalb der Karte. Neben dem Pfeil, der etwas dicker als die übrigen war, stand in winzigen Buchstaben: B.-B.

– Sechstens. Als sich im Mai 1945 die Nachricht von der Ankunft eines Rabbiners verbreitet, bricht unter den jüdischen Überlebenden ein Freudentaumel aus. Viele wünschen, den Mann zu berühren, weil sie seine Anwesenheit kaum glauben können. Sche'erit Haplejta, »Rest der Geretteten«, nennen sie sich jetzt. Im Camp für Displaced Persons auf dem Gelände der Kaserne Bergen-Hohne befinden sich bei seiner Auflösung 1950 zirka 4500 jüdische Bewohner, zuvor waren bis zu 12000 Menschen im jüdischen Teil des Lagers untergebracht, Überlebende der Konzentrationslager und Flüchtlinge der Pogrome an polnischen und sowjetischen Juden nach dem Ende des Zweiten Weltkriegs. Sie wollen nach Palästina, doch die britischen Behörden gewähren weltweit monatlich nur 1500 Zertifikate zur Einwanderung in das Mandatsgebiet. Im Lager werden täglich pro Bewohner 2000 Kalorien ausgegeben. Der Nährwert der verteilten Lebensmittel ist gering, frisches Obst und Gemüse stehen kaum zur Verfügung. Die deutsche Zivilbevölkerung befürchtet Plünderungen, ein Bauer aus Bergen sagt, die Räubereien durch befreite Gefangene seien »wohl das Schrecklichste seit dem Dreißigjährigen Krieg«. Dabei glaubt er, dass die Juden »reichlich viel Unterstützung durch Rassegenossen aus aller Welt« bekommen und mit Produkten erfreut werden, »die für die hiesige Bevölkerung schon seit langem nur noch ein Begriff waren«. Anfang 1948 verlangt die deutsche Polizei die Durchsuchung des Lagers. Die jüdische Lagerpolizei verweigert den Beamten den Zutritt. Gemeinsam mit 150 britischen Offizieren führt sie die Durchsuchung selbst durch. Es werden einige Kisten Zigaretten beschlagnahmt, 25 Herrenpullover und eine Kuh. Die britische Militärverwaltung zeigt sich über das geringe Ausmaß des Schwarzmarkthandels im DP-Lager Belsen überrascht.

Die nächste Notiz wies auf das Haus mit der Nummer 3.

– Siebtens. Heinz K., damals zwölf Jahre alt. Ihm fällt auf, dass Eichmann, anders als die übrigen Dorfbewohner, seine Hühner nicht mit »Put, put, put« anlockt, sondern nach ihnen pfeift wie nach einem Hund. Heinz K. macht einen großen Bogen um ihn.

Unter dieser Notiz stand eine weitere Notiz, die über keinen eigenen Pfeil verfügte.

– Achtens. Eine Bewohnerin, die einem Fernsehjournalisten ihren Namen nicht nennen möchte. »Alle mochten ihn gern.« Es habe beim Lager eine echte jüdische Stadt gegeben. Ein Räubernest. Dort habe er Handel getrieben. »Von da aus wurde, glaube ich, auch Israel gegründet.«

Die neunte Notiz wies wieder auf das Haus mit der Nummer 4.

– Neuntens. Adolf E. alias Otto H. »In der Lüneburger Heide, da ist das Lager Bergen-Belsen in der Nähe gewesen, es hat ja alles nach Knoblauch gerochen rings herum und zwar nur Juden, denn wer handelte um diese Zeit? Doch nur die Juden und da habe ich mir selbst gesagt, ich, der ich die Juden Holz verhandelt hatte und Eier verhandelt hatte, ich hab mich gestaunt und gewundert und gedacht, sehen Sie mal, Donnerwetter noch mal, und die sollen nun alle umgebracht worden sein und mit mir handeln sie, die Burschen, nicht wahr.«

Die zehnte Notiz stand unmittelbar unter der neunten, ihr Pfeil zeigte nach Nordwesten.

– Zehntens. Hetty W. Während der vierzehneinhalb Monate in Bergen-Belsen, die sie in der Kinderbaracke überlebt hat, hat sie sich nach einem Ei gesehnt. Nun bereitet ihr der Koch im DP-Lager ein Spiegelei zu. Sie bekommt es nicht hinunter. Vom Geruch des Eis wird ihr übel.

Die letzten zwei Notizen waren nicht nummeriert.

– Eine Bewohnerin, die ihren Namen nicht nennen möchte. »Ein paar Mal ist eine blonde Frau gekommen, vom Chiemsee, von Bayern. Die hat dann hier in der Gastwirtschaft gewohnt, und dann hat sie ihn hier öfter mal besucht und hat in der Küche Kaiserschmarren gebacken, das ist ja mal ganz was Neues, im Grunde genommen ist es ein guter Pfannekuchenteig, und dann werden die nicht rund wie die Pfannekuchen, dann wird das immer so kaputt gestoßen, dann sind das so Stückchen. Und das mochte er ja sehr, sehr gerne, Otto Heninger, das war seine Leib- und Magenspeise.« Auf 100 Gramm Mehl kommen drei bis vier Eier. Zeitzeugen berichten übereinstimmend, dass Hunger in der Region kein Problem darstellt.

– Adolf E. alias Otto H. alias Ricardo K. »Ich bin es langsam müde, als ›Unterseeboot‹-fahrender Wanderer zwischen den Welten zu leben.« 2500 Mark hat ihm das Eiergeschäft eingebracht. Nun lässt er sich von Alois Schintlholzer, Sportboxer, Kriegsverbrecher und Freund, unbehelligt in Bielefeld lebend, »in seinem Wagen von Celle bis an die österreichische Grenze« bringen. Nach einigen Tagen Aufenthalt in einem unscheinbaren Hotel bringen ihn Schlepper nach Österreich. In Kufstein nimmt er ein Taxi nach Innsbruck und gelangt über einen Pfad am Brennerpass gegen 1000 Schilling Schleusergeld auf die italienische Seite. Der Sterzinger Stadtpfarrer versteckt ihn in einem Franziskanerkloster in Bozen. Schließlich reist Eichmann auf der »Rattenlinie« des Bischof Hudal, gestützt auf dessen vorzügliche Verbindungen in den Vatikan, mit Visum vom 14. Juni 1950 und Rot-Kreuz-Papieren, ausgestellt auf den Namen Klement, gebürtig aus Bozen, »wie am Schnürchen« nach Argentinien. Zur Tarnung trägt er ein verwegenes Bärtchen. Seinem Weg ins Exil gedenkend, bemerkt er später: »Einst waren es Juden, jetzt war es – Eichmann!«

Johann betrachtete die Verletzung auf seinem rechten Handrücken. Sie war fast abgeheilt. Unter dem Schorf bildete sich frisches Bindegewebe. Es wusste noch von nichts.

Johann zog sein Telefon unter dem Bett hervor und tippte eine Nachricht an Lukas: »Ich bin in einem Gasthaus in einer furchtbaren Fachwerkstadt in Niedersachsen. Mein Bruder, mit dem ich hier bin und der von dem Nazi Adolf Eichmann besessen ist, kennt die genauen geographischen Koordinaten. Es kommt auf den Ort an, sagt er, nicht auf die Zeit. Ich weiß nicht, wann ich zurückkomme. Es wird wohl dauern.« Er las sich die Nachricht einige Male durch, dann löschte er sie, zog sich an und faltete Pauls Karte zusammen. Er legte sie als Zeichen, dass er die Notizen gelesen hatte, auf Pauls Kopfkissen, steckte das Schälchen Aprikosenmarmelade ein, schloss den Vorhang und ging aus dem Zimmer. Von irgendwoher hörte er den Ruf eines Kleibers.

52° 37' 15" N, 10° 4' 0" O

Johann schreckte auf. Während er im Traum seine Fingernägel geschnitten hatte, hatte sein rechter Daumennagel ein Paar Fühler ausgebildet. Nach einer Phase unentschiedener Metamorphose, in deren Verlauf sich auf der Nageloberfläche eine fast nicht wahrnehmbare Wellenstruktur entwickelt hatte, hatte er sich in der Mitte geteilt. Dabei hatte sich der Nagel unter pulsierenden Bewegungen vom Nagelbett gelöst und war, nach kurzem Innehalten, einem Flugkäfer gleich, schwankend aufgestiegen und nach einigen brummend geflogenen Umdrehungen gegen die Deckenbeleuchtung gestoßen.

Paul lag auf seiner Seite des Bettes. Er lächelte selbst im Schlaf, buttrig, ohne Ansprüche zu stellen. Am Fußende standen ein Wanderrucksack, sieben Zetteltüten, sein vollständiges Reisearchiv, und, neben dem Rucksack, ein Paar schwere Wanderschuhe. Johann rüttelte an Pauls Schulter.

»Das Zimmer wirkt dunkel viel kleiner.«

Paul zeichnete ein Dreieck auf Johanns rechten Arm, jedoch so nachlässig, dass es sich wie ein Halbkreis anfühlte. Johann schüttelte den Kopf.

»Ich weiß nicht, wo der Weberknecht abgeblieben ist, und ich will nicht, dass er beim Versuch, mich zu besiedeln, ein Bein auf meinem Gesicht verliert.«

Paul griff nach dem Wunderblock und schrieb:

– Welcher Weberknecht?

Johann leuchtete mit der Taschenlampe seines Handys an die Decke.

– Er verliert sein Bein nicht grundlos. Man muss es ihm schon ausreißen.

Johann dachte darüber nach, was geschehen müsste, um einem Weberknecht im Schlaf versehentlich ein Bein auszureißen. Dann sagte er: »Die True-Crime-Dokumentationen, die ich nachts sehe, widersprechen entschieden dem Klischee, dass Verbrecher an den Ort ihres Verbrechens zurückkehren. Wir fahren morgen aber trotzdem.«

Die Schnur des Vorhangs schlug im Windzug gegen den Fensterrahmen.

53° 34' 25" N, 9° 59' 30" O

– Als am 30. April 1993 Monica Seles in einer Spielpause während der ersten Viertelfinalbegegnung des Citizen Cup, einem Damenturnier am Hamburger Rothenbaum, gegen die Bulgarin Magdalena Maleewa beim Stand von sechs zu vier im ersten und vier zu drei im laufenden zweiten Satz von einem psychisch verwirrten Mann mit einem Messer in den Rücken gestochen wird, bin ich davon überzeugt, dass der Täter mein ehemaliger Mitschüler Uwe Barthke ist. Als ich am Abend einen Bericht über das Attentat in der Tagesschau sehe, wird mir schwindelig, und ich muss mich am Sofa festhalten. Ich bin mir sicher, Schuld an dem Vorfall zu haben, es sind die Spätfolgen meines Schlags gegen Uwes Schläfe, die Auslöser dieser Katastrophe sind. Seither ist Uwes Gehirn Matsch und das Resultat Wahnsinn. In der Nacht gehe ich zum Spätkauf und trinke statt Kakao aus der Kühlung fünf kleine Flaschen Apfelschnaps. Als ich im Morgengrauen nach Hause komme, mache ich das Radio an und erfahre aus den Frühnachrichten, dass der Täter aus der ehemaligen DDR kommt und fünfzehn Jahre älter ist als ich, also unmöglich mein Mitschüler sein kann. Als ich meinen Rausch ausgeschlafen habe, stelle ich Nachforschungen an. Inzwischen weiß ich Folgendes: Günter P., von Beruf Dreher, stammt aus einem kleinen Ort im Ostharz. Erbost darüber, dass Monica Seles zwei Jahre zuvor Steffi Graf vom ersten Platz der Weltrangliste verdrängt hat, seine Traumfrau Steffi, die er aus dem Westfernsehen kennt und deren Spiele er mit einem Videorekorder aufzeichnet, weil sie die Spielerin mit den hübschesten Beinen und dem größten Herzen ist, steckt dieser traurige Mann, nachdem er den Gedanken, sich umzubringen, verworfen hat, ein Schlachtermesser aus der Küche seiner Tante sowie eine Wurst, einen Schlafanzug und 3000 Mark in bar in eine Plastiktüte, löst eine Fahrkarte nach Hamburg, die erste seines Lebens, und sticht drei Tage später auf Monica Seles ein, um sie am Weiterspielen zu hindern. Sie ist eine sogenannte Grunterin, bei Topspin-Schlägen stöhnt sie in einer Lautstärke von bis zu 93,2 Dezibel. Er tut es für Steffi. Im Prozess beschreibt er sich später mit den Worten: »Wir essen nur, was wir kennen«, »Wir machen keine Schulden« und »Wir sind ein häuslicher Typ«.

52° 44' 14" N, 10° 4' 47" O

Am nächsten Tag fuhren sie nach Altensalzkoth. Während sich der Linienbus, besetzt mit träger Landjugend, durch enge Vorstadtstraßen wand, klammerte sich Paul an den Sitz. Er klapperte mit den Zähnen. Am Morgen hatte er den Knöchel seiner linken Hand unter leichtem Drehen auf Johanns rechte Schulter gedrückt. Das Zeichen bedeutete »Du gehörst mir«. Es war eines jener drei Zeichen, deren Einsatz nicht erklärt werden musste und die, Notfällen vorbehalten, keinen Widerspruch duldeten. Es galt bis zum nächsten Morgen. Schließlich hatte Paul Johann mit einer knappen Geste angewiesen, seinen Koffer zu packen. Die Rechnung fürs Zimmer hatte er bereits bezahlt.

»Vom Klappern werden die Zähne locker.« Paul spannte den Unterkiefer an und verschwand im übergroßen Hoodie, den er sich von Johann geliehen hatte. Die busfahrende Landjugend, hypnotisiert von leuchtenden Displays, schien über weniger Gesichtsausdrücke als die Emojis in ihren Handys zu verfügen. Bevor sie Dorf für Dorf ausstieg, steckte sie sich Kopfhörerstöpsel in die Ohren, als müsste sie Verbindung mit einer höheren Macht aufnehmen, die ihre Bewegungen steuerte. Als der Bus entlang eines Bahngleises durch einen Wald fuhr, waren Johann und Paul fast allein. Nur eine alte Dame saß noch auf dem Sitz, der Menschen mit Behinderung vorbehalten war, prüfte den Reifendruck ihres Rollators und blickte missbilligend auf Johanns Koffer, Pauls Wanderrucksack und die sieben Zetteltüten. Ihre Bluse war mit Seesternen bedruckt.

Hinter einer Kurve lag Altensalzkoth, Stadt Bergen, Landkreis Celle. An einem hölzernen Unterstand stiegen sie aus. Während Paul seine Zetteltüten der Größe nach am Straßenrand aufstellte, blickte Johann dem Bus hinterher, bis er nach etwa zweihundert Metern in einer weiteren Kurve verschwand. Johann fühlte sich zurückgelassen. Für den Rest des Tages würde er Paul ausgeliefert sein, seinen Zeichen und Zetteln, die die Welt verflachten und sie zu einer Karte erklärten, an der nichts geheimnisvoll war, nicht einmal ein Olivenbaum, den es nicht gab. Paul zupfte an Johanns Hemd und schob ihn ein Stück.

Das Dorf war nichtssagend. Ein ödes Reihendorf, sieben oder acht Häuser auf dieser Seite der Straße, ein einzelner Hof auf der gegenüberliegenden. »War es hier?«, fragte Johann.

Paul schüttelte den Kopf und zeigte zähneklappernd auf das Bushäuschen gegenüber, neben der Einfahrt zum Hof. Im Wohnhaus dahinter rauschte ein Rollo hinunter. Paul zog den Wunderblock aus einer der Tüten und schrieb:

– In Nummer 8 haben sie mich erkannt.

»In meinem Hoodie siehst du wie ein lebendes Zelt aus, man kann dich nicht erkennen. Wenn Fremde ins Dorf kommen, lassen die Dorfbewohner die Rollos runter. Das ist halt so. Nicht alle sind so misstrauisch wie du, in Nummer 6 steht zum Beispiel ein Globus im Fenster.«

– Ein Globus im Fenster muss nicht bedeuten, dass sein Besitzer weltoffen ist. Vielleicht benutzt er ihn als Lampe.

Paul schob Johann in Richtung des Ortsausgangs.

– Ich würde mich dem Ganzen lieber von der Waldseite her nähern. Hinter der Nummer 13 befindet sich die Zufahrt zum Forsthaus.

Eichmann hatte recht, das Land war schön. Johann bestimmte die Bäume, wie er sie beim Waldgang nach der Sonntagsschule mit ihrem Vater hatte bestimmen müssen. Eichen, Lärchen, Buchen. Die Linde. Der Ahorn. In einer Schonung standen Edeltannen in einer Reihe. Der am häufigsten vorkommende Baum war die Kiefer. Johann erinnerte sich an ihren Namen in binärer Nomenklatur. Pinus sylvestris. Alte Birken krümmten sich über den Weg. Abseits des Weges stand dichtes Unterholz, Farne bedeckten die Böschung. Im Gestrüpp fanden sich Morcheln. »Wo ist eigentlich die Heide?«

– Die blüht erst im August, schrieb Paul auf den Wunderblock und darunter:

– Je mehr er in das Geschehen der Natur hineinhorcht, ob Mikrokosmos oder Makrokosmos, umso weniger kann er in den Forderungen der Regierung seines Volkes Unrecht finden. Ich glaube, in der Naturschönheit erkennt Eichmann den Sinn seines Wirkens.

Sie wechselten auf einen Weg zur Waldbewirtschaftung, der zur Rückseite des Dorfes führte. In einem Strauch entdeckte Johann eine Spinne. Er beugte sich hinunter und betrachtete sie. Ihr Rücken zeigte eine auffällige Färbung. Getigert, dachte Johann. Die Spinne saß reglos im Geäst. Plötzlich ließ sie sich an einem Faden hinunter und verschwand im Unterholz. Sie lebte vom Wald und würde niemals unter menschlichen Zimmerdecken hausen und nachts versehentlich ein Bein verlieren. Sie war die ernstzunehmende Verwandte des Weberknechts aus dem Gasthaus. Als Johann aufsah, kroch Paul über den Boden. Er suchte Zettel zusammen, offenbar war eine der Tüten aufgerissen. Paul nutzte alles Mögliche, um es zu beschreiben, gebrauchte Briefumschläge, Kassenzettel, die Rückseite von Werbezusendungen, unbedrucktes Papier jeder Form und Größe,

Schulblöcke und Notizzettel. Früher hatte er sogar Backpapier beschrieben oder Blätter aus Ringbucheinlagen. Als er ins Gymnasium gekommen war, hatte er sich von ihrem Vater einen großen Vorrat davon anschaffen lassen. Jetzt wischte er den Schmutz von den verknickten Papieren und verstaute das Konvolut butterlächelnd in einer Tüte, die er aus einer der anderen Tüten gezogen hatte. Sie trug die Werbeaufschrift eines Herstellers für Kompressionsstrümpfe. Johann erinnerte sich, dass Venen bei kapitulierenden Klappen Konvolute ausbildeten, krautige Strukturen, Knöchelbewuchs. Am Anfang seiner Zeit in der Agentur hatte er den Namen für eine Venensalbe erfunden: Phleboton®. Die Absatzzahlen hatten die Erwartungen des Herstellers aber nicht erfüllt.

Paul setzte sich auf einen Baumstumpf und zeichnete mit dem Zeigefinger einen spitzen Winkel auf Johanns rechten Oberschenkel. Johann setzte sich neben ihn auf einen querliegenden Stamm und bemerkte beiläufig, dass er es für möglich halte, dass Birken vielleicht doch keine Gräser seien. Vor ihnen lag das Dorf. Eine Scheune, ein paar Schuppen, hinter Eichen gelegen. Restaurierte Fachwerkhäuser, Blumenkästen vor den Fenstern, Schützenscheiben, mit Jägerstolz an den Hauswänden befestigt. Geharkter Kies auf den Wegen, gepflegte Rasenflächen, von blühenden Rabatten begrenzt. Unter einer Gruppe dunkler Tannen stand ein Bienenstock.

– Haus Nummer 1. Ein Garten wie ein Kurpark, schrieb Paul auf ein Stück Geschenkpapier.

– Sie täuschen durch Schönheit.

Er biss die Zähne zusammen und forderte Johann zum Mitkommen auf.

Ein alter Mann, der mit einer Metallzange Laub vom

Kies einer Zufahrt klaubte, grüßte sie schroff. Johann nickte, Paul klapperte wieder mit den Zähnen.

– Er hat mich merkwürdig angesehen, schrieb er auf den Wunderblock, als sie auf die Straße zurückkehrten.

»Nein«, sagte Johann. »Hat er nicht. Können wir jetzt bitte endlich den Tatort in Augenschein nehmen?«

Paul zog sich die Kapuze des Hoodies ins Gesicht, und Johann imitierte den schweren Gang der Ermittler aus den nächtlichen True-Crime-Dokumentationen. Vor dem hölzernen Bushäuschen auf der Seite des allein stehenden Hofes stellten sie ihr Gepäck ab. Mehrere dunkle Flecken waren auf dem Straßenpflaster und dem angrenzenden Asphalt zu erkennen. Johann dehnte seinen Körper, dann krempelte er die Ärmel hoch, bückte sich und untersuchte die Flecken eingehend. Als er aufstand, blickte er mit zusammengekniffenen Augen über die Felder.

»Wo hattest du die Hühner her?«

– Von den Höfen.

»Und du hast alle gleichzeitig hierhergeschafft?«

– Nein. Ich bin zweimal gegangen.

»Das sind jedes Mal fast zehn Hühner.«

– Einmal neun, einmal acht.

»Wie trägt man neun Hühner?«

– Am Hals.

»Aber sie wehren sich doch.«

– Die meisten waren schon tot.

»Der Ablageort war also nicht der Tatort?«

– Nein.

»Wie sind sie gestorben?«

– Ich habe ihnen den Hals umgedreht.

»Einfach so?«

– Naja.

»Aber das muss man doch gehört haben.«

– Es ging ziemlich schnell.

»Irgendjemand wird etwas gesehen haben.«

– Es war dunkel.

»Wenn es dunkel war, wie konntest du etwas erkennen?«

– Ich hatte eine Stirnlampe.

»Und die Autofahrer, die hier durchgekommen sind?«

– Die fahren mit neunzig Stundenkilometern durch den Ort.

»Wo hattest du das Beil her?«

– Das habe ich mir im Baumarkt besorgt. Genauso wie die Stirnlampe.

»Wenn die Hühner schon tot waren, warum hast du sie zur Bushaltestelle gebracht?«

– Ich wollte, dass man das Blut sieht.

»Wer?«

– Das weiß ich nicht.

»Was hast du dann gemacht?«

– Ich habe den Hühnern die Köpfe abgehackt.

»Und danach?«

– Dann habe ich die Köpfe hinter dem Bushäuschen vergraben.

»Warum?«

– Weil sie mir leidgetan haben.

»Und dann?«

– Dann habe ich mich ins Bushäuschen gesetzt und gewartet.

»Worauf?«

– Das weiß ich auch nicht.

»Warst du erschrocken?«

– Es sah weniger bedrohlich aus, als ich angenommen

hatte. Die einzige Straßenlaterne im Dorf wird mit Natriumdampf betrieben. In diesem Licht sieht Blut schwarz aus.

»Was ist dann geschehen?«

– Lange nichts. Es war ja mitten in der Nacht.

»Was hast du die ganze Zeit gemacht?«

– Ich habe im Bushäuschen gesessen und an Eichmanns Zukunftsroman gedacht.

»An was?«

– An Eichmanns Zukunftsroman. Nach geglückter Flucht schreibt er in Argentinien angeblich an einem Manuskript. In der Provinz Tucumán lässt er fliegende Untertassen landen. Ein Kommando vom Planeten Mars stellt sich der menschlichen Rasse entgegen, die sich im Irrsinn eines Atomkriegs selbst zu vernichten droht. Die Menschheit unterwirft sich, doch die Marsianer legen zur allgemeinen Überraschung in einer Geste universellen Großmuts die Kontrolle des Planeten in die Hände der friedliebenden Argentinier, denn ein wahrer Arier spaltet keine Atome.

»Du spinnst, Paul.«

– Deswegen bin ich ja auch in die Psychiatrie gekommen.

»Wie eigentlich?«

– Wie was?

»Wie bist du in die Psychiatrie gekommen?«

– Im Morgengrauen kam die Polizei. Jemand im Dorf muss sie alarmiert haben.

»Was haben die Polizisten gemacht?«

– Sie haben beruhigend auf mich eingeredet. Sie haben wohl angenommen, dass ich verrückt bin.

»Verständlich. Hast du ihnen etwas erklärt?«

– Ich konnte nicht.

»Warum nicht?«

– Ich hatte den Wunderblock am Nachmittag versehentlich im Schließfach eingeschlossen.

»Du hättest dir doch auch einen Zettel von den Polizisten geben lassen können.«

– Ja. Ich war aber auch sehr müde.

Johann nickte eine Weile.

»Möchtest du noch etwas hinzufügen?«

– Nein, schrieb Paul.

– Ich habe Hunger.

»Auf Chicken Wings?«, fragte Johann. Es klang gallig.

Paul zog einen Stapel Zettel aus einer seiner Tüten, zählte einige ab, verstaute sie in einer anderen Tüte und legte den Rest des Stapels in die Tüte zurück, aus der er ihn zuvor genommen hatte. Dann beschrieb er einen Papierfetzen und legte ihn in Johanns Hand.

– Das Dorfgasthaus ist mittlerweile ein Landhotel mit drei Sternen.

52° 44' 30" N, 10° 4' 24" O

Das Landhotel sah aus, als laste ein Nebel auf ihm. Ein unerwartet großer Parkplatz mit gesondert ausgewiesenen Stellplätzen für Motorräder umgab das Haupthaus, hinter einem Sichtschutz befand sich ein ungenutzter Außenbereich mit Brauereimöbeln. Die glatte Klinkerfassade nahm dem Gebäude jede Eigenart. Ein Zweckbau, der seine wahre Bedeutung hinter heruntergelassenen Rollos verbarg. Paul drängte Johann zu einem Seiteneingang. Der Flur, den sie betraten, schien die Schmucklosigkeit, die sich draußen zeigte, drinnen wettmachen zu wollen. Er war mit verschiedenen Hühnern dekoriert, Hühnern aus Holz, aus Steingut, aus Stoffresten, Hühnern in unterschiedlicher Größe, manche bunt und detailreich, andere stilisiert und monochrom. Einige besonders kleine Hühner aus Metall hatten mechanische Schnäbel.

»Und wo ist in diesem Hühnerstall die Rezeption?«, fragte Johann.

– Wir übernachten hier nicht, schrieb Paul auf den Wunderblock, wir essen etwas, und dann gehen wir wieder.

Johann erwiderte nichts. Das Zeichen vom Morgen verbot jegliche Widerrede.

Im Gastraum stand die Luft. Am Tresen stopfte eine Frau Zigaretten auf Vorrat. Vor ihr lagen annähernd zwanzig Stück. Zwei Männer tranken Bier. Paul schob seinen Rucksack und die sieben Zetteltüten unter eine Eckbank, Johann rollte seinen Koffer zur Garderobe. Unter einer schweren Kupferlampe nahmen sie Platz.

– Trittst du als Deutscher hier herein, so soll dein Gruß Heil Hitler sein.

Paul grinste. Johann zwang sich, nicht zu lachen. Vor die eigentlichen Fenster des Gastraums waren Scheiben mit Hinterglasmalerei gesetzt worden, die nur wenig Tageslicht durchscheinen ließen. Der Maler hatte landwirtschaftliche Motive gewählt. Ein Imker schlug Honig, ein Bauer trieb ein Zugpferd über den Acker, ein Jäger legte an. Im Hintergrund sah man die Silhouetten heimischer Wildtiere. Der Wirt trat an den Tisch und reichte ihnen die Speisekarten.

»Wer zahlt?«, fragte Johann, während er durch die Karte blätterte.

– Ich. Es ist mein Tag.

»Dann nehme ich Wildragout auf Pfifferlingen mit Oldenburger Klößen. Und du?«

– Irgendwas mit Kroketten, schrieb Paul.

»Du bekommst das Jägerschnitzel mit Champignons. Da sind die mit bei. Bier?« Paul nickte.

Die Speisekarten machten ein schmatzendes Geräusch, als der Wirt sie vom Tisch nahm.

Während sie auf das Essen warteten, legte Paul den Kopf schief, als müsse er über etwas nachdenken. Er beugte den Oberkörper vor und grinste noch einmal.

»Warum grinst du?«

Paul zog einen Zettel aus der Tasche des Hoodies.

– »Manchmal musste ich grinsen, wenn der Gastwirt mir von dem Geschreibe der Lokalzeitungen erzählte. ›Wahrscheinlich ist das alles erlogen und erdichtet‹, pflegte er zu sagen, – und mich machte das sehr froh und zufrieden.«

Während Johann las, zog Paul einen weiteren Zettel aus dem Hoodie.

– In der Abgeschiedenheit der Heide erkennt Eichmann die Naturnotwendigkeit seines Handelns. In Buenos Aires erklärt er die Unausweichlichkeit der Endlösung an einem naheliegenden Beispiel: »Das ist genauso, als wenn ich heute eine Hühnerzucht habe, und ich muss heute 100 oder 10 000 eierlegende Hühner haben, da muss ich in Wahrheit 200 000 Hühner brüten lassen in den Brutmaschinen, weil nämlich die Hälfte Hähnchen, die Hälfte Hühner sind.«

Johann schob den Zettel über den Tisch und nickte. Es hatte angefangen, als Paul zwölf gewesen war. Damals hatte er begonnen, alte Männer, selten auch alte Frauen, die er auf der Straße sah, in der U-Bahn, in Geschäften, in Wartezimmern oder im Urlaub am Strand, zu verdächtigen, während des Dritten Reiches schuldig geworden zu sein. Er wollte herausfinden, ob man ihnen das Böse ansah, ob es einen Unterschied gab zwischen dem Ausdruck auf den Gesichtern der Opfer, die er von den Aufnahmen aus den Konzentrationslagern kannte, und dem Ausdruck auf den Gesichtern der Täter, von denen er sich umgeben glaubte. Es dauerte eine Weile, bis er begriff, dass dies nicht der Fall war. Opfer und Täter hatten dasselbe gesehen, sie waren gleichermaßen Zeugen des Bösen geworden und mussten dieselbe Anstrengung aufbringen, um das Böse, das sich ihnen gezeigt hatte, zu verleugnen.

Der Wirt servierte das Essen. »Lecker«, sagte Johann, doch das Gesicht des Wirts blieb ausdruckslos.

Sie aßen schweigend, Johann mit großem Appetit, Paul, indem er die Panade von seinem Jägerschnitzel pulte. Nach einer Weile legte er das Besteck auf den Teller. Er klapperte wieder mit den Zähnen, als er in winziger Schrift auf den Abriss einer Eintrittskarte für ein Museum schrieb:

– Ich versuche mitzuhalten. Ich kann auf diese Weise aber nur eine begrenzte Zeit leben, irgendwann platzt mir das Hirn. Eichmann hat in seiner Zelle in Israel Tausende Seiten vollgeschrieben. Er wollte unbedingt das letzte Wort haben. Also musste ich was tun. Und die Hühner hier im Hotelflur haben mich auch ziemlich wütend gemacht.

Johann griff nach Pauls linker Hand und strich über die Kuppe seines kleinen Fingers. Das Zeichen war eine Frage: »Weinst du?« Paul zuckte mit den Schultern und schien restlos in Johanns Hoodie zu verschwinden. »Ich verstehe dich nicht, Paul. Habe ich noch nie. Aber ich habe mir immer vorgestellt, dass du das Richtige tust. Du bist mein großer Bruder. Aber weißt du, du wirst überall Böses finden. Selbst da, wo ein Globus im Fenster steht. Ich glaube nur nicht, dass du dort hingehen musst, wo es ist, das Böse, nämlich außerhalb, außerhalb deiner Welt. Du bist nicht böse. Du bist nur stur und nervig und sonderbar. Und du bist nicht verantwortlich. Du hast nichts getan, Paul. Naja, ziemlich viele Hühner gekillt. Ich weiß auch nicht.«

– Wenn du noch länger meine Hand hältst, denkt der Wirt, wir seien ein Paar. Das könnte unangenehm werden.

Paul gab Johann sein Portemonnaie und lächelte in die Kapuze des Hoodies. Johann zahlte am Tresen und gab ein unangemessen hohes Trinkgeld. Vor der stopfenden Frau lagen mittlerweile fast vierzig Zigaretten. Johann dachte kurz darüber nach, ob er die Zigaretten, die die Frau in der letzten Dreiviertelstunde vor der Tür geraucht hatte, zu ihrem Vorrat hinzurechnen müsste. Dann winkte er Paul zum Ausgang.

»Eichmann-Eck«, sagte er, als sie draußen auf dem Parkplatz standen. Paul stellte seine Zetteltüten in eine Reihe und wühlte in seinem Wanderrucksack. »Und was jetzt?«, fragte Johann. Paul zeigte in die einbrechende Dunkelheit. Er setzte sich eine Stirnlampe auf den Kopf, schaltete sie ein, griff nach den Zetteltüten und überquerte die Straße. Johann folgte ihm. Die Rollen seines Koffers knirschten über den Asphalt.

52° 44' 14" N, 10° 2' 30" O

Die Ackerfurche war für den Rollkoffer zu schmal. Die Kofferschale schürfte durch den Dreck, die Rollen scheuerten über den Boden, der Teleskopgriff knackte besorgniserregend. Eine Zeitlang hatte Johann Paul noch folgen können. An vereinzelt stehenden Häusern vorbei, waren sie über einen Schotterweg gehetzt, hatten ein Bahngleis überquert, waren über eine Brache gestolpert und schließlich auf einen Sandweg eingebogen. Dort hatte Paul das Tempo erhöht. Entlang eines Bewässerungskanals waren sie durch ein schmales Waldstück gelaufen, an dessen Ende Paul über das Wasser gesprungen und in der Dunkelheit verschwunden war. Johann sah nur hin und wieder das Licht der Stirnlampe aufflackern. Er zerrte an seinem Koffer und fluchte ausgiebig. Mit einem einzigen Zeichen hatte Paul ihm seinen Willen aufgezwungen.

Plötzlich stand Johann vor einem Elektrozaun. Die Weide war fast nicht zu erkennen, doch die Präsenz des Viehs war überwältigend. Es schien, als atme die Luft Rind. Hinter dem dünnen Draht lag eine Hügellandschaft schwergewichtigen Lebens. Johann hob vorsichtig den Koffer an und schlich weiter. Auf dem Weg, den er schließlich mit angehaltenem Atem erreichte, lag in einer Kurve die Stirnlampe. Paul hatte in ihrem Schein einen Pfeil in den Sand geritzt. Johann hob die Lampe auf und setzte sie sich auf den Kopf. Während er dem Pfeil folgte, blickte er zu Boden auf der Suche nach weiteren Hinweisen. An einem Verschlag entdeckte er Pauls Zetteltüten, die in einem Halbkreis standen. Paul selbst war verschwunden. Johann hockte sich zu den Tüten und wartete.

Nach einer Weile hörte er aus dem nahen Waldstück knackende Geräusche. Paul brach durchs Unterholz. Er näherte sich der Stirnlampe und grinste breit. Dann nahm er die Zetteltüten und gab Johann ein Zeichen, ihm zu folgen. Sie schlugen sich etwa dreißig Meter durchs Dickicht. Der Wald lichtete sich, und Johann erkannte im fahlen Schein, der von seinem Kopf ausging, einen massiven Steinquader von vier Metern Länge, zwei Metern Breite und zwei Metern Höhe. Der Klotz war fensterlos. Die Wände zeigten Spuren von Rost und waren an manchen Stellen von Flechten überwachsen. Eine Ecke des Klotzes war ausgeschlagen und ließ das Gestein erkennen, das dem Beton beigemischt worden war. Paul führte Johann zu einer türlosen Öffnung von etwa achtzig Zentimetern Höhe. Aus der Öffnung stank es nach Schwamm und Fäulnis.

Im Inneren des Klotzes nahm Johann die Stirnlampe vom Kopf und leuchtete in die Ecken. Er erkannte zwei eingerollte Schlafsäcke, zwei Isomatten und allerlei Campingutensilien. Auf einem Gaskocher stand ein Aluminiumtopf in Tarnoliv, daneben stapelten sich einige Tütensuppen, eine Dose Ravioli und ein großes Stück Gouda, dessen Verpackung mit Gummibändern gesichert war. An einem Haken an der Wand hing ein gehäkelter Topflappen. Neben dem Eingang zum Klotz lag ein Bündel aus zusammengebundenen Plastiktüten. »Das ist nicht dein Ernst«, sagte Johann. Seine Stimme klang wie das schnarrende Geräusch eines Blechspielzeugs. »Du bist wirklich verrückt geworden.« Paul fasste an Johanns rechten Ellenbogen und zeichnete ein Kreuz. Das Zeichen bedeutete »Er ist weg« und »Beruhige dich«. Johann machte sich los und kroch wieder ins Freie. Er sprang über die Lichtung und rief: »Du bist verrückt! Du bist verrückt!« Paul packte ihn, legte ihm seinen

Zeigefinger auf die Lippen und zog ihn auf einen querliegenden Baumstamm. »Mein Bruder ist ein Schizo, und ich hänge mit drin. Ich bleibe hier keine zwei Sekunden. Nicht mal eine. Ich bin nämlich nicht verrückt, Paul. Weißt du eigentlich, was hier für Tiere im Laub rumschuffeln? Nicht nur Weberknechte und Spinnen, auch andere Tiere. Größere Tiere. Zum Beispiel welche, deren Bestimmung es ist, andere Lebewesen zu töten. Und sie machen da wenig Unterschiede. In dem Ding da lauern bestimmt irgendwelche Viren. Was, wenn ich von denen Fieber bekomme? Oder Ausschlag? Oder was mit Eiter? Hast du schon mal eine wütende Kuh gesehen? Oder eine ganze Herde wütender Kühe? Und was, wenn hier ein Serienmörder durchkommt, dessen Bestimmung es ebenfalls ist, andere Lebewesen zu töten? Ich drehe schon durch, wenn mir jemand mein Handy klaut. Ich hasse Tütensuppen. Ich hasse Dosenravioli. Und ich esse Gouda am liebsten geschmolzen. Ich finde Betten gut und Duschen und Aprikosenmarmelade vom Frühstücksbüfett. Und was ist das hier überhaupt? Das gehört doch jemandem. Das ist verboten. Wir werden verklagt und müssen Sozialstunden ableisten in einer Einrichtung für drogenaffine Jugendliche. Dafür habe ich keine Zeit. Du drückst mir deine Hand in die Schulter und missbrauchst mein Vertrauen. Das ist das Letzte, Paul. Ich hänge da mit drin. Wo kriege ich jetzt ein Bett her? Ich schlafe nicht in diesem Klotz! Ich schlafe nicht in diesem Klotz!«

Es fand sich ein Kompromiss. Statt in dem Klotz zu schlafen, schliefen sie auf dem Klotz. Nachdem Paul Johann noch eine Weile mit hängendem Kopf zugehört hatte, hatte er seinen rechten Zeigefinger zwischen Johanns linken Mittel- und Ringfinger gelegt und dort liegen gelassen. Es war kein existierendes Zeichen. Paul hatte ein neues erfunden, das ungefähr bedeutete: »Ich beschütze dich am Tag, ich beschütze dich in der Nacht, und ich beschütze dich bei dem idiotischsten Campingausflug, der jemals unternommen wurde. Ich werde mich zwischen dich und jedes mörderische Tier stellen, und ich werde dafür sorgen, dass du weder hungerst noch frierst. Ganz besonders werde ich darauf achten, dass dich die Viren des Waldes nicht krank machen.«

Sie lehnten den Baumstamm, auf dem sie gesessen hatten, an die Stirnwand des Klotzes, und Johann ließ Paul hochsteigen und probeliegen. Er umrundete den Klotz mehrfach, beleuchtete mit der Stirnlampe seine Kanten und vergewisserte sich, dass man, flach auf dem Beton liegend, von unten nicht gesehen werden konnte. Dann reichte er Paul die Ausrüstung hinauf, die Isomatten, die nach Chemie stanken, die Schlafsäcke, die ebenfalls nach Chemie stanken, ein Jagdmesser, ein Mückenspray, einen Wasservorrat in einem kleinen Kanister, ein Glas Aprikosenmarmelade, das sich unerwartet unter Pauls Vorräten befand, das Stück Gouda und eine Zetteltüte mittlerer Größe. Die übrigen Tüten blieben im Inneren des Klotzes. Johann bestand darauf, dass sein Rollkoffer ebenfalls aufs Dach gehoben wurde. »Den überlasse ich auf keinen Fall irgendwelchen Tieren. Oder den Geistern, die hier nachts durch den Wald schwirren.«

Die Waldgeister rauschten wie Wind durch die Bäume. Sie knisterten, knirschten und knackten. Sie krachten im Holz. Sie sirrten und summten. Sie raschelten im Dickicht. Wo es feucht war, schwelten, gärten und brodelten sie. Der Wald, ihr Reich, ächzte. An Schlaf war nicht zu denken.

Paul griff nach Johanns rechter Hand und klopfte auf den Knöchel des Mittelfingers. Das Zeichen bedeutete: »Freu dich.« Johann hasste Camping. Er war in den Sommerferien einmal mit der Familie seiner Freundin Britta Tiedemann auf einem Campingplatz am Plöner See gewesen. Herr und Frau Tiedemann übernachteten im Wohnwagen mit Vorzelt, für Britta und Johann war ein Zwei-Personen-Doppeldachzelt angeschafft worden, das sich bereits nach der ersten Regennacht als unbrauchbar erwies. Die Nähte waren undicht, und das Wasser durchtränkte die Schlafsäcke. Fortan musste Abend für Abend das Vorzelt geräumt werden. Frau Tiedemann hatte dort eine Feldküche eingerichtet. Herr Tiedemann, stellvertretender Landesinnungsmeister des Fleischerverbandes mit zwei Filialen in der Stadt und einem Imbisswagen an der Bundesstraße, erwartete auch im Urlaub reelles Essen. Brittas Pausenbrote waren stets mit Lyoner belegt, mit Schweinebauch oder Rinderzunge. Oft gab es noch eine Wiener extra. Was warmblütig war und sich in Ställen halten ließ, wurde in den Tiedemann'schen Betrieben verarbeitet. Frau Tiedemann briet, dünstete und schmorte, bis sich, wie sie sagte, die Poren schön verschlössen, worauf Herr Tiedemann ihr einen Vogel zeigte, das Fleisch, das in der Schlachterei Tiedemann verarbeitet werde, habe keine Poren, Poren seien Löcher, und wo, bitte, sehe sie hier Löcher? Wenn sie Löcher sehen wolle, könne er ihr vom Schlachthof einen ausgestochenen Anus mitbringen, dann habe sie ihr Loch und beileibe nicht nur das. Bei Tiedemanns lachte man ununterbrochen und redete ständig durcheinander. Immer wieder ließ sich Johann für zu Hause neue Anlässe einfallen, um sie besuchen zu können. Seit Britta ihm ihren rechten Nippel gezeigt hatte, aber nur den rechten (»Wieso nicht auch den linken, ist der anders?«), war sie seine beste Freundin. Gerade als Johann ihr auch was hatte zeigen wollen, hatte es zu Mathe bei Herrn Becher geklingelt. Erst Jahre später, als Britta ihn in Berlin besuchte, zeigte Johann ihr was, und als sie anschließend versuchten, miteinander zu schlafen, und dies misslang, machte Johann Britta dafür verantwortlich, dass es heterosexuell bei ihm nicht so lief. Während er ihr die kränkenden Strapazen randständiger Homosexualität auseinandersetzte, schwieg Britta und starrte auf die Kerze, die sich in die Breite tropfte. Dann weinten sie ein bisschen und versuchten noch einmal, miteinander zu schlafen.

Herr Tiedemann hatte sich für den Campingurlaub ein Segelboot zugelegt, und nun dümpelten sie mit schlaffem Hochsegel auf dem Plöner See herum und ruderten erst wieder an Land, wenn Frau Tiedemann ihnen vom Ufer her Zeichen gab, dass der Tisch gedeckt sei und der Braten durch. Es war unglaublich öde. Johann hasste es, bei Schweinemedaillons von anderen Campern begafft zu werden, bei Rindsrouladen feuchten Rasen unter den nackten Füßen zu spüren und bei Frikadellen auf Sand zu beißen. Er hasste es, den Krakauern zuzusehen, wie sie in der Kühlbox grau wurden. Er hasste die Gemeinschaftsduschen, er schämte sich seines Spiddelkörpers, und er hasste den schmierigen Belag auf den Fliesen. Er hasste die affektierten Bewegungen des allein reisenden Mannes, der sogar nackt aussah, als trüge er ein Halstuch, und er hasste es, wenn dieser Mann wie er selbst gebannt auf den Schwanz von Herrn Tiedemann starrte, der einer zufriedenen Fleischwurst gleich unter seiner Wampe schwankte. Er hasste die Tiere, die nicht begriffen, dass ein Vorzelt eine vorübergehende Behausung war, und die sich in Falten und Ritzen einnisteten, als wollten sie dort überwintern. Er hasste seinen klammen Schlafsack, und er hasste, dass er mit seinem Zeh ständig an einem der Heringe hängen blieb. Am Ende des Urlaubs hasste er die Tiedemanns. Er war erst wieder versöhnt, als Britta einige Wochen später, nachdem Johann wegen einer lächerlichen

Punktzahl auf der Teilnehmerurkunde der Bundesjugendspiele von den anderen nur noch Weitwurfschwuchtel genannt wurde, in der Schule die Rolle übernahm, die Pauls Rolle hätte sein sollen, und ihn wie einen Bruder beschützte.

Die Baumwipfel schwankten im Wind. Johann lag in seinem Schlafsack wie in einem schützenden Kokon, auch wenn dieser Kokon nach Chemie stank. Er fühlte sich wie der Nachwuchs einer Spinne, dem im mütterlichen Gespinst kräftige Beine wuchsen. Diese Beine würde er nicht mehr verlieren. Natürlich war er wütend auf Paul, weil er seinen Willen durchgesetzt hatte und erwartete, dass Johann nun Dosenravioli essen würde. Doch zugleich fühlte er sich in der Obhut seines Bruders so unbekümmert wie schon seit langem nicht mehr. Er verwilderte. Die Stadt der Weberknechte hatte er hinter sich gelassen. Vor ihm lag eine Freiheit, die sich als Campingausflug tarnte.

»Du machst das für mich, oder?«, fragte er.

Paul gab vor zu schlafen. Doch Johann wusste es besser.

Vier

53° 28' 25" N, 10° 11' 34" O

– Seit wir im Fertighaus wohnen, geht Vater zum Prügeln in den Keller. Er hebt das linke Bein, stellt es auf einen Stuhl oder Hocker, zieht Johann zu sich heran, legt ihn übers Knie und zerrt ihm die Hose herunter. Er schlägt ihn mit seinen Hauslatschen. Trifft er Johann mit der Sohle, knallt es, und dem Schlag wird ein geeigneter Widerstand entgegengesetzt, trifft er ihn mit einer der Kanten, verliert sich der Schlag, er wird dann nicht mitgezählt. Mich schlägt Vater nie. Er zieht nur manchmal fest an meinem Arm. Vater straft uns siebenfältig, um unserer Sünden willen, dass wir nicht im Sauerteig der Bosheit Ostern halten müssen, sondern im Süßteig der Lauterkeit. So lehrt er uns das Reich Gottes. Vater sagt, die Qual, die seine Seele beim Strafen empfinde, zähle hundertfach im Vergleich zum Schmerz, den Johann durch seine Schläge erfahre. Diese Qual sei nur mit fortwährendem Gebet zu ertragen. Den Prügeln folgt in der Regel ein mehrtägiger Hausarrest.

Johann hat mir im Wohnzimmer Pirouetten vorgeführt und sich, um es schwerer zu machen, mit bloßen Füßen auf den *Pfingstjubel* gestellt. Er trägt einen Badeanzug von Tante Ulla, was ziemlich komisch aussieht. Vater kommt unerwartet herein. Später erfahre ich, dass er die Apotheke vorzeitig geschlossen hat, ein Fachbetrieb ist beauftragt worden, Messungen am Außenmauerwerk durchzuführen, aufsteigende Erdfeuchte hat einen Schimmelbefall verursacht. Als Vater Johann sieht, packt er ihn, schleift ihn hinaus und stößt ihn die Kellertreppe hinunter. Johann fällt hin oder lässt sich fallen, egal, jedenfalls schlägt er sich an den Fruchtkonserven den Ellenbogen auf, nichts Schlimmes, nur ein bisschen Blut, aber Vater tobt. Er will das Fleisch freilegen, die Sehnen, die Nervenstränge, den ganzen Leib, weiß wie Lämmermilch. Dieser Leib, der der Tempel des Heiligen Geistes sein sollte und nun zur Wohnstatt des Widersachers geworden ist. In jeder einzelnen Zelle habe sich der Antichrist eingenistet, um in frechem Triumph dem Schöpfer seinen Hohn entgegenzuschleudern. Vater ballt seine Hand zur Faust. Das Pfingstwunder trifft ihn in der Waffenrüstung des Herrn, im handelnden Gebet, den Sohn züchtigend, auf dass die Heerscharen des Himmels obsiegen, den Sohn, dessen Schuld unter der milchweißen Haut gärt wie saurer Teig, den jüngeren Sohn. Die Zungenrede klingt bei Vater wie rückwärts gesprochen. Er lobpreist den Herrn, während sich Johann auf den Fliesen krümmt. »Hier bin ich.« Vater frohlockt. Dann bricht er in Tränen aus.

52° 44' 14" N, 10° 2' 30" O

Bisher hatte Johann zwischen Hunden und Katzen unterschieden, die er jeweils nicht besonders mochte, zwischen Vögeln, Insekten, Nutztieren und solchen, die in Tierdokumentationen vorkamen. Seit einigen Tagen wusste er etwas über Hühner, wenig mehr über Rehe, und seit gestern unterschied er außerdem zwischen Weberknechten und Spinnen. Doch kein Wissen hätte ihn auf die Nacht vorbereiten können, die er neben seinem unschuldig schlafenden Bruder auf dem Dach dieses Betonklotzes verbringen musste, dem Lärm des niedersächsischen Tieflandes ausgesetzt. Waldesstille bestand hier lediglich als Abwesenheit von Autolärm, der vom Knistern und Knacken im Gehölz übertönt wurde. Nager huschten durchs Dickicht, Vögel stoben auf und riefen sich in der Dunkelheit Botschaften zu, Käfer rutschten von den Blättern, Reptilien scharrten am Totholz. Manche Geräusche waren marternd gleichförmig, sie ließen auf Nachtarbeiter schließen, die sich ihren Weg durchs Gestrüpp bahnten und geschäftig Vorräte aufhäuften, andere waren dumpf, als seien ihre Verursacher im Schlaf aufgeschreckt und aus ihren Nestern gefallen, wieder andere waren unangenehm schleppend und verrieten die Niedertracht derer, die sie hervorriefen. Am aufdringlichsten waren die Geräusche, die plötzlich auftraten, scheinbar zufällig, ein überraschendes Knacken, ein unerwartetes Rascheln, der jähe Ruf eines Vogels. Über all dem strich der Wind durch die Bäume und ließ die Äste singen.

Im Morgengrauen stieg Johann gerädert vom Klotz. Er zog seinen Koffer vom Beton, schleppte ihn über die Lichtung zum Eingang ihrer Behausung, suchte nach seinen Kopfhörern, stellte auf seinem Handy eine Playlist mit basslastiger Musik zusammen und zog die größte Unterhose an, die sich in seinem Gepäck finden ließ. Er rannte los, durchs Unterholz, über den Weg, am Verschlag vorbei und weiter ins unbekannte Tiefland. Die Lautstärke seines Handys stellte er auf Maximum, um der Vergeblichkeit seines nächtlichen Lauschens aufrichtigen Krach entgegenzusetzen. Die Unterhose, die wie eine alte Sporthose aussah, tarnte ihn als morgendlichen Jogger.

Als Paul zwei Stunden später über die Kante des Klotzes sah, hatte Johann den kleinen Wasserkanister mit Gafferband, das er bei Pauls Campingausrüstung gefunden hatte, am Zweig eines halbhohen Buschs angebracht, einem Holunder, wie er meinte, an den Zweig einen Bindfaden geknotet, aus einigen Blättern und zusätzlichem Klebeband eine Art Trichter gebaut und diesen am Ausguss des Kanisters befestigt. Unter gelegentlichem Ziehen des Bindfadens nutzte er den Aufbau als Dusche. Paul machte sich durch Klopfen bemerkbar. Johann ließ den Bindfaden los, setzte die Fensterglasbrille auf, überquerte die Lichtung und las, was Paul auf den Wunderblock geschrieben hatte.

– Warum die Blätter?

»Damit sich der Radius vergrößert.«

– Tut er es?

»Nein.«

– Und wo nehmen wir jetzt unser Trinkwasser her?

»Wasser gibt es hier überall. Die Kühe müssen ja auch irgendwas trinken.«

– Zu meiner Ausrüstung gehört eine ziemlich komfortable Campingdusche.

»Musst du mir im Augenblick deines Triumphes unbedingt auf den Schwanz sehen?«

Paul stieg vom Klotz.

Als Johann nach langem, unentschlossenem Wühlen in seinem Koffer in einem von Pauls verwaschenen Trainingsanzügen wieder auf der Lichtung erschien, hatte Paul auf dem Campingkocher die Reste des Wassers für etwas Instantkaffee aufgekocht, seinen Schlafsack auf dem Waldboden ausgebreitet und darauf Aluminiumteller, Campingbesteck und allerlei Frühstücksvorräte verteilt.

– Was willst du essen?

»Kakao, Knäcke, Konfitüre und Ketamin.« Johann lachte.

– Nimmst du auch Brot mit Gouda?

»Bei Tiedemanns gab es morgens wenigstens Schmalzbrot. Da haben die Grieben schön zwischen den Zähnen geknackt.«

Mittlerweile lebte Britta vegetarisch, mit dem festen Vorsatz, sich in absehbarer Zeit vegan zu radikalisieren. Nach einer Heilpraktikerausbildung hatte sie sich als psychologische Beraterin selbstständig gemacht. Sie beschäftigte sich ausgiebig mit dem Inneren Kind ihrer Klienten. Sie hielt es für unbelehrbar. Gelegentlich besuchte sie Johann in Berlin.

»Übrigens habe ich Britta nie geküsst«, sagte Johann. »Ich hatte Angst, mit meiner Zunge in ihrer Zahnspange hängen zu bleiben.«

Nach der ersten ließ sich Johann noch eine zweite Scheibe Brot mit Gouda geben, danach bestrich er drei Scheiben mit Aprikosenmarmelade und gab Paul eine davon ab. Während sie aßen, reichte Paul Johann auf einem Bogen Millimeterpapier eine Übersicht der wichtigsten Campingregeln. Das Blatt war mit den Worten »Mit Ernst und Ausdauer« überschrieben. Paul verlangte in zehn Geboten, regelmäßig ihre Unterkunft auszufegen, hierfür sei das Bündel zusammengebundener Plastiktüten vorgesehen, denn leider habe er vergessen, einen geeigneten Besen mitzunehmen. Des Weiteren seien die offenen Nahrungsmittel gewissenhaft zu verpacken und, wenn möglich, erhöht zu lagern. Besteck und Geschirr sollten nach dem Essen abgewaschen werden, die Reste industriell gefertigter Gerichte klebten wegen des höheren Stärkegehalts hartnäckiger an der Campingausrüstung als die Reste selbst gemachten Essens, darauf wäre zu achten. Ungenutzte Kleidung sei ordentlich zu verstauen, sonst geriete alles durcheinander. Er, Paul, würde vorschlagen, das Gepäck stets in der Unterkunft zu belassen, damit bei einsetzendem Regen keine Hektik entstehe. Da er die Übersicht über die Vorräte habe, liege es nahe, ihm, Paul, die Verantwortung für die Zubereitung der Mahlzeiten zu übertragen. Er sei für Vorschläge natürlich offen. Um die Körperpflege auf bisherigem Niveau fortsetzen zu können, müsse Johann am Nachmittag Wasser von der Tränke holen. Dieser Punkt war nachträglich hinzugefügt worden. Das Wasserholen sei aber völlig ungefährlich, die Kühe auf der Weide wären Hochleistungstiere, die den ganzen Tag nichts anderes als Milch produzierten, jeder wehrhafte Impuls sei ihnen durch Zucht fortgemendelt worden. Er, Paul, würde Johann zudem bitten, auf seinem Telefon den Wetterbericht im Blick zu behalten, und ihm unverbindlich vorschlagen, täglich ein Kapitel in Pauls *Großem Buch vom Wald* zu lesen, die Aneignung solchen Wissens könne sich noch einmal als nützlich erweisen. Mit dem zehnten Gebot verpflichtete sich Paul, während ihres Campingaufenthalts für gute Laune zu sorgen.

»Du hast das alles geplant, oder?« Paul nickte in unterschiedliche Richtungen.

– Können wir jetzt bitte die Käfer aus unserer Unterkunft befördern?

»Du redest von dem Ding wie von einem Eigenheim. Das menschliche Habitat ist aber eine Zwei- bis Vierzimmerwohnung mit Ökostrom und Highspeed-Internet, geräuschlosen sanitären Einbauten und freundlichen Nachbarn, angeschlossen an eine in ihren Abläufen reibungslos funktionierende städtische Müllentsorgung. Nur du wühlst offenbar gerne im Dreck. Was ist das eigentlich?«

– Ein Bunker, glaube ich.

»Also war hier Krieg?«

– Ja. In einem Fuchsbau ist ein Blindgänger detoniert.

Während Johann mit dem Tütenbündel den Bunkerklotz ausfegte und die Vorräte auf Mauervorsprünge legte, deren Sinn ihm, wenn es denn wirklich ein Bunker war, Paul noch nicht erklärt hatte, stapelte Paul auf der Lichtung das Campinggeschirr und begann dann, mit reichlich Klopapier die Essensreste zu entfernen.

– Wir brauchen Wasser, schrieb er auf die leere Klorolle, als Johann aus dem Klotz kam.

Johann tat so, als könne er Pauls Schrift nicht lesen. »Die Gabeln sehen wie die Requisiten von Uri Geller aus.«

– Gebraucht gekauft. Camping ist teuer.

»Und was ist das?«

– Ein Schneidebrettchen.

»Du hast ein Schneidebrettchen mitgenommen? In einen Wald? Du schleppst Holz in einen Wald?«

– Ich habe auch einen Topflappen mitgenommen.

Johann starrte ins Nichts.

»Und warum ist das Soldatending nierenförmig?«

Johann zeigte auf den Kochtopf aus Bundeswehrbeständen. Paul zeichnete einen Kreis auf den Wunderblock.

– Rund nimmt zu viel Platz weg.

»Die ganze Ausrüstung besteht aus dem, was du sowieso zu Hause hast. Nur aus Alu und klappbar.«

Paul machte eine Geste, die alles bedeuten konnte.

– Ich habe auch ein Multitool, schrieb er und schüttete etwas Puddingpulver in eine Tasse.

Am Nachmittag holte Johann Wasser. Er ließ sich von Paul eine leere Zetteltüte geben und bepackte sie mit dem kleinen Wasserkanister und zwei leeren Mineralwasser-Flaschen. Pauls komfortable Campingdusche legte er sich über die Schulter. Er lief zum Acker und folgte dem Elektrozaun, bis er auf eine Viehschranke traf. Zwei elastische Stäbe versperrten den Kühen den Durchgang. Sie führten Strom. Für Menschen befanden sich im vorderen Drittel isolierte Handgriffe, die gelb markiert waren. Johann fühlte sich den Kühen greifbar überlegen. In einem Moment ausreichenden Netzempfangs hatte er gelesen, dass mit Muttertieren nicht zu spaßen sei. Es seien zwanzig Meter Mindestabstand einzuhalten und hektische Bewegungen zu vermeiden, andernfalls könne die Mutterkuh den Störenfried mit 30 Stundenkilometern und einem Durchschnittsgewicht von 700 Kilogramm überrennen. Johann machte sich den Umstand zunutze, dass Kühe unscharf sehen, schneckenlangsam schlich er in gebückter Haltung über die Weide.

Die Tränke hing an einem Holzgestell. Die Befüllung wurde durch ein Schwimmerventil reguliert, der Wasserzulauf war mit einer Gartenschlauch-Kupplung verbunden. Die Gelegenheit war günstig. Die Kühe lagen ziemlich weit entfernt und käuten wieder. Johann zog den Schlauch von der Kupplung. Der Druck des Wasserstrahls war stärker als erwartet. Johann versuchte, den Schlauch wieder aufzustecken. Es misslang. Der Wasserstrahl traf auf den aufgewühlten Boden vor der Tränke, Schmutz spritzte auf. Und der siebente Engel goss aus seine Schale in die Luft, und ein großer Hagel wie Zentnergewichte fiel vom Himmel auf die Menschen, und die Menschen lästerten Gott wegen der Plage des Hagels, denn seine Plage war sehr groß. Schließlich gelang es Johann, seinen Daumen auf die Öffnung des Schlauchs zu pressen. »Alles in Ordnung«, rief er den Kühen zu, dann befüllte er fluchend und durchnässt den Wasserkanister, die zwei Mineralwasser-Flaschen und Pauls Campingdusche. Er knickte den Schlauch ab und brachte es auf diese Weise fertig, ihn wieder mit der Tränke zu verbinden. In gebückter Haltung schlich er über die Weide zur Viehschranke zurück.

Johann lagerte den Wasservorrat im Klotz. Dann rief er so lange »Igitt«, bis Paul ihm in den Klotz folgte und ein Fragezeichen in seine Hand schrieb.

»Ach, nichts weiter. Irgendwas Weiches hat an meinem Zeh gesaugt.« Johann wrang die Taschen des Trainingsanzugs aus. »Die Kühe waren übrigens beschäftigt. Es war völlig unspektakulär. Es ist überhaupt nichts passiert. Auch mit dem Wasser nicht. Deswegen kannst du es morgen gerne machen. Allerdings habe ich auf dem Rückweg den Jungbauern gesehen. Er ist mit dem Trecker über den Acker geheizt. Was, wenn der Typ uns hier entdeckt?« Paul wies nach draußen. Vom Weg her näherten sich Schritte. »Scheiße. Sag ich doch. Der Jungbauer.« Johann wisperte und fuchtelte mit den Armen. Paul legte ihm seinen Finger auf die Lippen. »Der bringt uns um oder schlägt uns krankenhausreif oder zeigt uns an, was für mich okay wäre, aber du bist ein flüchtiger Hühnerripper. Oder, schlimmer noch, er lädt uns zu sich nach Hause ein und stellt uns seinen Eltern vor, und sie verwickeln uns in ein Gespräch über Heimat und Patriotismus und mästen uns mit zerkochten Kohlrouladen und fragen, wo unsere Frauen sind und wo unser Auto und wo es denn hingehen soll, irgend so ein Scheiß.« Paul schlug Johann mit dem Wunderblock auf den Kopf:

– Pssst.

Nach einer Weile entfernten sich die Schritte.

»Eindringlinge sind dem Eremiten zuwider«, murmelte Johann.

– Warum trägst du eigentlich meinen Trainingsanzug? Und warum ist der so schmutzig?

»Camping«, sagte Johann.

Den Rest des Tages verbrachte jeder für sich. Paul fertigte Notizen an, und Johann strich durch den Wald. Er bestimmte Pflanzen, vermaß Pilze und drehte Käfer um, die auf den Rücken gefallen waren.

»Zwischen Baum und Borke ist ganz schön was los.« Paul saß auf der Lichtung und schraubte einen Laternenaufsatz auf eine Gaskartusche. »Aber alles, was hier wächst, wächst auch in der Stadt, nur weniger üppig. Brennnesseln, Löwenzahn, Huflattich, Sauerampfer, Schafgarbe, Klee, Rasen, Wiesenknöterich, Hahnenfüße, Birken und richtige Bäume. Als Stadtrandkind müsste ich eigentlich ein innigeres Verhältnis zur Natur haben.«

– Wir sind an einer Autobahnauffahrt aufgewachsen.

»Da war auch Natur.«

– Man kann aus Brennnesseln Salat machen und aus Sauerampfer Suppe.

»Man kann auch eine Schachtel Reißzwecken essen.«

– Oder man isst das Weiche zwischen Baum und Borke. Es soll nach Mohrrübe schmecken.

»Was gibt es eigentlich zum Abendbrot? Ich meine, ich habe das Wasser geholt.«

Paul sah Johann an, dann blickte er sich hilfesuchend um.

– Ich habe Pudding gemacht. Möchtest du etwas Pudding?

Johann schwieg.

52° 44' 14" N, 10° 2' 30" O

Am Abend zogen sie sich wieder auf den Klotz zurück. Sie kauerten sich um die Gaslaterne, wickelten sich in ihre Schlafsäcke, tranken Tee aus dem Alutopf und sahen zu, wie der Tag in der Nacht verschwand. Johann meldete die Anzahl der Sterne, die bereits am Himmel standen. Einer dieser Sterne sei allerdings die Internationale Raumstation. Die Dämmerung bleichte den Wald aus. Die Farben des Tages wurden zu einer Idee. Johann begann, das Unbestimmte seiner Wahrnehmung zu genießen. Alles war nun Ahnung, schwebend, mehrdeutig und rätselhaft. »Ich erinnere mich wirklich nicht.«

– Woran?

Paul hielt den Wunderblock ins Gaslicht.

»An zu Hause. An dich. An mich. An Vater und Tante Ulla. An Gunni. Ans Fertighaus. Ich weiß ein paar Geschichten. Aber selbst die glaube ich nicht so richtig. Sie sind pointenreich, und so lustig war es nicht.«

– Nein. War es nicht.

»Einmal habe ich geglaubt, ich gehörte ins Gefängnis.«

Paul sah in die Nacht.

»Als ich es meinem Freund erzählt habe, hat er mich gefragt, ob er mich wirklich dauernd verprügelt hat.«

– Was hast du geantwortet?

»Nicht dauernd. Nur manchmal. Stimmt das?«

– Nein, schrieb Paul.

Johann schlug sich auf die Augen. »Ich bin wie blind. Ich sehe nur in der Peripherie gut. Ich mag Vorstädte, Industriebrachen und Parkplätze. Shoppingcenter auf freiem Feld. Es sind die Randlagen, in denen ich mich zurechtfinde. Das war schon immer so. In Büchern interessiere ich mich für die Nebenfiguren, in Filmen lasse ich mich von den Requisiten ablenken, und bei Konzertaufnahmen höre ich aufs Husten. Ich bekomme das Wesentliche nicht mit. Ich bin nicht so ehrlich wie du, Paul. Wenn es nötig ist, lüge ich mir was zurecht.«

– Du schreckst zurück, wenn man dich berührt.

»Ja. Das stimmt. Das ist Lukas auch schon aufgefallen. Als er gesagt hat, dass die Demütigung wahrscheinlich das Schlimmste gewesen ist, bin ich wütend geworden. Mein Arsch brannte noch Stunden danach. Die Schläge zogen Blut. Bei gut platzierten Ohrfeigen wurde mein Gesicht taub. Wenn ich Gegenständen ausgewichen bin, hatte ich tagelang einen steifen Nacken. Mal war meine Haut wie Pergament, mal wie Leder. Selten war sie einfach nur Haut. Das weiß ich, weil es heute noch so ist.«

Der Schmerz hatte sich in Johann eingebrannt. Es war keine Metapher, sondern glutheiße Wirklichkeit, für jeden sichtbar, der es sehen wollte, und Paul hatte es gesehen. Er hatte still dabeigestanden. Später hatte er das Geschehene protokolliert und es so zu einer Wahrheit aus Papier gemacht, die sich nicht mehr vergessen ließ. Nach einem Nachmittag mit endlosem Rasenkantenschneiden hatte Johann eine ungeöffnete Pralinenschachtel aus Ullas Bestand auf die Glut in der Feuertonne gelegt, die sein Vater nutzte, um die Gartenabfälle zu verbrennen. In der Hitze hatte sich die Plastikfolie auf der Pappverpackung verzogen, sie war eingerissen und hatte Blasen geschlagen. Als die Schokolade aus der Verpackung getropft war, hatte Johann eine Erektion bekommen. Er hatte sich vergewissert, dass er allein war, hatte seinen Schwanz hervorgeholt und nach kurzem Masturbieren auf die geschmolzene Süßigkeit ejakuliert. Plötzlich hatte sich im Haus ein Fenster geschlossen. Als Johann nach Erledigung seiner Pflichten wieder nach drinnen gegangen war, hatte die Scham ein starres Lächeln auf sein Gesicht geätzt. Paul nannte es später Johanns Zitronenlächeln, mit dem dieser beschwor, dass er trotz allem ein Kind der Freude war, denn Gott hatte, so hatte man es ihm gesagt, bei seiner Geburt gelacht.

»Es war ein Fehler, es meinem Freund zu erzählen. Ich habe damals geglaubt, Bekenntnisse seien die Währung, in der man für Liebe bezahlen müsse. Doch seither hat Lukas für alles eine Erklärung. Bin ich ungesellig, liegt es daran, dass ich zu Hause Schläge bekommen habe, zeige ich zu wenig beruflichen Ehrgeiz oder meide Menschenansammlungen, auch wenn die Leute gute politische Ansichten haben oder eine freshe Party feiern, liegt das an Vater. Meine Weigerung, in der Öffentlichkeit Lukas' Hand zu nehmen oder ihn zu küssen, ist ebenfalls eine Folge der väterlichen Prügel. Und dass ich mittlerweile gerne dezente Kleidung trage und wenig Lust habe, Profile in sozialen Netzwerken zu betreiben, auch. Seitdem ich es ihm erzählt habe, existiere ich nur noch als Opfer. Er glaubt, er weiß jetzt alles über mich. Dabei erinnere ich mich selbst viel eher daran, dass ich andauernd weglaufen wollte. Ich wollte auf Zehenspitzen verschwinden, ohne eine Spur zu hinterlassen.«

Paul löschte das Gaslicht und zog den Reißverschluss an seinem Schlafsack hoch.

53° 28' 25" N, 10° 11' 34" O

»Hier bin ich.« Das Wort Abrahams hatte Johanns Schuld offenbart, Johanns Schuld, Johanns große Schuld. Der Heilige Geist hatte Vater in schwarzes Gefieder gekleidet, der Zorn hatte seine Hände zu Krallen gekrümmt, und die fromme Pflicht hatte ihm einen Schnabel wachsen lassen. Doch im Vogelblick, der ihn unbewegt traf, hatte Johann nichts Göttliches erkannt, nur eisige Verachtung. Seither hatten ihm die Schläge nichts mehr anhaben können. In den Regalen im Keller befanden sich Gläser mit Eingemachtem, Marmelade, Senf, Packungen mit Zwieback, Reis und Nudeln. Auf einem Regalbrett unter der Decke standen ungefähr zwanzig Dosen mit Fleischkonserven ohne Etikett, gehortet für eine Katastrophe, die niemals eintreten würde. Während sein Vater zuschlug, zerlegte Johann die Vorräte in Flächen und Kanten und vergaß dabei, was ihm geschah.

Als er sich später betrachtete, war seine Haut blass wie immer. Nur wo die Schläge ihn getroffen hatten, war sie gerötet und gegenwärtig nicht in seinem Besitz. Dieser Teil der Haut würde bis zum nächsten Morgen Vater gehören. Die Schuld, Johanns Schuld, befand sich unter der Haut, im Fleisch, in den Adern. Johanns Knochen waren nicht betroffen. Die Schuld suchte das Feuchte, dort überlebte sie jahrzehntelang und machte Johann zu einem Fehler. Am Ellenbogen trocknete etwas Blut. Er war ans Regal mit den Fruchtkonserven gestoßen. »Ananas« hatte er gedacht und »Toast Hawaii« und daran, wie gerne er es aß. Nach den Prügeln war er in sein Zimmer eingeschlossen worden. Er saß auf dem Teppich und wartete, dass er zu weinen anfangen würde. Doch er weinte nicht. Der Heilige Geist duldete keine Tränen.

Johann schüttelte etwas Geld aus der Sparkuh, zog eine lange Unterhose an, einen zweiten Pullover und ein Hemd als Ersatz für den Anorak, der unerreichbar im Hausflur hing. Er legte ein Gebilde aus Fischertechnik in seinen Ranzen und einen leeren Eisbecher, den er wegen eines schönen Aufdrucks ausgespült und in seinem Schreibtisch aufbewahrt hatte. Dann kletterte er auf die Fensterbank und sprang ins Freie. Es war das erste Mal, dass er es tat.

Er nahm einen Umweg über die Gemüsefelder, damit man später nicht rekonstruieren konnte, in welche Richtung er gegangen war. Er wich den Pfützen aus, ließ es jedoch nach kurzer Zeit wieder, seine Socken waren durchnässt, und Schuhe trug er keine, auch sie hatten sich im Hausflur befunden. Den Vorort durchquerte er gebückt, im Schatten der Hecken vor den Einfamilienhäusern.

Als er am Gefängnis ankam, nass bis auf die Knochen, war es bereits dunkel. Die Gefängnismauer zog sich wie ein grauer Streifen durch die Nacht. In einer Überwachungskanzel brannte Licht. Sie sah wie das Cockpit eines Raumschiffs aus. Johann schlich an der Mauer entlang, suchte den Eingang zum Gefängnis und fand eine Art Bucht. Eine asphaltierte Rampe, von Scheinwerfern beleuchtet, führte zu einem Stahltor hinauf. Im Licht der Rampe würde er ein gutes Ziel für die Wärter abgeben, die mit Gewehren im Anschlag auf Kriminelle warteten, die die Nacht zur Flucht nutzen wollten. Er versteckte sich in einem Gebüsch. Die Klingel des Gefängnisses würde er auch morgen noch suchen können.

Johann wachte mit den Vögeln auf. Sie piepten ihm Erzählungen von der Nacht. Manche flogen dabei über die Gefängnismauer, dann kamen sie zurück, flogen wieder über die Mauer, kamen wieder zurück oder flogen an einer anderen Stelle über die Mauer. Sie lebten von dem, was sie vom Boden auflasen. Ob es der Gefängnishof oder die Straße vorm Gefängnis war, Hauptsache dreckig. Johann beobachtete einen Vogel, der auf der Rampe saß und sich putzte. Ein paar Mal stieß er seinen Schnabel ins Gefieder, dann piepte er und flog über die Felder davon. Die Kriminellen im Gefängnis taten Johann leid. Die Vögel zeigten ihnen, was Freiheit bedeutete. Er selbst würde als Krimineller niemals in den Himmel sehen, um nicht an der Freiheit der Vögel zu verzweifeln.

Johann musste mal, wollte von den Wärtern aber nicht beim Pinkeln entdeckt werden. Er ließ seinen Ranzen liegen, kroch aus dem Gebüsch, schlug ein paar Haken und rannte an der Mauer entlang zur Rückseite des Gefängnisses. Dort zog er Hose und Unterhose hinunter und pinkelte einen Fleck ans Grau. Als er aufsah, sah er über sich eine zweite Überwachungskanzel. Vor Schreck pinkelte er auf die Hose zwischen seinen Knöcheln. Er erwartete, dass ein Schuss fallen und ihn töten würde, doch nichts dergleichen geschah. Vielleicht schliefen die Wärter noch. Oder sie beobachteten Vögel. Oder die Kanzel war von Außerirdischen gekapert worden.

Als Johann zur Bucht unterhalb der ersten Überwachungskanzel zurückgekehrt war, suchte er nach der Klingel. Es gab keine. Um hineinzugelangen, musste man wohl vorher anrufen. Johann zählte bis sieben, dann klopfte er. Nichts geschah. Er klopfte lauter. Wieder nichts. Er schlug mit der Faust gegen das Tor. Noch immer nichts. Er nahm einige Meter Anlauf und rannte mit einem lauten Knall dagegen. Nichts. Gar nichts. Vielleicht hatten die Außerirdischen, die die Kanzel gekapert hatten, keine Ohren.

Gerade als Johann wieder ins Gebüsch kriechen wollte, um in Ruhe nachzudenken, öffnete sich eine Tür, die in das Tor eingelassen war. Ein Wärter in grauer Uniform fragte: »Was soll der Quatsch?«

Johann kehrte langsam auf die Rampe zurück. Er sah zu Boden, dann sagte er fast unhörbar, dass er, auch wenn es nicht so aussehe, schuldig geworden sei. Auf der Haut sei seine Schuld nicht zu erkennen, doch bitte er den Wärter, ihm zu glauben, seine Schuld befinde sich unter der Haut, in den tieferen Schichten seines Körpers, und warte dort, bis er, Johann, eine Sünde begehe.

Der Wärter schien kein Wort zu verstehen. »Verschwinde«, sagte er.

Doch bevor er die Tür schließen konnte, kniete sich Johann auf die Rampe, hob die Hände wie zum Gebet und flehte den Wärter an, ihn zu verhaften, nur so ließen sich die Sünden, die gegen seinen Willen geschehen würden, verhindern. Er würde im Gefängnis auch niemals aufblicken. Die Vögel dürften jederzeit ihre Nahrung von seinem Kopf picken, wie die Vögel sie im Traum des Bäckers, der das Brot für den Pharao gebacken hatte, bevor er zu Josef ins Gefängnis gesteckt worden war, von dessen Kopf gepickt hätten, er, Johann, würde ihnen die Freiheit nicht neiden. Außerdem interessiere ihn die Aussicht von der Überwachungskanzel. Der Wärter sah Johann lange an. Dann lachte er, und Johann konnte sich dies nur mit dem Wirken des Heiligen Geistes erklären.

»Dann komm mal rein.«

»In echt?«, fragte Johann.

»Ja. Weil Wochenende ist.«

Johann erschrak. »Welcher Tag genau?«

»Sonntag«, sagte der Wärter.

Johann schluckte. Er hatte die Sonntagsschule verpasst. Das war dem Heiligen Geist vermutlich nicht entgangen. Und seinem Vater ebenso wenig.

»Darf ich wirklich rein?«

»Ja.«

»Und die Tür?«

»Die machen wir hinter dir wieder zu. Darauf kannst du aber Gift nehmen.«

Johann holte seinen Ranzen, lief die Rampe hinauf und schlüpfte durch die Tür. Der Wärter verschloss das Tor, indem er einen elektrischen Riegel betätigte. Hier arbeitete man also mit Gift und nicht mit Gewehren.

Hinter der Tür sah das Gefängnis wie ein Schwimmbad aus. Boden und Wände waren gefliest, von der Decke schnarrte Neonlicht. Der verglaste Dienstraum des Wärters glich dem Schalter, an dem man im Schwimmbad die Eintrittskarten kaufte. Nur Duschen waren nicht zu hören. Stattdessen hallte das metallene Geräusch von Türen, die ins Schloss fielen, durch die leeren Gänge.

Der Wärter fragte, welche Haftdauer sich Johann vorgestellt habe. Es hatte sich tausend Jahre hingezogen, bis Satan aus dem Gefängnis freigekommen war, doch dessen Schuld war unermesslich gewesen. Johanns Schuld ließ sich unter seiner Haut verbergen, also sagte er dem Wärter, dass seine Glückszahl die Sieben sei.

»Sieben Jahre, sieben Monate oder sieben Tage?«, fragte der Wärter.

»Vielleicht sieben Tage.« Wenn er sich nach der Entlassung ranhielte, könnte er es noch bis zur nächsten Sonntagsschule schaffen. »Ich heiße Johann«, sagte Johann und gab, um alles gültig zu machen, dem Wärter die Hand.

»Ich weiß«, sagte der Wärter. Das wunderte Johann etwas.

Sie gingen in den Dienstraum. Auf dem Tisch standen die Reste eines Frühstücks. Vermutlich hatte Johann mit dem Krach am Tor gestört. Als er die frisch aufgeschnittenen Brötchenhälften sah, wurde ihm bewusst, wie lange er nichts mehr gegessen hatte. Der Wärter schien es zu bemerken, denn er fragte: »Hast du Hunger?« Johann nickte. »Dann setz dich mal.« Der Wärter stellte einen zweiten Teller auf den Tisch und bereitete auf einer einzelnen Herdplatte Beuteltee zu.

Johann hatte trocken Brot erwartet, doch es gab Mett mit Zwiebeln, und er durfte den Pfeffer selbst über die Brötchen mahlen. Vielleicht wurde zwischen den Kriminellen unterschieden, und der Wärter hielt Johann für weniger schuldig, als er es war. Er zögerte, das Missverständnis aufzuklären. Mett gab es zu Hause nie, Tante Ulla taten die Schweine leid.

Der Wärter stellte den heißen Tee auf den Tisch und fragte Johann, warum er keine Schuhe anhabe.

Johann überlegte, ob er lügen sollte, dass seine Füße wegen einer Geruchskrankheit frische Luft bräuchten, doch er entschied sich dagegen und sagte wahrheitsgemäß: »Weil sie im Flur stehen. Da bin ich nicht rangekommen.«

Der Wärter blickte eine Weile ins Neonlicht. »Und warum ist deine Hose so nass?«

»Weil es vorhin geregnet hat.« Johanns Pimmel brannte bei der Erinnerung ans Pinkeln. »Als es noch dunkel war.« Er wurde rot.

Der Wärter rührte in seinem Tee. »Also gut, den Zellenblock kann ich dir nicht zeigen, aber wir können uns eine Wachkanzel ansehen. Einverstanden?«

Johann nickte, häufiger, als ihm lieb war, das sei toll und super und nett und toll. Als sie zur Kanzel aufbrachen, erzählte er dem Wärter, dass die Brüder Josefs ihn verleumdet und so »stinkend« unter den Bewohnern des Landes gemacht hätten. Im Gefängnis habe man dann seine Füße in den Stock gepresst, und er sei in Eisen gelegt worden. Doch der Herr sei ihm gnädig gewesen und habe seine Huld ihm zugeneigt.

»Ja«, sagte der Wärter und schien etwas ratlos zu sein. »Gut für Josef, oder? Aber auch schlecht. Oder?«

»Ja«, sagte Johann.

»Hast du denn einen Bruder?«

»Nein«, sagte Johann und zog an seiner Hose.

In der Wachkanzel saß ein Kollege des Wärters an einem Tisch und hörte Radio. Johanns Wärter begrüßte ihn. »Das ist mein Neffe. Er wollte sich hier oben mal umsehen. Sag Karl-Heinz mal ›Guten Tag‹, Johann.«

»Guten Tag, ich heiße Johann.« Der Wachkanzelwärter drehte das Radio leiser, stand auf und fuhr Johann durch die Haare. Währenddessen suchte Johann verstohlen nach den Giftflaschen, die sich hier oben befinden mussten.

»Dann komm mal. Das hier ist die Kanzel Süd. Von hier kann man den südlichen Teil der JVA überblicken.« Der Wachkanzelwärter schob Johann ans getönte Fenster. Auf der einen Seite der Mauer sah man die Gemüsefelder, die man hier in der Gegend überall sah, auf der anderen Seite einen Gefängnishof, der aber kein Hof war, sondern ein Fußballfeld. Auf dem Feld befanden sich frisch gestreute Markierungen für Strafräume, Elfmeterpunkte, für den Mittelkreis. Johann versuchte, sich vorzustellen, wie die Kriminellen dort Fußball spielten. Er glaubte nicht, dass sie fähig waren, sich an die Regeln zu halten. Vermutlich spielten sie dauernd Hand und zählten die Tore doppelt und verprügelten ihre Gegner, wenn sie befürchten mussten zu verlieren.

Neben dem Fußballfeld war ein Schachfeld, etwa so groß wie ein Wohnzimmer. Es war unwahrscheinlich, dass es jemals genutzt wurde. Die komplizierten Schachregeln waren für die Kriminellen nun wirklich nicht einzuhalten, dachte Johann. Die Tönung des Glases ließ den Gefängnishof kalt aussehen, als sei dort selbst im Sommer Winter.

»Johann sagt, dass er schuldig geworden ist.«

»Und wie?«, fragte Karl-Heinz, der Wachkanzelwärter.

Johann blies Luft durch die Nase, um nicht vor den fremden Männern weinen zu müssen. »Ich weiß nicht so genau. Die Schuld ist in mir. Wenn sie rauswill, eiert meine Stimme. Und ich habe weiße Haut. Lämmerweiß. Wenn ich Spucke auf den Lippen habe, wischt sie mir mein Vater ab. Und gestern habe ich in Tante Ullas Badeanzug auf dem *Pfingstjubel* getanzt.«

»Dafür kommt man aber nicht ins Gefängnis.«

»Echt nicht?«

»Nein. Weil es nicht so schlimm ist. Und Kinder kommen sowieso nicht ins Gefängnis. Ihnen fehlt die erforderliche Einsicht. Sie sind nicht strafmündig. Du bist ja noch nicht vierzehn. Das sind die Regeln. So will es das Gesetz.«

Johann dachte eine Weile nach. »Gilt das Gesetz für jeden?«

»Natürlich«, sagte Karl-Heinz.

»Und überall?«

»Ja. Hier in der Bundesrepublik überall.«

»Auch in Kellern?«

»Natürlich. Das Gesetz gilt überall.«

Als sie sich von Karl-Heinz verabschiedeten, sah Johann, dass er in einem Holster eine Pistole trug. Vielleicht schossen sie hier oben doch.

Während sie unter dem schnarrenden Neonlicht den gefliesten Gang zurückgingen, fragte Johann den Wärter, ob im Gefängnis Haustiere erlaubt seien.

»Nein. So weit kommt das noch.«

»Auch keine Vögel? Vielleicht in Käfigen?«

»Nein. Hier ist ja niemand zum Vergnügen. Alle sind froh, wenn sie wieder draußen sind.«

Im Dienstraum aß Johann die letzte Brötchenhälfte mit Mett und Zwiebeln. Eine Weile unterhielten sie sich noch über Haustiere, dann über Josef, der so schön war, dass sich Potifars Frau in ihn verliebte, und der 110 Jahre alt wurde. Der Wärter lachte und fand, dass Johann nun genug Gefängnisluft geschnuppert hatte. Er fragte, ob Johanns Vater ihn abholen könne.

»Nein«, log Johann. »Der hat Dienst in der Apotheke.«

»Na gut. Dann bringe ich dich eben nach Hause.« Der Wärter hob den Hörer von einem Telefon. »Ich muss nur der Ablöse Bescheid geben.«

Als sie zum Tor gingen, schien es Johann, als hörte er nun doch das Geräusch einer Dusche. Sein Ranzen war in der Zwischenzeit schwerer geworden.

Das Auto des Wärters war unordentlich. Überall flogen Verpackungen von Süßigkeiten herum, und Johann fragte sich, ob auch in diesem Auto das Gesetz galt. Das Gefängnis hatte sich gelohnt. Johann hatte erfahren, dass die Kriminellen Fußball spielten, und war über die Strafmündigkeit aufgeklärt worden. Solange die Sünde schwieg, sprach der Mund keine Strafe. Das war Pauls List. Mit geschlossenem Mund sah er allem zu, was geschah. Auch gestern hatte er zugesehen, am Treppenabsatz, an der Tür zum Keller, und nichts getan. Heute würde er zusehen müssen, wenn sein Vater es bereuen würde, Johann für etwas bestraft zu haben, das nicht so schlimm gewesen war und zu dem Johann die erforderliche Einsicht gefehlt hatte. Sein Vater würde hinauslaufen, ihm um den Hals fallen und ihn küssen. So stand es in der Bibel. Vielleicht würde er ihm kein Gewand geben und keinen Ring an die Hand, wie der Vater des verlorenen Sohnes, aber er würde ihm Schuhe anziehen, denn er selbst hatte keine, er trug nur seine durchnässten Socken. Paul würde leer ausgehen.

Der Wärter hielt vorm Haus. Er griff nach hinten und öffnete die Tür. Johann versprach, für ihn zu beten, damit der Herr ihm die Lüge mit dem Neffen vergebe, und schenkte ihm den Eisbecher aus seinem Ranzen.

»Das ist eine Ansicht vom Lago Maggiore.«

Johann öffnete das Gartentor. Sein Vater stürzte aus dem Haus. Er fiel ihm tatsächlich um den Hals, er schluchzte und bedeckte Johanns Gesicht mit Küssen. »Hier bin ich«, sagte Johann. »Hallo, Papa.« Sein Vater rieb über seine lämmermilchweiße Haut. Einmal, zweimal, dreimal, viermal, fünfmal, sechsmal. Johann lächelte. Dann strich ihm sein Vater über die Wangen, wischte etwas Speichel von seinen Lippen und schlug ihm ins Gesicht. Nun gehörte Johanns Haut wieder dem Vatervogel.

Als Johann ein paar Monate später zum zweiten Mal abhaute, holte er das Fahrrad aus der Garage, fuhr zur Tankstelle und kaufte von seinem Taschengeld und einer Mark aus Tante Ullas Portemonnaie eine Packung Pfeifentabak. Einige Tage zuvor hatte er auf dem Parkdeck des Einkaufszentrums das Einparken überwacht. Er hatte sich an den Parkautomaten gestellt, den Fahrern angeboten, für sie die Münzen einzuwerfen, und ihnen mit einem Hinweis auf die Parkzeit die Parkscheine ausgehändigt. Der erzwungene Halt war ihm wie ein Vorgeschmack auf die Formalitäten vorgekommen, die einen an der Himmelspforte erwarten würden. Johann hatte sich Petrus Pfeife rauchend vorgestellt, doch das Trinkgeld, das er am Parkautomaten verdient hatte, hatte nicht ausgereicht, er hatte eine Pfeife klauen müssen, eine mit poliertem Pfeifenkopf. Jetzt wählte er einen Virginiatabak und sagte, der sei ein Weihnachtsgeschenk für seine Cousins in der DDR, sie seien Zwillinge. Johann nahm an, dass die ungewöhnliche Verwandtschaft seine Lüge glaubhafter machen würde. Doch der Tankwart interessierte sich nicht dafür.

Es nieselte. Johann lehnte das Fahrrad an einen Laternenmast, zog die Kapuze über den Kopf und setzte sich auf den Gepäckträger. Unter dem Schutz des Anoraks stopfte er die Pfeife, zündete sie an und zog am Mundstück. Er machte eine Kussbewegung, wie er sie bei einem Politiker im Fernsehen gesehen hatte. Seine Zunge wurde heiß, und es roch besser, als es schmeckte. Im Viertel war es bereits dunkel, in den meisten Fenstern brannte Licht. Dort würden die Kinder jetzt auf ihren Betten sitzen und auf die Bescherung warten. Die Väter würden im Wohnzimmer die Kerzen am Weihnachtsbaum anzünden und die Mütter in der Küche den Karpfen aus dem Ofen holen. Am Nachmittag hatten die Väter dem Fisch, der seit zwei Tagen die Badewanne besetzt gehalten hatte, mit einem Hammerstiel den Schädel eingeschlagen, die Mütter hatten ihn geschuppt, geputzt und ausgenommen, und die Kinder hatten geheult, weil sie mit ihm Freundschaft geschlossen und ihm vielleicht sogar einen Namen gegeben hatten, Erich oder Dietmar oder Ulf. Die Familien würden sich am Weihnachtsbaum aufstellen und *O du fröhliche* singen oder zumindest eine Platte auflegen. Sie würden sich ein frohes Fest wünschen, dann würden sie, erleichtert, den steifen Teil des Abends hinter sich gebracht zu haben, das Geschenkpapier aufreißen, sich freuen oder auch nur so tun, und Erich oder Dietmar oder Ulf würde kalt werden und noch mal in den Ofen geschoben werden müssen. Sie würden den Krach und die Heulerei vom Morgen vergessen haben.

Johann stieg auf den Sattel und fuhr, die Pfeife zwischen den Zähnen, durchs Viertel. Die Häuser wirkten, als hätten sie einen eigenen Willen. Wie riesige Steinwesen schienen sie entschlossen, jedem zu trotzen, der keine Familie hatte, und ihm selbst am Heiligen Abend den kleinsten Raum zu verwehren, obwohl zu Weihnachten alle vom Stall sprachen und von dem Ochs und dem Esel. Die Bibel wusste jedoch nichts davon. Sie berichtete nur von einer Krippe, und die konnte überall stehen, in einer Garagenauffahrt, in einem Fahrradkeller, bei den Tischtennisplatten oder den Mülltonnen. Die Wände der Häuser waren schwarz, und die beleuchteten Fenster verfolgten hundertfach Johanns schlingernden Weg durch die regennassen Straßen. Die Gemüsefelder hinter den Häusern waren für den Winter gepflügt und mit Mist gedüngt worden. Es roch nach Kuh und Kälte. Johann stellte sich das Gemüse auf den Feldern vor und die Stimme seiner Mutter, die fortgegangen war. Er warf die Pfeife, die inzwischen ausgegangen war, in einen Bewässerungsgraben. Den Tabak behielt er.

In einem Hof hatte er eine Stunde zuvor das Weihnachtsgeschenk für seinen Vater und Tante Ulla in eine Mülltonne geworfen, ein laubgesägtes Schlüsselbrett in der Form eines Fisches, mit aufgemalten Schuppen und vier Schlüsselhaken, sauber in die Fischhaut genagelt, eine Makrele, kein Karpfen. Für die Schuppen hatte Johann Silbertusche verwendet, die ihm Britta nur unter der Bedingung geliehen hatte, extrem sparsam damit umzugehen. Der Fisch lag in der Mülltonne neben Konservendosen, Kaffeefiltern und gammeligem Salat. Irgendjemand hatte Büroklammern weggeworfen, sie klebten auf einer Pampe aus zerkochten Nudeln und aufgefegtem Dreck. Johann musste in die Tonne steigen, um an den Fisch zu gelangen. Er rutschte auf einem Stück durchweichter Pappe aus, landete in der Pampe und bereute es, eine Stunde zuvor den Deckel der Tonne im Regen nicht sorgfältig geschlossen zu haben. Den Fisch in der Hand stellte er fest, dass es leichter gewesen war, in die Tonne hineinzukommen, als wieder hinaus. Er hatte nur eine Hand frei, und im Inneren der Tonne gab es keine Griffe, auf die man treten konnte. Erst nachdem er ein weiteres Mal weggerutscht war, schaffte er es, sich am Rand der Tonne hochzuziehen und sich auf den Hof fallen zu lassen. Zum Glück war der Regen stärker geworden und würde den Dreck von ihm abspülen.

Auf dem Weg nach Hause versuchte Johann, sich zu erinnern, warum es am Morgen Streit gegeben hatte. Er kam nicht darauf. Er wusste nur noch, dass der Anlass nichtig gewesen war, sicherlich kein Grund für seinen Vater, ihn in den Keller zu zerren und dort zu verprügeln und dann, weil er schon einmal da war, ein Marzipanbrot aus dem Regal zu nehmen und es nach oben zu bringen. Wäre das Marzipanbrot nicht gewesen, wäre Johann nicht abgehauen. Die regelmäßigen Prügel waren zur Gewohnheit geworden. Sein Vater traf zuverlässig. Er schien die Schläge nur nicht mehr mitzuzählen. Auch sprach sein Vater während des Prügelns nicht mehr. Die Macht, die der Herr ihm verlieh, ging paulstumm durch ihn hindurch wie durch ein hohles Rohr und prasselte auf Johanns Haut wie Hagel. Johann wusste, dass es irgendwann aufhören würde, es hörte immer irgendwann auf. Manchmal weinte er, bevor er Prügel bekam, aus Angst vor ihnen, und manchmal danach, weil es wehtat oder die Demütigung unerträglich geworden war. Nie weinte er währenddessen, er hatte gelernt, es geschehen zu lassen. Irgendwann würde sein Vater müde werden. Die Prügel waren zu einer Belanglosigkeit verkommen, einer Pflicht, vom Herrn auferlegt, der sein Vater zwar nachkam, jedoch nur noch nebenher, in mechanischer Sachlichkeit, wie eine dumme Maschine Gottes, die sich beiläufig erinnert, dass heute Heiligabend ist, und deshalb nach dem Marzipanbrot greift. Nach den Prügeln war Johann wie üblich in sein Zimmer eingeschlossen worden. Er hatte hinter der Tür gelauert, bis sein Vater das Weihnachtskonzert im Radio eingeschaltet hatte, dann hatte er zur Verschleierung seines Fluchtweges das Fenster geöffnet und sich nach einem zuvor vereinbarten Klopfzeichen von Paul befreien lassen.

Wäre der Regen nicht gewesen, die Kälte und der Hunger nicht und nicht der Neid auf die Familien hinter den schwarzen Mauern, wäre Johann fortgeblieben. Doch nun konnte er nicht mehr. Er versteckte sein Fahrrad im Vorgarten des Nachbarn, der die Feiertage bei seiner Tochter in Süddeutschland verbrachte. Gebückt lief er zum Ende des Grundstücks. Dort hatte der Nachbar in einem Beet mit Bambus und Zwergkiefern einen japanischen Garten angelegt, in dessen Mitte auf einem Steinsockel ein Buddha stand. Johann bat den fremden Gott um Verzeihung, stieg auf die Schultern des heiligen Wesens und sprang über den Zaun. Er lauschte in die Nacht, dann lief er über den Rasen und versteckte sich in Tante Ullas Johannisbeerpflanzung.

Johann versuchte, etwas durchs Wohnzimmerfenster zu erkennen. Doch das Haus war zu weit entfernt. Auf Pauls alten Karten sah der Garten wie ein langes, schmales Handtuch aus. Diese Karten waren die ersten gewesen, die Paul gezeichnet hatte, peinlich genaue Abbildungen der Rasenfläche, der Wegführung, des Pflanzenbestandes. Man musste sehr genau hinsehen, um zu erkennen, dass Paul zwischen den Schraffuren, die die Beete markierten, Wörter geschrieben hatte, geordnet nicht nach ihrem Sinn, sondern nach ihrem Klang, weiche Worte, harte Worte, schnelle Worte, langsame Worte. Neben dem Komposthaufen hatte Paul einen Olivenbaum eingezeichnet, den Baum des Gartens Gethsemane. Ihr Garten war Bibelland, in dem der Samen aufging, wie der Herr Gerechtigkeit aufgehen ließ und Ruhm vor allen Heidenvölkern, auch den Buddhisten in der Nachbarschaft. Gartenarbeit galt als tätiges Gebet. Johann und Paul mussten an drei Tagen in der Woche Unkraut jäten, Laub rechen oder den Rasen mähen.

Irgendwann hatte Johann herausgefunden, dass sich die Wut seines Vaters besänftigen ließ, wenn er die Namen der Pflanzen in binärer Nomenklatur angeben konnte. Er übte wie verrückt, mit Pauls Hilfe und einer botanischen Systematik nach Eduard Strasburger. Das Haus stand unter Blautannen, Abies procera. Der Geräteschuppen war von einer Kletterhortensie überwachsen, Hydrangea petiolaris. Die Waldrebe, Clematis vitalba, gehörte zu den Hahnenfußgewächsen, Ranunculaceae. Nur die Yucca Palme hieß Yucca Palme. Sie stand in einem Kübel auf der Terrasse. Hinter dem Rhododendron, ein Rhododendron russatum, hatten sie einen Sommer lang zelten dürfen. Es war der Sommer gewesen, nachdem ihre Mutter fortgegangen war. Johann hatte damals selbst nachts beim Schlafen auf der Luftmatratze seinen Indianerschmuck getragen. Doch im Jahr darauf, mit Tante Ullas Erscheinen, hatte ihr Vater das Zelten verboten, der Garten sei schließlich kein Campingplatz. Paul radierte das Zelt auf seinen Karten aus, und Johanns Indianerschmuck landete im Müll.

Johann fror. Er lief im Zickzack über den Rasen, von den Forsythien, Forsythia viridissima, zum Rittersporn, Delphinium elatum. Um aufzufallen, hielt er den Fisch in die Höhe, denn er wollte entdeckt werden. Nach einiger Zeit ging die Terrassentür auf. Tante Ulla kam heraus und fragte Johann, was er da mache. Johann fiel keine vernünftige Erklärung ein. Er blieb stehen, starrte auf seine Füße und murmelte: »Frohe Weihnachten.« Dann fing er an zu weinen. Sein Vater kam aus dem Haus. Er ging steif über die Terrasse, stellte sich an den Rand des Rasens und sah über Johann hinweg. »Komm ins Haus.« Der Blick seines Vaters war wie ein Balken, der in der Luft stand. Johann duckte sich. Paul stand stumm in der Terrassentür.

Tante Ulla schickte Johann in die Wanne. Als er zurück ins Wohnzimmer kam, waren die Kerzen am Weihnachtsbaum gelöscht. In einem Karton lagen Johanns Geschenke. Er erkannte, dass es drei der vier waren, die er im Katalog angekreuzt hatte. Er traute sich nicht, sie auszupacken. Er schenkte seinem Vater und Tante Ulla den laubgesägten Fisch mit den silbergetuschten Schuppen. »Praktisch«, sagte Ulla. Ein Teller mit dem aufgeschnittenen Marzipanbrot stand nur eine Handbreit von Johann entfernt auf dem Esstisch und war doch unerreichbar.

Sein Vater schlug die Bibel auf. »Wir lesen in Lukas, Kapitel 2, Vers 14, dass die Menge der himmlischen Heerscharen spricht: ›Ehre sei Gott in der Höhe und Friede auf Erden und den Menschen ein Wohlgefallen.‹ Ich nehme an, dass du die Bibelstelle kennst?«

»Ja«, sagte Johann.

»Weißt du auch, was sie bedeutet?«

»Ja«, sagte Johann und zog unterm Tisch an seiner Haut.

»Ich denke, nicht. Die himmlischen Heerscharen wollen

uns damit sagen, dass Gott sich Friede auf Erden für die Menschen seines Wohlgefallens wünscht. Glaubst du, dass du ein Mensch seines Wohlgefallens bist, Johann?«

»Ja, Papa«, sagte Johann. Wieder schien es ihm, als sehe sein Vater über ihn hinweg.

Mit einem Schrei griff Johann ins Leere: »Wo sind wir?«

Paul legte ihm seine rechte Hand auf die Schulter. Mittel- und Zeigefinger hielt er dabei abgeknickt. Er zündete die Gaslaterne an und wischte den Tau vom Wunderblock.

– Im Wald. Auf dem Bunker. Es wird bald hell.

Johann zitterte. Er zog sich die Kapuze seines Schlafsacks über den Kopf und verschnürte sie.

Paul begann, etwas auf den Wunderblock zu schreiben, löschte es jedoch wieder.

»Möchtest du was sagen?«

Paul schüttelte den Kopf und schob den Wunderblock zurück in seinen Schlafsack.

Nach einer Weile stieg Johann vom Klotz. Er zog die große Unterhose an, steckte sich die Kopfhörer in die Ohren und ging laufen. Über den Äckern brach der Tag an. Als er nach einer Stunde zurückkehrte, saß Paul auf der Lichtung und rührte mit dem Multitool in der Aprikosenmarmelade. Er hatte den größten Teil ihrer Vorräte auf dem Waldboden ausgebreitet. Johann setzte sich zu ihm in den Sand. Paul reichte ihm einen Zettel.

– Warum läufst du immer weg?

»Ich war joggen.« Johann nahm Paul die Aprikosenmarmelade ab. Paul deutete mit dem Kinn auf den Zettel. »Was weiß ich. Ist das so wichtig? Vielleicht, weil ich es gewöhnt bin. Keine Ahnung.« Johann steckte zwei Finger in die Marmelade. »Wenn es keinen Grund gibt, zu glauben, dass mein Widerstand irgendetwas bewirken kann, gehe ich eben. Ich habe wenig Angst vor dem, was ich nicht kenne, weil ich davon ausgehe, dass es besser sein wird. Und ich fürchte mich nicht davor, allein zu sein. Wie du.« Johann leckte sich die Finger ab und schraubte das Marmeladenglas zu. »Weißt du, wie jemand in der zweiten Dimension einen dreidimensionalen Körper wahrnimmt?« Paul machte eine vage Bewegung. »Als Linie.« Johann zog ein unbeschriebenes Blatt aus einer von Pauls Zetteltüten und nahm eine Zwiebel vom Schneidebrettchen, das neben Paul auf der Lichtung lag. »Stell dir vor, diese Zwiebel würde das Blatt von oben nach unten durchdringen. Jemand in der zweiten Dimension sähe auf der Ebene des Blattes etwas für seine Welt völlig Alltägliches, einen Punkt, der sich allmählich zu einer Linie ausdehnen und dann wieder zu einem Punkt werden würde. Er käme überhaupt nicht auf die Idee, dass diese Linie eine Kugel sein könnte oder eben eine Zwiebel. Und ich komme nicht auf die Idee, dass das andere, das ich noch nicht kenne, schlecht sein kann.«

Paul schrieb auf die Rückseite des Zettels:

– Warum bist du mit siebzehn weggegangen?

»Mann! Paul! Was weiß ich!« Eingeschlossen in seinem Zimmer, in den leeren Stunden zwischen Prügel und Prügel, hatte Johann die schmerzenden Einzelteile seines Körpers wieder zusammengesetzt. Jede Züchtigung hatte ihn gezwungen, von vorne anzufangen. Jeder dieser Anfänge war eine Schwundversion des vorigen gewesen. Das war lange gutgegangen. Und dann nicht mehr. »Du weißt es doch selbst. Irgendwann opfern Väter ihre Söhne. Abraham hätte es so gemacht, wäre er nicht im letzten Moment aufgehalten worden. Gott selbst hat es so gemacht. Damit hatte ich mich abgefunden. Aber ich konnte nicht hinnehmen, dass Isaak das Holz, mit dem er verbrannt werden sollte, selbst tragen musste. Also bin ich abgehauen.«

Paul starrte eine Weile vor sich hin. Dann verbarg er sein Gesicht hinter einer Zetteltüte, stand auf und verschwand im Klotz.

Wie ein Storch stieg Johann durchs Unterholz auf der Suche nach Empfang für sein Handy. Das Telefon wies noch einige Prozent Akkuleistung auf, die er nutzen wollte, um nachzusehen, ob Lukas ihm geschrieben hatte. Bevor er die Messenger-App öffnen konnte, verdunkelte sich das Display.

Johann drang tiefer in den Wald vor. Das Unterholz lichtete sich. Die Bäume standen nun in Formation. Ein Nadelbaumreinbestand, erntereife Kiefern, die Gänge bildeten, Fluchten, ein Wald wie ein Gebäude, dessen Derbholzanteil, in Erntefestmetern bemessen, sicherlich bereits für Kommoden und Bettgestelle verplant war. Wo der Boden nicht von den Reifen der Erntemaschine zerfurcht war, glich er den Ausläufern eines riesigen Ameisenhaufens. Dies war kein Ort für Waldessehnsucht, fürs Unheimliche, für den Nebel und den Zauber der Finsternis. Das Naturschöne beschränkte sich auf die Effizienz einer Plantagenwirtschaft. Trotzdem versetzte dieses armselige Stück Natur Johann in einen fast fluiden Zustand, der ihn zum Mittelpunkt einer Welt machte, die ihn verstand. In der Stadt war er zuletzt allem hinterhergelaufen, hatte sich dabei nur noch schleppend in Bewegung gesetzt und war rasch außer Atem gekommen. Er traf immer seltener den Takt und stolperte immer häufiger in Synkopen. Er hatte die Lust verloren mitzuhalten und sich abseits gestellt. Sein Blick war hart geworden. Doch hier, im Anthropozän Niedersachsens, verflüssigte er sich. Am liebsten hätte er sich in die Hose gemacht.

»Wusstest du, dass den Kiefern bei einer Symbiose durch die Pilze Versorgungsnetze bereitgestellt werden? Für uns Menschen ist jetzt allerdings Schluss, der Akku meines

Handys ist leer.« Paul dünstete im Alutopf Gemüse und gab Johann ein Zeichen, die Zwiebeln zu schneiden. »Was kochen wir denn?«

– Ratatouille, schrieb Paul auf eine Salzpackung.

– Das Rote ist Paprika.

Johann schob die Zwiebelwürfel in den Topf. »Ich weine übrigens wegen den Zwiebeln. Und warum du vorhin noch mal?« Paul butterlächelte und legte Johann eine halbe Fleischwurst aufs Schneidebrettchen.

Paul zog Johann in den Schatten des Klotzes. Auf seinem ausgebreiteten Schlafsack hatte er einen Zettelstapel platziert und ihn mit einem flachen Stein beschwert. Neben dem Stapel lagen aufgereiht eine Sichthülle aus Kunststoff, ein Gerät, das wie ein mehrere Jahre altes Handy aussah, mit einem reduzierten Tastenfeld und einer klobigen Antenne, und das Multitool. Paul strich einige Male über die Klarsichthülle, dann entnahm er ihr ein Blatt und reichte es Johann. Es war der Ausdruck eines Schwarz-Weiß-Fotos, das Foto selbst, das etwa drei Viertel des Blattes einnahm, war nahezu quadratisch. Im Vordergrund zeigte es auf der linken Seite einen Jungen. Er trug einen gestreiften Strickpullover, darunter ein Hemd, außerdem eine kurze Hose, die ihm bis zu den Knien reichte, helle Socken und Lederschuhe. Sein Haar war gelockt. Johann schätzte das Alter des Jungen auf sieben, höchstens acht Jahre. Er ging eine unbefestigte, sandige Straße entlang, in die im Hintergrund in etwa fünfzehn bis zwanzig Metern Entfernung eine weitere Straße mündete, bevor sie eine langgezogene Rechtskurve beschrieb. Die zweite Straße führte am linken Bildrand aus dem Bild hinaus, auf der rechten Seite verschwand sie zwischen Bäumen, überwiegend Kiefern mit dünnen Stämmen. Zwischen den Kiefern erkannte Johann eine Baracke. Vor dem Gebäude hockte eine Gruppe Menschen. Soeben aus dem Wald hervorgekommen, gingen zwei Frauen dem Jungen hinterher. Es sah aus, als hielten sie sich an den Händen. Am linken Bildrand befand sich ein mit Stacheldraht bespannter Pfosten, vermutlich Bestandteil eines Zaunes, der die Straße, auf der der Junge ging, von einem Bereich abtrennte, der außerhalb des Bildes lag. Der Junge schien einer Spur im Sand zu folgen, möglicherweise dem Abdruck eines Autoreifens. Er sah auf und ging geradewegs auf den Fotografen zu, mit leicht abgewandtem Kopf, nach links aus Sicht des Betrachters, und offenbar blinzelnd, weil ihn die Sonne blendete. Das Foto war an einem klaren Tag aufgenommen worden, der Körper des Jungen warf einen scharf umrissenen Schatten. Auf der rechten Seite des Bildes lagen auf einer niedrigen Böschung neben der Straße zahlreiche bis auf die Knochen abgemagerte Leichname, viele von ihnen entblößt. Die vorderen vier Leichen waren Frauen. Es kam Johann so vor, als seien sie bewusst nebeneinandergelegt worden, die anderen lagen in Haufen übereinander, so dass ihre Zahl schwer zu bestimmen war. Johann schätzte, dass auf dem Bild annähernd hundert Leichen, zum Teil unter Lumpen verborgen, zu sehen waren. Am abgespreizten kleinen Finger der rechten Hand des Jungen fiel ein heller Punkt auf. Möglicherweise trug der Junge einen Ring, der das Sonnenlicht reflektierte. Von den Leichnamen neben ihm schien er keine Notiz zu nehmen.

Der Drucker, mit dem Paul das Foto ausgedruckt hatte, hatte eine Fehlfunktion gehabt. Die untere Hälfte war rot eingefärbt, was dem Bild eine unangemessen blutige Symbolik verlieh. Während Johann das Foto betrachtete, legte Paul ihm mehrere Zettel nacheinander in den Schoß, als wolle er ihn mit ihrem Gewicht nicht belasten. Johann erfuhr, dass das Foto, das im klassischen Mittelformat aufgenommen worden war, am 7. Mai 1945, versehen mit der Bildunterschrift »A small boy strolls down a road lined with dead bodies near camp at Belsen«, ganzseitig auf Seite 32 der Ausgabe Nr. 19/1945 des amerikanischen *Life Magazine* als

Aufmacher einer sechsseitigen Fotoreportage unter dem Titel »Atrocities: Capture of the German Concentration Camps Piles Up Evidence of Barbarism that Reaches the Low Point of Human Degradation« veröffentlicht worden war. Um sich dem Hochformat der Zeitschrift anzupassen, war das Foto beschnitten worden. Paul hatte ausgerechnet, dass auf der linken Seite 8% fehlten, wodurch der mit Stacheldraht bespannte Pfosten wegfiel, und auf der rechten Seite 21%. Die erkennbaren Gesichter der dritten und vierten im Vordergrund liegenden weiblichen Leichname fielen so dem Beschnitt zum Opfer. Die Nacktheit ihrer Körper war zusätzlich an drei Stellen retuschiert worden, wodurch der Eindruck erweckt wurde, dass die zweite und dritte der dort liegenden Frauen zum Zeitpunkt ihres Todes Röcke getragen hatten und dass Scham und Brüste der vierten oder fünften dort liegenden Frau nach ihrem Tod mit Tüchern bedeckt worden waren. Das Foto stammte von George Rodger, einem britischen Fotografen, der sich das Fotografieren selbst beigebracht und mit einer Serie über »The Blitz«, die Angriffe der deutschen Luftwaffe auf London, bekannt geworden war. 1939 war er vom *Life Magazine* als Kriegsberichterstatter unter Vertrag genommen worden, was bedeutete, dass er sich etwas angewöhnen musste, das er später die »Life-Technique« nannte. Die Redaktion erwartete sorgfältig komponierte, notfalls gestellte Aufnahmen in brillanter Qualität, gestochen scharf.

Paul suchte im Zettelstapel nach etwas, fand es aber nicht. Er lief auf die Lichtung und wühlte in einer seiner Zetteltüten. Nach einer Weile kehrte er mit einigen eingerollten Notizen zurück, die er mit einem Gummiband gesichert hatte. Paul entrollte die Zettel, und Johann las, dass nach der Erstveröffentlichung im *Life Magazine* das Foto noch viele Male verwendet worden war, stets mit wechselnden Bildunterschriften. Gegenwärtig hatten mehrere Buchverlage und Sendeanstalten sowie zahlreiche Zeitschriften und Onlinedienste weltweit bei Getty Images, dem Rechtenachfolger von *Life*, Nutzungslizenzen für das Bild erworben. Bis 2011 habe die Agentur es mit der Bildunterschrift »Ein mit kurzen Hosen bekleideter deutscher Junge geht eine unbefestigte Straße entlang, die von den Leichen Hunderter Gefangener gesäumt ist, welche im Vernichtungslager Bergen-Belsen, in der Nähe der Städte Bergen und Celle, umgekommen sind, Deutschland, 20. Mai 1945« vertrieben. Diese Bildunterschrift sei in drei Aussagen unzutreffend. Andere Bildunterschriften lauteten ähnlich: »Kurz nach Kriegsende. Ein kleiner Junge geht an Leichen von Häftlingen des Konzentrationslagers Bergen-Belsen vorbei, die am Straßenrand liegen. Wie die meisten erwachsenen Deutschen in den Nachkriegsjahren wendet er den Blick ab.« Auf einem weiteren Zettel las Johann, dass das United States Holocaust Memorial Museum in Washington, D.C., das Foto mit dem Text ausstelle: »A young German boy walks past the bodies of prisoners that are laid out on the side of a road in the newly liberated Bergen-Belsen concentration camp.« Pauls Notizen merkten an, das Bild lege Beschreibungen dieser Art nahe. Der Junge müsse ein Deutscher sein, denn er trage schöne Kleidung und habe volles Haar. Sein Körper zeige keine Anzeichen von Hunger. Am kleinen Finger seiner rechten Hand blinke ein Ring.

»Und wer ist der Junge wirklich?«, fragte Johann.

– Sein Name ist Sieg Maandag, schrieb Paul auf ein leeres Blatt.

Dann holte er einen weiteren Zettel hervor.

– Sieg Maandag stammt aus den Niederlanden. Sein Vater, ein Diamantenhändler aus Amsterdam, wird mit seiner Familie verhaftet. Das Deutsche Reich benötigt jüdischen Sachverstand, um eine Diamantenindustrie aufzubauen. Vater Isaac, Mutter Keetje, Siegs kleine Schwester Henneke und Sieg selbst werden im »Sternlager« interniert, einem Teillager Bergen-Belsens, in dem überwiegend niederländische Juden untergebracht werden. Abkommandiert zum Transport ins Konzentrationslager Sachsenhausen, stirbt Siegs Vater ein knappes Jahr später vermutlich noch vor Ort. Seine Mutter wird zur Zwangsarbeit deportiert. »Wir werden hier wieder rauskommen«, sagt Henneke zu ihrem Bruder. Sieg träumt von zu Hause und stellt sich die Befreiung als Schlacht vor, bei der die alliierten Panzer über die Heide krachen. Wie durch ein Wunder überleben sie. Einige Wochen nach der Befreiung kehren sie in die Niederlande zurück.

Paul stand auf und holte den Wunderblock von der Lichtung. Er schien zu schrumpfen, als er schrieb:

– Ich möchte dorthin.

»Wohin?«

– Nach Holland. Wo Sieg Maandag herkommt.

»Was?«

– Ich möchte in die Niederlande. Nach Holland.

»Warum?«

– Ich möchte es sehen.

Johann schwieg. Paul griff nach dem telefonähnlichen Gerät, schaltete es ein und legte es in Johanns Hand. Er zeichnete einen Pfeil auf den Wunderblock. Dann schrieb er:

– Das ist mein GPS-Gerät. Hier am Bunker befinden wir uns auf 52 Grad, 44 Minuten und 14 Sekunden nördlicher Breite. Es ist der Breitengrad, der durch den Anbau in Haus

Nummer 4 geht, in dem Eichmann untergetaucht ist. In westlicher Richtung verläuft er von Altensalzkoth, Stadt Bergen, Landkreis Celle, bis nach Schoorl, Gemeinde Bergen, Nordholland. Dort befand sich ebenfalls ein Konzentrationslager.

»Muss das sein?«

Paul nickte.

»Ich hatte gehofft, dass wir bleiben, bis uns Moos zwischen den Zähnen wächst und wir zu Wesen des Waldes werden«, sagte Johann. »Ab und zu hätten wir an der Tränke Wasser geholt, und wenn die Vorräte verbraucht gewesen wären, hättest du neue einkaufen müssen. Aber ich habe es schon befürchtet. Lebt Sieg Maandag noch?«

– Nein.

Nach einer Weile fragte Johann: »Und wohin verläuft dein Breitengrad in östlicher Richtung?«

– Nach etwa 13 000 Kilometern erreicht er die Beringsee. Dort trifft er auf die Inseln der vier Hügel.

»Und warum liegt da das Multitool?«

– Nur so.

»Du hast das alles geplant, oder?«

Als Paul etwas schreiben wollte, nahm Johann ihm den Wunderblock aus der Hand. Er wischte über das Zelluloid und schrieb:

– Pssst.

Fünf

52° 44' 14" N, 10° 2' 30" O

Paul war außer sich. Johann hatte vorgeschlagen, dass die erste Station ihrer Reise die Gedenkstätte in Bergen-Belsen sein sollte. Möglicherweise würden sie den Ort finden können, an dem George Rodger das Foto von Sieg Maandag gemacht hatte. Paul trommelte auf die Rückseite des Wunderblocks. Dann warf er ihn in den Sand. Er sprang auf, lief über die Lichtung und kauerte sich am Rand des Waldes in ein Gebüsch. Nach einer Weile hob Johann den Wunderblock auf und ging Paul hinterher. Er griff vorsichtig zwischen die Blätter und zeichnete ein Dreieck auf Pauls Unterarm. Schließlich steckte er den Wunderblock durch die Zweige. Paul begann sofort zu schreiben. Nach kurzer Zeit flog der Wunderblock aus dem Gebüsch heraus. Das Gekritzel war kaum zu entziffern.

– Was willst du dort? Was erwartest du? Glaubst du, die Bäume sehen dort anders aus? Der Himmel? Er wird der gleiche sein. Das Rauschen der Kiefern genauso. Es wird dort genauso riechen wie hier, und das Wetter wird auch nicht anders sein. Und trotzdem ist dieser Ort nicht einfach ein Wald. Er ist weder Gedenkstätte noch Konzentrationslager. Er ist ein Friedhof. Man geht dort auf jedem Quadratmeter über Leichen. Und das ist keine Metapher. Die Gedenktafeln der Massengräber in Bergen-Belsen verzeichnen insgesamt 23 200 Tote, gestorben sind dort aber über 52 000. Die Gräber sind hauptsächlich von den Briten nach der Befreiung angelegt worden. Gib mir den Wunderblock zurück.

Johann reichte Paul den Wunderblock durch die Blätter. Es dauerte nicht lange, bis er ihn zurückerhielt.

– Bis Ende Februar 1945 werden verstorbene Häftlinge von der SS ausschließlich kremiert. Asche und Knochenreste lädt sie in der Nähe des Krematoriums ab. Im März sterben über 18 000 Häftlinge. Die Kapazität des Krematoriums stößt an ihre Grenzen. Die SS geht dazu über, die Leichen im Wechsel mit Holzscheiten aufzuschichten, mit Diesel zu übergießen und zu verbrennen. Doch Ende März verbietet die Forstverwaltung, für diese Zwecke Holz, das der Versorgung der Bevölkerung vorbehalten ist, in den umliegenden Wäldern zu schlagen. Von da an legt die SS Massengräber an. 2000 Häftlinge werden zur Bestattung abkommandiert, zwei Häftlingskapellen begleiten sie mit Tanzmusik. Man weiß bis heute nicht, wo sich diese Gräber befinden. Gib mir den Wunderblock zurück.

Die nächste Mitteilung ließ sich leichter entziffern. Paul schien sich zu beruhigen.

– Dieser infernalische Ort lässt sich nur vom Himmel aus beschreiben. Wenn du aber nicht mehr an den Himmel glaubst und an Gott, der den Teufel als seinen Widerpart nutzt, um sich des Verpfuschten seiner Schöpfung zu entledigen, warum solltest du dann die Hölle beschreiben und den Sinn ihrer irdischen Niederlassungen? Wenn Gott nicht ist, ist dieser Ort auch nichts. Glaubst du wirklich, es bleibt ohne Folgen, wenn du ihn betrittst? Gib mir den Wunderblock zurück.

»Wir fahren trotzdem«, entschied Johann, nachdem Paul

aus dem Gebüsch gekrochen war. »Mein Geschichtslehrer war bei der Hitlerjugend. Und ich war noch nie in einem Konzentrationslager.«

Sie packten wortlos. Johann klopfte umständlich seine Kleidung aus, während Paul die Campingausrüstung so planvoll verstaute, als hätte er es zuvor mehrmals geübt. Johanns Schlafsack passte in den Rollkoffer, seine Isomatte würde Paul tragen müssen. Es gelang Johann, seinen Hoodie, den Paul sich einige Tage zuvor geliehen, aber nun zurückgegeben hatte, unbemerkt in Pauls Wanderrucksack zu stopfen. Paul begrub die Ravioli am Rand der Lichtung und verwendete die leere Dose als Mülleimer. Bei einem letzten Blick in den Klotz hängte Johann den gehäkelten Topflappen an den Haken zurück. Vielleicht würden sie irgendwann einmal wiederkommen.

Im nächsten Ort nahmen sie den Linienbus in Richtung Bergen. Paul nutzte die Fahrt, um seine Notizen zu ordnen. Er gab Johann eine feste Plastiktüte, die mit Abbildungen unterschiedlicher Fischgerichte bedruckt war und für ein Unternehmen warb, das Tiefkühlkost herstellte. Paul zog einzelne Zettelstapel aus den sieben bereits vorhandenen Zetteltüten hervor. Manche der Stapel teilte er in mehrere kleine und legte sie in unterschiedliche Tüten. Andere Stapel schien er lediglich durchzuzählen. Hin und wieder zog er ein einzelnes Blatt hervor und reichte es Johann, der es dann in die Tüte mit den aufgedruckten Fischgerichten legen musste. Ein Junge, der ihnen gegenübersaß, beobachtete die Prozedur. Paul schloss die Augen und machte mit der rechten Hand eine ordnende Bewegung. Er griff in die mittlere Zetteltüte, zog einen etwa zehn Zentimeter hohen Stapel heraus und gab ihn Johann, der ihn ebenfalls in die Fischtüte legte. Die restlichen Zettel der Tüte verteilte Paul auf die übrigen sechs, die vor ihm standen, so dass zuletzt sein gesamtes Archiv wiederum in sieben Tüten Platz gefunden hatte.

Als sie in einem Dorf auf halber Strecke nach Bergen ausstiegen, begann Paul wieder, mit den Zähnen zu klappern. Das Dorf bestand im Wesentlichen aus drei Straßenkreuzungen. Ein Mann verödete mit einem Gasbrenner das Unkraut, das in den Fugen der Gehwegpflasterung wuchs. Johann grüßte ihn und hob seinen Rollkoffer über die Fugen, während Paul unbeirrt in die Brandnester trat.

Sie betraten den Wald. Paul hatte darauf bestanden, sich dem Lager zu Fuß zu nähern, über einen Betriebsweg, der sie direkt zum ehemaligen Haupttor führen würde. Brombeeren wucherten zwischen dürreresistenten Importbäumen, Schwämme nährten sich von ihrem Holz. Die Rollen des Rollkoffers blockierten auf dem groben Schotter. Johann zerrte am Griff und fluchte leise vor sich hin. Paul machte sich auf einem gebrauchten Briefumschlag Notizen. Als die Straße, die am Gelände der Gedenkstätte entlangführte, zwischen den Bäumen auftauchte, zog Paul Johann ins Unterholz. Er bestand darauf, dass sie ihr Gepäck in einem Hochstand versteckten, es sei ausgeschlossen, beim Betreten eines Konzentrationslagers sichtbar für sich zu beanspruchen, lediglich auf der Durchreise zu sein. Zurück auf dem Weg, scharrte Paul eine Weile mit den Füßen.

– Wir hinterlassen Spuren, schrieb er und griff nach der Tüte mit den aufgedruckten Fischgerichten, die er auf dem Weg zurückgelassen hatte.

Ein einfacher Schlagbaum grenzte das Gelände der Gedenkstätte zur Straße ab. Paul verharrte einige Zeit vor der Barriere. Es schien, als krallten sich seine Füße an seinem Schatten fest. Johann lauschte Pauls klappernden Zähnen.

Schließlich reichte Paul ihm den gebrauchten Briefumschlag. Die Notizen, die er auf dem Weg durch den Wald gemacht hatte, waren nummeriert.

– 1. Auf dem Weg zur Gedenkstätte Wildwechsel. 2. Für gewöhnlich schweigt der Niedersachse am Grab. 3. Es geht nicht um Trost, sondern um Wissen.

Sie liefen rechts am Schlagbaum vorbei. Hinter den Überresten eines Fundaments, abseits des Weges im Wald, öffnete sich eine breite Schneise, die die ehemalige Lagerstraße in der Landschaft hinterlassen hatte.

– Große Entlausung, schrieb Paul auf den Wunderblock und wies auf die Steinreste rechts von ihnen.

Sein Gesicht war leer. Es war der teilnahmslose Ausdruck gefügiger Anwesenheit, den Johann aus dem Gottesdienst kannte. Das Zähneklappern hatte aufgehört.

Paul ging voraus, auf gerader Linie zwischen anderen Besuchern hindurch, in einem verwaschenen Trainingsanzug, ohne Eile, den Blick zu Boden gerichtet, wie einer Pflicht gehorchend, ihm auferlegt von der Geschichte des Landes, in dem er lebte und das Heimat zu nennen er sich weigerte, ein GPS-Gerät in der linken Hand und eine Plastiktüte mit aufgedruckten Fischgerichten in der rechten.

Die Besucher auf der Lichtung der Schneise verschwommen zu amorphen Farbflecken. Erst als sie näher kamen, erkannte Johann Einzelheiten: die gemusterten Oberteile der Frauen, Bermudas in Pastell oder gestreifte Beachshorts, die bunten Röcke, Jogginghosen mit glitzernden Applikationen oder ausgefranste Hotpants, die T-Shirts der Männer, entweder mit den Namen der Hersteller oder mit denen bekannter Bands, amerikanischer Universitäten oder den Sehnsuchtsorten der Tourismusindustrie bedruckt. Fast alle Besucher trugen Rucksäcke, in deren Außentaschen Wasserflaschen steckten. Sie hielten Smartphones in den Händen, einige zusätzlich eine Broschüre, die einen Übersichtsplan des Geländes enthielt. Die Guides unterschieden sich von den Besuchern lediglich durch Namensschilder, die ihnen an Bändern um den Hals hingen. Johann folgte dem Weg über die Schneise, um die Informationen auf den Hinweisstelen zu lesen, die im kargen Gras standen. Auf einer Sandfläche in der Nähe des Appellplatzes im ehemaligen »Sternlager« hüpfte ein Mädchen durch Himmel und Hölle. Paul war verschwunden.

Als Johann nach mehr als zwei Stunden am Dokumentationszentrum ankam, standen zwei Frauen im Eingang und rauchten. Ihre E-Zigaretten verströmten den Duft von Akazien. Neben einem Ständer für Postkarten lag auf einem Sockel ein Gästebuch. Johann blätterte darin. Er fand abgebrochene Sätze, unbeholfene Bilder, zusammenhangslose Äußerungen. Es waren Formulierungen wie aus Kühlschrankmagneten zusammengesetzt. Paul saß im Café und machte Notizen. Wie manisch kratzte er Buchstabe um Buchstabe aufs Papier. Auf einem Teller neben ihm lag eine angebissene Bockwurst. Johann setzte sich. Einige Jugendliche spielten Karten. Offenbar war ihnen die Benutzung ihrer Handys verboten worden. Sie schleuderten die Spielkarten auf den Tisch und lachten dabei. Johann tunkte die Bockwurst in einen angetrockneten Rest Senf und versuchte, die Regeln zu durchschauen, nach denen die Jugendlichen spielten.

Paul schrieb auf den Wunderblock:

– Da wir überwiegend öffentliche Verkehrsmittel benutzen werden, können wir nicht erwarten, dass unsere Reiseroute geradewegs nach Westen führt. Wir werden Umwege in Kauf nehmen müssen. Doch unsere Reiseziele sollten immer ungefähr auf 52 Grad, 44 Minuten und 14 Sekunden nördlicher Breite liegen. Geringfügige Abweichungen sind, wie gesagt, absehbar und daher zu tolerieren. Bergen-Belsen liegt aber eineinhalb Winkelminuten von unserer Reiseroute entfernt, das entspricht einer Abdrift von 2,75 Kilometern. Heute Abend sollten wir wieder auf Kurs sein.

Er schob etwa fünfzehn eng beschriebene Blätter über den Tisch und stand auf. Auf dem Vorplatz der Gedenkstätte kämpfte eine Krähe mit dem Verschluss einer Wasserflasche.

52° 45' 43" N, 9° 54' 22" O

– Hier ist nichts. Wiesen, Hinweisschilder, ein Kiefernwald. Ummauerte Massengräber. Das Dokumentationszentrum, ein Zweckbau aus Sichtbeton. So etwas hat sich als Gedächtnisarchitektur durchgesetzt. Aus den fünfziger Jahren stehen noch eine Wand und ein Obelisk. Besuchergruppen wandern über das Gelände auf der Suche nach Artefakten, nach Fundamenten oder Mauerbruchstücken, als seien sie Signaturen des Bösen, die etwas von der Absicht verraten, mit der sie erbaut wurden. Am Löschwasserbecken bleiben sie stehen, es ist vergleichsweise gut erhalten. Auf einem Foto, aufgenommen im April 1945, das auf dem Hinweisschild abgebildet ist, erkennt man, dass der Baumbestand nahezu unverändert ist. Der Wald hat die SS überdauert. Die Besuchergruppen fotografieren das Becken, es sieht wie ein Schwimmbecken aus, mit einer Treppe zum Einstieg, doch das Wasser ist faulig. Den Häftlingen ist es untersagt, davon zu trinken, selbst als durch alliierten Bombenbeschuss das Kraftwerk in Hannover zerstört wird und die Wasserversorgung im Lager zusammenbricht. Später fotografieren die Besuchergruppen den Gedenkstein der Schwestern Frank, er ist zuverlässig mit Blumen geschmückt, oder sie kaufen sich im Dokumentationszentrum Postkarten mit Abbildungen von ihm. Sie legen Kiesel auf den Gedenkstein, auf die Umfriedung der Massengräber, auf das Schriftrelief an der Gedenkwand, als seien sie Juden und der Brauch ihnen geläufig. Die Gedenkwand gibt dem Ganzen einen Sinn: Der Tod von vermutlich 52 000 Menschen an diesem Ort sei Mahnung für die Lebenden zum Widerstand gegen das Unrecht, ein Martyrium, damit die später Geborenen wissen, was richtig und was falsch ist. Zur Feier der Befreiung ziehen sich Bürgermeister, Kreisrat und Landtagspräsident eine Kippa auf den Kopf.

In einer Senke befindet sich das Krematorium. Zwei Chaluzim, junge Zionisten, müssen die Toten verbrennen. Sie werden in einem Verschlag hinterm Zaun gehalten, damit niemand etwas erfährt. Nach fünf Wochen ist der Auftrag erledigt, und die Chaluzim gehen auf den Transport. In Neuengamme werden sie vernichtet. Eine Gruppe Jugendlicher folgt ihrem Guide und singt die Hatikvah. In israelische Flaggen gehüllt, die Gesichter fahl, jetlagmüde, sehen sie wie Gespenster aus, wie Wiedergänger der Chaluzim. Im interreligiösen Gedenkraum zünden sie Kerzen an. Die Busse, die die Jugendlichen herbringen, eine nervtötend langweilige Anreise, deutsche Konzentrationslager befinden sich in der Regel an Orten, an denen sonst nicht viel los ist, parken dicht an dicht auf dem Parkplatz vor dem Dokumentationszentrum. Von hier betritt man das Lager durch einen Nebeneingang. Richtiger wäre es, sich dem Gelände von der Straße zu nähern, wie es die Häftlinge tun, zu Fuß von der Stadt Bergen kommend, durchs Haupttor, für jeden sichtbar. Der Rundgang beginnt bei den Tätern. Bei der Verwaltung, der SS-Kantine, den Garagen, der Desinfektion. Hier wird am Abend Bier und Cognac ausgeschenkt. Hier wird der Irrsinn strukturiert, arbeitsteilig, mit geordneten Zuständigkeiten und geregelten Arbeitszeiten, mit Urlaubsanspruch. In einem anderen Lager hält ein Wachmann die SS für einen »Sadistenverein«. Sie hat ihm die Ferien gestrichen.

Es heißt, was hinter dem inneren Lagertor geschieht, sei nicht sagbar. Und ist es doch, denn es wird ja gesagt. Die Gedenkstätte verwaltet ein Archiv von Interviews mit Überlebenden, die Zeugnis abgelegt haben. Sieg Maandag ist einer von ihnen. Sie erzählen ihre Geschichte als Echo, als Zumutung, als Rachetraum, als was auch immer, weil sonst das, was hier geschehen ist, zur Metapher erstarrt. Ich dagegen habe nichts zu erzählen. Auf meinen Zetteln steht: die Peitsche, das Gewehr, der Hund, die Stiefel, die Spritze, das Krematorium, der Zaun, die Angst, der Appell, die Küchenabfälle, die Baracke, die Langeweile, der Hunger, die Entlausung, die Kälte. Es sind Begriffe, die sich zu Sätzen verketten lassen, die jeder kennt, der schon einmal ein Buch über ein Konzentrationslager gelesen hat, Sätze, die Bilder beschwören wie jene aus Kinofilmen und Fernsehserien, in denen es meistens gerade regnet, wegen der Reflexion der Wachturmscheinwerfer auf den Barackenwänden und der Plausibilität des Schlamms. Ich soll mir das Lager ausmalen, als malte ich nach Zahlen. Ich begebe mich aber nicht auf die andere Seite des Zauns, wo ich nichts zu suchen habe, ich stelle mich nicht beim Appell dazu, mache nicht stundenlang Kniebeugen, die Hände im Nacken verschränkt, esse nicht von der dünnen Suppe, schaffe es nicht erst auf die Latrine, wenn es schon zu spät ist. Ich lausche nicht den Vorträgen der Chaluzim über den Zionismus, über die Hachschara und die Zukunft, stehle niemandem das Brot und schabe mir nicht den Eiter aus meinen Wunden. Ich tausche keine kostbare Sicherheitsnadel gegen einen Keks, einen harten Keks, den ich sofort esse und von dem mir übel wird, weil ich es nicht mehr gewohnt bin, Kekse zu essen. Ich lerne nicht an den Leichenhaufen zählen und am Geschlecht der Toten den Unterschied zwischen Mann und Frau. Ich lasse mir nicht von einem SS-Mann, der die Küchenabfälle bewacht, ein Wurstende schenken, dessen Rest, die Ration einer Laus, ich heimlich am Zaun vergrabe.

Ein paar Sätze des fast achtjährigen Jungen Sieg Maandag, der der Hölle entkommen ist, und ich vergesse darüber die sechs Millionen, die es nicht sind. Warum nicht? Weil sie nicht skrupellos genug sind? Der humanistisch gebildete SS-Mann lehnt am Wachturm und sieht sich bestätigt. Wie die Tiere.

Wochenlang fertige ich am Rand der Einbildungskraft Notizen an und stelle mir etwas vor, von dem ich annehme, dass es der Wirklichkeit nahekommt. Ich sitze über Transportlisten und rekonstruiere den Weg der Deportation, vom Theater am Rand des Jüdischen Viertels in Amsterdam über das Durchgangslager Westerbork und einige Wochen später, jeweils dienstags, im Zug über die Grenze nach Deutschland bis zum Bahnhof Soltau, wo die Zugteile am späten Abend getrennt werden, ein Teil geht nach Bergen-Belsen zum »freiwilligen Arbeitseinsatz«, wie es heißt, der andere nach Auschwitz zur Vernichtung. Den maßgeblichen Erlass durch Obergruppenführer Kaltenbrunner, Ltg. RSHA, Berlin, zur Übermittlung an die Befehlshaber der Sipo und des SD lerne ich auswendig. Ich erfahre, dass, nachdem der Komplex »Diamantverarbeitung durch jüdische Spezialarbeiter« der Verantwortung der Amtsgruppe W 1 SS-WVHA übertragen worden ist, ab Februar 1944 Diamantenspezialisten samt Familie, insgesamt rund 400 Personen, nach Bergen-Belsen überstellt werden. Der Reichsführer SS, während der Weltwirtschaftskrise Hühnerzüchter und daher ein kundiger Geschäftsmann, plant, eine Diamantenindustrie aufzubauen. Isaac Maandag, der Vater Sieg Maandags, in seiner Heimat als Diamantenhändler tätig, verfügt über große Sachkenntnis in der Beurteilung der Qualität von Rohdiamanten. Die Maschinen sind vorhanden. Die Juden sind es auch. Es fehlen nur noch die Steine. Sie sollen aus Amsterdam beschafft werden, doch die Lieferung bleibt aus. Am 4. Dezember

1944 lässt die Lagerleitung die 175 nunmehr nutzlosen Männer der Gruppe zum Sonderappell antreten. Sie werden in das KL Sachsenhausen zur Geräteherstellung abbefördert. Am 5. Dezember werden die 165 verbliebenen Frauen der Gruppe mit etwa 235 weiteren Häftlingsfrauen zum Arbeitskommando Helmstedt-Beendorf abtransportiert, einem Außenlager des KL Neuengamme. Sie werden in den Salzminen beim Bau automatischer Steuerungsinstrumente für die Luftwaffe eingesetzt. Die Kinder der Gruppe bleiben sich selbst überlassen.

Ich betrachte unzählige Fotografien von Himmler mit der Lupe, auf der Suche nach etwas, das ich in diesem Mäusegesicht wiedererkennen kann. Onkel Heini, Reinkarnation König Heinrichs I., RKFV und RFSSuChdDtPol, ein Pedant, der zur Auspeitschung eines Häftlings ein schriftliches Ersuchen in dreifacher Ausfertigung verlangt, in den Monaten August, September und Oktober 1942 in den Vernichtungslagern der sogenannten Aktion Reinhardt aber nahezu 1,5 Millionen Juden umbringen lässt, etwa 15 000 am Tag, ein Ereignis ohne Zeugen, da fast niemand überlebt. Ein studierter Agrarökonom, der nicht schwach werden, sich nie aus dem Zügel verlieren will, »Landsknecht des deutschen Freiheitskampfes« und abergläubisch bis zur Idiotie, er hält das Universum für eine Mutation aus Eis. Seine SS, ein schwarzer Orden. Er verlangt die Beinbeschaffenheit der Bräute seiner Männer zu erfahren, bei Gefallen besteht er auf Meldung des Vollzugs. Ständig ist er fürs Reich unterwegs, im offenen Wagen, Kennzeichen SS-1. Sein Puls schnellt hoch, wenn ihn der Führer zum Tee in die Reichskanzlei bittet. Göring, fett und vom Morphium aufgedunsen, Goebbels, expressionistisch böse, Heydrich, blond und groß, ein arischer Dressman, Bormann, feist und abgefeimt, der Rammbock des Führers, Eichmann, ein Bürohengst, Höß, eine Hackfresse. Und Himmler? Nichts. Ein anständiger Mann.

1943 ordnet er die Errichtung eines Aufenthaltslagers auf dem Gelände des ehemaligen Stalag XI C/311 in Bergen-Belsen zur vorübergehenden Unterbringung »heikler Juden« an, jüdischer Familien, die über Zertifikate verfügen, die sie zur Einreise nach Palästina berechtigen, und daher zum Zweck der Valutabeschaffung aus der Vernichtung herauszunehmen sind. Der Führer stimmt dem Vorhaben zu, solange die Juden »wirklich in namhaftem Umfang Devisen von auswärts hereinbringen«. Es ist eine Gesamtbelegung des Lagers mit 10 000 Häftlingen vorgesehen, die unbeschädigt zu bleiben haben, trotz ihres Häftlingsstatus als Lagerinsassen gelten und von den Wachmannschaften mit Sie anzusprechen sind. Zuständig für wirtschaftliche Fragen ist das Amt D III des SS-WVHA, Konzentrationslagerwesen, Amtsleiter Gruppenführer Glücks, Oranienburg. Für politische Fragen liegt die Entscheidungsbefugnis beim RSHA, Amt IV B 4, Amtsleiter Obersturmbannführer Eichmann, Berlin. Die vergleichsweise dünn besiedelten und landwirtschaftlich wenig ergiebigen Heideflächen im Umland des Stalag sind bereits 1935/1936 vom Reich aufgekauft worden. Nach infanteristischer Ausbildung im KL Sachsenhausen nimmt der 1./SS-Totenkopf-Sturmbann Bergen-Belsen am 10. Mai seinen Dienst auf. Die Lagerleitung obliegt Obersturmbannführer Haas.

Ein Aktenvermerk weiß angesichts der vergleichsweise guten Reisebedingungen und Gerüchten über die Zustände in Bergen-Belsen von »ziemlich gehobener Stimmung unter der Judenschaft« in Westerbork zu berichten. Ab Anfang 1944 bilden die Niederländer die Mehrheit im »Sternlager« in Bergen-Belsen. Sie sehen auf die Ungarn herab, auch wenn jene auf Eis gelegt sind aufgrund einer durch Obersturmbannführer Eichmann mit Vertretern der Jüdischen Gemeinde Budapest ausgehandelten Vereinbarung, ungarischen Juden zum Gegenwert von 10 000 Lastkraftwagen die Ausreise zu gewähren. 1684 Juden werden deshalb nach Bergen-Belsen in das zur Aufnahme vornehmer Gäste eingerichtete Lager, so Eichmann, überstellt. Doch die Zustände verschlechtern sich binnen weniger Monate. Im November 1944 sind 350 Personen nach Geschlechtern getrennt einer Baracke zugeteilt, im Dezember sind es bereits 500 bis 600 Personen. Für 3000 Insassen sind eine Waschgelegenheit und zwei Doppellatrinen vorgesehen. Die Zahl der Erkrankungen nimmt zu, so dass am Ende des Jahres viele Häftlinge arbeitsunfähig sind, wodurch ihre Wertigkeit als Austauschmaterial erheblich abnimmt. Die Betten sind nun dreistöckig und zweifach zu belegen. Das regelmäßige Duschbad ist wegen Wassermangels einzustellen. Es gibt ungesalzene Suppe mit Dörrgemüse, in der ein wenig Sauerkraut oder Steckrüben schwimmen und die zu Durchfall führt. Die Kinder lernen, bei der Ausgabe geduldig zu sein. Gemüse und Würmer sammeln sich am Kesselboden, diejenigen, die hinten anstehen, sind im Vorteil. Es kursiert das Gerücht, dass der Suppe Kampfer und Brom zugesetzt werden, um das sexuelle Verlangen der Häftlinge zu unterdrücken. Doch der Hunger dämpft die Libido ohnehin zuverlässig. Die Ausgabe geschieht unregelmäßig. Die Brotration wird mit einem Lineal ausgemessen, vier Zentimeter haben für sechs Mahlzeiten zu reichen.

Ich müsste wie ein Ballon aufsteigen, um das Gelände aus der Singdrosselperspektive überblicken zu können. Dann würde es wie auf meinen Karten aussehen. Die SS lässt zum Appell antreten. Stundenlang müssen die Häftlinge in Fünferreihe auf der Stelle stehen, reglos, auf gerader Linie, wie dressierte Pudel. Die Kinder lächeln, bis ihnen die Gesichter wehtun. Wer nicht gehorcht, muss in die Grube und ist nach vierzehn Tagen tot. Daran erinnert sich Sieg Maandag später genau. Der kranke Junge, mit dem er das Bett teilt, stirbt eines Tages. Sieg schiebt ihn über die Bettkante und hört seinen Körper auf dem Boden aufschlagen. Das Geräusch, das der Körper des Jungen beim Aufprall macht, wird Sieg nicht mehr vergessen. Doch später, wenn man ihn fragt, wird er keine Worte dafür haben. Er wird unschuldig schuldig geworden sein. Er schämt sich seines Überlebens und der Mittel, die es ermöglicht haben.

Am 5. Dezember feiert man in den Niederlanden Sinterklaas. Die Kinder der Diamantjuden werden auf die Ladefläche eines Lastwagens gepfercht und vom »Sternlager« nach kurzer Fahrt über die Lagerstraße in den Teil des Geländes gebracht, der der SS vorbehalten ist. Hier werden sie in einen Fahrzeugschuppen gesperrt. Als es dunkel wird, schlägt ein Junge vor, laut zu schreien. Es ist nutzlos. Die Männer feiern in ihrer Baracke. Erst in der Nacht bringt jemand Weißbrot mit Butter und Zucker. Später werden die Kinder geweckt, sie müssen auf den Lastwagen zurück. Der Wagen verlässt das Lagergelände und fährt ziellos durch die Heide, man ist sich über den Auftrag nicht einig. Die Kinder erwarten ihre Erschießung. Im Morgengrauen kehrt der Wagen ins Lager zurück, durchquert es und hält in der Nähe des Krematoriums. Die Kinder müssen auf der Ladefläche bleiben. Ein SS-Mann sagt, sie sollten in der Hölle braten.

Vorhin habe ich einen Guide gehört, der einer Schülergruppe aus Süddeutschland im Stil eines Schauermärchens von einer Aufseherin aus dem SS-Gefolge erzählt hat, die wahllos auf Häftlinge einprügelt. Wahrscheinlich ist Hertha Bothe gemeint, die 1945 zu zehn Jahren Haft verurteilt, aber bereits 1951 wieder entlassen wird. »Hab ich 'n Fehler gemacht? Nö.« Oder er meint Irma Grese, die vier Tage vor ihrer Hinrichtung ihren Verwandten schreibt, dass schwache, mitleiderregende Menschen auf sie keinen Eindruck machten. Sie folge mit ruhigem, sicherem Schritt und eisernen Nerven ihrem Schicksal, denn ihre Ehre heiße Treue. Die Schüler sind nicht ausreichend beeindruckt, also erzählt der Guide von einer Aufseherin, in deren Haus Bucheinbände und Lampenschirme aus gegerbter Menschenhaut gefunden wurden. Vermutlich meint er Ilse Koch, die Frau des Lagerkommandanten von Buchenwald, die mit ihrem Mann durch Raub, Unterschlagung und Ausbeutung, durch Sklavenarbeit zu Reichtum gekommen ist. Dass sie im Besitz von Lampen aus Menschenhaut sein soll, ist allerdings ein Gerücht, und mit Bergen-Belsen hat sie nichts zu tun. Natürlich gibt es Sadisten im Dienst der SS. Doch was erklärt das schon? Die meisten der Frauen und Männer, die in den Konzentrationslagern Dienst tun, sind weder gestört noch besonders grausam. Sie sind durchschnittliche Volksgenossen. Sie empfinden ihren mörderischen Dienst als Verwaltungsakt, die Aufseherinnen werden nach der Tarifordnung für Angestellte bezahlt. Nach dem Krieg stellen SS-Angehörige Anträge auf Entschädigung. Warum erzählt der Guide nicht von Hilde Michnia, geborene Lisiewicz? Aufseherin seit Anfang 1945, die zuvor einen Todesmarsch von Groß-Rosen nach Bergen-Belsen geknüppelt hat, was ihr das Gericht aber nicht nachweisen kann. Sie sagt, sie sei nie ins Lager hineingekommen, sei immer außerhalb des Hauptlagers geblieben, in der Küche bei den Rüben. Daher habe sie von dem, was im Lager geschehen sei, nichts mitbekommen. Sie habe auch nichts gerochen, obwohl die Bewohner Bergens sich bei der Kreisleitung über den Gestank beschwert haben und die Offiziere in der mehrere Kilometer entfernten Kaserne ebenso. Nach dem Krieg kommt Hilde Michnia noch einmal her, mit ihren Kindern, zur Besichtigung. Auf einer ausgestellten Fotografie entdeckt sie sich in einer Gruppe von SS-Frauen. Sie sieht sich um, ängstlich, fürchtet, dass jemand sie erkennen könnte. Überstürzt kehrt sie nach Hause zurück. Dort hilft sie in der Kirche aus, bügelt dem Pfarrer das Messgewand. Zu ihrem neunzigsten Geburtstag erscheint ein Artikel über sie im Lokalblatt, der ihren Einsatz für die Gemeinde lobt. Wenn sie nicht schlafen kann, sagt sie sich alles von damals vor. Deshalb ist es noch in ihrem Kopf. Wenn sie an diese Zeit denkt, findet sie, dass sie eigentlich Glück gehabt hat. Sie lügt nicht. Davon bin ich überzeugt. Der Guide empfiehlt den Schülern beim Besuch der Dauerausstellung, sich ein Paar gestrickte Kinderhandschuhe anzusehen, das Lieblingsexponat der Gedenkstätte, eine Russin hat es einem Mädchen aus Fäden einer Decke gestrickt, ein Beweis von Barmherzigkeit in furchtbaren Zeiten. Der Guide wünscht sich, dass die Schüler etwas Positives von ihrem Besuch mitnehmen.

Obergruppenführer Pohl, Ltg. SS-WVHA, zeigt sich anlässlich einer vom Reichsführer befohlenen Inspektionsfahrt durch die KL von den Zuständen im Lager Bergen-Belsen bestürzt. Die SS übernimmt auf seine Weisung hin den bislang der Wehrmacht unterstehenden Teil des Kriegsgefangenenlazarettlagers. Bevor er wieder aufbricht, gibt Pohl Ratschläge zur Ergänzung der Gefangenenkost mit Wildkräutern. Obersturmbannführer Höß, der die Inspektion begleitet, gibt Anweisungen zur Durchführung sachgerechter Massenverbrennungen. Hauptsturmführer Kramer, vormals KL Auschwitz, hat die Lagerleitung mit dem Vorsatz übernommen, aus der Schlamperei ein zünftiges Konzentrationslager zu machen.

Unter der Obhut Luba Tryszynskas, einer polnischen Jüdin, die ihren Mann und ihren dreijährigen Sohn in Auschwitz verloren hat, überleben die 54 Kinder der Diamantjuden unter größten Entbehrungen im Kinderhaus des Großen Frauenlagers den Horror. Es ist ein Wunder. Noch einmal ist Zählappell. Den Kindern soll eine Nummer auf den Arm tätowiert werden. Danach lässt sich die SS im Lager nicht mehr blicken. Nur die Kapos gehen noch herum und teilen Prügel aus.

Zwischen 15:00 und 15:30 Uhr am 15. April 1945, einem Sonntag, übernehmen die britischen Truppen das Lager. Die schottische Brigade spielt Dudelsack. Die »Gesamtlagerstärke« beträgt zu diesem Zeitpunkt 60000 Häftlinge. Davon befinden sich etwa 41000 auf dem Gelände des nunmehr ehemaligen Konzentrationslagers, 19000 in den übrigen Lagerteilen. Etwa 13000 unbestattete Leichname liegen über den Grund verstreut, einem Teppich gleich, wie sich Major Alexander Smith Allan später erinnert, »größtenteils sehr abgemagert, viele unbekleidet, kreuz und quer durcheinander«. Dem Kameramann William Lawrie erscheinen sie wie Puppen. Die Gesamtzahl aller Häftlinge des Konzentrationslagers Bergen-Belsen wird, diejenigen eingerechnet, für die das Lager Durchgangsstation ist, auf bis zu 120000 geschätzt, nähere Angaben sind nicht möglich, die SS lässt auf Befehl Himmlers kurz vor der Befreiung die Häftlingsregistratur im Krematorium verbrennen. Zirka 3500 der Häftlinge sind Kinder unter 15 Jahren, 200 von ihnen werden in Bergen-Belsen geboren, 600 kommen dort ums Leben. Die Gesamtzahl der Todesopfer beläuft sich auf etwa 52000, von ihnen sterben 14000 nach der Befreiung an Krankheit und Entkräftung.

Am 20. April fahren George Rodger und sein Fahrer in Begleitung einiger Soldaten auf das Gelände. Im nordöstlichen Teil des Lagers macht Rodger am frühen Nachmittag vom Dach seines Jeeps das Foto von Sieg Maandag, der herbeigerufen worden ist, um sich für ein »Befreiungsfoto« aufzustellen. Es ist eine von lediglich 34 Aufnahmen, die Rodger an diesem und den folgenden Tagen in Bergen-Belsen machen wird. Er verwendet hierfür eine 35-mm-Leica und eine Rolleiflex. Zunächst glaubt er, schlafende Gestalten zu sehen, er braucht eine Weile, bis er erkennt, dass es sich bei den auf dem Boden verstreut liegenden Körpern um Leichname handelt. Rodger fühlt Scham, während er fotografiert. Er glaubt, etwas »Unaussprechliches und Verbotenes« zu tun. Es scheint ihm, als unterscheide ihn nichts mehr von denjenigen, die das Lager geführt haben, da er an eine schöne fotografische Komposition denkt und »dieses mitleiderregende menschliche Strandgut behandelt, als handle es sich um ein gigantisches Stillleben«. Ich bin Johanns Rat gefolgt und habe vorhin nach dem Ort gesucht, an dem das Foto mit Sieg Maandag entstanden ist, er lässt sich aber nicht mehr finden. Sieg Maandag erinnert sich: »An dieser Straße spielten wir Verstecken.«

Anfang Mai wird Alfred Hitchcock als Berater zur Herstellung eines britisch-amerikanischen Dokumentarfilms über die Verbrechen der Nazis in den Konzentrationslagern verpflichtet. Zu diesem Zeitpunkt befindet er sich noch bei Dreharbeiten in den Vereinigten Staaten. Erst zwei Monate später reist er nach Europa und überwacht in London die Montage von Teilen des Films. Hitchcock wählt von den

Aufnahmen aus den Lagern fast ausschließlich jene mit Totalen und langen Schwenks. Er möchte verhindern, dass man später behaupten kann, der Film sei manipulativ geschnitten. Hitchcock verweigert dem Geschehen die Nähe. Die Filmbilder sind schwarz-weiß und stumm und werden erst später mit Musik unterlegt. Der Sprecher des Kommentars setzt aus, wenn Bilder der Leichen zu sehen sind. Um die Nähe zu verdeutlichen, in der die Deutschen entlang des Lagers ihr »normales Leben« weiterführten, werden Karten eingeblendet.

Am 7. Mai wird das Foto von Sieg Maandag im *Life Magazine* veröffentlicht. In der Nacht zuvor ist die Erklärung der bedingungslosen Kapitulation der Deutschen Wehrmacht unterzeichnet worden. Sie tritt am 8. Mai in Kraft, zwei Tage später werden in Flensburg die letzten Häftlinge aus den Konzentrationslagern befreit. Der Holocaust ist beendet.

Aber selbst dieser Begriff ist unzulänglich. Holocaust stammt vom griechischen »holókaustos«, was »vollständig verbrannt« heißt und das meint, »was ganz in Rauch zum Himmel aufsteigt«. Luther hat das ursprünglich hebräische Wort mit »Brandopfer« übersetzt, ein Feueropfer für den Herrn, wie die Opferung Isaaks. Doch wo ist hier der Herr? In Deutschland kennt man den Begriff seit der amerikanischen Fernsehserie *Holocaust*. 1979, einige Monate nach der Ausstrahlung, wird »Holocaust« in Westdeutschland zum Wort des Jahres. In Israel sagen sie »Schoah«, das ist Hebräisch und heißt »große Katastrophe«, »Untergang« oder »Zerstörung«. Seit der gleichnamigen Dokumentation von Claude Lanzmann wird der Begriff auch hierzulande verwendet. Dabei existiert kein deutsches Wort, das die Vernichtung von sechs Millionen europäischen Juden treffender bezeichnet als das Wort »Endlösung«, dessen Einführung in den Sprachgebrauch Eichmann für sich in Anspruch nimmt. Hier fasst man, importiert aus Übersee, im Privatfernsehen vielfach wiederholt und jederzeit beim Streamingdienst verfügbar, das Unvorstellbare während drei Stunden Schwarz-Weiß in einem roten Fleck zusammen, dem Mantel eines kleinen Mädchens, der sich in der Menge verliert. Es ist eine großartige Filmidee, gewiss, aber es gab diesen Fleck wirklich, und die Erinnerung an ihn gehört einem Vater, der in Auschwitz seine Familie verlor.

Hier ist nichts. Hier ist Niemandsland.

52° 26' 27" N, 9° 43' 37" O

»Ich kann mir die ungebremste Durchfahrt eines ICEs nie ohne Personenschaden vorstellen.« Johann rollte seinen Koffer unter den Fahrplanaushang. Bahnhöfe wie diesen gab es unzählige. Blindenleitsystem, Raucherzone, modernes Bahnsteigmobiliar. Blaue Hinweisschilder. Eine Einstiegshilfe für Rollstuhlfahrer. Ein Getränkeautomat. Die Gemüsebrühe kam aus demselben Ausguss wie der Kakao. Jenseits des Gleises einfallslose Graffiti auf Schallschutzwänden, die Schallschutzwände selbst grün, Bewuchs imitierend.

Hinter dem Bahnhof wurden die Schallschutzwände grau. Die Regionalbahn kroch durch eine Reihenhaussiedlung. Johann sah aus dem Fenster. Mülltonnen standen hinter Waschbeton, Rasenflächen, nicht größer als zwei Autostellplätze, zwängten sich zwischen die Häuser, Hagebutten und Liguster begrenzten die Flächen. Eine Wäschespinne sah aus, als empfange sie Nachrichten aus dem All. Vor den Garagen spielten Kinder *Star Wars*. Die Tauben nutzten eine Sandkiste als Klo. Rollläden mit verkantetem Behang, Glasbausteine in den Treppenhäusern. Aus einem Fenster in einem Obergeschoss hing eine Deutschlandfahne. »Wir sind das Volk«, eddingfett auf Rot und Gold geschrieben. Das »Wir« verängstigte Johann mehr als das »Volk«, und er dachte sich einen Schutzzauber aus, der sich im Schwarz verbergen würde. In einer Auffahrt saß eine junge Frau auf einem Aufsteller für Eiscreme und spielte mit dem Piercing in ihrem Bauchnabel.

Die Regionalbahn nahm Fahrt auf. Die Siedlung franste aus. Nur noch vereinzelt Häuser, ein Gartencenter, eine

Werkstatt für Landmaschinen. Die letzten Spuren der Siedlung waren der Müll an den Gleisen, Autoreifen, Plastiksäcke, Röhrenfernseher, ein Kühlschrank, ein Sofa mit aufgeplatzter Polsterung. »Zum Glück sind das Orte, die sich kein Mensch merken kann«, sagte Johann. Auf einer Koppel standen drei Pferde, am Wind ausgerichtet.

Paul schien von einem Rigor befallen zu sein. Sein Hals war schief, die rechte Schulter hochgezogen, die Lippen zusammengepresst und blutleer. Seine Arme lagen im Schoß wie totes Geäst. Es kostete offenbar Kraft, die Lüge an sich scheitern zu lassen. Johann holte einige T-Shirts aus seinem Koffer, rollte sie zusammen und schob sie in Pauls Nacken. Das Geäst der Arme bewegte sich kaum merklich. Johann durchsuchte die Zetteltüten. Er zog den Wunderblock aus der Tüte mit den aufgedruckten Fischgerichten und fragte Paul flüsternd, ob er vielleicht jetzt in die Psychiatrie zurückwolle. Paul schrieb mit verholzten Fingern:

– Nein, danke. Ich habe dort nie Ruhe gefunden.

Eine halbe Stunde später hatten sie Hodenhagen, ihr Tagesziel, erreicht.

52° 44' 14" N, 9° 36' 6" O

»Ich war hier schon mal«, sagte Johann, als sie die Straße entlanggingen, die von der Haltestelle der Regionalbahn in den Ort führte. Einige Stunden zuvor hatte er telefonisch ein Zimmer in einer Frühstückspension gebucht. »Mit dreizehn ungefähr. Als ich abgehauen bin. Hier in der Nähe ist doch eine Autobahn, oder?« Paul wechselte die Zetteltüten von der linken in die rechte Hand. »Ich bin damals getrampt, und der Fahrer hat mich an einer Raststätte abgesetzt. Danach ging es nicht mehr weiter. Ich hatte keine Ahnung, wo ich war. Ich glaube, hier ist es.« Die Pension erwies sich als erst kürzlich fertiggestellter Bungalow in einem Neubauviertel. Johann klingelte an der Eingangstür. Der elektronische Gong imitierte den Klang einer Glocke. »Ich hatte nur noch Geld für einen Schokoriegel oder eine Packung Erdnüsse. Ich habe die Erdnüsse genommen, weil ich dachte, sie seien einem richtigen Essen ähnlicher als der Schokoriegel, der ja mehr ein Nachtisch ist.«

Ein SUV fuhr über eine Sandfläche und bremste scharf. Eine Frau sprang heraus und rief: »Da bin ich. Da bin ich schon.« Sie trug ein Oberteil, auf dem in Zierschrift »Latte Macchiato« stand. »Ich bin die Janine. Hallo. Kommt. Die Kinder sind heute zu spät aus der Schule, und das Essen musste noch auf den Tisch.« Sie öffnete die Tür, ließ Johann und Paul eintreten und verschwand in einem Büro.

Johann flüsterte: »Ich habe damals beim Einkaufen in der Raststätte zitronengelächelt, bis mein Gesicht taub war. Wie ein Waisenkind. Es hat aber keinen interessiert.« Er legte seine Hand auf den Hals einer mannshohen Holzgiraffe im

Eingangsbereich der Pension. Ein Löwe, der neben ihr stand, trug eine Mähne aus Bast.

»So, Herrschaften, Zimmer sechs. Wir haben die Frühstückszeiten noch nicht so festgelegt. Ihr könnt euch morgen ruhig Zeit lassen.« Janine zeigte in einen gefliesten Gang. »Das Zimmer geht nach hinten raus, und in der Gästeküche steht ein Wasserkocher und der Kühlschrank, der ist für alle.«

Johann nahm den Schlüssel und bedankte sich. Er schob Paul vor sich her. Die Rollen des Koffers knackten, als sie über die Fugen sprangen. »Hier. Nummer sechs.« Er öffnete die Tür zu ihrem Zimmer. »Weil ich den Geruch mochte, habe ich mich bei den Zapfsäulen herumgetrieben und angefangen, ungefragt Windschutzscheiben sauber zu machen. Für die Putzarbeiten habe ich ein bisschen Geld bekommen. Doch statt mir etwas zu essen zu besorgen, habe ich mir wegen des beigefügten Gimmicks ein Jugendmagazin gekauft. Das Ding war aber bloß eine gewöhnliche Plastiklupe mit einer Anleitung, wie man sie als Brennglas benutzt. Ich schlafe übrigens am Fenster.« Johann wuchtete seinen Koffer auf das Bett und öffnete die Vorhänge. »Die Sache mit dem Brennglas war an der Tankstelle natürlich gefährlich. Also habe ich die Lupe weggeworfen und die Zeitschrift auch. Als der Hunger nicht mehr auszuhalten war, bin ich zum Tankwart gegangen und habe ihm gesagt, dass er die Polizei rufen müsse, ich sei minderjährig und hätte mich verirrt. Er hat mich ausgefragt, als sei er selbst Polizist. Meine Güte.« Johann zeigte auf ein Gemälde, das über dem Bett hing, eine Meeresszene, Wellen in Pastell, weißgetupfter Glanz auf türkisfarbenem Wasser. »Ich habe dem Tankwart mit Schlagersängerakzent geantwortet, um ihn über meine wahre Herkunft zu täuschen. Als Reiseziel habe ich Dänemark genannt. Er hat gelacht und gesagt, dass es hier weit und breit kein Dänemark gebe, sondern, wenn überhaupt, nur Afrika im Allertal. Ich habe kein Wort verstanden, aber auch nicht nachgefragt. Was machst du da?« Paul hatte einen Schrank geöffnet. Geordnet nach Größe, legte er seine Kleidung hinein, unschlüssig, wo er die eingerollten Strümpfe einsortieren sollte. Er ging ins Bad und stellte seine Toilettenartikel auf den Waschtisch. Johann folgte ihm. »Das lohnt sich nicht. Wir sind hier nur für eine Nacht. Im Polizeiwagen abtransportiert zu werden war übrigens schön. Allerdings erinnere ich mich noch gut an die Enttäuschung, dass der Knopf fürs Blaulicht nicht viel anders aussah als der für die Heizung. Das ist alles nagelneu.« Johann betätigte die Armatur. Der Wasserhahn verfügte über eine integrierte LED-Beleuchtung. »Sie haben mich hier im Ort auf die Wache gebracht, und eine Polizistin hat mir Pfefferminztee gemacht und Vater angerufen, der zwei Stunden später gekommen ist, um mich abzuholen, mit einem Gesicht wie aus Löschpapier. Er hat damals ziemlich viel in die Kaffeekasse gezahlt. Riechst du die ganze Chemie? Ich glaube, wir sind die ersten Gäste.« Johann stand wieder im Zimmer und schnupperte. »Ich hatte ein bisschen Spucke auf meine Lippe geschoben. Während er sie mir abwischte, sprach er von der Güte des Herrn, an den er sich in seiner Sorge gewandt hatte, wobei ihm wie üblich Tränen in die Augen traten. Ich verabschiedete mich von der Polizistin, und wir gingen zum Wagen.« Paul legte sich aufs Bett und schloss die Augen. Johann warf sich neben ihn. »Um etwas zu sagen, fragte ich Vater nach der Apotheke. Die habe er schließen müssen, den Ausfall dürfe ich in den nächsten Wochen gerne abarbeiten. Ich müsse begreifen, dass keine Sünde ungesühnt bleibe. Als wir im Auto saßen, hat er mir ein paar Mal auf den Kopf geschlagen. Es war mir gleich. Ich hatte in der Nacht zuvor etwas erlebt, das mich hatte erwachsen werden lassen.« Johann nahm die Fernbedienung vom Nachttisch und roch an ihr. »Auch neu. Ich habe damals beschlossen, Vater künftig Martin zu nennen.« Er hielt inne. »Endlich verstehe ich, was der Tankwart mit Afrika gemeint hat. Die Gnus und Gazellen hier im Serengeti-Park. Und die Giraffen. Wie witzig. Ich habe vorhin an der Haltestelle aber nicht einen einzigen Löwen brüllen gehört. Was ist da bloß los? Übrigens, wusstest du, dass sich Antilopen im Infraschallbereich verständigen? Für uns Menschen unhörbar? Das habe ich in einer Tier-Doku gesehen. Müssen wir das wirklich besichtigen?« Paul antwortete nicht.

Dichter Dampf quoll ins Zimmer, als Johann zwanzig Minuten später aus dem Bad kam. »Wahnsinn. Hier ist sogar noch das Preisschild dran.« Er wickelte sich in ein übergroßes Badelaken und legte sich neben Paul aufs Bett. »Vierundzwanzig Euro achtzig. Was ist los mit dir? Du bist starr wie ein Ast.«

Paul zog den Wunderblock aus einer der Zetteltüten und schrieb:

– Es existiert ein Foto von Luba Tryszynska, der polnischen Krankenschwester, die sich im Großen Frauenlager um die Kinder der niederländischen Diamantjuden gekümmert und sie auf diese Weise gerettet hat. Auf der Abbildung sieht man sie mit mehreren Kindern an einem Stacheldrahtzaun stehen. Sie trägt ein kleines Kind auf dem Arm. Die Sonne scheint. Luba Tryszynska und die Kinder lächeln. Sie blinzeln ins Licht. Ich habe mir das Foto schon oft angesehen. Heute Vormittag habe ich beim Besuch der Ausstellung im Dokumentationszentrum festgestellt, dass es sich bei dem Foto um ein Standbild aus einem Film handelt, den ein gewisser Sergeant Mike Lewis, ein ehemaliger Fallschirmspringer, Mitglied der British Army Film Unit, am 20. April 1945 aufgenommen hat. Luba Tryszynska und die Kinder bewegen sich auf ihn zu, nur der Stacheldraht hält sie davon ab, weiterzugehen. Das Foto sagt, so ist es. Der Film zwingt mich, mir das Davor und das Danach vorzustellen. So werde ich ungewollt zum Teil des Geschehens.

»Du befindest dich auf einer seltsamen Pilgerreise, um eine Schuld abzutragen, die du, offenbar ein bisschen größenwahnsinnig geworden, auf dich genommen hast. Du bist ohnehin Teil des Geschehens.«

– Und du?, schrieb Paul.

»Ich sowieso«, sagte Johann und deckte Paul mit der Hälfte des Badelakens zu. »Die Duschbrause hat fünf Massagestufen, und ich bin erst bei der dritten. Natürlich bin ich Teil des Geschehens.«

Paul lachte.

– Es sind übrigens die Breitmaulnashörner, schrieb er.

»Wie bitte?«

Paul vervollständigte den Satz auf dem Zelluloid:

– Es sind übrigens die Breitmaulnashörner, die sich im Infraschallbereich verständigen.

53° 28' 25" N, 10° 11' 34" O

Es war das dritte Mal. Diesmal ließ Johann das Rad zu Hause. Er rannte zum Autobahnzubringer, stellte sich an eine Parkbucht und streckte den Daumen raus. Dreiundzwanzig Autos fuhren vorbei, schließlich hielt eine Frau. Ihr Wagen war mit Einkäufen vollgepackt. Sie fragte Johann, ob er friere. Natürlich fror er. Doch er versicherte ihr, dass ihm ausreichend warm sei, und die Frau fuhr weiter. Johann gab es auf, die vorbeifahrenden Autos zu zählen. Kam längere Zeit kein Auto, hüpfte er auf der Stelle, kaute sich die Lippen warm und blies Luft in seinen Anorak. Die Dämmerung hatte bereits eingesetzt, als ein Lastwagen hielt. Der Fahrer erkundigte sich nach Johanns Ziel. Johann sagte, er wolle nach Dänemark, zu seiner Familie. Dass er per Anhalter fahre, sei eine Mutprobe. Deshalb habe er auch kein Gepäck dabei. Der Fahrer ließ Johann einsteigen.

Dänemark war ein guter Einfall. Niemand würde ihn im Ausland suchen, auch die Polizei nicht. Außerdem hatte er Lust, in einer Monarchie zu leben. Der Lastwagenfahrer brummte Unverständliches, als Johann ihm wie zum Beweis die Hobbys der dänischen Königin aufzählte, Kostümbild und Rauchen, blieb aber im Übrigen stumm. Johann zwang sich, ihn nicht anzusehen. Er erinnerte sich, dass Peter Vogt einmal gesagt hatte, dass Lastwagenfahrer oft kriminell seien. Sollten sie ihre Opfer töten, würden sie mit ihnen kreuz und quer durchs Land fahren und erst dann, wenn sie sich in Sicherheit glaubten, die toten Körper in einsamen Waldstücken ablegen und verscharren. Nur selten werde eines dieser Opfer von einem Pilzsammler zufällig entdeckt. Johann ballte die Fäuste. Als der Verkehrsfunk die Auflösung eines mehrere Kilometer langen Staus meldete, verließ der Lastwagenfahrer die Autobahn und fuhr in ein Waldstück. »Feierabend«, sagte er. Johann bekam keine Luft mehr, die Haut, die über seinen Fäusten spannte, war weiß. Er werde nun etwas essen und dann einige Stunden schlafen, Johann könne machen, was er wolle, er würde ihm allerdings raten, ebenfalls zu schlafen, der Weg nach Dänemark sei noch weit. Johann nickte kaum sichtbar. Es war am besten, wenn er unauffällig blieb. Weil er Hunger hatte, ließ er sich ein Brot mit Fleischwurst geben und entschied sich dann fürs obere Bett. Er bekam vom Lastwagenfahrer eine frisch bezogene Bettdecke, zog sich bis auf die Unterwäsche aus, stieg aufs Bett, wickelte sich fest in die Decke ein und bemühte sich, von der Matratze so wenig wie möglich in Anspruch zu nehmen. Er kam sich vor wie Tiefkühlkost. Doch der Duft der frisch bezogenen Bettdecke beruhigte ihn. Der Lastwagenfahrer hatte offenbar eine Frau zu Hause, die ihm die Wäsche machte und wahrscheinlich auch die Brote mit Fleischwurst belegte. Kriminelle waren selten verheiratet, Frauen mochten keine Kriminellen, davon war Johann überzeugt. Sie waren schmutzig und mussten sich ihre Brote von der Raststätte holen. Das gleichmäßige Atmen des Lastwagenfahrers unter ihm klang wie das Rauschen der Wellen beim Zurückweichen der Flut. Johann begann sich zu freuen, dass er im oberen Bett in der Fahrerkabine eines Lastwagens lag, mit Anhänger und Plane und allem Pipapo. Die Tiefkühlkost begann aufzutauen.

Johann träumte von einem Fisch, den die Flut an Land gespült hatte. Der Fisch riss sein Maul auf und schnappte nach Luft. Als er verendend eine Flosse hob, wurde Johann wach. Der Lastwagenfahrer lag neben ihm, und Johann spürte seine Hand auf der Unterhose. Ein jäher Schreck schickte Kristalle durch Johanns Körper. Fast hätte er gepisst. Er tat so, als schlafe er, zwang sich, gleichmäßig zu atmen, überhaupt zu atmen, musste aber schlucken. Seine Hände und Füße froren ein, seine Lider flatterten und drohten, ihn zu verraten. Es musste ihm etwas einfallen, sonst würden seine Beine wahrscheinlich anfangen, um sich zu treten. Er richtete seine Aufmerksamkeit auf die Bewegungen des Lastwagenfahrers. Unendlich langsam zog der an Johanns Unterhose, bis das, was da war, hervorkam und zwischen Johanns Beinen kalt wurde. Der Lastwagenfahrer legte seine Hand darauf. Nach einer Weile beugte er sich darüber und nahm es in den Mund. Es dauerte nicht lange, und es wurde warm, während Johanns übriger Körper, von Panik erfasst, tiefgefroren blieb. Johann fühlte, wie sich sein Sack, noch eben ein kalter Pfirsichkern, im Mund des Lastwagenfahrers glättete und sein Pimmel wuchs. Der Lastwagenfahrer bewegte die Zunge. Der Pimmel drückte gegen etwas Weiches, der Lastwagenfahrer musste husten, er hob den Kopf, und der Pimmel, den Johann nun Schwanz nannte, klatschte auf Johanns Bauch. Dort zuckte er wie ein Fisch auf dem Trockenen, und Johann fragte sich, ob so etwas im Schlaf möglich war. Als der Lastwagenfahrer den Schwanz wieder in den Mund nahm, blinzelte Johann. Der Lastwagenfahrer war nackt. Sein Schwanz war ebenfalls hart, aber winzig im Vergleich zu Johanns. Obwohl die Panik blieb, fühlte Johann die Macht, die er über den Lastwagenfahrer hatte. Er besaß etwas, das dieser nie besitzen würde. Egal, wie nutzlos er sich jemals fühlen sollte, sein Schwanz war schön und würde es bleiben. Johann spannte den Arsch an, stieß in den Mund des Lastwagenfahrers und hatte einen Samenerguss. Der Lastwagenfahrer schnappte nach Luft wie der Fisch aus

Johanns Traum, spritzte selbst etwas auf die Matratze, stieg vom oberen Bett und verschwand im unteren. Johann lag noch lange wach. Er ließ seinen Samenerguss an der Luft trocknen und fühlte sich gesegnet. Das Atmen des Lastwagenfahrers klang jetzt wie vom Sturm gepeitscht. Er war ein Krimineller. Aber Johann hatte keine Angst vor ihm.

Am Morgen war der Lastwagenfahrer noch einsilbiger als am Abend zuvor. Er teilte mit Johann ein Brot mit Sülze und erklärte, dass er nun doch nicht nach Dänemark fahren würde, er würde Johann bis zur nächsten Raststätte mitnehmen, dort müsse er sehen, wie er allein klarkomme. Johann sah den Mann an. Unter der Wölbung seines Bauches verbarg er ein Geheimnis, das Johann nun kannte. Der Mann hatte einen Lastwagen mit Anhänger und Plane und allem Pipapo und eine Frau, die ihm die Brote mit Fleischwurst belegte, und war doch nichts und Johann in diesem Moment alles.

Johann wachte vom Gewicht des Wunderblocks auf, der auf seinem Gesicht lag.

– Plus heißt jetzt Netto. Sonderbare Rechnung. Hinter dem Bahnhof befindet sich das Zentrallager für Norddeutschland. Ein Lastwagen nach dem anderen kracht durch den Ort. Wir sollten was einkaufen gehen. Wir sind hier an der Quelle.

Paul bahnte sich einen Weg durch Johanns Sachen, die verstreut auf dem Boden lagen, und zog eine leere Einkaufstüte aus einer der Zetteltüten. Er faltete sie auseinander. Sie war gelb.

Der Supermarkt war die Summe aller Supermärkte, in denen Johann jemals eingekauft hatte. Auf der Fläche eines Hektars gab es von allem alles. Obst und Gemüse wurde unter konzentriertem Licht präsentiert, wodurch es ungewöhnlich frisch erschien. Das Gebäck war unüberschaubar und zum Teil noch warm. Es gab etwa 300 verschiedene Joghurtsorten und Butter aus fast jedem Land der EU. Auf der Fläche einer Dreizimmerwohnung wurden Knabberspezialitäten angeboten, und die Häufung der Kühlregale im hinteren Bereich des Marktes führte dort zu einem Temperaturabfall. In diesem Superlativ der Supermärkte wäre Rex Gildo, lebte er noch, zur Eröffnung jeder neugestalteten Verkaufsfläche gesondert aufgetreten, den Lidstrich mit dem Edding gezogen und dann Samba die ganze Nacht.

»Ist das noch Hodenhagen, oder hat das schon eine eigene Postleitzahl?« Johann parkte den Einkaufswagen bei den Kartoffelchips. »Was möchtest du? Barbecue, Indian Curry oder Vinegar? Kesselzubereitung? Maschinen- oder handgeschnitten? Fettreduziert oder in Sesamöl ausgebacken? Aus Püree hergestellt und deshalb stapelbar? Mit Schale oder ohne? Geriffelt oder glatt? Und hast du gewusst, dass es Quinoa-Chips gibt und welche aus Linsen?«

– Ich möchte hier weg, schrieb Paul.

»Das geht nicht. Wir müssen noch zu den Fischzubereitungen. Ich möchte etwas in Dillsoße essen.« Johann wippte zur Supermarktmusik. »Es muss ja nicht unbedingt Fisch sein.«

– Ist dir aufgefallen, dass ein Drittel der Menschen hier Selbstgespräche führt?

»Darauf kann ich keine Rücksicht nehmen. Aber schön, dass es dir gefällt.« Johann sprang auf den Bodenrost des Einkaufswagens und rollte davon. »Die ganze Welt in hundert Regalen«, rief er. »Ich wusste, dass das dein Ding ist.«

An der Kasse beobachtete Johann, wie sich Paul in der Reflexion einer Glastür betrachtete. Er schien nichts für sich zu empfinden, das Dauer haben könnte. Johann war sich nicht einmal sicher, ob er sich überhaupt erkannte. Es lag nichts in Pauls Blick, allenfalls ein leichter Argwohn.

Als sie in die Pension zurückkehrten, deckte Janine die Tische für das Frühstück am nächsten Morgen. »Na? War es schön in unserem Serengeti-Park?«

Paul nickte. Johann schloss sich ihm an, um weitere Fragen zu vermeiden. »Total abwechslungsreich«, sagte er.

»Oder? Habt ihr gewusst, dass der, der ehemalige Nationalspieler, also, na, jetzt fällt mir der Name nicht ein, der Hübsche, früher mal, der ist da jetzt im Serengeti-Park, der macht, egal, es geht um die Tiere, und ich habe gelesen, das macht er, weil ihm die Kinder so am Herzen liegen.

Das ist doch nett, oder?« Janine strahlte und rückte den Tischschmuck zurecht.

Johann schob Paul über den Flur. »Dafür hat aber die Duschbrause eine integrierte LED-Beleuchtung«, flüsterte er.

31° 46' 52" N, 35° 12' 46" O

– Dr. Földi, Rechtsanwalt aus Uschhorod, Transkarpatien, zeichnet eine imaginäre Rampe auf das Pult des Jerusalemer Zeugenstandes. 1944 ist er gemeinsam mit seiner Familie in einem der letzten Transporte aus dem Ghetto nach Auschwitz deportiert worden. Auf der Rampe schicken die SS-Männer ihn und seinen Sohn auf die rechte Seite, seine Frau und seine Tochter werden mit anderen Frauen, mit Alten und Kindern unter vierzehn Jahren auf die linke Seite geschickt. In der Menge sind Dr. Földis Frau und Tochter schon bald nicht mehr zu erkennen. Ein SS-Mann tritt auf Dr. Földi zu. Dr. Földi fällt auf, wie gut dem Mann seine Uniform steht. Der SS-Mann fragt Dr. Földi nach seinem Beruf. Dr. Földi hält es nicht für hilfreich, die Wahrheit zu sagen, und gibt an, ein ehemaliger Offizier zu sein. Der SS-Mann erkundigt sich nach dem Alter seines Sohnes. Dr. Földi fehlt die Kraft zu einer weiteren Lüge. Er gesteht, dass der Junge erst zwölf Jahre alt ist. Der SS-Mann fragt: »Wo ist die Mutti?« Dr. Földi antwortet auf Deutsch: »Sie ist nach links gegangen.« Der SS-Mann sagt: »Lauf nach deiner Mutter.« Der Junge läuft zur Gruppe der Frauen. Dr. Földi sieht ihm nach und fragt sich, wie der Junge in der Menge seine Mutter finden soll. Doch dann erblickt er einen roten Fleck und weiß, dass seine Frau sich dort befinden muss, seine kleine Tochter trägt an diesem Tag einen roten Mantel. Die Gruppe der Frauen, der Alten und Kinder auf der linken Seite setzt sich in Bewegung, und der rote Fleck wird kleiner und kleiner. Dr. Földi wird mit der Gruppe der Männer nach rechts geschickt. Während seiner Zeugenaussage sieht Dr. Földi hin und wieder zur Decke. Meinst du wirklich, dass ich glaube, eine Schuld abtragen zu können?

Hochachtungsvoll Paul

Sechs

52° 44' 14" N, 9° 36' 19" O

– Klee, wohin man blickt. Ein verendeter Hase am Straßenrand. Madenfraß. Die Landschaft unfertig, als sei sie stehen und liegen gelassen worden. Urstromtal. Geestrücken. Altnazireich. Beim nächsten Regen ist alles wieder blitzeblank. In der Armatur eines Kleinwagens klafft eine Lücke. Wer klaut heute noch Autoradios? Wo früher Alpenveilchen auf den Fensterbänken standen, stehen heute Orchideen. Finden Sie die Unterschiede. Ein Preisausschreiben im Dreck. Der Gewinner, Frau N. N., erhält garantiert 2000 Euro in bar. (Achten Sie auf das Komma, Frau N. N.) Die Geschichte des Holocausts auf einem Breitengrad. Es fehlt der Blick nach Osten. In den Urwäldern Polens liegt der wahre Nullmeridian. Die Judenvernichtung ist mein Schicksal, sagt die Philosemitin. Sie fährt nach Bełżec und stiehlt einen Backenzahn als Erinnerung. Die Liebe verspielt, aber nicht in Monte Carlo. Ich werde es Johann trotzdem erzählen. Namensschilder neben den Eingängen, die Buchstaben mit einem Lötkolben ins Holz gebrannt. Niemand hat das Recht zu gehorchen. Auf der Einfahrt toben Kinder. Sie spielen Mangas nach. Alle handeln vom Tod durch außerirdische Strahlen. Der Hund heißt Tchibo. Ein anderer Arndt. Hartblattgewächse. Im Serengeti-Park hält man eine Zucht von Heckrindern, aus Gründen des Artenschutzes. Der Wunderblock ist keine Wunschmaschine. Papierwaren und Klosterfrau Melissengeist. Unter der Wärmelampe schwitzt eine Pizza Fett aus. Man kann ein Fahrrad gewinnen oder einen Räucheraal. Der Cappuccino wird mit Sprühsahne serviert. Die Kellnerin, ein Langustengesicht, aber die Rehaugen der Hedwig Potthast, trägt das Tablett gebückt. Ich muss mich zwingen, ihr nicht die Katzenhaare vom Strickkittel zu zupfen. Eine jüngere Frau ist schwanger. Eine ältere fragt: »Muss das denn sein in der heutigen Zeit?« Sie spricht von der Spirale. Da bräuchte sie eine Vollnarkose. Da wäre sie ein Angsthase. Da hat sie was zuzugeben. 100 Jahre Panzerei. Die Aura der Kolosse schafft eine einzigartige Atmosphäre. Schinkenhäger und Doornkaat. Die Ohren des Panzerfreunds, Gardemaß, die Zähne wie Kriegsgräber, astrein gerade. Selbst im Pyjama ein Mann von tadelloser Haltung. Am Ortsrand wohnen Schausteller und Zirkusartisten. »Und rings, statt duft'ger Gärten, ein ödes Heideland. Kein Baum verstreuet Schatten, kein Quell durchdringt den Sand.«

52° 44' 14" N, 9° 36' 6" O

»Und wenn du meinst, ich wüsste nicht, dass heute dein Geburtstag ist, und wenn du meinst, ich freu mich nicht, dann irrst du dich gar sehr.« Johann hatte das Lied zu hoch angesetzt und verfehlte im Falsett die Töne. »Herzlichen Glückwunsch.« Ein brennendes Streichholz steckte in einem Mettbrötchen, das Johann heimlich beim Frühstück geschmiert hatte. »Statt Kuchen. Fast wie Hackbraten. Für unseren Paul. Darfst dir auch was wünschen. Zum Beispiel eine Brause mit integrierter LED-Beleuchtung.« Lied und Brötchen verfehlten ihre Wirkung nicht. Paul geriet in Panik. Er wühlte in seinen Zetteln auf der Suche nach Halt.

Feiertage, Jahrestage, Gedenktage ängstigten ihn. Sie waren Festlegungen, die er nicht verstand, Fixierungen im Nichts, die seine Orientierung lähmten. Erst wenn er sich seiner geographischen Position vergewisserte, fand er sich wieder zurecht.

Johann reichte ihm das GPS-Gerät. Paul nahm es zitternd, notierte die Koordinaten und schloss die Augen. Dann lächelte er.

»Das Streichholz ist aus. Ich habe mir was für dich gewünscht.« Paul blinzelte.

– Was?, schrieb er auf den Wunderblock.

»Verrate ich nicht. Geht sonst nicht in Erfüllung. War aber keine LED-Brause.«

Paul biss in das Mettbrötchen. Der Regionalzug fuhr ein. Die Hydraulik der Zugtüren seufzte.

Zu seinem dreizehnten Geburtstag hatte sich Paul ein Volksfest im Park gewünscht. Stundenlang saß er mit Johann über Listen, welche Spiele man spielen könne, welche Preise die Gewinner bekommen sollten, welche Buden aufzustellen und wie viele Gäste überhaupt zu erwarten seien. Paul lud alle Kinder aus seiner Klasse ein und machte selbst bei Uwe Barthke keine Ausnahme. Johann durfte zwei Kinder aus seiner Klasse einladen, konnte sich aber nicht entscheiden und lud stattdessen ein drittes aus der Parallelklasse ein, das er nicht besonders gut kannte. Aus der Gemeinde sollte die Posaunengruppe kommen, natürlich mit Instrumenten. Eltern, die sich möglicherweise Sorgen um ihre Kinder machten, wurden ebenfalls eingeladen, sie waren von der Pflicht, Paul etwas zu schenken, entbunden. Pastor Berger lud sich selbst ein, wollte aber nicht lange bleiben.

Ihr Vater erwirkte beim Bezirksamt die Genehmigung, die Geburtstagsfeier im Park auszurichten, und baute in den nächsten zwei Wochen aus alten Schultischen und Stoffresten sechs ziemlich überzeugende Rummelbuden, eine fürs Dosenschießen, eine fürs Magnetangeln, eine für frisch gebackene Waffeln, eine für Bockwürste mit Senf und Kartoffelsalat, eine ohne Funktion – vor ihr sollte Reise nach Jerusalem gespielt werden, es waren aber nicht genügend Stühle für alle vorhanden – und eine Bude, in der Paul zwischen vier und fünf Uhr schriftlich Fragen beantworten würde, die man ihm schon immer mal hatte stellen wollen.

Paul begrüßte seine Gäste an der Bude fürs Magnetangeln. Er strich sie von einer Liste und notierte kurze Anmerkungen zu ihren Geschenken. Als er die Namen auf der Liste vollständig ausgestrichen hatte, schien sich die Bestimmung seines Geburtstages für ihn erfüllt zu haben. Alle eingeladenen Kinder waren gekommen. Er aß nichts, beteiligte sich auch nicht an den Spielen, er stand lediglich dabei und lächelte. Pünktlich um vier setzte er sich in die Bude zur Beantwortung der Fragen an ihn und hielt eine laminierte Karte hoch.

– Ich bin zwar stumm, aber nicht taub. Ich spreche nicht, aber ich höre alles. Hochachtungsvoll Paul

Später improvisierte die Posaunengruppe etwas, das sie für Swing hielt, und die Kinder machten Rempeltanz. Als ihr Vater Paul am Abend fragte, ob ihm seine Feier gefallen habe, zeichnete Paul das Zeichen für Glück in Johanns Hand. Johann übersetzte.

Den Hauptgewinn beim Dosenschießen, einen Kompass einschließlich einer schriftlichen Erklärung Pauls über seine Funktionsweise, gewann ein unscheinbares Mädchen, von dem nur bekannt war, dass ihr Vater seit drei Jahren im Gefängnis saß. Noch lange nach seinem Geburtstag zerbrach sich Paul den Kopf, wie man den Kompass in die Zelle des Vaters schmuggeln könnte, sollte er sich einmal entschließen zu fliehen.

Seinen vierzehnten Geburtstag verbrachte Paul mit ihrem Vater und Tante Ulla bei einem Stück Zitronencremetorte auf dem Sofa zu Hause. Die Torte hatte Ulla, die noch nicht bei ihnen wohnte, vom Bahnhofskiosk mitgebracht. Paul hatte sich beim Kirchenbasar erkundigt, wie sie ihren Kaffee trank, süßte ihn nun mit drei Stück Zucker und goss etwas Sahne hinein. Er stellte die Hausschuhe ihrer Mutter neben das Sofa und zeigte auf Ullas Füße. Ulla spitzte die Lippen, als täte Paul etwas Verbotenes, und beteuerte, dass das doch nicht nötig sei. Sie zog die Hausschuhe an und lehnte sich mit pfeifendem Atem zurück. Es schien Johann, als verliere sie Luft. Er stand in der Tür, unsicher, ob er zu Pauls Feier eingeladen war, und kniff sich in den Arm. Ulla drückte Paul fest an ihre Brust und herzte ihn, wie sie es nannte. »Komm, lass dich mal herzen.« Sie aßen Zitronencremetorte, Johann in der Tür, und Ulla entschied über das Fernsehprogramm. Sie wählte einen tschechischen Märchenfilm. Die ostdeutschen Synchronsprecher klangen, als schufteten sie im volkseigenen Betrieb. Paul zeichnete etwas in Johanns Hand. Johann sagte: »Paul ist glücklich.«

Als sie am Abend im Bett lagen, schrieb Paul, Tante Ullas Brüste fühlten sich wie Wasserbomben an. »Also gut?«, fragte Johann, nachdem er Pauls Notiz entziffert hatte. Paul schloss die Augen und stellte sich schlafend.

Einige Wochen später zog Ulla bei ihnen ein. Sie brachte eine Reihe unmissverständlicher Regeln zur Einhaltung der Ruhe im Haus mit und ein Kissen, dessen Vorderseite mit dem Gesicht eines Pierrots bedruckt war. Johann liebte dieses Kissen. Die Träne des Clowns war ein aufgenähter Strassstein.

Der Regionalzug fuhr kreischend durch eine Kurve. Paul löste die Arretierung des Klapptisches in der Rückenlehne vor seinem Sitz. Zentimeter für Zentimeter brachte er den Klapptisch in eine horizontale Position, bevor er seine Stabilität prüfte. Dann legte er den Wunderblock darauf.

Weil er getrödelt hatte, hatte Johann das Bett nehmen müssen, das übrig geblieben war, am Ende des Schlafsaals, neben dem Bett von Martin van der Heyde. Martin hatte, obwohl seine Eltern Kieferorthopäden waren, einen ausgeschlagenen Schneidezahn und aus diesem Grund ein halbes Lächeln. Er war größer als Johann, kräftig und schwer, besonders in den Knochen, wie er in der Schule einmal gesagt hatte, er sei adoptiert, seine Eltern, das Ehepaar van der Heyde, habe selbst keine Kinder bekommen können, ursprünglich stamme er von finnischen Bauern ab, und in Finnland hätten sie nun mal schwere Knochen, wegen der lichtlosen Winter dort und des harten Lebens selbst im Sommer. Zum Beweis hatte er auf Finnisch bis sieben gezählt, yksi, kaksi, kolme, neljä, viisi, kuusi, seitsemän, doch Johann hätte ihm auch ohne eine Sprache geglaubt, die wie ein Haufen Stroh klang.

Tagsüber stiegen sie durch den Hunsrück. Sie besuchten eine Burg, zwei Heimatmuseen und genossen mit Herrn Becher die Aussicht. Zum Abendbrot warf Rüdiger Böhlke Mortadellascheiben an die Jugendherbergsdecke und zählte, bis sie wieder runterfielen. Der Rekord lag bei elf. Birte Ehlers erinnerte Rüdiger an den Hunger in Afrika, und Johann fragte sich, was ein afrikanisches Kind wohl von einer Mortadellascheibe hätte, die nicht an der Decke einer deutschen Jugendherberge hing. Nach dem Abendbrot spielten sie Tischtennisturniere, Jungs gegen Mädchen, Mathe-Zuwahl gegen Bio-Zuwahl und einmal Deutsche gegen Ausländer. Martin van der Heyde trat als Finne an und unterlag in einer Mannschaft mit Cvetko Gregorovic. Luisa Rimberti war zwar auch Ausländerin, konnte aber nur richtiges Tennis und Reiten und Schach, was ja auch ein Sport war.

In der zweiten Nacht wachte Johann davon auf, dass Martins Hand unter seinem Bauch lag. Zuerst dachte er, Martin beanspruche als adoptiertes Einzelkind viel Platz, doch dann rutschte die Hand abwärts, und Johann begriff, dass Martin wach war. Johann drehte sich zur Seite und stellte sich schlafend. In der nächsten Nacht wiederholte sich das Ganze. Die Hand, sicherer als in der Nacht zuvor, bahnte sich ihren Weg zwischen Bauch und Laken. Plötzlich ging das Licht an. Herr Becher weckte die Jungen zur Nachtwanderung. Johann streckte sich, rieb sich die Augen und sagte, er hätte tief geschlafen, sei voll weg gewesen und noch immer nicht ganz da. In der folgenden Nacht legte sich Johann näher an Martins Seite. Als Peter Vogt am anderen Ende des Saals anfing, im Schlaf um sich zu treten, schob Martin seine Hand wieder unter Johanns Bauch, hielt sich dort aber nicht lange auf, sondern tastete nach Johanns Schwanz, umfasste ihn und schien Maß zu nehmen. Während Martins Finger seinen Schwanz umschlossen, hatte Johann das Gefühl, die Haut, die ihn in seinem Körper gefangen hielt, dehne sich und entließe ihn aus ihrer Enge. Er schob seine Hand unter Martins Bauch, und Martin brummte. Ohne dass Johann etwas dafür tat, floss sein Samen über Martins Hand, versickerte im Laken und machte Johann froh. So würde es nun bleiben. Für den Rest seines Lebens würde Johann seine Hand, die, ginge es nach seinem Vater, abzuschlagen wäre, auf dass sie verdürbe, Männern unter den Bauch schieben. Er würde anders als die anderen sein. Doch niemals allein. Immerhin gab es jetzt Martin van der Heyde. Dessen Schwanz erinnerte Johann an ein Vanillekipfel.

Einige Wochen nach ihrer Rückkehr fragte Martin, ob

Johann Interesse an Kammermusik habe. Johann wusste nicht, was das war, und nahm an, Martin wolle ihm in einem kleinen Zimmer etwas vorspielen, etwas zwischen Bauch und Laken. Seit der Klassenfahrt hatten ihre Gespräche eine merkwürdige Bedeutung bekommen. Johann versicherte, Interesse an jeglicher Form von Kammermusik zu haben. Als Martin wissen wollte, welches Instrument, wurde Johann rot. Was für eine peinliche Frage. Er wand sich. Schließlich sagte er, dass Martin sein Instrument ja eigentlich schon ganz gut kenne.

»Geige?«, fragte Martin.

Johann begriff, dass es um richtige Musik ging. Er nickte eine Weile, dann sagte er, beiläufig gegen seinen Ranzen tretend: »Ich kann C-Flöte und ein bisschen Alt-Flöte.«

Martin schüttelte den Kopf. Er habe eher an ein Streichquartett gedacht. Seinen Eltern, dem Ehepaar van der Heyde, würde es gefallen, wenn er ab und zu, zum Beispiel dienstags, mit seinen Freunden musiziere.

»Dienstags kann ich nicht«, sagte Johann und überlegte, warum er nicht können könnte, doch Martin fragte nicht nach. Er schien enttäuscht zu sein. Er presste seine Zunge durch seine Zahnlücke, hob seinen Ranzen von der Straße und schlug murmelnd vor, Johann könne ihn ja trotzdem mal besuchen kommen, er habe ein ziemlich gutes Jagdfliegergeschwader, das in Angriffsformation von seiner Zimmerdecke hänge.

»Ich kann jetzt kommen«, sagte Johann.

Frau van der Heyde steckte Trockenblumen zu einem Strauß zusammen und fixierte sie mit einem Klebeband. Als sich Johann ihr vorstellte, ergriff sie seine Hand, schüttelte sie aber nicht, sondern strich über die Finger und schien etwas von Johanns Daumen zu zupfen. Sie betrachtete die

Hand, wie man ein Haustier betrachten würde. Nachdem Johann seinen Namen genannt hatte, wiederholte Frau van der Heyde ihn, und es klang, als wolle sie das Haustier nun füttern. Johanns Kopf glühte. Martin zog ihn von seiner Mutter fort.

Sein Zimmer lag unterm Dach. Die Decke hatte eine Schräge und war verschalt. Elf Jagdfliegermodelle waren mit Nylonfäden am Holz befestigt. Martin schloss die Tür hinter ihnen ab und murmelte, dass es wegen seiner Mutter nicht anders gehe. Er zog einige Kartons unterm Bett hervor und öffnete sie. An Kunststoffgittern hingen miniaturisierte Flugzeugteile. Die Bausätze schienen anspruchsvoll zu sein. Martin erklärte, die Ju 87 in der D-Version habe eine Spannweite von 211 mm und bestehe aus 62 Einzelteilen, die Messerschmitt Bf 109 in der G-Version habe 182 Einzelteile und eine Spannweite von 310 mm und sei sein bisher größtes Modell. Dann sagte er völlig unvermittelt, dass er erregt sei. Er betrachtete die Stelle zwischen Johanns Beinen mit dem gleichen Ausdruck, mit dem seine Mutter zuvor Johanns Hand betrachtet hatte. Die Haare auf Johanns Handrücken, die sich unter dem Griff Frau van der Heydes aufgestellt hatten, stellten sich erneut auf. Auch Johanns Kopf begann wieder zu glühen. »Ich habe aber gar keinen Steifen«, sagte er, obwohl es nicht stimmte.

»Das macht nichts.« Martins Stimme klang, als hätte er Sand geschluckt. Er kniete sich auf den Teppich, öffnete Johanns Hose, zog sie zusammen mit der Unterhose hinunter, warf einen Haustierblick auf Johanns Schwanz, der in der Luft stand wie ein Ast, und tat dann etwas, das Johann niemals erwartet hätte: Er nahm den Schwanz in den Mund und umschloss ihn mit den Lippen. Als nichts weiter geschah, gab Johann Martin zu verstehen, dass es nicht ausreiche, ihn allein in den Mund zu nehmen, er müsse sich schon irgendwie bewegen, wenigstens die Zunge. Johann schloss die Augen und überließ sich der Gewissheit, dass, solange jemand vor ihm kniete, er sich selbst genügte. Er schloss sich mit sich selbst kurz und vergaß Martin van der Heyde, wie er in den nächsten Jahrzehnten immer wieder den Mann vergessen würde, der gerade vor ihm kniete. Martin schluckte runter, was rauskam, nicht leidenschaftlich, eher ratlos, weil er offenbar nicht wusste, was er sonst tun sollte und wohin damit. Johann zog seine Hose wieder hoch. Er erklärte, dass Homosexualität eine Sünde sei, die sich behandeln ließe. Die Dämonen würden während des Befreiungsdienstes in Form schwarzen Rauches aus der Stirn austreten und wimmernd verwehen. Dann nahm er seinen Ranzen und ließ Martin van der Heyde auf dem Teppich zurück. Während er sich von Martins Mutter verabschiedete, vergrub Johann seine Hände in den Hosentaschen. Frau van der Heyde bemerkte, dass sein Besuch enttäuschend kurz gewesen sei. Johann sagte, Martin habe ihm nur etwas zeigen wollen und dass Trockenblumen besonders schön aussähen, wenn sie falsch herum an Nylonfäden von der Decke hingen.

52° 38' 40'' N, 9° 13' 12'' O

Im Regionalbus kannte jeder jeden. Die Fahrgäste grüßten den Fahrer und berichteten das Neueste. Ein Monteur war bei Reparaturarbeiten von einem Silo gestürzt und mit einer Wirbelverletzung nach Hannover geflogen worden, ein Komiker aus dem Privatfernsehen hatte bei der Eröffnung eines Kleidermarktes Späße auf Kosten der Landbevölkerung gemacht. Eine Frau schenkte dem Busfahrer eine Schale mit Birnen. Nur die Landjugend ließ sich grußlos auf die Sitze fallen. Die Mädchen hielten ihre Handys hochkant. Bei eingeschalteter Frontkamera nutzten sie sie als Schminkspiegel, sie trugen Lipgloss auf, scrollten durch die Timeline ihrer sozialen Netzwerke und warfen den Jungen vielsagende Blicke zu. Die hielten ihre Handys quer, spielten Videospiele und drängten sich gegenseitig von den Sitzen. Kartoffelplump, dachte Johann. Er zog sein Handy aus der Tasche, hielt es wie ein Mädchen und öffnete die Messenger-App in der Hoffnung auf eine Nachricht von Lukas.

– Was liest du?, schrieb Paul an den Rand des Bustickets.

»Ich recherchiere einen Ausweg. Wenn uns die Polizei aufgreift, könnten wir behaupten, du wärst ein Psychiatriepatient und würdest unter einer, warte«, Johann wischte über das Display, »dissoziativen Fugue leiden. Menschen mit dieser Erkrankung verlassen häufig unerwartet ihre gewohnte Umgebung. Die Reise, die sie antreten, ist zwar vernünftig organisiert und die Selbstversorgung weitgehend erhalten, es besteht aber eine teilweise oder vollständige Amnesie in Bezug auf die eigene Herkunft. Häufig beobachtet man bei den Erkrankten eine tiefe Irritation über ihre Identität und in seltenen Fällen als Ausweg die Annahme einer neuen. Diese neue Identität ist in der Regel durch einen völlig anderen Lebensstil gekennzeichnet, zum Beispiel durch mehr Geselligkeit und weniger Zurückhaltung als vorher. Du könntest also so wie ich werden. Ist da Papier mit dem Briefkopf der Psychiatrie mit dabei?« Johann zeigte auf Pauls Zetteltüten.

Paul schob die Tüten unter seinen Sitz. Er hatte als Reiseziel ein Dorf ausgewählt, dessen einzige Gaststätte metergenau auf 52 Grad, 44 Minuten und 14 Sekunden nördlicher Breite lag und von dem sonst nicht viel zu erwarten war.

Nach sieben Haltestellen war auch der letzte Landjugendliche ausgestiegen. Nur ein kleiner Junge stand noch neben dem Busfahrer und beschwerte sich über eine Aufgabe aus dem Werkunterricht. Jeder Schüler musste einen Baukran aus Holz mit einem drehbaren Ausleger anfertigen. Allein den Drehkranz auszusägen habe eine Doppelstunde gedauert. Wenn der Kran fertig sei, erwarte er mindestens eine Zwei, die er wegen der Vier in Geschi auch dringend brauche. Als sie nach drei weiteren Haltestellen gemeinsam ausstiegen, starrte der Junge Johann und Paul ungläubig an. Mit Besuchern schien man im Dorf offenbar nicht zu rechnen.

Das Gasthaus lag außerhalb auf freiem Feld. Es war ein durch zahlreiche Anbauten erweiterter Bauernhof. In einer ehemaligen Scheune befand sich eine Diskothek. Die Tür zum Haupthaus war verschlossen. Johann klingelte mehrfach. Es dauerte eine Weile, bis ein junger Mann in Arbeitskleidung erschien und sie einließ. Nach ortsüblichem Gruß, einem tageszeitunabhängigen »Moin«, führte er sie über einen terrakottagefliesten Flur in eine Gaststube. Die Tapete war sandfarben und endete in einem mäandernden Fries, die Tischdecken waren lavendel und die Rattansessel vor den Tischen offenbar neu. Immergrüne Pflanzen standen auf ionischen Säulen, von der Decke hingen schmiedeeiserne Leuchter. Auf den ausgelegten Speisekarten stand in römischen Versalien »VENEZIA«.

»Zwei Nächte. Sie können gleich zahlen oder dann.«

Paul zog eine Bankkarte aus seinem Portemonnaie.

Der junge Mann seufzte. »Ich muss den Apparat holen. Ich weiß gar nicht, wo der ist.« Er verschwand. Seine Gummistiefel hinterließen Spuren auf dem Terrakotta.

»Er sieht wie der Jungbauer von neulich aus. Wahrscheinlich fährt er auch gerne Trecker.«

Paul knickte den Ringfinger seiner linken Hand ab und zeigte auf die Lücke.

»Ja«, sagte Johann. »Hab ich gesehen. Fehlt.«

– Aber hast du auch gesehen, dass er den Finger in Kunstharz gegossen als Schlüsselanhänger trägt?

Der junge Mann kam zurück. Paul löschte das Geschriebene eilig vom Wunderblock und bediente lächelnd das Kartenlesegerät. Johann fixierte den Stumpf an der linken Hand des jungen Mannes. Den Schlüsselbund hatte er offenbar eingesteckt.

Über dem Bett in ihrem Zimmer hing eine Zeichnung in Pastell. Sie zeigte eine Gruppe fröhlicher Einhörner, die auf einem Regenbogen dahinjagten. Auf der Tür zum Bad klebten mehrere Aufkleber einer Versicherung. Die Brause war lediglich ein Duschkopf aus dem Baumarkt.

»Öder könnte eine Aussicht nicht sein.« Johann nahm seine Fensterglasbrille ab. »Felder und Windräder. Windräder und Felder. Felder und Windräder.«

Paul hatte seine sieben Zetteltüten vor dem Fernseher abgestellt. Er selbst lag quer auf dem Bett und war eingeschlafen.

»Felder und Windräder«, flüsterte Johann ihm ins Ohr und schob ihn auf seine Seite.

»Da ist was.« Ein Zischen hatte sie geweckt. Johann sah aus dem Fenster. Eine Hüpfburg schien Luft zu verlieren. Sie fiel in sich zusammen. Etwa zehn Kinder krochen aus ihr hervor wie aus einem eingestürzten Haus. Schreiend liefen sie zu ihren Eltern, die ungerührt an Stehtischen standen, Salzstangen und Erdnussflips aßen und mit Sekt anstießen. »Wo kommen die plötzlich alle her?«

Paul zuckte mit den Schultern. Er ging ins Bad, riss etwas Klopapier von der Rolle, zerknüllte es und steckte es sich in die Ohren. Dann füllte er Wasser in einen Wasserkocher und schloss ihn an. Er legte vier chinesische Nudelgerichte aus ihrem Einkauf aufs Bett und versuchte, sich zu entscheiden. Beef, Pork, Chicken oder Tofu.

»Wir gehen essen. Du hast Geburtstag. Das schmeckt sowieso alles gleich.«

Paul zeigte auf seine Ohren.

– Wir gehen essen, schrieb Johann auf den Wunderblock.

– Das schmeckt sowieso alles gleich.

Das »VENEZIA« war überfüllt. Sie fanden nur noch Platz am Ende des Tresens. Der junge Mann hatte sich eine Krawatte umgebunden und zapfte Bier.

»Wo kommen die ganzen Leute her?«, fragte Johann, während er für Paul und sich ein Pils bestellte.

»Von überall. Die kommen von überall. Wir haben Spargelwoche«, sagte der junge Mann. »Die kommen sogar aus Bremen.« Er ließ offen, ob ihm dieser Umstand gefiel. Paul pulte sich das Klopapier aus den Ohren und schnippte es in einen Aschenbecher.

»Spargelwoche«, sagte Johann.

– Wir essen aber italienisch, schrieb Paul auf den Wunderblock.

Sie bestellten Spaghetti alla carbonara. Die Portionen, die ihnen der junge Mann nach kurzer Zeit brachte, waren riesig. Nudelberge schwammen in Seen aus Sahne. Es schmeckte nach Formfleisch und Analogkäse. »Rustico«, sagte Johann. Paul küsste die zusammengelegten Finger seiner rechten Hand und ließ sie auseinanderschnellen. Während sie aßen, tippte Johann ungeduldig auf das Display seines Handys.

– Warum schreibst du ihm nicht einfach?

»Wem?«, fragte Johann und drehte seine Gabel in die Nudeln.

– Lukas.

»Er hat die Lesebestätigung ausgestellt.« Paul sog einige Spaghetti ein und sah Johann fragend an. »Stimmt. Du lebst ja irgendwie im Dritten Reich.« Johann schob sein Handy über den Tisch und demonstrierte Paul die Messenger-App. »Wenn sich die Häkchen blau färben, heißt das, dass dein Gesprächspartner die Nachricht gelesen hat. Das funktioniert aber nicht, wenn er in den Einstellungen der App die Lesebestätigung deaktiviert hat. Es ist eine Machtdemonstration. Du weißt nicht, ob er die Nachricht ungewollt übersehen hat, weil er den ganzen Tag mit Kurzmitteilungen zugeballert wird, weil er nämlich total beliebt ist und alle was von ihm wollen und er die Übersicht verlieren würde, wenn er die Leute nicht priorisiert und das Maß an Aufmerksamkeit bestimmt, das er ihnen zugesteht, und da hat der feste Freund schon mal das Nachsehen, wenn zum Beispiel der Grindr-Typ die geilere Brustbehaarung hat, worüber es an sich keine zwei Meinungen gibt, er nennt sie das krause Delta, das dem Busch entspringt, das musst du dir mal vorstellen, wobei man den Busch auf dem Grindr-Foto natürlich nicht sieht. Er nennt die Schambehaarung des Grindr-Typs einen Busch, du selbst aber rasierst seit Jahrzehnten mit der Sorgfalt eines Spitzenfriseurs. Oder aber: Er übersieht die Nachricht absichtlich, um dir unmissverständlich klarzumachen, dass du dich auf seiner Prioritätenliste im freien Fall befindest, womit er das Konzept ›Fester Freund‹ irgendwie verrät.« Johann spießte einige Stücke Kochschinken auf und bestellte beim jungen Mann für Paul und sich einen Nachtisch.

Er hatte Lukas bei einem Quiz in einem Schwulenclub kennengelernt. Er war nur widerwillig hingegangen, er konnte bildungshuberische Schwule nicht ausstehen, doch der Quizmaster, der sich von einer Nacht am Spreeufer wohl mehr versprochen hatte, hatte ihn eingeladen. Jeder Teilnehmer zahlte beim Betreten des Clubs 50 Cent Teilnahmegebühr, die in einem Pokal gesammelt und nach dem Quiz dem Sieger als Hauptgewinn überreicht wurde. Da es brechend voll war, hätte die Summe Johann locker über den Abend gebracht, doch zum Sieg hatte man die Länge des Penis der 15 Zentimeter langen Bananenschnecke (30 Zentimeter) angeben und außerdem wissen müssen, dass auf den Philippinen Pippi Langstrumpf nicht Pippi, sondern Potpot heißt und Spinat angeblich nicht vegetarisch ist, weil bei der Ernte immer mal ein paar Mäuse mitgehäckselt werden. Lediglich eine Frage konnte Johann richtig beantworten, diese allerdings als Einziger im Club. Der Quizmaster, dessen Stimme etwas schrill wurde, wenn er zu Johann hinübersah, wollte wissen, auf welchem Tier Jesus in Jerusalem eingeritten sei. Die meisten tippten auf einen ausgewachsenen Esel, doch Johann wusste, dass es nach Matthäus das Fohlen einer Eselin gewesen war, das Jesus über die Palmblätter und vermutlich auch schwer an ihm getragen hatte. Lukas stand im Gewühl neben einem Anabolika-Addict und dem Faktotum des Clubs, einer Transsexuellen, die ihre Haare lila färbte und sich idiotischerweise Purple nannte. Er war als Oberprimaner kostümiert, die blonden Locken von einer Schiebermütze gebändigt, die Hosen gehalten von geknöpften Hosenträgern. Mehrmals hatte er Johann ausgelacht, zuletzt, als Johann Asunción für eine Benzinmarke gehalten hatte. Nun steckte er ihm ziemlich unvermittelt die Zunge in den Hals.

Es gab Küsser, deren Zungen vorwegnahmen, was später beim Sex geschehen sollte. Lukas war so ein Küsser. Seine Zunge war fest und stellte Forderungen. Johann hatte seit mehreren Wochen nicht mehr geküsst. Er überließ sich Lukas, schloss die Augen und vergaß den Lärm und das Gewühl, den Essiggeruch der Schwitzenden, die Eifersucht des Quizmasters, das viele Bier und den Hauptgewinn.

Zwei Stunden später war Johann verliebt und der Sex folglich eine Katastrophe. Er wand sich unter Lukas' Berührungen, fühlte sich wie ein Rest von sich selbst, der auf dem Laken zerfiel, und hasste sich dafür. Noch mit nacktem Körper versuchte er zu lügen, er zog den Bauch ein, spannte die Armmuskeln an und bedeckte Haut mit Haut. Dabei verlor er, was er am nötigsten brauchte, seinen Witz, die Fähigkeit, stets zwischen sich und sich Abstand zu halten. Er konnte der Brüchigkeit seines Begehrens nichts Festes entgegensetzen und ließ Lukas machen. Längst hatte sich Johann damit abgefunden, dass es nicht die Hoffnung war, die zuletzt starb, es vielmehr auch ohne Hoffnung weiterging, mit Körpern an der Ecke, flüchtig begehrt und flüchtig berührt und im nächsten Moment vergessen für den Selbstbetrug, es genau so zu wollen. Doch nun lag er im

Bett dieses blonden Mannes, dessen Haare in den letzten Stunden den Glanz eingebüßt hatten, und sah ihm zu, wie er im Licht der Morgendämmerung, die das Zimmer flutete wie eine Überschwemmung, einen Joint drehte, den dritten dieser Nacht.

Lukas erhielt Zuwendungen seiner Familie, die man ihm garantierte, solange er regelmäßig am Todestag seines Vaters zur Gedenkfeier auf dem Familienbesitz erschien. Sein Vater hatte irgendeine bahnbrechende Halbleitertechnologie entwickelt und seinen Kindern ein beträchtliches Vermögen vermacht. Lukas' Wohnung war Eigentum, er besaß ein Cabrio nur für den Sommer und eine Datsche, die er sich mit einer Freundin teilte, das Haus darauf hatte fünf Zimmer, wenngleich kleine. Er war nie einem Beruf nachgegangen. Er hatte einiges angefangen, hatte zwei Semester Soziologie studiert, nebenher ein paar Drehbuchkurse belegt, hatte sich für Astronomie interessiert und mit seiner Freundin den Entschluss gefasst, im Garten der Datsche auf Permakultur zu setzen. Einen Winter lang hatte er als Skilehrer in der Westschweiz gearbeitet. Mittlerweile schrieb er Gedichte auf einer Reiseschreibmaschine mit zweifarbigem Farbband, fünfzeilig, ohne Interpunktion, die Johann schön fand, aber nicht verstand.

Was Lukas anrührte, verwandelte sich in Wesentliches. Die Passionsblume, die er auf dem Balkon zog, ein Fetzen Papier, dessen Farbe ihm gefiel, sein Cabrio, das auf den Namen Anita hörte, der Sprecher einer NGO, von den Nachrichten am Ufer des Mittelmeers interviewt, ein kleiner Frosch, den er im Park fand, stets war Lukas hingerissen und bereit zu staunen. Johann nahm er so, wie er ihn bekam, und erklärte ihn nach der ersten Nacht zu seinem Freund. Sie schliefen bis zum Nachmittag, kochten Dosengerichte, machten YouTube-Karaoke und sangen bis zum nächsten Morgen gegen die Siegersongs von Castingshows an. In den folgenden Wochen renovierten sie den Flur in Lukas' Wohnung. Sie gingen aus und diskutierten mit einem süßen Erasmus-Studenten die Vorzüge der konstitutionellen Monarchie. Sie lachten über die schwulen Greise bei der Ausstellungseröffnung eines Künstlers, der Gummibärchen von unten malte. Sie teilten sich die Zahnpasta, verloren die Zeit und liebten sich unter der Tagesdecke, Lukas' Zunge auf Johanns Haut. An den Wochenenden trafen sie sich mit Freunden zu Bier und Tischtennis. Sie stritten, um sich zu versöhnen, fielen sich ins Wort, und einige Nächte sah Johann Lukas zu, wie er auf dem Küchenboden saß und Leibchen für die Tanzperformance eines Freundes nähte. Johanns Leben wurde weit. Doch dann begann Lukas, wie nach langer Inkubationszeit, beängstigend sachlich von seiner Vorliebe für kleine, behaarte Südamerikaner zu sprechen. Er beschrieb ihre kompakten Körper und zwang Johann zum Vergleich. Die Dating-App hatte er bereits heruntergeladen. Also öffneten sie, was immer es war, und Johann schlief wieder zu Hause. Es galt die Regel: Nie in der eigenen Wohnung. Doch eines Abends lag einer in Lukas' Bett, klein und behaart und bestimmt kein Südamerikaner, der sich schleppend langsam aus den Laken schälte, sich nackt vor Johann aufstellte und grinsend bemerkte, dass dies wohl der Moment sei, in dem er verschwinden sollte. Johann pflichtete ihm bei. Er war nicht eifersüchtig auf den Mann, sondern neidisch auf die Gelegenheit, die sich Lukas geboten hatte.

Nachdem der falsche Südamerikaner gegangen war, kapitulierte Johanns Körper. Er begann zu zittern, eine unbestimmte Erregung erfasste ihn, ein Rieseln in den Zellen, die, wie in Auflösung begriffen, ihren Zusammenhalt verloren. Johann legte sich auf den Boden. Es half nichts, er erfuhr seinen Körper als Aufschüttung von Sand, dem Wind und Wetter ausgesetzt. Johann hasste diesen Körper, seine versehrte Oberfläche, sein böses Blut, seine Bereitschaft, sich vereinnahmen zu lassen, sein albernes Sehnen, er wollte das Perfekte, das keine Wünsche offenließ, denn das Perfekte war das Einfache, auf das man sich nicht einlassen musste, um es geil zu finden. Irgendwann ballte sich die Unruhe zu Panik, gegen die Johann, konzentrierte er sich auf sie, anatmen konnte. Solange er, vereinzelt wie eine Primzahl, jenseits jeder Verbindung blieb, würde es gehen. Er stand auf, gab Lukas einen Kuss und verließ die Wohnung. Zu Hause nahm er ein paar Benzodiazepine, schlief bis zum nächsten Nachmittag und lud sich die Dating-App aufs Handy.

Seit der Begegnung mit dem falschen Südamerikaner in Lukas' Bett war Johanns Leben wieder auf die Ausmaße seiner Wohnung geschrumpft, knapp vierzig Quadratmeter mit altem Mietvertrag, der gerahmt auf dem Klo hing, mit Gasetagenheizung und Ochsenblut auf den Flurdielen, gleichsam die Außenposten seiner Persönlichkeit. Diese vierzig Quadratmeter ließen sich mühelos überblicken. Suchte Johann nach Orientierung, bemühte er sich, dem Wesen seiner Wohnung zu entsprechen. Manchmal stellte er sich in den Hof, blickte in den Spalt zwischen dem Haus und der Brandmauer des Nachbarhauses, die sich etwa zwei Meter vor den Fenstern seiner Wohnung befand, und fühlte sich geborgen. Mithilfe der Karten-App auf seinem Handy sah er regelmäßig aus der Vogelperspektive auf sein Haus, auf der Suche nach Spuren, die er womöglich in der Satellitenansicht hinterlassen hatte. Dann dachte er an Paul und vergrößerte die Entfernung, bis sich die Karte zu einem Globus krümmte, der sich wie eine Murmel im All verlor.

Lukas meldete sich nicht, und Johann ging nur noch selten vor die Tür. Er stellte sich vor, seine Wohnung sei die Zentrale einer geheimen Weltregierung, die sich mit der Alltäglichkeit eines Berliner Mietshauses tarnte. Nichts deutete auf die ungeheure Macht hin, die von diesem Ort ausging.

Der junge Mann brachte den Nachtisch. Eine Süßigkeit, die unter einer dicken Schicht Kakao verborgen war. »Dass ich mich in Lukas verliebt habe, kommt mir wie ein Unfall vor. Ich habe kein Leben, das ich teilen könnte. Mein Bett ist neunzig Zentimeter breit. Für ein größeres müsste ich mir eine andere Wohnung suchen. Ich mag meine Wohnung aber. Ich bin viel zu Hause und gehe nur zwischendurch mal zum Discounter, um zu sehen, welche Sonderaktion angelaufen ist. Am liebsten sind mir Asia-Wochen. Manchmal fahre ich zu meinem Dealer oder kaufe Alkohol, um mich gegen etwas zu immunisieren, das ich großartig Scham nenne, das aber wahrscheinlich nur Überdruss ist. Ich treffe mich mit Freunden, mit Britta, wenn sie in Berlin ist, oder mit Niklas, Sevim, Gary, Ralf, dem anderen Ralf, Luise, Lanh Thien oder Söhnke. Wir reden dann über Beziehungsfragen. Die theoretischen Aspekte der Paarbeziehung habe ich ganz gut drauf. Lanh Thien findet, dass die schwule Liebe wegen dem Internet in die Knie geht. Später gehen wir auf irgendeine Party. Wenn ich mir sicher bin, dass ich nicht aus Versehen Lukas treffe, gehe ich danach noch weiter und habe Sex. Meistens im Stehen. So richtig geil ist das nicht mehr, weil die richtig Geilen nichts mehr von mir wissen wollen. Egal. Ich werde auch nicht mehr gut Skifahren lernen oder mein Französisch wesentlich verbessern. Das mit der Traumfigur habe ich auch aufgegeben. Gemessen an meiner subjektiven Wahrnehmung befinde ich mich im letzten Viertel meines Lebens. Übermäßig viel Glück ist also schon aus Zeitgründen nicht zu erwarten. Manchmal gehe ich klauen. Wenn ich erwischt werde, klaue ich am nächsten Tag in einem anderen Geschäft das Gleiche noch mal. Und obwohl die Bücher, die ich besitze, wie Möbel sind, weil ich sie nicht lese, leihe ich mir welche in der Bibliothek. Oft bleibe ich dann noch ein bisschen und sehe den Flüchtlingen beim Deutschlernen zu. Ihre Muskeln sind ihr einziger Luxus, denke ich jedes Mal und werde neidisch auf sie. Seit einiger Zeit habe ich in der Bibliothek aber Ärger, denn ich verliere ziemlich oft Bücher. Oder Geld. Oder die Fassung. Im Internet sehe ich wie durch ein Fenster in eine andere Welt das Video eines etwa 15-jährigen Jungen, der bei einem Bombenangriff seine Mutter und seine Schwester verloren hat. ›Meine Frau war die beste Frau von Aleppo‹, sagt sein Vater und wirkt merkwürdig gefasst. Ich höre meine Nachbarin im Treppenhaus. Sie schleppt sich die Stufen hinauf, sie hat einen inoperablen Tumor im Kopf und lügt, wenn sie sagt, dass es ihr gutgehe. Ich lebe in einer Puppenstube, die sich neben eine Brandmauer zwängt. Da ist für niemanden Platz. Und manchmal muss ich auch arbeiten. Aber denk dir mal Medikamentennamen aus, während dein Freund ziemlich gutaussehend am winzigen Küchentisch neben dir sitzt und auf einer Reiseschreibmaschine zweifarbig Konkrete Poesie dichtet.« Johann grub sich durch den Kakao zur Süßigkeit vor.

– Wie bist du zu der Arbeit gekommen?

»Durch Vererbung. Wir sind Apothekersöhne. Eine Zeitlang war ich Proband für klinische Studien. Als ich aber von einem Präparat gegen Darmträgheit Ausschlag bekommen habe, habe ich die Seiten gewechselt. Durch einen Freund hatte ich Beziehungen zur Werbebranche. Mein erster Auftrag war ein Neuroleptikum. Ich habe es Fissiolint® genannt, eine ziemlich alberne Kombination aus dem lateinischen Begriff für ›Spaltung‹ und dem Wort ›Linderung‹, aber mit T geschrieben, um dem Ganzen eine gewisse Entschlossenheit zu verleihen.«

Johann tupfte mit der Fingerspitze den restlichen Kakao vom Teller. Der junge Mann fragte, ob ihnen das Essen geschmeckt habe. Sie nickten beflissen, als fürchteten sie, etwas anderes als Zustimmung könnte ihnen gefährlich werden. »Ist nächste Woche auch wieder Spargelwoche?«, fragte Johann.

»Nein«, sagte der junge Mann. »Matjeswoche. Und dann Räuber Hotzenplotz. Spareribs. All you can eat.«

Der junge Mann verschwand in der Küche. Johann nahm den Wunderblock vom Tresen und schrieb:

– Herzlichen Glückwunsch zu deinem 50. Geburtstag, lieber Paul.

Paul nahm ihm den Wunderblock ab.

– Du könntest die Lesebestätigung doch auch abstellen.

»Das wäre aber unhöflich. Wenn Lukas schreiben würde, würde ich auch antworten. Er schreibt aber nicht.«

52° 44' 14" N, 8° 42' 53" O

– Minimarkt.

Es war das einzige Wort, das Paul an diesem Morgen geschrieben hatte. Es stand auf einem Stück Millimeterpapier, das neben Johanns Platz auf dem Frühstückstisch lag. Paul war bereits zurück aufs Zimmer gegangen. Johann schlug sich den Magen voll. Nach Schwarzbrot mit Käse, Krustenbrötchen mit Fleischsalat und einer doppelten Portion Nuss-Nougat-Creme auf einem Rosinenzopf aß er ein Müsli mit Mandelcrunch und Backpflaumen. Er beschloss, Paul zu begleiten, vielleicht ließen sich im Kaufmannsladen Würste für die Weiterreise beschaffen und ein paar Dorfgerüchte erfahren.

Zwischen Äckern und Wäldern lagen alte Resthöfe, stolze Niedersachsenhäuser, das Tor an der Giebelseite, geschnitzte Zargen, kunstvoll gemauerte Ziegelausfachungen, Krüppelwalmdächer mit dunklen Eulenlöchern. Die Windbretter endeten in stilisierten Köpfen einander abgewandter Sachsenrosse. Am Dorfeingang entstand eine Neubausiedlung. Die Häuser waren aus dem Katalog. In den frisch angelegten Gärten verausgabte sich die Rhododendronblüte, Mähroboter krochen über die Rasenflächen, coleopteroide Wesen einer fernen Zukunft, und verrichteten stoisch ihre Arbeit. Im Dorf gab es einen Bauunternehmer, hauptsächlich Isolierungen, ein kleines Klärwerk, eine stinkende Schweinemast, eine Mühle, die längst nicht mehr klapperte, und etwas abseits das Gasthaus, das Spargelwochen veranstaltete, das Gemüse stechfrisch auf den Tisch. Ein Schild bewarb »Conny's Fußpflege«. Mehr Dorf ging nicht, fand Johann.

Hier war Konservatismus Pflicht. Vorm Minimarkt stand ein Kondomautomat.

Drei Kinder, ein Mädchen und zwei Jungen, streckten sich vorm Regal mit den Süßwaren, um die Auswahl an bunten Tüten zu überblicken. Johann versuchte es mit einem derben »Moin«, und Paul hielt blöd den Daumen in die Luft. Die Kinder rissen die Augen auf. Paul hatte eine Einkaufsliste vorbereitet. Er bestand auf ausreichend Proviant für die nächsten Tage. Die Dose Ravioli, die er in den Korb legte, stellte Johann jedoch ins Regal zurück. Er bewunderte die Selbstbeherrschung, mit der die Verkäuferin an der Kasse und ihre Kollegin am Fleisch ihre Verblüffung beim Anblick der auswärtigen Besucher zurückzuhalten wussten.

»Was macht uns hier eigentlich zu Fremden?«, fragte Johann, als sie nach erledigtem Einkauf vors Geschäft traten. »Bewegen wir uns anders? Wirken wir irgendwie sonderbar? Weil wir Genderklos gut finden und so was?« Paul zuckte mit den Schultern. »Naja, du trägst ein Kinderspielzeug unterm Arm, das könnte man überall eigenartig finden. Trotzdem würden wir in jeder europäischen Großstadt weniger auffallen als in diesem niedersächsischen Kuhdorf.«

Ein Wagen bremste vorm Minimarkt. Die Markenbezeichnung auf dem Kofferraum war mit einem Ferrari-Aufkleber camoufliert. Der Fahrer schwang sich unter dem Stampfen einer Bassline aus dem Sitz. Er trug eine Jeans im Destroyed-Look, der Aufdruck seines T-Shirts glich Erbrochenem. Er schlenderte zum Automaten und zog sich eine Packung Kondome. Dabei grüßte er beiläufig mit dem Handy. »Ach so«, sagte Johann. »Verstehe.«

Westlich des Dorfes führte die Landstraße durch Weizenfelder. Johann folgte Paul auf der Fahrbahnbegrenzung.

Nach einer Weile fragte er, ob Paul eigentlich wisse, wie ein Bügelautomat funktioniere. Paul reagierte nicht. Kurz darauf beschwerte sich Johann, dass die Wespen ihn witterten und er Angst habe, dass sie ihm in den Mund flögen. Paul reagierte noch immer nicht. Er hielt den Kopf gesenkt und sah auf seine Füße.

Die Kinder aus dem Minimarkt überholten Johann und Paul auf ihren Fahrrädern. Sie grinsten breit. Nach etwa dreißig Metern hielten sie an und stiegen von den Rädern. Sie standen abgewandt, und man sah die Aufregung über ihre Rücken kriechen. Kurz bevor Johann und Paul sie erreichten, drehten sie sich auf einen geflüsterten Befehl des Mädchens hin um. Einer der Jungen streckte ihnen eine Tüte mit Süßigkeiten entgegen.

»Oh«, sagte Johann, »das ist aber nett.« Er hatte Angst vor Kindern. Er wusste nicht, was er sagen sollte. Er fühlte sich von ihnen durchschaut.

»Kirsche und Apfelgeschmack«, sagte der Junge.

Paul bediente sich.

»Und Lakritze«, sagte das Mädchen und streckte ihnen nun ebenfalls eine Tüte entgegen.

»Oh, Taler«, sagte Johann. Er zog ein Lakritz aus der Tüte und steckte es sich in den Mund. Es verklebte mit seinem Gaumen.

»Das ist Paul. Er ist mein Bruder.« Johann legte eine Hand auf Pauls Schulter, um Halt zu suchen. »Möchtest du zu deinem Kirsche-und-Apfel-Bonbon vielleicht auch noch einen Lakritztaler?« Paul zeigte auf seinen kauenden Mund. »Er kann nicht reden, weil er den Mund voll hat.«

»Wir sind auch Brüder«, sagte der Junge, der ihnen seine Süßigkeitentüte bisher noch nicht entgegengestreckt hatte.

»Super«, sagte Johann. »Und du?«, fragte er das Mädchen.

»Ich nicht«, sagte das Mädchen.

»Wie auch?«, sagte Johann und lachte keckernd. Seine Hand auf Pauls Schulter fing an zu schwitzen. »Und ihr kommt von hier? Natürlich! Von wo auch sonst?«

»Ja«, sagten die Kinder fast gleichzeitig und stiegen, als sei dem nichts hinzuzufügen, wieder auf ihre Räder.

»Super«, sagte Johann noch einmal und: »Vielen Dank«, und: »Tschüss«, und: »Das war wirklich lecker.«

Die Kinder kicherten ein bisschen, dann fuhren sie davon. Paul winkte zum Abschied, noch immer kauend.

Als die Kinder außer Sichtweite waren, spuckte Johann das Lakritz aus. »Ekelhaft. Da kann man ja gleich Teer lutschen. Aber die Kinder waren nett.«

Paul zeigte auf eine Wiese und stieg über die Böschung. Offenbar wollte er abkürzen. Johann folgte ihm. Die Wiese war ungemäht. Das Gras glänzte fettig. Johann redete vor sich hin. »Grün ist eine besondere Herausforderung. Es gibt unzählige Grüntöne. Das gelbe Grün heller Moose und das frische Grün jungen Laubs. Im Sommer dunkelt es nach, bis es fast blau erscheint. Es gibt Grün, das wie bemehlt aussieht, das findet man in Südeuropa oder im Gartencenter. Und es gibt das Grün dieser Wiese, das meiner Meinung nach entschiedener grün ist als das Grün der Bäume. Es gibt das dunkle Grün dichter Nadelwälder und das noch dunklere Grün der Blautannen bei uns zu Hause. Es gibt das zarte, fast pastellfarbene Grün hohen Uferbewuchses und das sandige Grün eines sonnenverbrannten Rasens, Amateurfußballer sind an so ein Grün gewöhnt. Auf einer Palette benötigt man neben diversen industriell vorgefertigten Grüntönen Gelb, Blau und Rot, das sich zur Herstellung bräunlicher Grüntöne besser eignet als Braun, aber natürlich auch Braun, Weiß und ausreichend Schwarz, denn die Landschaft ist nun mal dreidimensional, eine Seite liegt immer im Schatten. Ein schlammfarbener Ton entsteht von selbst, wenn man lange genug mischt. Weiß wird zum Setzen von Lichteffekten gebraucht oder, mit einem Bürstenpinsel aufgetragen, zur Darstellung der Frühjahrsblüte.« Sie erreichten ein Waldstück. »Nadelwaldboden ist natürlich wirklich braun.«

Paul blieb stehen und sah Johann an.

»Was denn? Ich mache im Internet einen Malkurs. Mit beachtlichen Fortschritten.« Johann fotografierte die Rinde eines Baumes mit seinem Handy. »Baumstämme sind zum Beispiel nicht einfach nur braun. Sie sind grün und grau und schwarz und eigentlich nur selten braun und ziemlich schön.« Er hielt inne. »Obwohl. Im Grunde genommen ist die Natur nicht schön. Schön ist etwas, das sich um Schönheit bemüht. Bauten sind schön, Gemälde, Symphonien und Romane. Die Natur ist einfach nur anwesend. Sie wird erst schön, wenn sie beschrieben oder gemalt wird. Vor ein paar hundert Jahren bestieg der Dichter Petrarca mit seinem Bruder den Mont Ventoux, betrachtete, auf dem Gipfel angekommen, die Landschaft und vergaß darüber sich selbst. Natürlich schrieb er ein Buch über diese Erfahrung. Man muss von der Natur ziemlich entfremdet sein, wie wir, Leute aus der Stadt, um sie schön zu finden. Die Dorfkinder finden die Natur wahrscheinlich nicht schön. Sie sind an sie gewöhnt. Ihre Eltern leben von ihr. Ich habe einmal einen Bericht über einen Englischen Garten gelesen, dessen verschlungene Wege über eine künstlich angelegte Schlucht führten. Während die Herren über die Klippen balancierten, um sich den Schrecknissen der Natur auszusetzen, standen die Damen am Fuß des Abhangs und beklatschten die Aventüre. Es ist die Schönheit, durch welche man zur Freiheit wandert.«

Johann zog eine kassenzettelgroße Malerei aus seinem Portemonnaie und reichte sie Paul. Nachdem Paul sie eine Weile betrachtet hatte, schrieb er an den Rand:

– Das ist eine Fußleiste. Und in der Zimmerecke befindet sich über der Fußleiste eine Steckdose.

»Spinnst du? Das ist ein Gemälde.« Johann ließ das Bild wieder verschwinden. »Wusstest du, dass manche Inuit im Weiß des Südpols achtzehn unterschiedliche Weißtöne erkennen, für die sie achtzehn verschiedene Begriffe verwenden, die auch gleichzeitig Seelenzustände beschreiben? Oder im Weiß des Nordpols, weil sie wahrscheinlich eher dort leben. Egal.«

– Sieg bekommt neue Kleidung. Er erzählt es später im Interview. Er darf sich aus den »schappen«, den Regalen, etwas heraussuchen. Die Kleiderkammer, die die britischen Offiziere lachend herrichten, nennen sie »Harrods«. Die Kinder bekommen einen Stempel auf die Stirn, sie werden rasiert und entlaust. Die Kleidungsstücke, die sie erhalten, wimmeln von Ungeziefer.

Bevor die Briten sie mit Dudelsackmusik befreien, ist alles sinnlos. Es gibt keinen Grund zu leben, Sieg denkt, er würde lieber sterben. Er sehnt sich nach seiner Mutter. Henneke, seine Schwester, verlangt, dass er aufhört zu jammern.

Im Großen Frauenlager setzt sich Luba Tryszynska über jede Regel hinweg. Sie geht mit Hetty, dem Mädchen, das ebenfalls überlebt, regelmäßig zur Küchenbaracke und zeigt ihr Dekolleté. Zum Geburtstag bekommt Hetty eine Salami. Manchmal schmiert Luba den Kindern Paste in die Haare gegen die Läuse. Geht jemand nur im Hemd hinaus, ruft sie: »Es ist kalt, zieh dir mehr an.« Das meiste hat Sieg vergessen. Die Angst zersetzt die Erinnerung. Die Tage gleichen sich. Woche für Woche. Monat für Monat. Eines Tages hören die Kinder: »The war is over. Peng, peng, peng, vorbei.« Es klingt wie ein Gerücht. Die Suppe heißt nun soup. Sieg findet, dass er auf dem Foto von George Rodger schüchtern aussieht. Schüchtern und weltfremd. Bis zu seinem Tod wird ihn die Angst nicht mehr loslassen.

Am 8. Mai ist der Krieg in Europa tatsächlich vorbei. Einen Tag zuvor kauft Nico Maandag, Siegs Onkel, in New

York eine Ausgabe des *Life Magazine*. Nach einer Reklame für eine Lebensversicherung und einem Artikel über das Kriegsende entdeckt er das Foto seines Neffen. Er kauft weitere Exemplare, eines schickt er an die Diamantenbörse in Amsterdam.

Zurück in den Niederlanden kommen Henneke und Sieg zunächst bei Tante und Onkel unter, die selbst kinderlos sind. Die Tante wird wütend, als sie bemerkt, dass Sieg seine Schuhe unter dem Kopfkissen versteckt, damit sie ihm nicht gestohlen werden. Vom Kopfkissen nutzt er nur die Hälfte. Er schläft viel, ganze Tage bleibt er im Bett, einige Wochen später wird er krank. Man diagnostiziert eine Tuberkulose. Er muss ins Krankenhaus.

Keetje Maandag, Siegs Mutter, überlebt Deportation und Zwangsarbeit. Nach einem Jahr in schwedischer Quarantäne kehrt sie in die Niederlande zurück. Sie erkundigt sich beim Roten Kreuz nach ihren Kindern. Man erklärt ihr, dass weder ihre Kinder noch ihr Mann zurückgekehrt seien. Eine unerklärliche Ahnung lässt Keetje an dieser Aussage zweifeln. Sie wendet sich an die Diamantenbörse. Dort zeigt man ihr die amerikanische Zeitschrift. Das Krankenhaus, in dem Sieg behandelt wird, liegt nur wenige Schritte von der Börse entfernt, auf der gegenüberliegenden Straßenseite. Später wird sich die Familie weigern, jemals Geld an das Rote Kreuz zu spenden.

Ihre Mutter, so erzählt es Sieg, sorgt sich nun um Henneke und ihn wie eine Glucke um die Küken. Über den Krieg sprechen sie nicht. Von ihm haben sie genug. In der Schule denken sie, Bergen-Belsen sei eine Art Sommerlager. Man hält Sieg für einen Dummkopf. Wenn er beim Verstecken gefunden wird, weint er und läuft nach Hause. Nachts hat er Alpträume. Er schreit, und die anderen liegen wach in den Betten. Man hält ihn für ein schwieriges Kind. Er steht mit dem Rücken zur Zeit.

Später wird er psychiatrische Hilfe in Anspruch nehmen. Er macht eine Ausbildung zum Diamantschleifer und entwirft Kleidung für einen Textilgroßhandel. Der Erfolg bleibt aus. Er reist in einem umgebauten Ford Transit für ein halbes Jahr nach Marokko. Auf dem Rückweg wird er von der französischen Polizei kontrolliert. Während einer der Flics den Kofferraum durchsucht, greift Sieg, der neben ihm steht, unauffällig nach einer Tasche und geht um den Wagen herum. Der zweite Flic beobachtet ihn dabei und verlangt, den Inhalt der Tasche zu kontrollieren. Er kann nichts Verdächtiges finden, und Sieg darf die Fahrt fortsetzen. Das Kilogramm Haschisch im Kofferraum übersehen die Polizisten. Sieg weiß, wie man seine Haut rettet. Doch der Schmuggel macht ihn paranoid.

Um der Angst zu entkommen, unternimmt er lange Reisen. Sie führen ihn nach Zentral- und Südostasien, er besucht Orte wie Kabul und Bangkok, er reist nach Bali. Es gefällt ihm, sich mit indischen Taxifahrern zu unterhalten. In Nepal trifft er Karen, eine schöne Amerikanerin. Sie ahnt, dass Ziggy, wie sie ihn im Ausland nennen, Unbeschreibliches zugestoßen ist. So erzählt sie es später. Sieg bricht zusammen. »Was soll ich tun?«, fragt er. »Was soll ich tun? Was soll ich tun? Es ist nicht richtig! Es ist alles nicht richtig!« Allein reist er weiter nach Thailand. Der Bus, den er auf der Reise nimmt, verunglückt auf einem Höhenweg. Die Insassen sterben. Nur Sieg und ein weiterer Tourist kommen davon. Zum zweiten Mal in seinem Leben überlebt er, als sei das Überleben seine Pflicht. Als Karen vom Unfall erfährt, bricht sie sofort auf. Später wird sie sich als seinen Hafen bezeichnen, in dem seine helle und seine dunkle Seite zur Ruhe kommen können.

Sieg malt. Nach Hause zurückgekehrt, macht er es zu seinem Beruf. Er malt Stillleben, den Familienhund, Pferde, eine Schafherde, die Kinder und immer wieder Karen, mal gegenständlich, mal abstrakt. Sich selbst malt er doppelgesichtig, als ob sich ein zweites Ich in seinem Schatten verbirgt.

1981 besucht ihn George Rodger in Amsterdam. Erst kurz zuvor hat er erfahren, dass der Junge, den er damals auf der sandigen Straße fotografierte, das Konzentrationslager überlebt hat. Sie verstehen sich gut.

Bei Tisch müssen Sarah und Simon, Siegs Kinder, brav sein und aufessen. Wenn trotzdem etwas übrig bleibt, geht ihr Vater mit ihnen nach draußen. Dort vergraben sie das Essen, und Sieg erklärt ihnen, dass sich nun die Würmer davon ernähren würden.

2013 stirbt er nach langer Krankheit. Sie hat ihn zuletzt bewegungsunfähig gemacht.

Hochachtungsvoll Paul

52° 44' 14" N, 8° 42' 53" O

Johann weckte Paul und bat ihn, ihm noch einmal ihre Mutter zu beschreiben. Noch halb im Schlaf stand Paul auf und durchsuchte die zweite der sieben Zetteltüten, die vor dem Fernseher auf dem Tisch standen. Schließlich zog er ein Notizbuch hervor, blätterte darin, riss eine Seite heraus und legte sie aufs Bett.

– Einmal hat Johann Theater gemacht, weil er sich kämmen musste. Er hat gejammert, dass seine Kopfhaut dabei mit abgehen würde. Er hat rumgefuchtelt und ist durchs Haus gerannt und dann gegen ein Regal geknallt. Obwohl er eine Platzwunde auf der Stirn hatte, hat er nicht geweint. Er ist weiter rumgerannt, hat alles vollgeblutet und jedem die Wunde gezeigt, Vater, Mutter, mir, aber auch den Möbeln und der Obstschale. Quasi als Beweis, wie gefährlich Kämmen ist. Erst als Mutter ihn in den Arm genommen und festgehalten hat, hat er angefangen zu weinen. Im Krankenhaus ist die Wunde mit drei Stichen genäht worden, worauf sich Johann wie irre was einbildet.

»Es waren vier Stiche, und Gunni hat die ganze Zeit gepustet.«

Paul nahm die Notiz aus Johanns Hand und schrieb auf die Rückseite:

– Wie oft wirst du noch fragen?

»1296 Mal. Und dann fange ich wieder von vorne an.«

Johann fragte nicht nach ihrer Mutter, weil er sich nicht mehr an sie erinnerte, sondern weil er sicherstellen wollte, dass Paul sie nicht vergaß, denn sie war schön wie ein Mannequin, und Paul und Johann waren ihre Kinder. Ihr Vater war, prügelte er nicht gerade, in der Familie nur zu Gast und musste nicht näher beschrieben werden. Damals, vor den Wachgängern an der Ostsee, hatte Johann Pauls Stimme zum letzten Mal gehört. Bis auf jene Nacht etwa ein Jahr später, als Paul, der annehmen musste, dass Johann im Bett neben ihm eingeschlafen war, geflüstert hatte, dass Gunni zurückkehren werde, auch wenn es wohl noch etwas dauern würde. Johann erinnerte sich deutlich, dass Paul »Gunni« gesagt hatte. Seither hatte Johann ihre Mutter nur noch bei ihrem Vornamen genannt. Nach dieser Nacht war Paul kein Wort mehr über die Lippen gekommen. Johann nahm an, dass die Wiederkehr des Sprechens für ihn bedeuten würde, die Hoffnung auf Gunnis Rückkehr endgültig aufzugeben.

Er sah aus dem Fenster. »Ich wusste gar nicht, dass Windräder Signallichter haben, die nachts leuchten. Wie Feuerzeichen, die auf Bergkuppen entzündet werden, zur Verständigung untereinander. Ein stummes Gespräch, das sich über die Landschaft erstreckt.«

Paul lächelte und strich über die kleine Narbe auf Johanns Stirn.

»Ich hätte von Windrädern keine Ahnung, wenn ich dir nicht metergenau auf der Spur eines niederländischen Jungen folgen würde, der bei seiner Rückkehr aus dem Konzentrationslager etwa so alt war wie die Kinder heute Vormittag.«

– Sieg Maandag wurde ausgeflogen, schrieb Paul auf den Rand der Notiz übers Kämmen, vom Flugplatz in Lüneburg nach Amsterdam.

Sieben

31° 46' 46" N, 35° 14' 25" O

Als die Stunde gekommen war, küsste Judas Ischariot seinen Herrn zum Zeichen, dass er derjenige sei, der gesucht wurde, und ein Jünger schlug einem der Diener des Hohepriesters ein Ohr ab.

Johann hätte gerne mehr über dieses Ohr erfahren. Blieb es dort liegen, wurde es gnadenhalber an den Kopf des Dieners zurückgewundert oder machte sich ein hungriges Tier darüber her? Die Bibel hatte keine Antwort darauf.

Jesus hatte noch zuvor zum Vater gebetet, der Kelch möge an ihm vorübergehen, doch die Schrift erfüllte sich, und die Jünger suchten das Weite. Nur einer blieb, ein Jüngling, den niemand kannte, in ein leinenes Tuch gewickelt. Er wollte Jesus folgen, doch die Soldaten packten ihn. Er befreite sich aus ihrem Griff, indem er das Tuch fallen ließ. Nackt lief er davon.

Johann träumte es wieder und wieder.

52° 44' 14" N, 8° 42' 53" O

Das Land hielt die Luft an. Nur das Knirschen des Rollkoffers war zu hören. Johanns Gepäck schien schwerer geworden zu sein, obwohl er am Morgen einen Pullover und eine kurze Hose in Pauls Wanderrucksack hatte schmuggeln können und als Sonnenschutz ein T-Shirt auf dem Kopf trug. Es war wie früher. Er trottete hinterher. Nach dem Internationalen Frühschoppen, moderiert von einem ehemaligen Pressereferenten im Reichsministerium für Rüstung und Kriegsproduktion, wie Paul auf zahlreichen Zetteln nicht müde wurde zu betonen, einem Propagandisten, den die Rassefremdheit seiner Gäste offenbar nicht länger zu verdrießen schien, ging die Familie sonntags spazieren. Während Paul und Ulla, Tierfreundin durch und durch, im Schutzgebiet dem Wild Apfelschalen auslegten, schien niemand darauf Rücksicht nehmen zu wollen, dass Johann die kürzesten Beine hatte. Die Fütterung der Geschöpfe des Herrn duldete keinen Aufschub.

Johann bewegte sich wie ein Automat. Jeder Schritt war das Ergebnis der Arbeit kleiner Kolben, Achsen, Wellen, Federn und Treibriemen. Ein mechanischer Wille hatte die Führung übernommen.

Während des Frühstücks hatte Paul über mehreren selbst angefertigten Karten gebrütet. Als nächstes Reiseziel hatte er Vechta ausgewählt.

– Die Reiterstadt im Oldenburger Münsterland, hatte er auf Johanns Serviette gekritzelt.

Er hatte etliche Fahrpläne geprüft und Johann beauftragt, mithilfe seines Telefons im Internet eine Privatunterkunft zu buchen. Johann hatte sich für ein Zimmer mit einem Kaffee-Vollautomaten und 50 Megabit pro Sekunde entschieden.

Nach dem Frühstück hatte er getrödelt. Er hatte sich ausgiebig mit der Baumarktdusche geduscht, seine Sachen in den Koffer geworfen, die Einhörner auf dem Regenbogen betrachtet und sich gefragt, warum Paul der Vergangenheit dieses Landes so viel Anerkennung schuldig zu sein glaubte. Er hatte den jungen Mann abgepasst und ihm zum Abschied die Hand gegeben.

Das Handy maß 32 Grad und 51 Prozent relative Feuchte. Es schien Johann, als atme er eine Flüssigkeit ein, die seine Alveolen flutete und den Gasaustausch unterband. Es war wie ertrinken. Paul, der nur wenige Schritte vor ihm ging, schien unerreichbar zu sein.

Am Morgen hatte Paul darauf gedrängt, die erste Strecke des Tages zu Fuß zurückzulegen. Das Wetter sei ausgezeichnet, und die Buslinie, die durchs Dorf führe, würde sie zu einem Umweg über Bremen zwingen, was einer Abweichung von 21 Winkelminuten entspräche. Paul hatte mehrere Pfeile auf den Wunderblock gemalt, die alle auf den oberen Rand gewiesen und vermutlich die Sonne gemeint hatten.

»Ich zerfließe«, rief Johann. »Wenn das so weitergeht, ist bald nichts mehr von mir übrig.« Sie passierten ein unlängst fertiggestelltes Gewerbegebiet. Offenbar war auf freiem Feld zur Steigerung des kommunalen Steueraufkommens tief in EU-Fördertöpfe gegriffen worden. Vor einem Imbiss stand eine vergilbte Hollywoodschaukel. »Lass uns was essen.«

Die Gäste saßen an schmalen Tischen, vor Spitzendeckchen aus starrem Plastik, und ließen sich von zwei großen Ventilatoren abkühlen. Sie sahen träge auf, als Johann und

Paul eintraten. Paul setzte sich an einen Tisch in einer Ecke, Johann wartete am Tresen. Der Schweiß lief ihm über den Rücken und sammelte sich im Gummi seiner Unterhose. Mit Blick auf den Rollkoffer fragte der Mann hinter der Theke: »Na? Urlaub? Heiß, oder? Was zu trinken?«

»Ja, Cola. Zweimal«, sagte Johann. »Und nein, wir befinden uns auf einer Forschungsreise.«

»Was erforschen Sie denn?«

»Da bin ich mir leider nicht so sicher. Er ist der Forscher, ich bin nur der Gehilfe.«

»Und?«

Johann zuckte mit den Schultern. »Er spricht nicht mit mir. Er ist ein bisschen sonderbar.«

»Möchte der Herr Forscher denn was essen?«

»Schon möglich. Geben Sie mir einfach ein Schälchen Gurkensalat für ihn.«

»Und Sie? Möchten Sie auch was?«

»Ja. Ich hätte gerne eine Bratwurst, Pommes rot-weiß und ein Schaschlik. Und eine Frikadelle. Die können Sie mir kalt einpacken.«

Am Nebentisch aß ein Mann einen Braten in brauner Soße. Das Fleisch schien gedünstet zu sein, die Stücke, die er abschnitt, hingen wie Zungen von der Gabel. Während der Mann kaute, war sein Blick völlig leer. Johann nahm an, dass er seine Umgebung nur schemenhaft wahrnahm, als Randerscheinung von etwas, das ihm vermutlich selbst nicht bewusst war. Johann genoss die Vorstellung, in der Wahrnehmung dieses Mannes ohne Bedeutung zu sein. Er ging zum Tresen, ließ sich etwas braune Soße über sein Schaschlik gießen und bestellte für Paul eine Bratwurst. Er zahlte mit dem letzten Schein aus Pauls Portemonnaie. Nach dem Essen ging er im Discounter nebenan klauen.

»Acht«, sagte er, als er auf den Vorplatz zurückkehrte und sich zu Paul auf den Bordstein setzte. Paul zeichnete ein Fragezeichen auf Johanns Hand.

»Acht Müsliriegel.«

Das zweite Fragezeichen auf Johanns Hand fiel etwas kleiner aus.

»Ich habe acht Müsliriegel geklaut. Sind aber Rosinen drin. Und runtergesetzte Chips.«

– Du hast das Sonderangebot geklaut?

Paul schrieb auf eine Quittung in seiner Hand.

»Ja«, sagte Johann. »Wegen dem Gewissen. Was ist das?« Er zeigte auf ein Bündel Geldscheine, das Paul ebenfalls in der Hand hielt. Paul ließ die Scheine rascheln. »Ich meine, wo kommt das her?« Paul zeigte mit dem Bündel auf einen Geldautomaten im Eingangsbereich des Discounters. »Du hast noch Geld auf dem Konto?«

– Selbstverständlich, schrieb Paul auf die Rückseite der Quittung.

– Was glaubst du denn?

»Warum gehe ich dann klauen?«

– Das weiß ich nicht.

»Du bist noch in der Bibliothek angestellt?«

– Natürlich. Ich habe Urlaub genommen. Meinen Jahresurlaub und was noch übrig war.

»Du hast Urlaub genommen, um Hühner zu köpfen?«

– Ich habe die Hühner nicht geköpft. Ich habe ihnen die Hälse umgedreht. Und sie erst dann geköpft.

Johanns Schweiß hatte Salzränder auf seinem T-Shirt hinterlassen, die wie die Höhenlinien auf Pauls Karten aussahen. »Wie viel sind eigentlich 21 Winkelminuten?«

– Auf demselben Längengrad 38,5 Kilometer.

Hinter einer Müllhalde kamen sie an einem Gestrüpp

vorbei, das bewohnt zu sein schien. Mehrere Plastikplanen waren zwischen den Zweigen aufgespannt, ein Einkaufswagen diente als Depot für ein paar Habseligkeiten: etwas Geschirr, ein Handspiegel, ein Kissen, Kleidung, zu Bündeln verschnürt. Der Wohnungslose aus Johanns Straße hatte ihm einmal erzählt, dass neben seinem Reisepass und einem Kettchen aus einem Kaugummiautomaten, das seiner Tochter gehört habe, ein Imprägnierspray für Schuhe sein kostbarster Besitz sei. Er sprühe damit seinen Schlafsack ein und mache ihn auf diese Weise regenfest. Johann zeigte ins Gestrüpp. »Säufer, Sozialhilfeempfänger, Streuner, Schizos, suchtkranke Syrer, Schattengestalten. Eine scheue Schar, mit beweglicher Heimat. Bei ihnen findest du es vielleicht.«

Paul blieb stehen. Er zog eine Postkarte mit der Ansicht eines Tropenstrandes aus einer der Zetteltüten und schrieb:

– Was?

Johann zuckte mit den Schultern.

Paul schien eine Weile nachzudenken, dann schrieb er:

– In der Musiktherapie mussten wir trommeln wie die Parias. Karl hat gesagt, dass wir wie Tiere seien, die den Jäger witterten. Wir wichen nur unter dem Vorbehalt unserer augenblicklichen Schwäche aus. Doch als wahrhaftig Wagemutige hätten wir nah an der Psychose gebaut, also dem unbedingten Willen zum Widerstand.

Es war dunkel, als sie die Endhaltestelle der Regionalbuslinie erreichten. Nachdem Paul einen Blick auf den Fahrplan geworfen hatte, zog er einen Zettelstapel aus einer der Tüten, verstaute ihn in einer anderen, zog aus dieser ebenfalls einen Stapel, teilte ihn in zwei Teile und legte die Teile in eine dritte und eine vierte Tüte, aus der er wiederum einen Stapel zog. Er beruhigte sich erst, als Johann das GPS-Gerät aus einer der zahlreichen Seitentaschen des Wanderrucksacks holte. Er legte es in Pauls Hand und zeichnete ein Kreuz auf Pauls rechten Ellenbogen. Paul schaltete das Gerät ein und wies nach einigen Handgriffen auf das Display. Es zeigte die Uhrzeit an, es war 22:06 Uhr. Paul wühlte in einer der Zetteltüten, holte einen Fahrplan heraus, offenbar den gleichen, der am Haltestellenschild hing, und schrieb auf die Rückseite:

– Du hast zu lang getrödelt.

Johann las den Fahrplan. Der letzte Bus war vor sechsundvierzig Minuten gefahren. »Und nun?« Paul zuckte mit den Schultern. »Was machen wir jetzt?«

Eine Weile starrte Paul in die Dunkelheit. Dann zog er die Stirnlampe aus dem Wanderrucksack und setzte sie sich auf den Kopf. »Scheißprovinz. In einer Großstadt würden die Busse jetzt noch fahren«, sagte Johann. Ein paar Motten flogen gegen das Licht der Straßenlaterne. »Stimmt doch, oder?« Paul schaltete die Stirnlampe ein, ging über die Wendeschleife und stellte sich an den Straßenrand. Johann erinnerte sich, dass er mit Britta einen Sommer lang Telekinese geübt hatte, sie waren damit aber nicht weit gekommen. Er lehnte sich an den Laternenpfahl und sah hinauf. Die Motten schlugen mit den Flügeln gegen die Lampe. Ein Mond aus Neon hatte sie ihres Ziels beraubt. An diesem unwirklichen Ort erwies sich ihr Flug nicht als Strecke zwischen zwei geographischen Koordinaten, die auf annähernd gerader Linie zurückgelegt werden konnte, sondern wurde zu einem vergeblichen Kampf gegen das Chaos. Bis zum Morgengrauen würden sie hierbleiben müssen.

Paul hielt seine Hand ausgestreckt. Mit der Stirnlampe beleuchtete er seinen aufgerichteten Daumen. »Es hat keinen Sinn, Paul.« Johann setzte sich aufs Pflaster, das vom Tag noch warm war. »Uns nimmt sowieso keiner mit. Wir sind zu alt.« Eine Weile widersetzte sich Paul dieser Einsicht, dann trottete er über die Wendeschleife und hockte sich zu Johann unter den Laternenpfahl. Johann bot ihm einen Müsliriegel und heruntergesetzte Chips an. »Mir gefällt es hier«, sagte er. »Es ist nicht schlimm. Wir können morgen weiter.« Paul pulte die Rosinen aus dem Müsliriegel. »Mir gefällt es hier wirklich.«

Johann träumte vom Beten. Er kniete an seinem Kinderbett und wandte sich direkt an Gott. Jesus war längst zu einer Figur aus einem alten Buch geworden, das in Johanns Ausgabe mit Kartoffeldrucken illustriert war. Johann kam über die Anrede nicht hinaus. Er betete: »Lieber Gott, bitte mach«, dann sah er auf und erblickte seinen Vater, der ihm ins Gesicht fasste und die Verführung von den Lippen putzte. »Ich weiß es, Johann«, sagte er. Er griff in Johanns Körper, als existiere dort nichts, und nahm sich doch etwas. Es wog nichts, war aber weiß wie Lämmermilch. Johann faltete die Hände fester. »Lieber Gott, bitte mach«, er hatte vergessen, wie es weiterging. Er spickte auf seinen Gebetszettel. Paul hatte ihm die Tageslosungen aufgeschrieben, und Johann hatte die Namen der Menschen hinzugefügt, für die er im Lauf der Woche hatte beten wollen. Doch er erinnerte sich nicht mehr an die Worte, die die Fürbitten verlangten. »Fickfotzenpimmelfisch.« Und ich will euch ein neues Herz und einen neuen Geist in euch geben und will das steinerne Herz aus eurem Fleische wegnehmen und euch ein fleischernes Herz geben. »Arschjuckenkackwurstverein.« Er konnte es nicht mehr. Er hatte es vergessen. Im Nebenzimmer saß sein Vater und hielt Sonntagsruhe.

Paul betete wie ihr Vater. Die Augen blicklos, den Kopf in Demut gesenkt, die Hände vor der Brust zusammengelegt, ohne dass die Finger ineinandergriffen. Hob Martin, wie ihr Vater in der Gemeinde mit kargem Respekt genannt wurde, die Hände zur Anrufung, folgte ihm Paul. So berührten sie den Himmel und bezeugten die Auferstehung des Herrn. Sie saßen im Gottesdienst in der ersten Reihe, Johann am Rand, Ulla links neben Martin, dem neuen Mann, am Saum ihrer Handtasche nestelnd, Paul rechts von ihm, eine blasse Kopie seines Vaters, dessen Bewegungen er imitierte, jedoch gehemmt, damit er sie in ihrer Hingabe nicht übertraf. Die Psalmen schrieb er schneller auf den Wunderblock, als Martin sie betete, löschte sie jedoch gleich wieder, um ihn nicht zu verärgern. Paul war der diskrete Schatten der Gottesfurcht seines Vaters. Wenn dieser sich wand, die Entrückung erflehend, und in Zungen redete, das Gesicht von Tränen bedeckt, schrieb Paul:

– Johannes, Kapitel 11, Vers 35.

Dann sah er auf und suchte in Martins zerfließendem Gesicht nach etwas, dem er auch weiterhin folgen würde.

– Vater ist wie ein Turm, schrieb er einmal in Johanns Hand.

Paul galt in der Gemeinde als Nachkomme des biblischen Zacharias. Einige glaubten, er habe Erscheinungen, und erwarteten sein Benedictus. Johann hasste die selige Milde, mit der sie Paul lauschten, wenn er Posaune spielte, den Lobpreis oder was Fetziges für den Jugendgottesdienst, die immer gleiche Ehrfurcht, die sie ihm entgegenbrachten, wenn er in der Kleiderkammer aushalf oder beim Basar für die Mission Saft ausschenkte, und besonders das blöde Grinsen, mit dem Regula Schmidt ihn anhimmelte. Allein Paul schien die Frohe Botschaft zu verstehen: Die Letzten werden die Ersten sein und die Ersten die Letzten, wer sein Leben erhalten will, wird es verlieren, was schwach ist vor der Welt, das hat Gott erwählt, damit er zu Schanden mache, was stark ist. Johann hasste die entrückte Hingabe, und er hasste Pastor Berger, den Jochen, der nicht einmal Wein trank, sondern nur Traubensaft, weil er ein erretteter Alkoholiker war, und der Pauls Stummheit missbrauchte, indem er sie zum Zeichen der Erwählung seiner Gemeinde durch die Gnade des Herrn verklärte. Scheiß auf den Herrn. Johann hasste seine Religion, den Glauben einer Sekte, die sich ein Folterwerkzeug zum Zeichen gegeben hatte und Sonntag für Sonntag ihren Erlöser aß. Statt zu beten, dachte er während des Gottesdienstes an ihre Mutter, die niemand hier Gunni nannte, weil sie fortgegangen war.

Das Christentum, das Johann in der Sonntagsschule gelehrt wurde, schien auf Wunder angewiesen zu sein. Schon die Geburt Jesu war unwahrscheinlich gewesen. Plötzlich hatte das Kind in der Krippe gelegen, geschrubbt und gebürstet, gekrönt mit einem Heiligenschein. Maria und Josef hatten damit wenig zu tun gehabt, was mit Johanns unlängst erworbenem Wissen über die Fortpflanzung nur schwer in Einklang zu bringen war. Britta hatte ihm die Eierstöcke erklärt. Johann habe sie sich als Weinstöcke vorzustellen, nur eben mit Eiern statt mit Trauben, natürlich nicht mit Hühnereiern, sondern kleineren Eiern in der Größe der Eier eines Grünfinkenweibchens zum Beispiel. Den Stall, der der Heiligen Familie als Herberge gedient hatte, hatte der Jochen als armseligen Schuppen beschrieben, dennoch waren die Drei Weisen aus dem Morgenland herbeigeeilt, in herrliche Gewänder gehüllt, und hatten sich dem Elend zum Trotz niedergeworfen und dem Kindlein kostbare Geschenke dargebracht. Welcher König machte so was? Bis auf einen Zwischenfall im Tempel übersprang die Bibel die übrige Kindheit Jesu. Schon bald hatte Gottes Sohn einen Bart und war Ende zwanzig. Er nannte seine Freunde Jünger und zog mit ihnen über staubige Straßen durchs Land. Er hielt Ansprachen, trieb Dämonen aus, heilte Kranke und verwandelte Wasser in Wein und wahrscheinlich auch Matsch in Haselnusscreme. Verpasste er sein Boot, ging er zu Fuß über den See und belehrte jeden, der zufällig am Ufer stand. Vierzig Tage lang widersetzte er sich dem Teufel in der Wüste. Als er zurückkehrte, erschreckte er die Leute mit rätselhaften Prophezeiungen. Einmal sah er einen Feigenbaum am Wegesrand stehen. Der Baum war belaubt, trug aber keine Früchte, für Feigen war es noch zu früh. Jesus war hungrig, also verfluchte er den Baum: »In Ewigkeit soll niemand mehr eine Frucht von dir essen.« Am nächsten Tag war der Baum verdorrt. Jesus sah dies als Beweis für den Glauben an, der Berge emporheben und ins Meer stürzen lassen könne. Doch niemand wunderte sich, dass der Glaube dem Baum keine Früchte an die Äste gewünscht hatte. Er hatte ihn schuldlos eingehen lassen. Johann verschob ein »R«, aus »Frucht« wurde »Furcht«. Auf einem Berg predigend schlug Jesus vor, für den Fall, dass man eine Ohrfeige bekommen sollte, auch die andere Wange hinzuhalten. Er fand es richtig, arm zu sein. Er lobte die Armen für ihren Hunger und ihre Traurigkeit. Und er verlangte, für diejenigen zu beten, die einen misshandelten. Johann betete eine Zeitlang mehrmals täglich für seinen Vater und versuchte auch sonst, dem Beispiel Jesu zu folgen. Er sah über den

Splitter in Pauls Auge hinweg, um nicht den Balken in seinem eigenen zu übersehen, er zürnte nicht und schwor keinen Meineid. Er wollte wie die Vögel des Himmels sein und wie die Lilien auf dem Feld und sein Haus nicht auf Sand bauen. Doch er hielt nicht lange durch. Die Nachfolge Jesu verlangte fortwährende Wachsamkeit. Keine Sünde, die dem Herrn entging, kein unreiner Gedanke, der nicht von ihm gehört wurde. Er verfolgte jedes Vergehen bis ins dritte und vierte Glied. Johann wusste zwar nicht, was das bedeutete, es klang aber gründlich. Egal, ob er Zähne putzte, auf den Bus zur Schule wartete, beim Volleyball den Aufschlag verpatzte, Andy Peschkes Oberarm betrachtete oder einfach nur trödelte, egal, ob er seiner Familie Pauls Zettel vorlas oder sich weigerte, es zu tun, Gott war anwesend und vermerkte Johanns Verfehlungen in der großen Akte fürs Jüngste Gericht. Irgendwann fand sich Johann damit ab, unheilbar zu sein, unheilbar sündenkrank. Hätte ihr Vater es gewusst, hätte er Johann endgültig zu Brei geschlagen, doch selbst darin wäre er dem Plan Jesu gefolgt, war dieser doch gekommen, nicht um den Frieden zu bringen, sondern das Schwert und den Sohn zu entzweien mit seinem Vater.

Einmal sprach Jesus von einem sehr kleinen Kamel. Das gefiel Johann ausnahmsweise. Aber nur bis zur nächsten Handarbeitsstunde, in der sie das Einfädeln durchs Nadelöhr ohne Hilfsmittel übten, bei Frau Pinnowsky, die nicht an Jesus glaubte, sondern an das Leben und die SPD. In den Gottesdiensten dehnte sich die Zeit wie Gummi, die Geschichten in der Bibel waren unglaublich öde und ein Tag vor dem Herrn war wie tausend Jahre. Dass tausend Jahre auch wie ein Tag waren, hielt Johann für ein weiteres der vielen Wunder, auf denen das Christentum beruhte. Sollte es tatsächlich so sein, wäre dieser Tag ein Tag, den Johann am liebsten im Gefängnis verbracht hätte. Doch der Blick des Herrn folgte einem selbst dorthin, hinter die Mauern, ohne Erbarmen.

Sie waren ein freier Verein und beteten in der früheren Hauptniederlassung eines Transportunternehmens, in Nachbarschaft eines Baustoffhandels, nahe der Autobahnauffahrt. Der Versammlungsraum lag im ersten Stock, im Erdgeschoss befanden sich das Lager einer Krankenhauswäscherei und der Raum für die Sonntagsschule. Das Reich Gottes war ein ehemaliges Großraumbüro. Auf grauer Auslegeware waren sechzig Klappstühle aufgereiht, davor standen ein Rednerpult und ein Overheadprojektor, der Bibelverse an die Wand warf. Es gab kein Abbild des gekreuzigten Christus, keinen Altar. Bis zu viermal in der Woche saßen sie auf den harten Stühlen und zeigten eine starre Freude, denn der Jochen wollte sie lachen sehen. Er hatte sich als Industriekaufmann selbstständig gemacht, lebte aber nun vom Honorar, das der Verein ihm zahlte, und dem Verkauf von Kassetten mit Aufnahmen seiner Predigten. Mit ausgebreiteten Armen stand er vor ihnen im Licht des Projektors und erklärte die Bibel kurzerhand ebenfalls zur Kassette, die Tag und Nacht lief, sofern man bereit sei, in seinem Inneren den Rekorder einzuschalten und sich dem Wort des Herrn zu überantworten, zur Abwehr der dämonischen Mächte und der Anfechtungen des Widersachers.

Zur Evangelisation wurde ein Zelt gemietet und auf dem Parkplatz aufgebaut. Auf einer Bühne rief der Jochen die Ungläubigen und Namenschristen zur Lebensübergabe auf, zu Bekehrung und Wiedergeburt, erflehte ihre Errettung und redete stundenlang über seine überwundene Alkoholsucht, um durch das Beispiel seiner Umkehr noch die verlorenste Seele dem Herrn zuzuführen, »denn auch ihn wirst du nur an seinen Narben erkennen«. Als Zeichen einer erfolgreichen Evangelisation sollte man Schlangen mit der bloßen Hand hochheben können, doch im Gewerbegebiet gab es keine Schlangen, und Regenwürmer zählten nicht.

Während Johann im Versammlungsraum von seiner Mutter träumte, zählte er die Löcher in der abgehängten Kassettendecke. Pro Kassette waren es 1296 Löcher. Das Verschwinden seiner Mutter war das Verführungswerk Satans gewesen. »Soll sie der Teufel holen«, hatte sein Vater gesagt. Satan hatte sie mit Düften gelockt. Der Höllengeruch seiner Dämonen hatte ihr den Verstand geraubt, und sie war ihnen willenlos gefolgt. Die Dämonen hausten in Nestern am Rand der Welt und rochen wie der helle Talg, den Johann seit einiger Zeit aus seiner Haut pressen und zwischen den Fingern verreiben konnte. Es war der inwendige Geruch von Körpern, dem seine Mutter verfallen war, die Schuld roch so, aber auch das Verlangen. Nachdem sie fortgegangen war, hatte Paul auf einem Zettel für Johann notiert, ihre Mutter habe sich verirrt und müsse nur zurückfinden. Ständig schien er in seinen Karten nach Hinweisen auf ihren Aufenthalt zu suchen. Doch Johann wusste, dass Satan sie geholt hatte, dämonischer Talggeruch hatte sie betört.

Gunni hatte Johann niemals geschlagen. Nur ein einziges Mal hatte sie ihm eine geknallt. Im Schwimmbad sollte er wenigstens einmal das 25-Meter-Becken durchschwimmen, die Mindestanforderung für die Seepferdchenprüfung, eine lachhafte Strecke, die jedes Kleinkind schaffte, die Fische würden sich schon über ihn wundern. Sie legte Johann Schwimmflügel an und schickte ihn ins Wasser. Kurz bevor er nach 25 Metern anschlug, lachte Gunni: »Und das alles ohne Schwimmflügel!« Erst jetzt bemerkte Johann, dass sie die Schwimmflügel nicht aufgeblasen hatte. Etwas in ihm machte sich schwer und zog ihn in die Tiefe. Während er sich fragte, ob er ertrinkend die schwarzen Kacheln zur Markierung der Bahn berühren würde oder doch nur die blauen, erschien Gunni neben ihm, packte ihn, riss ihn an die Oberfläche und hob ihn auf den Beckenrand. Sie gab ihm eine Ohrfeige, entschuldigte sich, küsste ihn, schüttelte ihn, strich ihm die nassen Haare aus dem Gesicht und küsste ihn wieder. »Du warst doch schon angekommen.« Zur Belohnung für die fast 25 Meter bekam Johann noch am selben Abend einen kleinen Krankenwagen vom Deutschen Roten Kreuz geschenkt. Paul bekam an jenem Abend ein Lineal mit drei Skalen zur Umrechnung von Kartenmaßstäben, der Gerechtigkeit halber. Der Krankenwagen war später ständig in Unfälle verwickelt. Nie erreichte er die Verletzten rechtzeitig. Immer landete er vorher in der Böschung oder krachte gegen die Leitplanke.

Unter den 1296 Löchern der Kassettendecke redeten sie in Zungen. Sie zuckten, warfen die Hände in die Höhe, rollten die Augen und rissen die Münder auf. Ein paar aus der Jungschar krümmten sich und riefen den Gottessohn an, als seien sie Amerikaner, mit gedehnter erster Silbe: »Jeee-sus.« Paul stand neben Martin, ein Gebetsstreber, der die Hände zur Anrufung erhoben hatte und die ausgestreckten Finger zucken ließ. Er butterlächelte und betrachtete mit gütiger Herablassung die vom Heiligen Geist Befallenen, ihre entrückten Gesichter, ihr blindes Starren, ihr göttliches Kauderwelsch in norddeutschem Tonfall. Er ließ sich nichts anmerken. Nur Johann wusste, dass er sich vorm Gottesdienst heimlich Watte in die Ohren stopfte. Pauls Selbstkontrolle war eine Provokation. Einmal hatte Johann ihm einen Bleistift in die Wade gehackt. Auch damals hatte Paul buttergelächelt, woraufhin Johann den Bleistift tiefer in die Wunde gestoßen hatte. Die Mine war abgebrochen. Tagelang hatte Johann befürchtet, Paul werde an einer Graphitvergiftung sterben, bis Paul ihm eine Nachricht hinterlassen hatte, Graphit sei reiner Kohlenstoff und daher völlig ungiftig. Aufgrund seiner Kristallstruktur ließen sich die Moleküle leicht gegeneinander verschieben, was den Abrieb beim Schreiben auf der Papieroberfläche erkläre und den Umstand, dass Bleistiftspitzen leicht abbrächen.

Johann blickte auf seine Hände. Sie waren Krallen der Schuld. Die weißen Flecken auf seinen Nägeln bedeuteten Mangel. Der Mangel war das Zeichen. Er war Kain. Paul war Abel, denn Paul trug das Zeichen nicht. Bis sie fortgegangen war, hatte Gunni ihm die Nägel geschnitten, Paul war zu ungeschickt, jeder Versuch, es selbst zu tun, endete in einer Katastrophe. Einmal in der Woche saß er neben Gunni auf dem Sofa und legte seine Hände auf einen Stapel Kissen in ihrem Schoß. Gunni schnitt saubere Halbmonde ab und feilte die Nägel zweifach. Währenddessen flüsterte Paul ihr ins Ohr. Johann begann, jeden Finger zu zählen, dessen Nagel Paul geschnitten bekam. In ihrer Liebe zu Paul war Gunni für Johann bereits verschwunden, bevor sie gegangen war. Johann hasste Paul dafür und für die Eifersucht, die seine Gebeine vereitern lassen würde. Er zählte nun keine Finger mehr, sondern nur noch die Löcher in der Kassettendecke. Er selbst schnitt seine Nägel nach einem System, das keine Abweichung zuließ. Er begann mit der linken Hand. Zunächst schnitt er den Nagel des kleinen Fingers, dann den Nagel des Daumens und dann erst die Nägel der übrigen Finger. Es folgten die Nägel der rechten Hand in derselben Reihenfolge. Manchmal kokelte Johann mit den

Nägeln, nachdem er sie abgeschnitten hatte. Die Feile benutzte er täglich.

Gunni war verschwunden. Selbst ihr Grab hatte sie mitgenommen, denn sie war nicht gestorben. Wenn Johann sterben würde, würde sie zurückkommen. Seine Beerdigung würde sie nicht verpassen. Sie würde an der Wand des Gebetsraums stehen und auf die Auslegeware blicken, um niemanden ansehen zu müssen. Der Gestank der Dämonen wäre verflogen, sie würde nach Ferne duften, nach Nelken, Zimt und Aprikosen. Sie würde einen kleinen, fest gebundenen Strauß fremder Blumen in den Händen halten und wieder Johanns Mutter sein, nicht mehr Gunni, die Frau, die sich heimlich davongemacht hatte. Auf dem Friedhof würde sie lautlos hinter Johanns Sarg hergehen, allein, Paul weit hinter ihr, dann erst kämen die anderen, ihr Vater, Pastor Berger, Tante Ulla abseits und hier fehl am Platz. Am Grab würde seine Mutter aufblicken, tränenlos, ihr Gesicht zerfurcht wie Rinde. Sie würde den kleinen, fest gebundenen Blumenstrauß auf den Sarg werfen und im Moment seines Aufschlagens für niemanden hörbar sagen: »Geh weiter.« Dann würde sie seinen Namen rufen. Es würde die Leistung seines Todes sein.

Johann verzieh Paul, wie es der Herr ihm vormachte. Er lächelte. Es war kein Butterlächeln, sondern das Lächeln der Scham, das sich zitronensauer in sein Gesicht fraß. Die Vergebung war wie ein Nebel. Der Boden unter Johanns Füßen gab nach. Beim Reden hörte er das Echo seiner Stimme. Sein Atem ging, als säße er in einem Versteck, seine Haut war ohne Gefühl, sein Speichel ohne Geschmack. Er lächelte wie der kartoffelgestempelte Samariter in seiner Kinderbibel. Er verzieh Paul nicht siebenmal, sondern siebzigmal siebenmal, wie es in der Heiligen Schrift hieß, also vierhundertneunzigmal. Er lächelte noch, als Paul ihm in einer Gebetspause, in der sich die anderen vom Pfingstwunder erholten und in den Räumen der Sonntagsschule mit Saft erfrischten, schrieb, dass sich Matthäus schlecht ausgedrückt oder verrechnet oder übertrieben, aber auf jeden Fall nur siebenundsiebzigmal Verzeihen gemeint habe.

– Trotzdem danke, schrieb Paul auf die Folie des Overheadprojektors und projizierte seinen Dank an die Wand des Gebetsraumes.

»Wieso haben wir kein Imprägnierspray dabei?« Es regnete in Strömen. Johann riss am Reißverschluss seines Schlafsacks. »Ich kriege das Ding nicht auf, ich kriege das Scheißding nicht auf. Das ist verrostet.« Paul lachte. Er öffnete den Plastikreißverschluss und half Johann aus der triefenden Kunstseide.

»Was für eine Dreckssscheiße.« Johann wickelte den durchnässten Schlafsack in einen trockenen Pullover und verstaute das Bündel in seinem Koffer. Paul rollte die Isomatten ein. »Was machen wir denn jetzt?« Mit einer nachlässigen Bewegung zeichnete Paul entlang der Straße eine imaginäre Linie in die Luft. »Wenn ich einen Regenmantel mit angesetztem Schirm auf der Kapuze hätte, würde ich auch so blöd grinsen wie du. Ich trage aber eine Windjacke in den Farben der Saison.« Johann zerrte seinen Rollkoffer fluchend über die Wendeschleife. »Was für eine Dreckssscheiße! Wo ist der Klimawandel, wenn man ihn braucht?«

Als sie eine Kreuzung erreichten, lachte Paul noch immer. Mit wenigen Strichen zeichnete er eine Skizze der Umgebung auf den Wunderblock und fügte mehrere Pfeile an, die alle nach rechts zeigten.

– Das gehört dazu, schrieb er unter die Zeichnung und wischte mit dem Ärmel seines Regenmantels über das Zelluloid.

»Zu was? Zu was soll das gehören? Dein Scheißregen. Es ist, als würde Gott einen die ganze Zeit anspucken. Sonst aber hüllt er sich in Schweigen. Es tobt ein Unwetter, aber dein Scheißgott liegt im Boot und schläft. Hör auf zu lachen. Hier ist nichts lustig. Was, wenn ich mir was hole? Dein Scheißregen geht durch alles durch. Meine Füße sind nass. Die quietschen in den Schuhen. Ich kriege Schrumpelhaut. Die weicht total auf. Wir suchen jetzt einen Bauern, der uns ein paar Stunden in seine Scheune lässt oder wo sonst die Saisonarbeiter übernachten. Ich habe gesagt, du sollst nicht lachen. Komm jetzt.«

– Ich habe ein Breitbandantibiotikum dabei.

Stolpernd versuchte Paul, mit Johann Schritt zu halten. Nach etwa einem Kilometer stießen sie in einer Kurve auf ein Gehöft. In der Einfahrt stand ein Wagen. »Na bitte«, sagte Johann, »der Jungbauer fährt Maserati. Hier sind wir richtig. Ich werde vorschlagen, dass du den Wagen putzt. Sozusagen als Gegenleistung.« Paul lachte tonlos. »Ich werde dir sicherlich nicht dabei helfen.«

Makellos frisierte Buchsbäume säumten die Einfahrt, alte Pferdegeschirre schmückten das Wohnhaus. Sie waren mit Azaleen bepflanzt, die in voller Blüte standen. »Dass die für so was Zeit haben«, wunderte sich Johann. Er stieg die Stufen zu einem säulengetragenen Portikus hinauf und schlug den Ring eines Türklopfers gegen den Eingang. Dann entdeckte er einen unscheinbaren Klingelknopf. Ein elektronisch erzeugter Dreiklang tönte durchs Haus. Ein Hund bellte. Sonst geschah nichts. Johann klingelte noch einmal und lauschte an der Tür. Das Bellen des Hundes wirkte bedrohlich. »Nichts«, sagte Johann.

Er ging ums Haus herum. Die Wirtschaftsgebäude sahen wie Rohbauten aus. Eine Mähmaschine lag aufgebockt auf Schalungssteinen aus Beton. An einer heruntergekommenen Scheune lehnte ein Kotflügel. Nirgends war jemand zu sehen. Johann blickte durch ein offenes Tor in einen Stall. Ungefähr dreißig Kühe glotzten ihn an. Er ging zum Wohnhaus zurück. Paul lehnte an einer Säule und amüsierte sich noch immer. »Keiner da. Pech. Komm.«

Als sie auf die Straße zurückkehrten, sah sich Johann noch einmal um. »Ich glaube, hinter der Gardine hat sich was bewegt. Scheißbauern.« Paul hielt den Fahrplan der Endhaltestelle in der Hand. Er deutete auf die Notiz vom Abend zuvor:

– Du hast zu lang getrödelt.

Beim nächsten Guss suchten sie Schutz unter einer Gruppe Kiefern, im Gleichtakt keuchend, als atmeten sie mit einer Lunge. Während Johann seine Haare mit einem T-Shirt aus seinem Koffer trocknete, sortierte Paul feucht gewordene Notizen aus und verstaute sie in einer zusätzlichen Tüte. Sie war mit einem blauen Streifen bedruckt, die Tüte selbst war rot. Eine Schnecke kroch über den Asphalt. Paul nahm das Tier vorsichtig auf und setzte es unter eine der Kiefern. »Die schillert«, sagte Johann. »Die tut vielleicht nur harmlos und ist in Wirklichkeit giftig. Die Schöpfung deines schlafenden Gottes kennt Heimtücke.«

Paul nutzte den Fahrplan ein weiteres Mal für seine Notizen. Er faltete ihn und schrieb:

– Ich glaube nicht mehr an Gott.

»Was?« Johann sah Paul an. »Seit wann?«

– Seit Mutter weg ist.

»Da warst du zwölf.«

Paul nickte, kaum merklich.

»Und dein Betgesicht?«

– Tarnung.

»Deine Hände beim Lobpreis?«

– Theater.

»Und die Psalmen, die du mir aufgeschrieben hast?«

– Text.

»Du hast geschrieben, dass du traurig wärst, wenn ich nicht mehr an Gott glauben würde, weil wir uns dann, wenn wir gestorben sind, nicht wiedersehen könnten.«

– Es tut mir leid.

Johann sah in den Regen. Pauls Wahrheit hinterließ eine diffuse Leere. Es war ihm, als habe er mehrere Taraxon® geschluckt, ein Schmerzmittel, dessen Namen er vom griechischen ›Ataraxía‹ abgeleitet hatte, der Unerschütterlichkeit. Er war wie betäubt. Spalte das Holz: Dort bin ich. Heb den Stein auf: Du findest mich darunter. Schau deinen Bruder an: Du siehst deinen Gott. Ein Brennen fraß sich durch seine Lunge, sein Zwerchfell war wie ein Brett. Langsam zog Johann seine Schuhe aus, seine Jacke, sein Hemd. Er stopfte die nasse Kleidung in Pauls Wanderrucksack, warf die Schuhe durch die Gegend und lief auf die Straße. Er kauerte sich auf den Asphalt. Er ließ den Regen auf seinen Rücken prasseln und schloss die Augen. Auf seinen Lidern explodierte etwas. Plötzlich prügelte er auf seinen Körper ein. »Das ist jetzt auch schon egal. Scheißegal, Paul. Scheißegal.« Paul wollte ihn beruhigen, doch Johann stieß ihn fort. »Lass mich. Ich kann nicht mehr. Ich habe mich wirklich bemüht. Aber das alles führt zu nichts.« Johann wollte, dass seine Augen durch die Luft flögen, seine Brust, seine Hände, seine Knie, sein böser Schwanz. Er wollte, dass die Organe auf den Asphalt klatschten und dort zu Matsch würden. Doch nichts dergleichen geschah. Paul zog seinen Regenmantel aus und legte ihn über Johanns Schultern. Er zog ihm die Kapuze über den Kopf und verschloss den Reißverschluss. Er verschnürte die Kapuze. Johann hockte auf einer Straße im Nirgendwo und hörte den Regen, der auf den Kunststoff des Mantels trommelte. »Jetzt werden deine Sachen nass«, sagte er. Paul nickte.

Johann entdeckte einen kleinen Zettel in Pauls Hand. Es war ein schmaler Streifen, in der Mitte gefaltet, wie die Botschaft aus einem Glückskeks. Er zeigte darauf. Paul schüttelte den Kopf und steckte den Zettel in den gefalteten Fahrplan. Johann bestand darauf, die Botschaft zu lesen. Sie zerfloss in der Nässe.

– Vater ist im Pflegeheim.

Johann betrachtete das Stück Papier, sah zu, wie die Buchstaben im Regen verwischten. Er rollte es zu einer Kugel, schnippte sie fort, ging zum Wanderrucksack, nahm seine Kleidung heraus, suchte seine Schuhe und zog sich wieder an. »Was soll ich machen? Ihn besuchen? Mit ihm beten?« Paul stand auf der Straße und beobachtete die Schnecke. Sie war auf dem Weg zurück auf den Asphalt. »Ich weiß nicht mal, wie ich ihn nennen soll.« Johann presste seine Finger auf die Augen, um seine Tränen zu verbergen. »Martin oder Papa oder Vater, so wie du? Ich würde am Bett sitzen und die Hand eines Mannes halten, den ich niemals freiwillig berührt habe und der bis auf die Knochen abgemagert ist, das Gesicht gelb und wie aus Wachs. Seine Augen verschwinden im Schädel. Sein Körper ist übersät von Hämatomen, weil er dauernd hinfällt. Nur seine Zähne sind noch intakt, weil er eine Prothese trägt. Natürlich weiß er nicht, wo er ist. Er weiß auch nicht mehr, wer er ist. Er erkennt niemanden, nur manchmal noch Ulla, und dann ist er unfreundlich zu ihr. Ich weiß das alles, Paul, ich habe mit ihr telefoniert.« Paul sah Johann an und begann zu zittern. »Ich weiß, dass er glaubt, dass er in Polen ist. Ich weiß sogar, dass er einmal einen Vormittag lang ein polnisches Wort wiederholt hat: ›pobożny‹. Ich habe es für Ulla nachgeschlagen. Es bedeutet ›fromm‹. Manchmal ruft sie mich an. Sie ist einsam geworden.«

Seit einem halben Leben versuchte Johann alles, um seinen Vater loszuwerden. Er wollte nicht wie Martin fortwährend bedrückt sein, nicht stumpf mit träger Seele, taub fürs Leben, Gefühle nur im Zustand der Verzückung kennen. Er wollte sich nicht durch Starrsinn vor Spontanität schützen, aus Angst, dass das, was er empfinden würde, falsch sein könnte. Er wollte nicht, dass Verachtung das Einzige sei, das ihm einfiele, wenn ein Mensch ihn liebte. Er wollte keine Kinder haben, um ihnen nicht versehentlich anzutun, was ihm angetan worden war. Er war weggegangen. Er hatte sich jahrelang verletzt und seine Freunde nicht verschont. Er hatte sie beklaut, hatte gelogen und betrogen, sie verhöhnt und sich gewundert, dass trotzdem einige geblieben waren. Er hatte seinen Körper mit Drogen und Alkohol zugrunde gerichtet und den Absturz als Triumph gefeiert. Einmal hatte er einen süßen Hund, den er aus dem Tierheim geholt hatte, drei Tage später zurückgebracht und behauptet, er habe einen Wellensittich totgebissen. Später hatte er sich dafür geschämt, wie er sich jetzt schämte, Paul jemals alleingelassen zu haben. Er hatte ungeheure Anstrengungen unternommen, seinem Vater maximal fremd zu werden, und war doch wie er. In ihm war es genauso grau, seine Hände fassten genauso ins Leere, seine Beine fanden genauso wenig Halt, und sein Blick war genauso ratlos wie der Blick des Vatervogels. Als Kind hatte er Martin erlösen wollen. Es war ihm nicht gelungen. Und nun lag sein Vater schon seit Monaten im Pflegeheim. »Ich kann ihm nichts geben, Paul. Ich kann ihm nur noch den Gefallen tun, mich von ihm fernzuhalten.«

Paul, völlig durchnässt, hob den Wunderblock auf, der neben dem Wanderrucksack lag, und schrieb:

– Du könntest wenigstens den Mut aufbringen, es ihn selbst entscheiden zu lassen.

»Wozu? Er braucht mich nicht mehr.«

– Doch, schrieb Paul auf den oberen Rand des Wunderblocks.

Dann griff er nach Johanns rechtem Ellenbogen und machte das Zeichen für »Beruhige dich«, das zugleich »Er ist weg« bedeutete.

»Er ist nicht weg.« Johann schluchzte. »Er ist da, immer und überall. Die Stellung macht er seinem Gott streitig.«

Nach einer Weile hob Paul Johanns Windjacke vom Boden auf, und Johann nahm den Wanderrucksack. »Man soll sich übrigens nicht unter Nadelbäumen unterstellen, sondern unter Laubbäumen. Nadelbäume leiten die Nässe zum Stamm, Laubbäume führen sie von ihm fort.« Paul hob die Schnecke vom Asphalt und trug sie ein weiteres Mal unter die Kiefern. Dann zog er den Teleskopgriff aus Johanns Rollkoffer.

Obwohl Johann mit dem Regenmantel das Papier schützte, verschmierte die Schrift. Paul schrieb auf ein Blatt einer alten Ringbucheinlage, das er aus der roten Tüte mit dem blauen Streifen gezogen hatte. Johann fuhr mit der Fingerspitze über die kreisrunde Verbrennungsnarbe auf Pauls linker Hand, die neben dem Blatt lag.

– Ich habe mit Vater vor einiger Zeit eine Versicherung abgeschlossen, die die Begräbniskosten für die Verwandtschaft überschaubar hält. Die Kosten für die Grabstelle sind gedeckt, für den Sarg, für anfallende Gebühren, für die Überführung des Leichnams und vorläufige Unterbringung im Bestattungsinstitut, für das Honorar des Predigers, der unter keinen Umständen Pastor Berger sein soll, selbst die Kosten für den Gebrauch eines CD-Spielers werden von der Versicherung übernommen. Nur die Aufwendungen für den Blumenschmuck sind von den Angehörigen selbst zu tragen.

»Glaubst du, ich kann mir keinen Sarg für meinen Vater leisten?«

– Doch. Es gibt Särge für unter 100 Euro.

»Plant Martin fürs Jenseits?«

Paul zuckte mit den Schultern.

»Glaubst du, er hat Angst davor?«

– Dafür müsste er wissen, dass er gesündigt hat.

»Das weiß er nicht?«

Paul zeichnete einen Halbkreis auf Johanns rechtes Handgelenk. Der Regen ließ langsam nach.

»Hat er jemals gefragt, warum ich weggegangen bin?«

– Du warst vom Glauben abgefallen. Das hat ihm als Grund gereicht.

»Warum hast du es ihm nicht gesagt?«

Pauls Hand zitterte, als er schrieb:

– Wenn ich sprechen würde, würde es ihn vernichten.

52° 44' 14" N, 8° 28' 18" O

Ein verlassener Kleinwagen stand mit eingeschalteter Warnblinkanlage auf einem Feldweg. Die Fahrertür war geöffnet. Kein Laut war zu hören, nur das Klacken des Blinkers. Ein künstlich erzeugter Klang, der das Geräusch eines Relais imitierte, das längst durch eine elektronische Schaltung ersetzt worden war.

»Wer lässt einfach so sein Auto stehen?« Johann schob Paul zum Wagen. »Hallo? Ist da jemand?« Die Armatur war verstaubt, der Bezug der Sitze verschlissen. Im Fußraum lagen zahllose Zeitungen, die Seiten vergilbt. Johann entzifferte die Erscheinungsdaten. Einige waren bereits mehrere Jahre alt. Am Rückspiegel hing ein Skelett aus Kunststoff, ein Knochen gewordener Mensch, nach Jahrzehnten auf dem Dachboden gefunden, an einem Haken aufgeknüpft. Auf der Rückbank lag eine Rolle Maschendraht. »Vielleicht ist es kaputt. Einer von den beiden Ralfs hat auch so eins. Die haben dauernd Getriebeschäden. Ralf hatte schon zwei.« Paul zuckte mit den Schultern. »Oder der Fahrer ist zu Fuß unterwegs, um einen Abschleppdienst zu holen.« Paul wiegte müde den Kopf. »Oder er hatte keine Lust mehr auf sein Auto. Kann man verstehen. Die stellen auch Nähmaschinen her. Glaube ich.« Johann tippte auf die Markenbezeichnung in der Mitte des Lenkrads. »Das ist ganz schön sonderbar.« Einer Kinderpflicht gehorchend, las er die Höchstgeschwindigkeit vom Tacho ab. Auf dem Beifahrersitz lag ein kleines Päckchen. Es war in die ausgerissene Seite eines französischen Comicheftes eingewickelt. Ein weißhaariger Druide rührte mit einer Schöpfkelle in einem Kupferkessel. Johann griff danach und steckte es ein. »Komm. Wir haben hier nichts zu suchen.« Er schlug die Tür zu und zog Paul vom Wagen fort.

Die nächste Bushaltestelle lag hinter einer Kurve. Während sie auf den ersten Bus des Tages warteten, legte Paul Johann ein ausgerissenes Stück einer Zeitungsseite in die Hand. An den Rand hatte er eine Notiz geschrieben.

– Anus Mundi.

Die Sonne fraß sich schwefelgelb durch den Dunst des Morgens.

»Ja«, sagte Johann. »Am Arsch der Welt. Und umgekehrt.«

Acht

52° 45' 40" N, 13° 15' 42" O

– Von seiner Dienstwohnung in der Oranienburger Hubertusstraße, Ortsteil Sachsenhausen, zur Dienststelle am Heinrich-Himmler-Platz benötigt Hanns Bungert, der Vater meines Geschichts- und Geographielehrers Dr. Bungert, zu Fuß weniger als fünf Minuten. Seit März 1943 ist er nach einem drei Monate andauernden Aufenthalt im Kriegslaz. L 1/III (R) der Amtsgruppe D des SS-Wirtschafts- und Verwaltungshauptamtes zur allgemeinen Aufsicht sämtlicher Konzentrationslager im Rang eines SS-Hauptsturmführers zugeteilt. Die Dienststelle befindet sich im sogenannten T-Gebäude, südlich des eigentlichen Konzentrationslagers. Im Amt D IV 2 ist Hanns Bungert für die Rationierung der Häftlingsverpflegung sämtlicher vom SS-WVHA verwalteter Konzentrationslager zuständig. Vor dem Krieg war er Kaufmann, zunächst Kurzwaren, dann Tabak. Die doppelte Sig-Rune am Kragenspiegel sei ihm nicht anstößig und seine Treue eine Angelegenheit des Herzens. Sein Sohn schreibt ihm: »Morgen begeben wir uns auf Findigkeitsmarsch (zirka 10 km), dabei werden wir das Laufen nach Marschzahl üben, das Anlaufen von Kartenpunkten, Vorarbeiten im Gelände und Überbringen einer Meldung. Ich werde mich als Suchtruppführer betätigen. Hoffentlich klappt alles. Ich bemühe mich um das HJ-Leistungsabzeichen, wenn es mir auch schwerfällt, da ich sportlich kein Experte bin.« Nach Kriegsende verfällt Hanns Bungert seinem Sohn zufolge in Schweigen. Als Mitläufer eingestuft, geht er Anfang der fünfziger Jahre nach Niedersachsen. Hier findet er Arbeit als Geschäftsführer einer Drogerie. Ende 1959 stirbt er an den Spätfolgen einer Infektion an der Front.

Einfamilienhäuser von der Stange, die ihre Individualität durch Anbauten zu behaupten versuchten, zwängten sich auf schmale Rasenstreifen. Blautannen verdüsterten die Vorgärten, Bambus und Schilfgräser überwuchsen die Carports, immergrüne Stauden trotzten den Jahreszeiten. An den Hauswänden hingen Wagenräder oder Basketballkörbe. In einigen Gärten blühten Stiefmütterchen in geschwungenen Eternitschalen, in anderen lag buntes Spielzeug im Rindenmulch.

Einige Stunden zuvor hatte Paul systematisch seine Zetteltüten durchsucht und schließlich in Panik in ein Notizbuch geschrieben, dass er unverzüglich zu seiner Garage müsse. Er vermisse einen Zettel, von dem er sicher sei, ihn eingesteckt zu haben. Er habe den Inhalt der Zetteltüten mehrfach überprüft, dabei einige versehentlich eingesteckte Zettel entdeckt, den entscheidenden aber nicht gefunden, und er benötige ihn dringend. Er ergänzte, dass er vor einigen Jahren eine Garage mit zusätzlicher Abstellfläche angemietet habe, um einen Großteil seiner Notizen dort zu verwahren.

Johann hatte gefragt, ob Paul sich erinnere, was auf dem Zettel gestanden habe.

– Natürlich, hatte Paul geschrieben und Johann verwundert angesehen.

»Wieso schreibst du den Zettel dann nicht einfach neu?«

– Ausgeschlossen.

Paul hatte mehrere Ausrufezeichen hinter das Wort gesetzt und erklärt, dass der Weg eine Abweichung von fast

45 Winkelminuten sei, was etwa 82 Kilometern entspreche, die tatsächliche Strecke sei allerdings länger, da Johann und er sich nicht entlang des Längengrads geradewegs nach Norden bewegen könnten, sondern nur auf Umwegen nach Nordosten. Wenn sie sich beeilten, müssten sie trotzdem am Abend wieder auf der Route sein. Er hatte hinzugefügt, dass er, als er die Tüten gepackt habe, offenbar nicht ganz bei der Sache gewesen sei. Einige Wochen zuvor habe er zum ersten Mal festgestellt, dass er die Übersicht verloren hatte. Er habe begonnen, sich zu wiederholen, gleichzeitig aber zahlreiche Auslassungen übersehen. So habe er sich allmählich in Widersprüche verwickelt. Er habe daraus geschlossen, dass seine Worte korrumpiert seien und es an der Zeit sei, sich endlich einer Tat zu überlassen. Auf den Rand der Seite hatte Paul geschrieben, dass es ihm leidtue, und Johann gebeten, ihn zu begleiten.

Ein Leben lang hatte sich Paul Autonomie gesichert, indem er Abstand wahrte. Stets konnte er die Entfernung zwischen sich und anderen durch die Bestimmung der geographischen Koordinaten punktgenau angeben. Zu große Nähe verstörte ihn. Dass er um etwas bat, war nicht vorgesehen.

– Die Garage ist 700 Meter von Vaters Haus entfernt. Es tut mir wirklich leid. Es ist ein Zufall. Es bedeutet nichts. Wir holen den Zettel und verschwinden wieder. Es ist irgendeine Garage an irgendeinem Ort. Bitte, Johann.

»Kein Ort ist für dich irgendein Ort«, hatte Johann gesagt. »Schreib mir die Koordinaten auf.«

Paul hatte in Johanns Hand geschrieben:

– 53 Grad, 28 Minuten und 36 Sekunden nördlicher Breite, 10 Grad, 11 Minuten und eine Sekunde östlicher Länge.

Bevor es angeliefert wurde, hatte sich Johann das Fertighaus, das nicht weit von hier stand und in dem sie die meiste Zeit mit ihrem Vater gewohnt hatten, fertiger vorgestellt. Er hatte geglaubt, an den Bauteilen, außen verklinkert und innen tapeziert, seien die Möbel bereits angebracht. Beim Aufbau des Hauses würden sie sich durch einen einfallsreichen Mechanismus von selbst entfalten. Er hatte angenommen, die Wände fürs Wohnzimmer seien mit passenden Bildern versehen, die fürs Klo und fürs Badezimmer mit Spiegeln und die Wände für die Küche mit einem Geschirrschrank. Als das Haus nach einigen Tagen aufgestellt war, war es aber nur ein Rohbau, in dem sie Richtfest feierten, mit Bier für die Fertighausbauarbeiter schon am Morgen und Brötchenhälften mit Fleischsalat und Camembert. Erst drei Monate später war das Haus bezugsfertig.

Obwohl sie nun jeder ein eigenes Zimmer hatten, interessierte sich Paul nicht für das Haus, sondern ausschließlich für dessen Telefonanlage. 1970 hatte die Bundespost eine Umfrage zur Farbgestaltung des FeTAp 611 durchgeführt. Den Befragten waren dreizehn verschiedene Farbvarianten vorgelegt worden. Ab 1972 wurden zusätzlich zur kieselgrauen Standardausführung Apparate in Ockergelb, Lachsrot, Hellrotorange und Farngrün mit schwarzem statt grauem Kabel hergestellt. Der lachsrote Farbton wurde nach kurzer Zeit wieder aus dem Programm genommen, er erinnerte zu sehr an die Farbe menschlicher Schleimhäute. Der gummigelagerte Nummernschalter im Inneren der Apparate gab je nach gewählter Ziffer eine Anzahl von Impulsen in Form von kurzen Leitungsunterbrechungen ab. Für die 1 ein Impuls, für die 2 zwei Impulse, für die 3 drei und so weiter. Für die 0 wurden zehn Impulse benötigt. Ein Impuls dauerte 61,54 Millisekunden, die Pause zwischen zwei

Impulsen betrug 38,46 Millisekunden. Wählte man die 0, dauerte es demzufolge genau eine Sekunde, bis sich die Fingerlochscheibe wieder auf die Ausgangsposition zurückbewegt hatte. Paul stoppte es mehrfach und notierte die Messergebnisse ihres farngrünen Apparats in ein Notizbuch. Wenn er Johann bei den Tiedemanns abholte, erkundigte er sich, das Notizbuch in der Hand, nach ihrem Telefon. Tiedemanns schmückten ihr Gerät mit einer Haube aus mit Brokat bezogener Pappe, obwohl dies wegen der vermeintlichen Brandgefahr verboten war. Paul beschrieb später auf mehreren Zetteln das Dekor des Brokats und die goldene Bordüre, die zum Beispiel die Kante der Auslassung für die Fingerlochscheibe verdeckte, doch ihr Vater ließ sich nicht zum Kauf einer solchen Telefonhaube überreden. Häufig wählte Paul die eigene Nummer mit passender Vorwahl. Wenn er rechtzeitig auflegte, klingelte kurze Zeit später im Apparat der Einschalenwecker 61. Nahm er wieder ab, war besetzt. Rief jemand bei ihnen zu Hause an, war es meistens Paul, der abnahm. Er lauschte eine Weile, dann lächelte er und reichte den Hörer weiter.

Gegen den ausdrücklichen Willen ihres Vaters, sich nicht mit Gottlosen gemein zu machen, hatte sich Johann zu dieser Zeit einer Kinderbande angeschlossen. Sie trafen sich hinter einer Tankstelle, machten Witze, in denen das Wort »Spalt« vorkam, und übten rauchen. Auf dem Trampelpfad am Flussufer zertraten sie Nacktschnecken und Stinkmorcheln. Johann fühlte sich wie ein Überläufer in einer fremden Welt. Es war das Abenteuer jener Jahre. Sie waren Punks und Waver und Popper in einem, sie waren die Wonks, die heimlichen Helden des Viertels. Weil Roland Gräfes Vater eine Firma für Ladenbau besaß, war Roland der Chef. Seine Haare dufteten. Er wusch sie täglich, und seine Mutter massierte ihm ein Pflegemittel ein, das sie selbst verwendete. Wenn die anderen nicht hinsahen, durfte Johann an Rolands Haaren riechen. Das war nicht schwul, denn schwul wurde man, wenn überhaupt, erst, wenn man so alt wie die Männer war, die sie, die Wonks, im Schwimmbad unter der Dusche begafften, mit aufgeschäumtem Shampoo zwischen den Beinen. Die Wonks waren eine Jungsbande, trotzdem musste sich Johann nur ein einziges Mal prügeln. Als einer, der lediglich zur Probe aufgenommen worden war, behauptete, Pauls Klamotten sähen wie vom Roten Kreuz aus, schlug Johann zu. Der Himmel wurde zu Blei.

Pauls Garage war eine von neunzehn, die um einen schmalen Hof standen. Paul schloss das Tor auf. An der Stirnseite stand eine alte Wäschekommode. Früher hatte sie im Keller des Fertighauses gestanden, und als er noch hineingepasst hatte, hatte sich Johann vergeblich in der unteren Schublade vor ihrem Vater versteckt. Auf der Kommode standen sechs Umzugskartons. Zwei alte Koffer und eine Reihe Holzkästen waren bis unter die Decke gestapelt. In die Wand rechts neben der Kommode hatte Paul Nägel eingeschlagen. An ihnen hingen mehrere Zetteltüten. Einige warben für Unternehmen, die es längst nicht mehr gab. An den Seitenwänden standen Regale. Scheinbar keiner Ordnung folgend, befanden sich in ihnen Bananenkisten, Schuhkartons, transparente Plastikbehälter, weitere Zetteltüten und etwa zwanzig Verpackungen einer Firma für Unterhaltungselektronik.

»Hast du einen Hi-Fi-Markt geplündert?«, fragte Johann.

– Das sind die Verpackungen von Retouren, die verschrottet wurden, schrieb Paul auf den Wunderblock.

– Sie wurden mir geschenkt.

In seiner Garage sperrte Paul die Zeit ein. Nicht ein einziger seiner Sätze würde sich von hier jemals selbstständig machen und zur Handlung werden müssen.

Paul trat ans rechte Regal, zog eine Bananenkiste heraus und stellte sie auf den Boden. Er kniete sich vor die Kiste und durchsuchte sie. Seine Lippen bewegten sich, als er einen vergilbten Zettel hervorzog. Er stand auf, strich den Zettel glatt und steckte ihn in eine der mittlerweile acht Zetteltüten, die ihn auf ihrer Reise begleiteten. Statt die Bananenkiste an ihren Ort zurückzustellen, stieg er auf eine Trittleiter, zog eine der Holzkisten vom Stapel auf der Kommode und stellte sie auf den freien Platz im Regal. Den Inhalt der Bananenkiste verteilte er auf unterschiedliche Behälter, die leere Kiste stellte er in eine Ecke. Schließlich zeichnete er einen Bogen in die Luft, der in einem Haken endete. Das Zeichen bedeutete »fertig«.

»Das war es?«

Paul nickte.

»Wir können wieder fahren?«

Paul nickte abermals.

»Du hast alles?«

Paul nickte noch einmal. Er stellte die acht Zetteltüten auf den Hof und verschloss das Garagentor.

Die entgegenkommenden Züge ließen die Scheiben des Intercitys beben. Dörfer, wie aus einer Spielkiste ausgeschüttet, flogen vorüber, Windräder standen auf Äckern, die wie mit Wachsmalkreide gemalt in der Gegend herumlagen. Ein Mann in einem Elektrorollstuhl fuhr ein Rennen gegen den Wind. Er trug eine Warnweste, und Johann fragte sich, ob er tatsächlich glaubte, in dieser Kinderwelt übersehen zu werden.

Die Konzentrationslager in Belsen, Stadt Bergen, Niedersachsen, in Schoorl, Gemeinde Bergen, Nordholland, und in Sachsenhausen, ehemals Landkreis Niederbarnim, heute Oberhavel im Norden Berlins, Verwaltungszentrale des Horrors, lagen nach Pauls Aufzeichnungen annähernd auf demselben Breitengrad. Es war der Breitengrad, auf dem sich Adolf Eichmann in Altensalzkoth, in Haus Nummer vier, den Konsequenzen seines Handelns entzogen hatte. Johann begriff plötzlich, dass Paul eine Wahrheit beschrieb, die ihm seit jeher geläufig war. Zwischen den Orten des Horrors lag eine Spielzeuglandschaft.

Die Stadt war vom Regen blank geputzt.

– Vechta. Katholizismus und Massentierhaltung. Hühner- und Schweinemast. Gülle und Nitrat. Hier sind die christlichen Demokraten noch sturmfest.

Paul schrieb auf die Lasche einer Hi-Fi-Verpackung aus seiner Garage, schnippte sie in eine Hecke und lief los. Er überquerte die Straße und bog in eine Durchfahrt ein. Johann zerrte an seinem Koffer, doch die Rollen blockierten. Der Schlamm vom Vortag war hart geworden. Knirschend sprang die Kofferschale über das Pflaster.

Eine städtische Wasserlandschaft versperrte ihnen den Weg. Paul hastete eine Rampe entlang, die zu einem Verwaltungsgebäude hinaufführte. Johann hob den Rollkoffer an und wuchtete ihn über eine hüfthohe Ligusterhecke. Keuchend holte er Paul ein. Sie erreichten einen Quader aus Waschbeton, der offenbar temporär für Kunstinstallationen genutzt wurde. Ein junger Mann machte mit einer Videokamera Detailaufnahmen des Betons und übertrug sie als Schwarz-Weiß-Bild auf einen Röhrenfernseher, der auf dem Boden im Inneren des Quaders stand und sich den Platz mit einem blutbesudelten Stofftier teilte. Paul lief hakenschlagend über eine Rasenfläche, Johann folgte ihm. Vögel stoben auf. Auf einem Spielplatz bewarfen sich Kinder mit Sand. Um den Blicken ihrer Mütter auszuweichen, drehte Paul ab und lief in eine Sackgasse. Vor der vergitterten Einfahrt einer Tiefgarage endete ihr Weg.

»Na? Jetzt weißt du auch nicht mehr weiter, was?«, schnaufte Johann. Er lehnte sich gegen das Gitter.

Paul zog ein leeres Blatt aus einer der Zetteltüten.

– Doch, schrieb er mit fliegender Schrift.

Er setzte sich auf die Einfahrt, faltete das Blatt und zeichnete sekundenschnell eine detaillierte Karte der Umgebung. Den Ort ihrer Unterkunft markierte er mit einem Olivenbaum.

Johann sah in den Himmel. »Ich würde ihm recht geben, wenn ich ihn berühren würde. Er würde denken, dass ich ihn immer noch liebe. Weißt du eigentlich, dass ich nie viel Angst davor hatte, dass er mich schlägt? Ich hatte Angst davor, mit ihm reden zu müssen. Worte benötigen Raum. Zwischen uns gab es aber keinen. Wenn er mich schlug, lief ihm der Schweiß, und sein Atem war wie Dampf. Da war kein Raum für Sprache. Nur für Pfingstgestammel und Vogelaugen.«

Paul riss die gezeichnete Karte in feine Streifen.

»Yes, Digga! Nice. Der Moment, wo man merkt, man hat's drauf. Jetzt unternehmen wir was gegen die Serotoninflaute, Brudi. Ich habe vielleicht nur eine Hirnzelle, aber die arbeitet im Sekundentakt. Ready? Go.«

– Ich verstehe kein Wort.

»Ob du vom Hasch naschen willst?«

– Nein. Wo hast du das überhaupt her?

»Aus einem einsam auf einem Feldweg geparkten Kleinwagen. Für umsonst.« Johann strich sich über den Kopf. »THC. The High Cerebrum.«

Die Böden ihrer Unterkunft waren aus Travertin, im römischen Verband verlegt. Die Möbel bestanden aus Palisander und Chrom, als hätte Pauls Psychiaterin sie ausgewählt, die geschwungene Stehleuchte, ein Bauhausklassiker, verfügte über einen Berührungssensor. Die Sitzlandschaft war ledergepolstert, Farbton Kiesel, der Naturfaseranteil in den Vorhangstoffen war wahrscheinlich beträchtlich. Auf dem gläsernen Couchtisch stand als einziger Zimmerschmuck ein polierter Gömböc, eine Art Stehaufmännchen in Form eines untersetzten Faustkeils, gleichmäßig dicht, mit einem stabilen Fixpunkt, der, ohne versteckte Bleigewichte zu nutzen, allein durch seine ausgetüftelte Form in seine Ausgangsposition zurückkehrte. Ein Symbol für Resilienz, die Erfindung zweier ungarischer Mathematiker. Johann hatte das Smart-TV angestellt und einen Sender gewählt, der True-Crime-Dokumentationen zeigte. Er hatte die Kaffeemaschine vorgeheizt und mehrere Lifestyle-Apps auf sein Handy geladen. Jetzt hockte er im Schneidersitz auf einer

Alpaka-Decke und leckte das zusammengeklebte Zigarettenpapier an. Ein von Paul eng beschriebenes Busticket nutzte er als Tip.

Paul kam aus dem Bad.

– Ich geh dann mal, schrieb er auf den Wunderblock.

»Ja«, sagte Johann, »geh dann mal.« Er schob sich eine Haarsträhne aus dem Gesicht, die nicht existierte. »Ich bin echt total ausbalanciert. Wie dieser Gömböc. Für den Fall, dass du das nicht wusstest.«

Pauls Lächeln sah zerknittert aus. Er wählte drei der acht Zetteltüten, die auf dem Travertin standen, und verließ die Wohnung. Johann streckte sich auf der Decke aus, schloss die Augen und lauschte dem Knistern des brennenden Joints, während er tiefe Züge nahm. Es schien ihm, als würde sein Körper blinzeln. Die Reise hielt inne.

52° 29' 33" N, 13° 24' 59" O

Johann warf den Schlüssel in den Briefkasten, wich einer Pfütze aus und schloss das Gartentor hinter sich. Diesmal würde er nicht zurückkommen.

Am Abend war er in Berlin. Er hatte von einem besetzten Haus gehört, in dem er erst einmal bleiben konnte. Am Ende eines langen Flurs rollte er seinen Schlafsack aus und nutzte sein schmales Gepäck als Kopfkissen. Nach zwei Tagen ging er in einem nahegelegenen Supermarkt klauen und kochte in der Volxküche Spaghetti mit roter Soße für jeden, der wollte. Er nahm am offenen Plenum teil und lernte von einem Typ, der in einem bunten Traum hängen geblieben war, wie man Molotowcocktails baute, im revolutionären Kampf ginge es schließlich um die Propaganda der Tat. Er schrieb Paul eine Postkarte mit einer Ansicht der Gedächtniskirche.

In den folgenden Wochen zog Johann dreimal um, Schmierflechte und Bodenkrätze zwangen zu wechselnden Wohnverhältnissen. Zum Duschen ging er ins Hallenbad, seine Kleidung war Rotkreuz-Containern entrissen, die Joints waren geschenkt, wer nicht kiffte, war Fascho, und irgendwann kam postlagernd ein Paket: Graubrot, Margarine, Bibelverse. Zusätzlich schickte sein Vater die gängigsten Grippemittel. Johann verteilte sie freigiebig unter seinen neuen Freunden, jemand hatte behauptet, im Landwehrkanal tummelten sich die Aids-Viren und solche, die Psychosen verbreiteten, vom Verfassungsschutz eingeleitet, um die Gegend fertigzumachen. Die bürgerlichen Anwohner warfen den Hausbesetzern Erregung geschlechtlicher Ärgernisse vor, diese Gammler stünden außerhalb jeglicher Gepflogenheiten menschlichen Anstandes. Ständig gab es Blaulicht, Blaulicht, Blaulicht, also liehen sie sich ein Fahrzeug vom Hof der Stadtreinigung und verduftetten für ein paar Tage nach Westdeutschland.

In den Häusern war es dunkel und das Leben dort nur mit lahmgelegten Neurotransmittern zu ertragen. Der Strom war abgeklemmt, viele Türen waren zugemauert und fehlende Fensterscheiben mit Teppichen oder feuchter Pappe verhängt. Die Kinder kauerten im Zwielicht und bauten aus der Schüttung unter den aufgerissenen Bodendielen Kieselstädte. Die Gemüse-AG zog Salat und Kohlrabi, doch durch Kernkraft verstrahlte Nager fraßen ihnen die Ernte weg. Eine Zeitlang hielten sie ein Schaf. Sie hatten es vom Schlachthof gestohlen, es war ihre Version der Big Raushole. Dem Schaf schrieben sie das Wort »Hund« aufs Fell, übten mit ihm apportieren und warfen ihm die Mohrrüben wie Knochen vor die Hufe. Nach dem Salat-und-Kohlrabi-Fiasko änderte die Gemüse-AG ihren Namen. Sie errichtete im Hof eine Schwitzhütte für acht Mann, und die Schwulen ließen sich gehen.

Seiner eigenen Homosexualität näherte sich Johann zunächst statistisch und exzerpierte die Studienergebnisse von Dannecker/Reiche, die er als Raubdruck besaß, kapitelweise in ein altes Schulheft. Von 789 Befragten hatten im Lauf ihres Lebens 82 mit 1 bis 10 Partnern Intimkontakte, 642 hielten sich im Mittelfeld mit Intimkontakten zu 11 bis 1000 Partnern auf, und 65 der Befragten hatten Intimkontakte mit mehr als 1000 Partnern und vermutlich die Übersicht verloren. Johann gehörte, als er nach Berlin kam, der ersten Gruppe mit Kontakten zu genau einem Partner an, nämlich zu Martin van der Heyde auf der Klassenfahrt in der Neunten und einmal bei ihm zu Hause. Die Fummelei mit dem Lastwagenfahrer zählte nicht. Johann war fest entschlossen, noch in Jahresfrist das Mittelfeld zu überspringen und sich den Befragten der letzten Gruppe anzuschließen. Die meisten begriffen sich als Angehörige einer wegen des Begehens »himmelschreiender Sünden« verachteten Minderheit, entwickelten jedoch keine Solidarität untereinander. Um das Maß ihrer gesellschaftlichen Anpassung zu verdeutlichen, wurden sie aufgefordert anzugeben, von »welchem Typ Mann sie sich sexuell besonders angezogen fühlten«. Zur Auswahl standen besonders männliche und besonders weibliche Männer, Männer, die intelligent aussahen, knabenhafte Männer und Männer mit einem mutmaßlich großen Penis. 86% der Befragten entschieden, wie die Fragesteller vermutet hatten. Sie wählten einen »ganz normal aussehenden Typ, dem man möglichst nicht ansieht, dass er homosexuell ist«, 75% lehnten effeminierte Typen, sogenannte Tunten, ausdrücklich und entschieden ab, sie seien »widerlich«, »gräulich« und »zum Kotzen«. Johann hingegen war auf der Suche nach einer Tunte. Einer mit mutmaßlich großem Penis und intaktem subversivem Bewusstsein. Er wollte sich unterscheiden, wollte nirgendwo mehr dazugehören, sondern verachtet sein, verfemt und verbannt. Er wollte der radikal Diskriminierte sein, von denjenigen verlacht, über die zu lachen er noch lernen würde. Allerdings las er statt linker Kampfblätter das »du & ich«, ein bourgeoises Kackblatt, doch die Jungs waren nackt und in Farbe, und seine Sexualität war zu 100% Selbstbefriedigung und daher als Waffe im Klassenkampf unbrauchbar. Um eine Tunte kennenzulernen, ging er zum Tuntenball. Irgendwann hatte er Erfolg. Die Tunte nannte sich Betty La Schmand. Sie hieß eigentlich Rolf, wohnte noch zu Hause und studierte an der TU was mit Wasserströmung und Kanalbau. Johann hatte Betty auf dem Klo buchstäblich ins Knie gefickt. »Du gefällst mir, darauf sollten wir aufbauen«, hatte Betty gesagt und sich die Lippen nachgezogen. Eigentlich war sie nur bekifft zu ertragen, doch Johann war sehr stolz auf seinen neuen, ersten festen Freund. Bei Liebesschlagern sang er jetzt lauthals mit, denn sein Schwulsein schien ihm durch die Beziehung mit Betty zertifiziert. Am liebsten hätte er es Pastor Berger durchgegeben.

Heiligabend buk Betty fürs Haus Kokosmakronen und besorgte einen elektrischen Christbaum. »Einstöpseln und schön«, sagte sie. Während des offenen Plenums stellte sich das Haus auf, sang *O du fröhliche* und lag sich dabei weihnachtlich in den Armen. Gerührt flüsterte Betty: »Hast du gewusst, dass Lonny Kellner aus Remscheid kommt? Die Witwe vom Peter Frankenfeld? Genauso wie ich.« »Vom Peter Frankenfeld«, sagte Johann. »Ach.«

Nach einem Beutezug durch Schöneberger Supermärkte einige Tage später, zur Verschärfung des Klassengegensatzes durch Maßnahmen des proletarischen Einkaufs, wie sie meinten, wurden sie von der Polizei aufgegriffen. Die Aufnahme der Personalien erfolgte in der Wanne, dem vergitterten Mannschaftswagen der Berliner Polizei, um den Tisch sitzend. Es sah aus, als machten die Polizisten Camping im Winter. Es fehlten nur noch die Bockwürste. Die Prozedur zog sich in die Länge. Johann, Betty und ein paar andere nutzten die Gelegenheit, um abzuhauen und sich im nahen Tiergarten zu verstecken. Johann hatte am Morgen psilocybinhaltige Schokolade gegessen, die ihm das Gehirn verquirlt hatte. Er taumelte über die Wege, die zu atmen schienen, und sah Partikel der Liebe vor seinen Augen schweben. Plötzlich wurde der Park von der Polizei überrannt. Das

MEK rückte an. Ein Schuss fiel. Mach es kurz. MEK. Es wurde ernst. Betty riss Johann ins Gebüsch. Dort hockte er zähneklappernd in einem Rhododendron und malte sich aus, wie ein Kommissar mit Assistent zu Hause die Nachricht seines Todes überbringen würde. Ulla würde wie Evelyn Opela in *Derrick* über dem Sofa zusammenbrechen, sein Vater würde jedoch Haltung bewahren, während der Kommissar ihnen mitteilen würde, dass Johann unter die Räder gekommen sei, und zwar unter die Räder eines Einsatzwagens der Berliner Polizei. Vielleicht war der Zeitpunkt tatsächlich gekommen, wie der große Georg von Rauch, den Johann bewunderte, seit er ein Buch über seine Erschießung gelesen hatte, auf Mondfahrt und Mikroskop zu verzichten und für den verzweifelten Kampf um menschliche Verhältnisse sein Leben im Kugelhagel dieses beschissenen Sklavenstaates zu beenden. Johann kroch aus dem Rhododendron und wollte auf den Weg zurück, doch Betty versetzte ihm einen Kinnhaken, dessen Wirkung mit der des Pilzes in der Schokolade fusionierte und Johann außer Gefecht setzte. Kurze Zeit später stocherten sich die Polizisten mit Schlagstöcken durchs Gebüsch. Betty und Johann wurden entdeckt und festgenommen. Ein junger Beamter stieß sie den Weg entlang. »Ich bin La Schmand. Du kannst mich mal am Arsch lecken, aber langsam, Liebling, vielleicht findest du was, das dir gefällt.« Das Bullenveilchen, das Betty hierauf erhielt, trug sie mehrere Wochen mit dem fatalistischen Gleichmut einer Kämpferin, deren wahres Bett die Barrikade ist.

Im Frühjahr empfahl Betty Johann, sich nicht zu sehr in die Beziehung reinzuhängen. Nach ein paar Wochen warf sie ihren Kajal fort und drohte jedem Prügel an, der sie nicht Rolf nannte oder Rolfi oder Rolle oder Bruce. Johann hatte mittlerweile seine Neigung zu anonymem Sex entdeckt. Er war die zuverlässigere Methode als abzuwarten, dass der feste Freund vielleicht auch mal wieder wollte.

Johann lebte nun von seinem Arsch. Er fand, dass weiße Jeans in Mode waren, und trug sie an der Hüfte eng. Vergleiche mit Äpfeln schmeichelten ihm, und wem es nicht auffiel, den wies er darauf hin, dass er an den Seiten auch ziemlich geile Dellen habe. Er mochte es, von Männern, die etwas für ihn übrighatten, Begehren oder Geld, »Puppe« genannt zu werden. Fast jeden Abend ging er in einen Club mit angrenzendem Darkroom. Eingezwängt zwischen den Ärschen der anderen, versuchte er durch die Menge zu kommen und den Barkeeper in seiner Tresenmeditation aufzustören. Er trank hastig, weil er nicht wusste, wie er beim Trinken aussehen sollte, und verschwand nach kurzer Zeit in den hinteren Teil des Clubs. Er hatte sich einen guten Gang zugelegt, ein konzentriertes Schlendern, bei dem sein Arsch weitgehend unbewegt blieb. Unter der Hose trug er keine Unterwäsche, den Abdruck seines Schwanzes im Stoff hielt er für unverzichtbar. Um den größtmöglichen Abstand zwischen sich und seine Herkunft zu bringen, hatte er sich beschneiden lassen. Der Eingriff war das sichtbare Zeichen der Abkehr und seine Homosexualität die radikalste Form, mit dem Gott seines Vaters zu brechen. Außerdem wollte er den Darstellern in den Ami-Pornos gleichen.

Im Halblicht des Darkrooms lösten sich die Umrisse der Körper auf. Johann ließ sich vom Gedränge tiefer in die Dunkelheit tragen. Er zog sein T-Shirt in den Nacken, öffnete seine Hose und bot sich dar. Im entgrenzten Angebot frei flottierender Körperteile bildete sein Arsch das geheime Kraftzentrum. Johann verschwand im Begehren der Männer wie in einer Höhle aus Haut. Er löschte sich aus, war

Arsch und Schwanz und Brusthaar, für jeden verfügbar, der zugriff. Er benutzte die Männer, indem er sich von ihnen benutzen ließ. Die meisten gefielen ihm nicht besonders, aber das war egal, Hauptsache, sie spendierten später Alkohol und Drogen oder zahlten anständig. Oft stellte er sich in eine Ecke und lauschte den Geräuschen. In stumpfer Hingabe schlugen sich die Männer auf die nackte Haut. Der Klang erinnerte Johann an die Prügel seines Vaters, und manchmal schien es ihm, als stehe Martin gegenüber und mustere ihn mit kalter Gier, nicht aus dem Verlangen, ihn zu strafen, sondern weil sein verdorrter Gott von ihm forderte, sich den Freveln auszuliefern, um die Fäulnis der Sünde zu schmecken. Einmal hatte sich Johann gewehrt. Sein Vater hatte ihm eine Ohrfeige versetzt. Der Ehering, den er noch immer trug, hatte Johanns Jochbein getroffen. Zum Schutz hatte Johann die Hand hochgerissen und Martin dabei verletzt. Sein Blut war über Johanns Gesicht getropft. Es brannte mehr als jedes Sperma.

Irgendwann entdeckte Johann Poppers und damit den Umstand, dass es zuvor noch Hemmungen gegeben hatte. Er wurde süchtig danach. Die Droge versetzte ihn in einen Zustand abstrakter Lebendigkeit. Sein Verstand schwieg, sein Körper war verwendbares Fleisch. Er stopfte seine Hoden in bereitwillige Münder. Er nutzte Ringe, Riemen und Gewichte. Er malträtierte sein Geschlechtsteil, bis es taub und ihm fremd wurde. Weigerte sich jemand, freiwillig Geld zu geben, verführte er ihn und beklaute ihn anschließend auf dem Klo. Eines Nachts hatte er, besinnungslos betrunken, zu viele Drogen genommen. Im Vorraum der Toilette brach er zusammen. Der Mann, den er eben bestohlen hatte, half ihm auf und brachte ihn zum Ausgang. Johann kippte auf den Bürgersteig und hörte in seinem Innenohr eine Schar

Zugvögel vorüberziehen. Es war ein schönes Geräusch, das allerdings eine Panikattacke auslöste, deren Folgen mehrere Tage anhielten. Nach diesem Vorfall ließ Johann einen Drei-Minen-Kugelschreiber über seinen sexuellen Alltag bestimmen. Er bediente ihn mit geschlossenen Augen. Die rote Mine erlaubte Sex, die beiden anderen verlangten Abstinenz. Er hielt nicht lange durch.

Gelegentlich ließ er sich von älteren Männern nach Hause einladen. Er trug jetzt häufig ein schwarzes Netzhemd, ein pinkfarbenes Flokati-Jäckchen und die weiße Jeans mit einem Satingürtel. Er hatte blondierte Haare und lackierte Fingernägel. In seinem Kopf liefen die Songs von Army of Lovers und Lisa Stansfield. Er tänzelte auf der Straße und hielt sie für Lakritze, er lachte sich die Stimmbänder wund und ruinierte mit tränenfeuchtem Mascara die Polster überheizter Taxis. In den Wohnungen der Männer erbrach er sich auf dem Klo und manchmal auf die Bettwäsche. Er ließ sich von ihnen, die unbeholfen auf ihm hockten, auspacken wie ein teures Geschenk, räkelte sich auf den Laken, betupfte seine Brustwarzen mit Speichel, steckte sich einen Zipfel des Kopfkissens in den Mund, blieb aber sonst untätig, was die meisten Männer verärgerte, denn diese hier hatten reichlich gezahlt.

Die Wiedervereinigung kam, und Johann verlagerte seinen Kundenstamm in den Ostteil der Stadt. Lummerland war noch immer nicht abgebrannt. Ein paar der besetzten Häuser wurden legalisiert, der Rest geräumt. Die Postleitzahlen bekamen eine fünfte Ziffer. K 36 war Geschichte, und Johann brauchte dringend ein Zuhause. Er fand eine Einzimmerwohnung mit Kohlenheizung irgendwo zwischen Ost und West. Er hängte sich den Mietvertrag gerahmt aufs Klo, erkannte den Zusammenhang zwischen

Kapitalismus und Kapitulation und suchte sich Arbeit bei einer Burger-Kette. Beim Sex verzichtete er nun auf Bezahlung. Er rasierte sich den Kopf, kaufte seine Kleidung beim Militariahändler und ließ sich etwas durchs Ohr stechen, das nicht ausreichend desinfiziert war. Die Gossenexistenz schien ein Freiheitsversprechen zu sein. Sich Nacht für Nacht wie den letzten Dreck zu behandeln wurde zum Ausdruck von Macht. Johann hoffte, dass jemand kommen und fest zuschlagen würde, so dass er sich der Schwärze überantworten könnte. Manche infizierten sich, manche wurden krank, manche waren bereits tot. Johann war unsterblich. Er trank Absinth und ließ sich von einer Transe auf den Kopf pissen.

Doch dann erreichten die Exzesse der Nacht wuchernd den Tag. Die wunden Stellen vom Poppers mussten auf der Arbeit mit nässendem Herpes erklärt werden. Die Fehlzeiten häuften sich. Wenn Johann sich rausredete, redete er in Drogensätzen, schob Einschübe in Einschübe, verhaspelte sich und verlor den Überblick über die Lügen, die er sich und anderen erzählte. Er blieb endgültig zu Hause. Er aß, was er zwischen den Kissen des Sofas fand, rauchte Zigarettenreste und trank Supermarktwein. Er vernachlässigte seinen Körper, die Härte schwand aus den Muskeln, das Strahlen, der Triumph. Wenn er sich doch einmal aufraffte, blieben ihm im Darkroom nur die Reste. Also hockte er sich wieder aufs Sofa, ließ seinen Arsch schlaff werden und begrub sich in sich selbst. Mit zwanzig hatte Johann seine Zukunft ausgemessen. Mit dreißig zählte er die Stunden. Er zählte sie auf Finnisch und kam bis sieben.

Während draußen die Regimente und Spielmannszüge des Vechtaer Bürgerschützenvereins zum Königsschießen auszogen, kühlte Johann sein Gesicht am Fenster, indem er die Wangen abwechselnd gegen die Scheibe presste. Ein Liebhaber, der zwar unheimlich, aber sexy gewesen war, strenge Jochbeinknochen über hohlen Wangen, ein Barlach-Gesicht, hatte ihm eines Nachts die Grundlagen deutscher Waidgerechtigkeit nahegebracht. »Das Wichtigste: der Schuss. Sitzt er richtig, knapp unter dem Schulterblatt und in den Brustkorb, so dass das Tier sofort tot ist, nennt man ihn ›Blattschuss‹.« Zwei Methoden der Jagd seien üblich. Bei der Ansitzjagd harre der Jäger auf dem Hochstand aus, nahe den üblichen Wechseln und Äsungsplätzen seiner Beute, und warte, bis das Wild der Gewohnheit folgend dort erscheine. Die zweite Methode sei die Pirschjagd, deutlich anspruchsvoller als die erste. Hierbei bewege sich der Jäger allein durchs Gelände, mit oder ohne Hund, lautlos und unsichtbar.

Paul kam zurück, und Johann ließ sich auf die Alpaka-Decke fallen. »Du hast den Fertigungsprozess meines Gesichtes als komplexes Endprodukt meiner Menschwerdung nachhaltig gestört.«

– Tut mir leid, schrieb Paul auf den Wunderblock.

»Was hast du eigentlich für ein Telefon in deinem Büro?«

– Ein Sp 679 TG. Mit Dreierkonferenz und Bluetooth-Funktionalität.

»Aber du kannst es doch gar nicht benutzen.«

– Doch, schrieb Paul.

– Ich verwende es als Anrufbeantworter. Und ich mag das Freizeichen.

»Mein Bruder. Mein großer Bruder«, sagte Johann. »Und wie war es bei dir?«

– Schrecklich.

Paul warf den Wunderblock auf die Alpaka-Decke. Er setzte sich zu Johann, stellte die drei Zetteltüten, die er mitgenommen hatte, zu den fünf übrigen, die aufgereiht im Zimmer standen, und zog ein gefaltetes Werbeblatt aus der Hosentasche. Bei »Cortina Eis« kostete das »Glücksgedeck«, ein Cappuccino und ein Stück Industriekuchen Käse-Mandarine, 4,60 Euro. Auf die Rückseite notierte Paul:

– Die Flüchtlinge langweilen sich hier zu Tode. Sie schleichen durch die zweistöckige Stadt auf der Suche nach etwas Abwechslung, können sich aber weder das Erlebnisbüfett noch die Automaten in der Spielothek leisten. Der Regelsatz für Asylbewerber reicht nur für ein Stück Minipizza. Ihre Telefone müssten eigentlich einen Displayschaden haben, um der Misere zu entsprechen, die von ihnen erwartet wird, haben sie aber nicht, jedenfalls nicht alle. Die junge Frau, die ihnen die Minipizza verkauft, trägt ein T-Shirt, auf dem, von ihren Brüsten gewölbt, untereinander steht: London, New York, Paris, Vechta.

Johanns Kopf fiel auf seine Brust. »Ich bin leider ziemlich zubetoniert, Brudi. Synästhetisch betrachtet bin ich in etwa lodengrün. Normalerweise habe ich die Farbe eines lichtlosen Kellers. An den verkästen Wänden kleben talgige Rückstände. Das Grün besteht aus einzelnen Partikeln, unter Belastung zerfällt es. Auch wenn ich nicht bekifft bin, bin ich zu schlaff, es wieder zusammenzusetzen. Alles zerbröselt. Mein Leben löst sich in Anekdoten auf. Ich klaue nur noch. Haltungen, Sinn, Stil, Unterhosen. Das Einzige, was ich ganz gut kann, ist, mich mit Ironie in Sicherheit zu bringen. Lukas hasst das. Er sagt, dass ich aus jedem Absturz eine Pointe mache. Und dass das peinigend ist. Würde ich wirklich sagen, was ich denke, würde ich aber nur endlose Voids hinterlassen. Eigentlich brauche ich keine Drogen, sondern Ruhe. Egal. Ich habe Laberzwang. Das ist es. Das Gegenteil von Mutismus.« Johann nahm Pauls Hand. »Ich bin breit. Ich möchte Fleisch essen. Gehen wir uns was schießen?« Zur Bekräftigung machte er das Zeichen für Hunger, das zugleich das Zeichen für Wahrheit war.

Sie besuchten einen arabischen Imbiss an einer stark befahrenen Ausfallstraße. Paul musste probesitzen und bestätigen, dass die Musik der Spielmannszüge vom Hip-Hop aus den Lautsprechern des Imbisses übertönt wurde. Johann belud zwei Tabletts mit Hühnerteilen und bezahlte mit Pauls Bankkarte.

»Krass, wie kross das ist.« Während er sich setzte, zog er die Haut von einem Hühnerschenkel. Er sah Paul zu, der über das Essen herfiel. »Warum schlingst du so?«

Kauend wies Paul auf seine fettigen Finger. Johann warf ihm einen Stoß Servietten über den Tisch. Paul säuberte seine Hände und kritzelte auf einen Notizblock, den er einer der Zetteltüten entnahm:

– Ich habe ein schlechtes Gewissen. Dieses halbe Hühnchen war einmal ein ganzes Küken, als es noch ein Leben vor sich hatte. Sofern man es Leben nennen will, wenn ein Tier in einer Brutanlage bei 38 °C bebrütet, auf Fließbändern per Sensor gezählt und in Kisten verpackt, an einen Mastbetrieb ausgeliefert und mit 40 000 seiner Artgenossen für dreißig Tage in einen Stall auf eine Schüttung gesetzt wird, die am Ende der Mast zu 90 % aus Kot besteht, ohne Auslauf, ohne Beschäftigung, ohne Tageslicht, dafür immer wieder von Blaulicht bestrahlt, das eine sedierende Wirkung auf das Tier haben soll. Ab Tag fünfzehn muss das Küken im Spreizstand stehen, weil seine auf Gewicht gezüchtete Brust es nach vorne kippen lässt. Ab Tag fünfundzwanzig ist es überhaupt nicht mehr in der Lage, selbstständig zu stehen, was aber nichts macht, inzwischen ist es im Stall so eng, dass es sich an seine Artgenossen anlehnen kann. Nach dreißig Tagen wird es mit einem großen Staubsauger aufgesaugt, wieder in Kisten verpackt und in einem Schlachtbetrieb automatisiert getötet, es sei denn, das Messer verfehlt es. In diesem Fall zieht sich der Todeskampf in die Länge. Es bringt dem Mastbetrieb zirka 30 Cent ein. Im Laden kostet es dann halb so viel wie Mais in Dosen, sein Futter. Vierzig-Tage-Küken werden zerlegt, von denen essen wir nur das Brustfleisch, den Rest schicken wir tiefgefroren nach Afrika, mit den bekannten Folgen.

»Darf ich dich daran erinnern, dass du ein Hühner-Ripper bist?« Johann zielte mit dem Finger auf die Reste seines Hühnerschenkels.

– Möchtest du den Flügel von meinem Küken haben? Du könntest mir dafür ein paar von deinen Pommes abgeben. Der Kartoffel ist es egal, wenn man sie tötet.

Eine Gruppe ordenbehangener Schützenbrüder betrat den Imbiss. Der Meistdekorierte stellte sich als Schießwart vor und fragte Paul: »Was bist du? Ziel oder Schütze?« Er rief: »Gut«, und die anderen brüllten: »Schuss.« »Gut.« »Schuss.« »Gut.« »Schuss.« Schließlich umarmten sie sich. Mit einem knappen Befehl bestellte der Schießwart Tee und Baklava für alle.

Per App verlängerte Johann ihren Aufenthalt um eine weitere Nacht. Die Möbel aus Palisander, Chrom und Leder, der Travertin-Boden, selbst die aus Tadelakt gefertigte Arbeitsfläche der Küchenzeile waren mit Pauls Notizen bedeckt. Er hatte sämtliche Zettel der acht Zetteltüten einem rätselhaften System folgend ausgelegt, damit sie, vom Regen feucht geworden, wieder trocknen konnten. Johann las einige Notizen, die auf dem Sofa lagen. Auf die Rückseite einer Quittung hatte Paul geschrieben, dass ihn sein Hirn störe, auf die Innenseite einer Tablettenverpackung, dass immerhin manche Menschen nicht kaputtgingen und man mehr nicht verlangen könne. Auf einer Geburtstagskarte, deren Geburtstagsgruß er durchgestrichen hatte, erwähnte Paul den Sprachfehler eines Mitpatienten in der Psychiatrie. Der Mann verwechsle R und S. Ohsenbetäubend. Auf einer Klebenotiz mit dem Produktnamen eines Stimmungsaufhellers stellte Paul fest, dass der Psychiater Kraepelin seine Schweigsamkeit als Symptom der Willenssperrung verbucht hätte. Eine weitere Notiz beschäftigte sich mit dem polnischen Buchstaben Ł. Er sei ein bilabialer Approximant und habe in der Aussprache Ähnlichkeit mit dem englischen W. Man finde ihn beispielsweise in Ortsbezeichnungen wie Białystok und Białowieża. Typographisch ähnle der Kleinbuchstabe einer spiegelverkehrten Naudiz-Rune, Lautwert N, der achten Rune im Armanen-Futhark, was verdoppelt zu 88 in gewissen Kreisen Heil Hitler bedeute. Die siebzehnte Rune des Armanen-Futharks, die Eh-Rune, Lautwert E, entspreche einer spiegelverkehrten Naudiz-Rune, gleiche also wiederum dem polnischen Buchstaben Ł. E könne man als Hinweis auf Eichmann verstehen, was sich dem Futhark entsprechend numerologisch mit 17 ausdrücken ließe. Ausgehend vom Breitengrad, auf dem Eichmanns Versteck in Altensalzkoth liegt, ließe sich also folgende Rechnung anstellen: 52 dividiert durch 44 multipliziert mit 14. Dies ergäbe 16,55, also aufgerundet ebenfalls 17.

– Wenn ich es nicht aufschreibe, bleibt es namenlos, hatte Paul unter diese Notiz gekritzelt.

Auf der Sofalehne trocknete ein Brief, den Paul mit vierzehn Jahren geschrieben hatte. Er richtete sich an einen Brieffreund im Emsland. Auf dem Boden vor dem Sofa lag ein Zettel, auf dem Paul erklärte, dass Schmerzen die Wahrheit vernichteten. Unter den Bedingungen der Misshandlung könne es lediglich darum gehen, der tröstlichsten Lüge habhaft zu werden, die man finden könne. Auf einem Zettel daneben mutmaßte Paul, dass Johann es sich womöglich zum Vorwurf machte, ihren Vater noch immer zu lieben. Auf dem Couchtisch lag ein Stück Geschenkpapier. Den Linien des Dekors folgend hatte Paul Johanns Bemerkung protokolliert, dass man durchs Wandern hässlich werde. Selbst die Bundeskanzlerin sehe nach drei Tagen Südtirol wie der Schauspieler Gérard Depardieu aus.

– Richter Benjamin Halevi befragt den Angeklagten abweichend von der Beschlusslage auf Deutsch.

Halevi: »Haben Sie nie einen Konflikt gefühlt, einen, was man einen Gewissenskonflikt nennt, zwischen Ihrer Pflicht und zwischen Ihrem Gewissen?«

Eichmann: »Man könnte es eher Gespaltenheit nennen.«

Halevi: »Gespaltenheit.«

Eichmann: »Und zwar eine, eine bewusste Gespaltenheit, wo man sich von der einen Seite in die andere flüchtete und umgekehrt.«

Halevi: »Man hatte auf sein Gewissen zu verzichten?«

Eichmann: »Bitte?«

Halevi: »Man hatte auf sein Gewissen, auf sein persönliches Gewissen zu verzichten?«

Eichmann: »Man kann es so ausdrücken, jawohl.«

Als die Befragung auf Pfarrer Grüber kommt, sagt Richter Halevi: »Und er hat auch gesagt, wenn mehr Zivilcourage gewesen wäre, dann wäre alles anders gekommen. Sind Sie anderer Ansicht?«

Eichmann: »Wenn die Zivilcourage ebenfalls hierarchisch aufgebaut gewesen wäre, ganz klar, jawohl. Derselben Meinung.«

Halevi: »Es war also nicht ein Schicksal, das kommen musste?«

Eichmann antwortet im Weiteren: »Es ist eine Frage des menschlichen Verhaltens, und sicherlich ist es nun so gewesen, es war die Kriegszeit, Turbulenz, jeder Einzelne hat sich gesagt, es hat ja keinen Zweck, wenn ich dagegen, es ist ein

Tropfen auf den heißen Stein, verdampft und hat gar keinen Zweck, hat weder Sinn noch, noch irgendwelchen Erfolg oder, oder Misserfolge durch irgendetwas, und so, es muss irgendwie in der, auch in der Zeit liegen, denke ich mir, in der Zeit, Erziehung, also weltanschauliche Erziehung, Drill und diese Sachen.«

52° 44' 14" N, 8° 16' 58" O

Der Sommer begann formlos. Ein trockener Dunst hatte sich über die Stadt gelegt und blich Farben und Konturen aus. Es schien Johann, als hetzten sie durch eine vergilbte Illustrierte. Paul trieb zur Eile an. Während er mit abwechselnd ausgestreckten Armen, an denen jeweils vier Zetteltüten hingen, die Richtung vorgab, versuchte Johann, seinen Koffer unter Kontrolle zu bringen, der wie entfesselt über das Pflaster sprang.

»Ab«, sagte er, als er an der Bushaltestelle ankam.

Paul sah ihn fragend an.

»Ab«, wiederholte Johann. »Beide Rollen. Dabei waren sie das Killerfeature des Koffers.«

Paul schrieb auf den Wunderblock:

– Wie kann man zwei Rollen gleichzeitig verlieren?

»Indem man mit der einen an einem der Millionen Pflastersteine dieser vollständig zugepflasterten Stadt hängen bleibt und die andere der doppelten Belastung nach wenigen Metern nicht mehr standhält.«

Paul betrachtete die ausgerissenen Radhalterungen an der Unterseite der Kofferschale.

Johann bemühte sich um einen quengelnden Tonfall. »Wie weit ist es noch bis Holland?«

– Knapp 300 Kilometer, schrieb Paul.

»Und wie lange braucht man dafür?«

– Wenn man sich beeilt, einen Tag. Wenn man den Bus verpasst, eineinhalb.

»Wie viele Minuten sind eineinhalb Tage?«

– 2160.

»Und wie viele Sekunden?«

– 129600.

Johann begann, flüsternd zu zählen: »Einundzwanzig, zweiundzwanzig, dreiundzwanzig, vierundzwanzig.«

– Der Bus kommt in sechsundvierzig Minuten.

»Wie viele Sekunden sind das?«

– 2760.

»Und wo war ich mit dem Zählen stehen geblieben?«

– Bei vierundzwanzig, schrieb Paul.

Sie gingen in einen Kiosk neben der Bushaltestelle und bestellten Kaffee, der aus einer Thermoskanne kam. Die Reise schien ihr Ziel verloren zu haben, sie war öde geworden und das Warten auf das Fortbewegungsmittel inzwischen ihr einziger Zweck. Johann langweilte sich. Wo nichts mehr geschah, schien alles vorstellbar zu sein, es war wie bei Gott. Sämtliche Möglichkeiten vereinten sich in ihm und blieben unter den 1296 Löchern in der Kassettendecke doch stets abwesend. Johann zog den Wunderblock über die schmale Bank vor dem Fenster des Kiosks, auf der sie dicht beieinandersaßen, und schrieb:

– Abenteuer bedeutet nicht, mit seinem Bruder vor einer Kioskbude zu sitzen und Filterkaffee zu trinken, der nach Plastikbecher schmeckt. Können wir uns dieses Holland nicht einfach im Internet ansehen?

Eine junge Frau trat gegen den Pfosten des Haltestellenschildes und fluchte lautstark. Ihr Körper verlor sich in einem Herrenmantel in Übergröße. Am ausgebeulten Saum erkannte Johann die Diebin. Das Innenfutter war mit festem Stoff verstärkt. Trotz der trockenen Hitze trug sie Gummistiefel. Vermutlich ließ sie im Schaft der Stiefel ebenfalls Gestohlenes verschwinden. Ihre Hose war verschmutzt, ihr T-Shirt schien angenagt zu sein. Der mit Diebesgut gefütterte Mantel zwang sie zu einem putzigen Kindergang. Sie fluchte noch, als sie sich an den Straßenrand stellte, den Daumen ausgestreckt, und den vorbeifahrenden Autos grimmig hinterhersah. Ihr Haar war blond und struppig.

– Wir haben achtunddreißig Minuten, schrieb Paul auf den Wunderblock, nachdem er einen Blick auf das GPS-Gerät geworfen hatte.

»Wofür?«, fragte Johann.

– Um sie mitzunehmen.

»Wen?«

– Die Frau da.

»Wie?«

– Mit einem Auto natürlich.

»Wir haben keins.«

– Aber du hast einen Führerschein.

»Ja und?«

– Komm. Uns bleiben noch siebenunddreißig Minuten. Das entspricht 2220 Sekunden.

Paul verhandelte mittels des Wunderblocks mit dem Verkäufer um die Erlaubnis, ihr Gepäck vorübergehend unterstellen zu dürfen. Dann rannte er los. Johann versuchte, Schritt zu halten.

Nach elf Minuten, während Paul sie sicher durch die Stadt navigierte, erreichten sie einen Gewerbehof. Hinter einer Waschanlage befand sich eine Autovermietung. Paul wies auf einen japanischen Kleinwagen, der unter einer Werbeaufschrift parkte, und schob Johann in einen Bürocontainer. Nach fünfzehn Minuten, von denen vier Minuten von einer Fehlfunktion eines Computers beansprucht wurden und in deren Verlauf sich der Mitarbeiter der Autovermietung eine Zimtschnecke aufschnitt, waren sämtliche Formalitäten erledigt. Eine Anzahlung war geleistet und eine Kaution hinterlegt worden. Selbst für ein paar unangebrachte Bemerkungen über die Anfälligkeit japanischer Kleinwagen für Getriebeschäden hatte sich Zeit gefunden. Eine Minute später fuhr Johann den Wagen vom Hof. Nach weiteren drei Minuten staute sich der Verkehr an einer roten Ampel. Paul trommelte auf die Armatur und entschied sich für einen Umweg. Auf 200 Metern durchfuhren sie eine Einbahnstraße in verkehrter Richtung. Nach fünf weiteren Minuten erreichten sie mit überhöhter Geschwindigkeit die Bushaltestelle. Johann bremste scharf. Paul war außer Atem. In ungefähr zwei Minuten würde der Regionalbus kommen. Er stieß die Tür auf, stolperte aus dem Wagen, holte ihr Gepäck aus dem Kiosk, warf es und sich selbst auf den Rücksitz und überließ Johann das Übrige. Die junge Frau stand noch immer am Straßenrand. Johann winkte ihr. Auf seinen Vorschlag, sie mitzunehmen, reagierte sie argwöhnisch. »Ich weiß nicht. Ich bin gegen Autos. Am besten wäre es, alle Autohäuser anzuzünden oder die Auspuffrohre mit Bauschaum zu verstopfen.« »Es ist nur ein Mietwagen«, sagte Johann. Die junge Frau blinzelte ihn an. Dann stieg sie ein.

Kaum hatte sie die Beifahrertür hinter sich zugezogen, ritzte Paul zwei kleine Kreuze auf Johanns linke Schulter. »Aua«, sagte Johann. »Mein Bruder lässt ausrichten, dass er stumm ist. Aber nicht taub. Er hört alles. Und sein Gehirn funktioniert auch so lala.« Die junge Frau drehte sich um und sah Paul lange an. Dann nahm sie seine Hand und zeichnete einen Kreis in seine linke Handfläche. Der Bus drängte sich auf die Haltebucht, der Fahrer hupte. Johann gab Gas.

»Ich heiße Isi«, sagte die junge Frau nach einer Weile. Ihre Stimme war rau und schien zur Lüge unfähig zu sein.

»Er heißt Paul«, sagte Johann. Sich selbst stellte er vorläufig nicht vor.

»Wohin willst du eigentlich?«

»In den Wald.« Isi zeigte vage aus dem Fenster. »Ich muss in den Wald. Ich sage dir, wenn du anhalten musst. Ihr könnt auch mitkommen, wenn ihr wollt. Es ist Sommersonnenwende. Wir machen ein großes Feuer. Am Abend. Wenn es dunkel ist.«

Unter leichtem Drehen drückte Paul den Knöchel seiner linken Hand auf Johanns linke Schulter. Das Zeichen hätte auf die rechte Schulter gezeichnet werden müssen, doch Johann verstand auch so, dass es »Du gehörst mir« bedeutete. Bis zum Morgengrauen würde Paul das Geschehen bestimmen dürfen. »Ja, wir kommen mit«, sagte Johann und beschleunigte den Wagen für ein Überholmanöver. Er nutzte den Spurwechsel, um zur Seite zu sehen und Isi zu betrachten. Sie hatte rosige Bäckchen. Das Kind ist Wolfsfraß, dachte Johann. Isi schien seinen Blick zu spüren. Sie lächelte.

»Warum hast du vorhin so gebremst? Müsst ihr vor jemandem abhauen?«

Paul reichte den Wunderblock nach vorne:

– Sag ja.

»Irgendwie schon«, sagte Johann.

»Ich habe auch einen Bruder«, sagte Isi. Sie drehte sich um und nahm erneut Pauls Hand. »Mit meinem Vater und ein paar Mutigen wohnen wir im Wald. Wir sind im Widerstand. Weil wir wissen, dass es bunte Schwäne gibt und sie von den Mächtigen mit weißen Federn getarnt werden. In Wirklichkeit sind sie Adler, die sich von Fischen ernähren.«

Neun

52° 44' 14" N, 8° 8' 44" O

Zehn Kilometer hinter der Stadt verließ Johann auf Isis Anweisung die Landstraße und bog in einen Wirtschaftsweg ein. Der Weg endete hinter einer Fichtenschonung an einem unbeholfen zusammengenagelten Gatter. Johann brachte den Wagen zum Stehen, Isi sprang hinaus und öffnete das Tor. Das Holz schrammte über den Boden. Zwei Hunde schossen bellend über das Gelände und warfen sich gegen die Wagenfenster. »Die tun nichts, nur, wenn ich es will.« Isi rief den Hunden etwas zu, die Tiere duckten sich, winselten und verschwanden mit eingezogenen Schwänzen im Gebüsch. »Geri und Freki«, sagte Isi, als Johann und Paul unsicher ausstiegen. »In der Zukunft werden alle Tiere zahm sein. Sie werden keine Angst vor uns Menschen haben, sondern uns mögen und uns freiwillig dienen, ohne dass wir ihnen etwas befehlen müssen.«

Isi führte sie auf einen sandigen Platz, etwa so groß wie ein Fußballfeld. Bevor sie ihn betrat, zog sie ihre Gummistiefel aus und leerte ihre Taschen. Drei Müsliriegel, eine Packung Tampons, eine Garnrolle, mehrere Kugelschreiber und eine Guthabenkarte für einen Onlineshop kamen zum Vorschein. Außerdem zwei Liter Milch, eine Schachtel mit Likörpralinen, einige Packungen Spaghetti, ein Gläschen Kapern, ein Gläschen Würzpaste, eine Dose Ravioli, vegan, eine Dreierpackung Socken und eine Tüte mit Kartoffelchips. Johann hatte sich nicht geirrt, es war der Ertrag einer ausgedehnten Diebestour.

»Runtergesetzt?«, fragte er.

»Nein, teuer«, sagte Isi. Sie ordnete die Beute nach ihrer Größe und stellte die Gummistiefel jeweils links und rechts daneben. Dann pfiff sie nach den Hunden. Noch immer geduckt, kamen sie aus dem Gebüsch hervor, krochen misstrauisch heran und legten sich leise knurrend in den Sand. Ihr Blick war entschlossen. »Sie bewachen uns«, sagte Isi.

Auf der rechten Seite des Platzes verrottete eine Scheune. In ihrem Schatten waren mehrere Bauwagen abgestellt, radlos und aufgebockt. Auf einer Wiese hinter der Scheune standen drei Kohten, schwarze Pfadfinderzelte. Aus einer Kohte stieg Rauch auf. Einige Holzverschläge schienen ebenfalls als Unterkünfte zu dienen. Zwischen ihnen waren Plastikplanen und Decken aus Bundeswehrbeständen gespannt. Über allem lag eine träge Freundlichkeit.

Etwa zwanzig Personen gingen verschiedenen Beschäftigungen nach: Zwei junge Frauen in Badeanzügen hockten auf den Stufen eines Bauwagens und putzten Salat. Ein Mann mit einer ausgefallenen Zopffrisur säuberte die Kohten. In seine Arbeit vertieft, wischte er mit einem Tuch über den starren Zeltstoff. Eine Frau, etwa in Johanns Alter, durchsuchte eine Blechkiste. Sie kramte ein Messingglöckchen hervor und schritt, das Glöckchen läutend, über den Platz. Statt eines Oberteils trug sie eine elastische Binde, mit der sie ihre Brüste abband. »Sie war früher mal Gebrauchsmusikkomponistin«, sagte Isi, als die Frau außer Hörweite war. »Jetzt lebt sie nach dem Resonanzprinzip.« Eine Gruppe junger Männer zog einen Baumstamm an

Stricken über den Platz. Sie ächzten und schienen sich in ihrer Anstrengung überbieten zu wollen. Ein Mann in zerschlissenen Cargo-Bermudas kniete vor einem alten Koffer. Seine Unterschenkel waren bis zur Ferse tätowiert. »Das ist Ludwig«, sagte Isi.

»Hallo«, murmelte der Mann.

Überall auf dem Gelände standen Schilder, einfache Bretter, die die Anwesenden aufforderten, still zu sein: »Ruhe«, »Silence«. Tatsächlich wurde nur wenig gesprochen. Die meisten verständigten sich mittels Zeichen und Gesten. Auch Isi flüsterte jetzt: »Wir sind Rückkehrer.« Sie schien stolz darauf zu sein.

Die Rückkehrer gingen ausnahmslos barfuß. Nur Johann und Paul, Abgesandte einer Zivilisation, die es offenbar zu überwinden galt, trugen noch Schuhe. Isi führte sie weiter über den Platz. Am Waldrand befand sich ein Garten, ein Beet von etwa zehn Quadratmetern Größe. Hier wuchsen verschiedene Beeren. Die Fruchtstände schienen bereits abgeerntet zu sein, nur wenige Früchte hingen noch an den Sträuchern. Krautige Erdbeerpflanzen ließen fadenförmige Ausläufer durchs Beet kriechen. »Wartet hier mal«, sagte Isi und verschwand.

Paul setzte sich in den Sand. Er schnürte seine Wanderstiefel auf, zog sie aus, rollte die Socken von seinen Füßen, steckte sie in die Stiefel und krempelte die Hosenbeine hoch. Er stand auf und ging ein paar Schritte. Dabei ließ er die Füße über den Boden schleifen. Er schien sie verschmutzen zu wollen.

»Sie verständigen sich mit Zeichen«, sagte Johann.

Paul nickte unbestimmt.

»Du könntest einen Workshop anbieten. Schweigen als Schicksal oder so. Das würde denen bestimmt gefallen.«

Paul schüttelte den Kopf, ebenso unbestimmt, wie er zuvor genickt hatte.

Isi kehrte mit einem jungen Mann zurück. Er war nur unwesentlich älter als sie und zog einen Spaten hinter sich her. »Hallo!«, sagte er. »Willkommen! Ich bin Felix. Isis Bruder.« Felix' Gesicht war flach, die Nase symmetrisch, die Ohren waren klein und rund, die Augen blau und leuchtend, was auch sonst, dachte Johann, der Adamsapfel war ein Keil, über den sich weiße Haut spannte. Die Lippen waren wie mit Zucker glasiert, ein Kinderglanz, den Martin umgehend fortgewischt hätte. Felix trug eine Zimmermannshose und einen handgestrickten Pullover. Er umarmte Johann und Paul, und es schien Johann, als zittere jeder einzelne Muskel seines hageren Körpers unter der dichten Wolle. Felix' Lächeln wirkte starr, ein Ausdruck nicht verhandelbarer Freude. »So excited«, sagte er. Er trat vors Beet und begann, mit dem Spaten ein Loch auszustechen. »Wir wollen einen Teich anlegen.«

Während er grub, erklärte Felix, dass der Wald ihr Wort für die Welt sei. Heiligten sie ihn, so heiligten sie auch alles andere. Am Ende würde zwischen Esche und Ulme der Auerochse wieder durchs Unterholz brechen, kaum kleiner als ein Elefant, der Elch würde umherziehen, die Riesenziege, die im Stehen schlafe, angelehnt an Baumstämme, weil sie keine Kniegelenke habe, und Vögel würden durchs Kronenrund schwirren, deren Federn nachts wie Feuer leuchteten. Noch lägen Ask und Embla wie in Keimruhe schicksalslos auf dem Land. Doch Odin würde von Asgard herabsteigen. Sie würden von ihm den Atem erhalten, von Hönir die Wut und von Lodur das Blut und die gute Farbe. »Believe me«, sagte Felix. Er legte den Spaten auf den Boden und zog ein Schild unter einem Strauch hervor. Aus zwölf etwa gleich großen Teilen eines zersägten Birkenzweigs war das Wort »EDEN« zusammengesetzt und auf ein Brett genagelt worden. »Wir erschaffen das Paradies«, sagte Felix, und Isi ergänzte: »The paradise.« Alles werde wieder gesund. »For sure.« Während Felix sprach, machte er einige nutzlose Bewegungen. Wie eine Katze, die träumt, dachte Johann. Das Kranke, Böse und Schlechte, das paranoide System, all das verbannten sie hinter die Wehrlandschaft, die Schutzpflanzung, den lebenden Zaun, sie seien ja nicht irre und bescheuert oder so was. »No peace beyond the line«, rief Felix in einem Akzent, der dem Originalton gestreamter Serien entlehnt schien. Er nahm den Spaten wieder auf und stieß ihn mit Wucht in die Erde, während Johann zum Wald hinübersah und sich das kriegerische Chaos vorstellte, das Felix hinter der von ihm verhängten Demarkationslinie annahm.

Plötzlich misstrauisch geworden, erkundigte sich Felix, wer sie bitte, please, noch mal genau seien. Paul schrieb eine Notiz auf einen kleinen Zettel. Johann las sie vor: »Ich bin Paul. Ich bin Johanns Bruder. Also er ist Paul und mein Bruder. Ich bin Johann. Wir sind auf einer Reise. Wir suchen nach einem Ausweg.«

Felix schien zufrieden zu sein. Er legte seine Hand auf Pauls Schulter und ließ sie eine Weile dort liegen. Dann nahm er etwas Erde auf und zerrieb sie zwischen den Fingern. Jedes einzelne Samenkorn enthalte eine unvorstellbare Menge kosmischer Informationen, Festplatten seien nichts dagegen. Uraltes Wissen liege in dieser Krume, die ganze Welt in einem einzigen Korn. Er wischte seine Hände am Pullover ab und begann einen Vortrag, den er allem Anschein nach schon häufiger gehalten hatte. Unter Einbeziehung der vier Elemente müsse man einen Samen zunächst neun Minuten lang in seinen Mund legen und mit dem eigenen Speichel befeuchten (Wasser), ihn dann dreißig Sekunden auf die Handfläche legen, während man barfuß auf der Erde stehe, die man bepflanzen wolle (Erde), um dann auf den Samen zu pusten (Luft) und ihn der Sonne darzubieten (Feuer). So sammle der Samen alle Informationen des Menschen, der ihn einpflanzen wolle, was ihm ermögliche, zu einem einzigartigen Nahrungs- und Heilmittel zu werden, indem er während seines Wachstums die für seinen Menschen erforderliche Energie aus dem Kosmos und der Erde ziehe. Schließlich werde der Samen in die Erde gesetzt, aber nicht gegossen. Erst nach drei Tagen dürfe man ihn gießen. Manchmal auch erst nach vier oder fünf. Das sei das Geheimnis des ewigen Waldes. Hier wüchsen Himbeeren, Johannisbeeren, Stachelbeeren und Erdbeeren, die sie Friggbeeren nennen würden, aber auch Gurken und Tomaten und an den Bäumen Äpfel und Süß- oder Sauerkirschen. Für die Bienen pflanzten sie Feldblumen an.

»Ein Schlemmerparadies«, sagte Johann, biss sich aber auf die Lippe, als er Pauls glänzende Augen sah.

Felix nickte wie ein Automat, das Gesicht ausdruckslos wie Granit. Zusätzlich gebe es zwei Beete mit Getreide, Roggen und Weizen, und zwei Beete für Gräser und Kräuter. Die seien hinten am Wald. Mindestens eine Sonnenblume pro Beet sei vorgeschrieben. Sie sei für das Glück der Tiere wesentlich. Das sei ganz altes Wissen. »Und hier ist unser Familienbaum«, sagte Felix und zeigte auf ein etwa kniehohes Gewächs.

»Eine Esche«, sagte Isi. »Sie wächst noch. Still growing. Es geht ja erst los.«

52° 44' 14" N, 8° 8' 44" O

Am Nachmittag hatten Paul und Johann geholfen, Brennholz für das Sonnenwendfeuer zu sammeln und es auf dem Platz vor der Scheune kleinzuhacken. Nach einer Stunde harter Arbeit hatte Paul einen beachtlichen Stapel aufgeschichtet. Johanns Holzhaufen war dürftig geblieben, er hatte Reisig unter die Scheite geschoben, um ihn größer erscheinen zu lassen. Eine Frau hatte vergeblich versucht, eine störrische Ziege auf einen Fleck Rasen zu ziehen. Mit einem angedeuteten Zeichen hatte Paul die Frau aufgefordert, ihm den Strick zu überlassen, an dem das Tier angebunden war. Er hatte sich neben die Ziege auf den Boden gehockt und, an ihrem Widerstand scheinbar uninteressiert, gewartet, bis sie sich von selbst auf das Gras zubewegt hatte. Dort hatte er sie mit einem angespitzten Holzstück angepflockt. Zum Dank hatte die Frau Paul ein Amulett aus geflochtenen Buchenzweigen um den Hals gelegt. Nun warteten sie auf den Anführer der Rückkehrer, den Vater von Isi und Felix, er würde nach Sonnenuntergang die Feuerrede halten.

Plötzlich schrie Felix auf. Die Trolle hätten die Bäume ausgerissen, nun würden die Elfen tanzen. Er entzündete das Feuer und forderte die Glut auf, alles Böse zu verzehren, alle Schuldgefühle und allen Selbsthass. Der giftige Rauch werde emporsteigen, aus dem Lodern werde eine neue Zeit entstehen. Im Licht der hochschießenden Flammen begannen die Rückkehrer, johlend über den Platz zu laufen. Einige rissen sich die Kleider vom Leib und warfen sie fort. Die Hunde kläfften. Der Boden bebte. Das Feuer fraß sich durch den Stoß, die sonst stillen Rückkehrer sangen mit voller Kraft, arrhythmisch und dissonant. Manche schlugen sich auf die nackte Haut oder bewarfen sich mit Sand. Als der Holzstoß unter dem zuckenden Feuer zusammenbrach, ebbte der Gesang ab. Fünf nackte Männer, angeführt von Felix, stellten sich an den Rand des Feuers. Unter dem Jubel der anderen sprangen sie über die Flammen.

Johann streckte sich auf dem Boden aus. Die Spannung wich aus seinen Muskeln. Sein Körper wurde zu Watte, seine Haut zu Zuckerguss. Nichts trennte ihn noch von den Bäumen, die den Platz umstanden, nichts vom Sand, auf dem er lag, nichts vom Feuer, das Funken schlug, auch von diesen Funken nichts. Johann fühlte sich in vollkommener Übereinstimmung mit allem, was ihn umgab, selbst den Menschen, die um ihn herumsprangen. Er liebte und hasste es zugleich. Diese Inbrunst, deren Unnachgiebigkeit keinen Zweifel daran ließ, dass man sich hier dem Willen der Gemeinschaft bedingungslos zu unterwerfen hatte, kannte er aus der Gemeinde. Damals war sie Heimat gewesen und das gemeinsame Gebet ihr Leben.

Paul saß neben Isi auf einem Baumstamm und lächelte ins Feuer. Er schien über den Dingen zu schweben. Er sah aus, als habe er eingeladen und feiere nun Geburtstag. Johanns Wunsch beim Ausblasen des Streichholzes auf dem Mettbrötchen ein paar Tage zuvor, dass sich eine Freundin für Paul finden möge, hatte sich offenbar erfüllt. »Lass deine Ohren merken auf die Stimme meines Flehens«, murmelte er. Psalm 130 war einer der Psalmen gewesen, die ihm Paul wieder und wieder aufgeschrieben hatte. Die Wörter »Ohren« und »Stimme« hatte er dabei stets unterstrichen. Paul klopfte auf den freien Platz neben sich und nickte Johann zu. Johann stand auf und setzte sich zu ihm und Isi auf den

Stamm. Neben ihnen lag ein junger Mann im Sand. Er schien ein Ritual der Selbstliebe zu vollziehen, er umarmte sich mehrmals und sprach sich dabei Mut zu. Paul zeigte auf eine gekritzelte Notiz auf der Rückseite eines Kassenzettels:

– Adäquat arisch.

Johann nahm ihm den Kassenzettel aus der Hand und warf ihn ins Feuer. Felix zwängte sich zu ihnen auf den Stamm, legte seinen Arm um Johanns Schulter und fragte, was Paul gerade aufgeschrieben habe.

»Dass alles Schwingung ist«, sagte Johann. »Dass man sich nur öffnen muss.«

»Yeah!«, rief Felix. »Yeah! Yeah!«

Isis und Felix' Vater, der Anführer der Rückkehrer, erschien am Feuer. Er trug ein Wams, als sei er für ein Mittelalterfest kostümiert, und eine Hose, die mit Lederbändern umwickelt war. Er ging barfuß wie alle Rückkehrer. Er war groß und stark, ein Mann von erhabener Schönheit, seine Haut war braun und makellos, sein Gesicht ebenmäßig und flach wie das Gesicht seines Sohnes. Sein volles Haar wies über dem rechten Ohr eine Pigmentstörung auf, eine weiße Strähne, eine Markierung Gottes. Er zog einen brennenden Ast aus dem Feuer und reckte ihn wie eine Fackel in die Höhe. Die Rückkehrer stießen Freudenschreie aus. Der Anführer begann seine Rede.

»Rückkehrer! Waldgänger! Diese Scholle geweihten Mutterlandes ist ein Biotop der Heilung, ein tierleidbefreites Revier, eine No-go-Area für Leichenteilproduzenten und Kadaverfresser. Hier ist Eden. Unser Zeichen ist das W. Waldgänger, wir leben als autochthone Siedler die Utopie umfassender Solidarität mit dem gequälten Körper. Dieser Wald ist eine Insel. Er ist der vom Ozean der Dekadenz umtoste Keim eines Dickichts, das die Einheitszivilisation eines Tages überwuchern wird. Die Wildnis wird sich im Klassenkampf der Tiere, Pflanzen und Gewässer die Maschinenstädte zurückerobern, in denen die neongebleichten Lemminge bei Zimmertemperatur ihre Fertigmahlzeiten aus Plastikschalen schlürfen. Unsere Nahrung ist eine andere. Das mythische Geäst dieses Waldes wird die Neophyten bezwingen. Seine Wurzeln werden austreiben und den Beton der Städte sprengen. Aus Geröll und Schutt werden neue Welten entstehen. Wir werden mit der Kälte kommen. Die Natur wird siegen, denn sie kennt keine Freiheit, keine Gleichheit, keine Brüderlichkeit, sie kennt nur erbarmungslose Stärke gegenüber dem Minderwert, und diese Stärke sind wir. Unser Ziel ist die revolutionäre Neugeburt aus dem Verfall. Unsere Revolution ist spirituell, weil sie die Verherrlichung des Individualismus moralisch bezwingt und die Schicksalsgemeinschaft reinigt vom schlaffen Zynismus anthropozentrischen Hochmuts. Das Gesetz liegt in unserer Hand, es ist das Naturgesetz, das nicht gehört, nicht gesehen und nicht genannt werden kann, es ist unser Instinkt, der unser Tun bestimmt. Hier erhebt sich das Blut gegen den Verstand, die Ehre gegen den Ertrag, die Metaphysik des Stolzes gegen ein destruktives Schuldideal, gegen die suizidale Kollektivtrance, Unrecht zu unterstellen, wo Geschick waltet. Es erhebt sich das Volk gegen den Einzelmenschen, gegen Kapital und Staat. Es erheben sich Luft, Sonnenlicht, Regen, die Erdfeuchte und der Humus gegen Glas, Stahl und Beton. Es ist ein Krieg gegen die Parasiten, das Geschwür an der Scholle, ein Krieg des Homo vegetus, des Pflanzenessers, geführt mit Faust und Pfote. Fleisch fressen ist Mord, Käse essen Folter, Milch ist weißes Blut. Rückkehrer! Waldgänger! Man hat uns geächtet, hat uns zu Parias erklärt, zu Ausgestoßenen, die, Laborratten gleich, gefügig ihre Vivisektion erwarten. Sie irren sich. Wir sind die Frostriesen, wir sind Arminius, Wilhelm Tell, wir sind Sechzehnhundertdreiundachtzig, wir sind der weiße Gandhi, der weiße Mandela. Die Heuchler, die ums Goldene Kalb tanzen, werden verstummen, die Redakteure, die Unternehmensberater, die Kreistagsabgeordneten, die Industrieverbandssekretäre, alle Erdkrustenbürger unter falscher Flagge, die Systemsklaven und Schlafschafe auf dem Weg zur Schlachtbank. Das Geheimnis unserer Macht ist die Intuition. Nur wer sich hingibt, erreicht mythische Einheit, nur wer entsagt, wird Freiheit erfahren. Es ist das Zirpen der Nacht, das uns die Sagen der Vorväter, das Urwissen der Ahnen zuwispert, eine heidnische Weisheit, die wir in unseren Träumen empfangen. Hier berühren wir das Sein, das Weltwollen, hier gären die ehernen Gesetze, gegen die zu verstoßen Frevel am Urgrund wäre, denn sie führen uns zum Kern unseres Ringens im nicht endenden Lebenskampf, sie führen uns aus der Finsternis zum Licht, zum Sieg der blutgebundenen Seele. Der Wald ist es, die Landschaft Edens, der den Stoff unserer Träume webt, die Heide, der Geist der alten Moore. Waldgänger! Habt ihr Schlamm in den Adern? Schlick im Herzen? Morast im Hirn? Wacht auf! Macht euch bereit! Zeigt euer Antlitz! Wir werden mit der Kälte kommen. Der Fimbulwinter bricht an. Unter den Zweigen des Maßbaums halten wir Gericht. Wir sind der Wald, der marschiert. Wir sind vegane Götter. Wir sind Hedin und Eorich. Wir sind Irmhild, Helrun, Godelind und Nordulf. Wir sind Landolf und Teutwin. Wir sind Alruna. Wir sind die Axt, der der Pflug folgt. Wir sind paneuropäisch, identitär, amoralisch. Wir sind Sozialisten einer höheren Ordnung. Unser Antifaschismus ist allumfassend. Heute beenden wir den Holocaust der Hühner, morgen beenden wir den Holocaust an der Welt. Sie wird erzittern. Unser Fanal wird ihre Apokalypse sein. Unser Zeichen ist das W. Wir werden überdauern.«

Applaus toste ums Feuer. Die Rückkehrer waren außer sich. Sie schlugen in die Glut und ließen die Funken sprühen. Einige Männer hoben den Anführer auf ihre Schultern und trugen ihn jauchzend über den Platz. Andere umtanzten ihn. Der Gesang setzte wieder ein und steigerte sich zur Ekstase.

– Das war ein bemerkenswerter Wortbeitrag, schrieb Paul auf einen Papierschnipsel.

»Hast du mitgeschrieben?«, fragte Johann. Er musste brüllen, um den Tumult zu übertönen.

– Nein, schrieb Paul.

Er schien sich blendend zu amüsieren.

– Ich kann keine Runen. Aber ich beneide den Mann um seine Stimme. Die geht wirklich unter die Haut. Übrigens: Godelind ist der Name der Ziege.

Er warf den Papierschnipsel in eine rußende Flamme, wo er, sich aufbäumend, verglomm. Ludwig trampelte über den Platz. Mit einem gellenden Schrei sprang er in die Überreste des Feuers und stampfte durch die Glut. Seine Unterschenkeltätowierungen schwitzten in der Hitze, Johann erkannte die Muster.

»Der Mensch hat den Wald betreten«, brüllte er in Pauls Ohr. »Man was in the forest. Your mother can't be with you anymore.«

Sie übernachteten im Mietwagen, weil Johann nicht mit Nazis buchstäblich unter einer Decke stecken wollte. Paul schrieb mit aufgesetzter Stirnlampe auf eine Serviette aus dem arabischen Imbiss:

– Magie ist Physik durch Wollen. Und sie wollen es wirklich.

Er lachte sein stummes Mutistenlachen, während er Johann die Bedeutung von Ludwigs Unterschenkeltätowierungen kritzelnd erläuterte. Dieser bejammernswerte Mann habe sich eine Triskele ins Bein stechen lassen, das dreiarmige Hakenkreuz, und die Schwarze Sonne aus Himmlers Wewelsburg, ein Kreis aus zwölf spiegelverkehrten Sig-Runen, die für rechte Esos den Mittelpunkt der Hohlerde symbolisiere, das Exil des über Zeit und Raum gebietenden Adolf Hitlers, zu erreichen durch geheime Bodenöffnungen zum Einflug reichsdeutscher Flugscheiben in der Erdkruste des antarktischen Neuschwabenlandes, geboren aus der arischen Seele Aldebarans, achtundsechzig Lichtjahre entfernt, was mit den Überlichteffekten des Skalarwellen-Repulsinen-Antriebs eines Haunebu-Geräts lediglich ein Katzensprung sei und für einen wahren Nationalsozialisten folglich keine Entfernung.

»Kannst du mir noch einmal Gunni beschreiben?«, fragte Johann.

Paul sah auf. Nach einer Weile nickte er.

– Du hast recht, schrieb er butterlächelnd auf die Serviette und strich das Übrige durch.

Er wühlte einige Zeit in den acht Zetteltüten. In der Tüte mit den aufgedruckten Fischgerichten fand er schließlich ein Notizheft mit Spiralbindung. Er las eine Seite darin, griff in die rote Tüte mit dem blauen Streifen und zog ein kleines, zerknittertes Papierstück hervor, den Ausriss aus einem Schulheft, und legte es auf Johanns Knie.

– Mutter ist weg. Ich bin schuld. Ich habe Handstand geübt und nicht gemerkt, dass sie abgetrieben ist. Hätte Johann nicht gewinkt, wäre sie wahrscheinlich gestorben. Johann hat Mutter gerettet.

Zwei Stunden später wurden sie geweckt. Fünf Rückkehrer standen vor dem Mietwagen. Sie trugen schwarze Kampfkleidung und Perücken. Als Johann aufgefordert wurde, das Fenster hinunterzukurbeln, erkannte er Isi. Ein falscher Bart klebte in ihrem Gesicht, und ihre Augenbrauen waren mit einem Kohlestrich übermalt. Felix hatte sich mit einer Kufiya vermummt. Er trat ans Fenster. Er müsse etwas sagen, er bitte sie, ihm zuzuhören. Es gehe um eine gute Sache, darum, ein kohärentes Feld der Heilung zu generieren. »Hühner sind die unglücklichsten Tiere auf der Welt«, sagte er. Massen von ihnen würden einfach geschreddert. Das Leben in den Ställen sei kein Leben, die Ställe seien wie Konzentrationslager. Männliche Küken würden dort vergast, 45 Millionen pro Jahr. Aber heute Nacht würden sie diesen Scheiß beenden. Die Aktion sei, wie jede ihrer Aktionen, ein Akt der Propaganda, um die Schlafschafe zu wecken, jene Beknackten, die wie im Koma ihre Hühnerflügel herunterschlängen. »Chicken Wings.« Zur Durchführung der Aktion benötigten sie allerdings einen Fluchtwagen.

Paul schüttelte nachdrücklich den Kopf, doch Johann flüsterte ihm zu: »Es wird bald hell, dein Tag ist vorbei. Du bist den Hühnern noch etwas schuldig, das ist deine Chance.« Und an Felix gewandt sagte er: »Unter einer Bedingung: Wir kommen mit.«

Eine Weile diskutierte Felix mit seinen Leuten. Dann liefen zwei von ihnen auf den Platz zurück, zogen Fahrräder aus einem Gebüsch und hetzten über den Wirtschaftsweg davon. Felix lehnte sich ans geöffnete Wagenfenster. »Einverstanden«, sagte er. »Wir sitzen aber hinten. Wegen Blitzern und so.« Während die Rückkehrer fünf Faltboxen aus Kunststoff im Kofferraum verstauten, vergrub Paul die restlichen Servietten aus dem arabischen Imbiss in einer Zetteltüte. Er stieg aus und ließ die Rückkehrer hinten Platz nehmen.

Isis Anweisungen folgend, fuhr Johann erst über Feld- und Forstwege, über Land- und Dorfstraßen, dann einige Kilometer über eine Bundesstraße, schließlich wieder über Landstraßen, bis er zuletzt auf eine unbefestigte Zufahrt einbog und nach etwa hundert Metern stehen blieb. Paul lächelte.

»Scheinwerfer aus. Und zieht euch die T-Shirts übers Gesicht. Hier ist überall Überwachung.« Felix' Stimme bebte vor Erregung. »Wir müssen warten.«

Johann glaubte, auf die Radfahrer warten zu müssen, doch die beiden kamen hinter einem Busch hervor, huschten lautlos über die Zufahrt und kauerten sich neben das Auto. »Worauf warten wir?«, fragte er flüsternd.

»Auf das Licht«, sagte Isi und strahlte. Ihr Bart war verrutscht.

Paul zog die Stirnlampe aus einer der Zetteltüten und setzte sie sich auf den Kopf. Isi kicherte.

»Warum passiert da nichts?« Die Stimme des unbekannten Rückkehrers auf der Rückbank, ein Mann mit breiten Schultern, war unerwartet hoch. Er schwitzte unter der Perücke und schien nervös zu sein. Plötzlich blitzte eine Lampe in der Dunkelheit auf. »Na endlich«, sagte er und strich sich das Kunsthaar aus dem Gesicht.

»Raus«, zischte Felix. »Aber leise. Be quiet.«

Sie liefen geduckt über die Zufahrt und erreichten nach etwa vierzig Metern ein Stahltor. Ein Mann erwartete sie.

Wortlos wies er auf mehrere Überwachungskameras, dann duckte er sich ebenfalls. Mit einer Chipkarte öffnete er das Tor. Dem Licht eines Scheinwerfers ausweichend, huschten sie über den Hof. Im Schutz einer Mauer blieben sie stehen. Wieder deutete der Mann auf mehrere Überwachungskameras.

Der Maststall war annähernd hundert Meter lang. An einer der Schmalseiten standen vier Futtersilos. Der Mann vom Tor führte sie zwischen ihnen zu einem Vorraum, dessen Eingang er ebenfalls mit einer Chipkarte öffnete. Er ließ sie hinein und verschwand hinter den Silos. Auf Felix' Weisung schaltete Paul die Stirnlampe an. Ein Generator war zu erkennen und ein Paar Gummistiefel. Ein Kanister mit Desinfektionsmittel war umgekippt. An einer Wand stapelten sich mehrere Kunststoffbehälter, in der Ecke daneben befand sich eine schmale Tür. Felix öffnete sie. »Let's go.« Ein infernalischer Gestank schlug ihnen entgegen. Er brannte auf den Schleimhäuten und ließ die Augen tränen. Die Rückkehrer schoben Paul durch die Tür. Das Licht der Stirnlampe verlor sich in der weiten Halle. Vor ihnen hockten unzählige, vor sich hin piepende Zehn-Tage-Küken auf einem Gemisch aus Einstreu und Exkrementen. Viele lagen mit gespreizten Flügeln und offenen Schnäbeln auf dem Stallboden und hechelten in der feuchten Hitze. Vereinzelt waren Klagelaute zu hören. »Das ist –«, sagte einer der beiden Radfahrer, und Johann erkannte, dass es Ludwig war.

»Los.« Felix' Stimme überschlug sich. Im Gleichtakt, als hätten sie es geübt, klappten die Rückkehrer die Faltboxen auseinander. Felix zog an Pauls Hand. »Fängst du an? Du hast das Licht.«

Paul war im Schein der Stirnlampe kaum zu erkennen. Er verharrte regungslos. Die Küken piepten. Die Rückkehrer atmeten schwer. Johann hielt sich die Nase zu. Schließlich drückte Paul Johann drei Zetteltüten in die Hand.

»Verdammt. Wieso hast du die Zetteltüten dabei?«

Paul zuckte mit den Schultern. Er bückte sich und griff nach einem Küken. Das Tier stieß einen Schrei aus. Paul ließ es fallen.

»Mach«, zischte Felix.

Paul griff nach einem anderen Küken und stopfte es in eine der Faltboxen. Als sei hierdurch ein Bann gebrochen, begannen nun auch die Rückkehrer, Küken aufzusammeln. Ludwig kroch über die Schüttung. Die Tiere stoben auseinander. Der zweite Radfahrer hockte hustend an den Faltboxen und achtete darauf, dass bereits eingefangene Küken nicht wieder heraussprangen. Weiße Federn flogen ihm in den Mund. Isi kicherte. Johann stellte die Zetteltüten ab und nahm ein Küken vom Boden auf. Das Tier versuchte, mit den Flügeln zu schlagen. Sein Kamm war verletzt, sein Gefieder verklebt. An seiner Brust befand sich eine kahle Stelle. Sein Herz raste. Seine Beine traten ins Leere.

»Zehn reichen.« Felix drängte zum Aufbruch.

Paul ritzte eine Siebzehn auf Johanns Hand.

»Warum nicht siebzehn?«, fragte Johann.

»Dann halt dreizehn«, erwiderte Felix.

»Warum dreizehn?«, fragte Johann.

»Egal«, sagte Felix.

»Wir haben aber nur zwölf«, sagte Isi.

»Los«, flüsterte Felix. »Wir hauen trotzdem ab.«

Sie verschlossen die Faltboxen, hoben sie vom Boden und zwängten sich durch die schmale Tür. Paul griff nach den Zetteltüten. Ludwig blieb zurück. Mit roter Graffitifarbe sprühte er ein etwa zwei Meter hohes W an die Wand des Stalls. »Die T-Shirts hoch und los«, befahl Felix.

Während sie abermals geduckt um das Licht des Scheinwerfers herum über den Hof liefen, erkannte Johann, dass er sich mitten in dem Abenteuer befand, das er sich von dieser Reise erhofft hatte. Sein Kehlkopf vibrierte im Takt seines Herzens. Der Schweiß lief ihm übers Gesicht. Seine Hände waren eiskalt. Am Stahltor erwartete sie der Mann mit der Chipkarte. Felix steckte ihm Geld zu. »Dziękuję«, sagte der Mann und nickte finster. Dann öffnete er das Tor.

Sie verstauten die Boxen mit den Küken im Kofferraum. Die Radfahrer verabschiedeten sich flüsternd, bestiegen ihre Räder und verschwanden über die Felder. Isi, Felix und der unbekannte Rückkehrer krochen auf die Rückbank. Paul griff nach Johanns rechter Hand und klopfte auf den Knöchel des Mittelfingers. »Tue ich«, sagte Johann. Kaum hatten sie die Wagentüren hinter sich geschlossen, brachen die Rückkehrer in gellenden Jubel aus. »We got it!«, brüllte Felix. Die drei rissen ihre Maskerade ab und warfen sie durchs Auto. Isi verrieb die Kohlestriche auf ihrer Stirn und klebte den Bart, mit dem sie sich getarnt hatte, auf Pauls Gesicht. Paul reckte die Daumen in die Höhe. Johann wendete den Wagen und schoss über die Zufahrt davon.

»Unser Ausweg liegt im Westen. Am besten lassen wir euch an der Kreuzung raus.«

Während Paul die Faltboxen mit den piependen Küken aus dem Kofferraum holte, stand Johann am Straßenrand und verabschiedete sich von den drei Rückkehrern. Isi versuchte, Johann von seinem Vorhaben, nicht mit ihnen zu kommen, abzubringen. Sie verwendete Begriffe wie »Ätherkraft« und »Lichttätigkeit«, sprach von feinstofflichen Körpern, von der Schönheit des Noah-Prinzips, immer zwei von jeder Art, und von freiwilliger Blindheit. Sie erinnerte daran, dass das, was beim Huhn ein Spiegelei sei, menschenmäßig einer Abtreibung gleichkomme. Felix wickelte sich aus der Kufiya. Er umarmte Johann und küsste ihn. Der unbekannte Rückkehrer hob die fünf Faltboxen hoch und machte sich im Falsett brummend auf den Weg. Nach ausgiebigen Freundschaftsbeteuerungen schlossen sich ihm Isi und Felix an. Isi drehte sich noch einmal um. »Hey, Paul. Das Schwere am Schweigen ist das Aufhören. Habe ich recht?« Paul winkte, bis die Rückkehrer in einem Waldstück verschwunden waren.

Johann beschleunigte den Wagen auf Höchstgeschwindigkeit und rief: »Fuck you. Oder auf gut Deutsch: Fuck you.« Dann brüllte er: »Wichser! Ärsche! Vollidioten! Opfer! Spackos! FUCK YOU!« Er lachte. Es war eine überreizte Heiterkeit, die sich überlegen gab und doch über den Schrecken, den der Fanatismus der Rückkehrer hinterlassen hatte, nur unzureichend hinwegtäuschen konnte. Diese Leute existierten wirklich.

Paul kurbelte das Fenster hinunter und kramte den Wunderblock aus den Zetteln.

– Sie haben Heimweh. Allerdings nach einem Ort, den es nicht gibt.

»Sie sind Vollidioten. Sie glauben an Mondwasser und Echsenmenschen.«

– Sie könnten dir auch einfach ein bisschen leidtun.

»Unsinn. Sie sind Spackos. Es hat sich voll gelohnt, wir haben einen Schaden von 3,60 Euro angerichtet.«

Die Hügel, die die Eiszeit zusammengeschoben hatte, verschwanden aus der Landschaft. Vor ihnen lag tischebenes Moorgelände. Es stank nach Ammoniak. Ein Bauer brachte Gülle aus.

Paul schloss die Augen.

– Danke, schrieb er, ohne hinzusehen.

– Brudi.

Paul griff ins Lenkrad. »Spinnst du? Willst du uns umbringen?« Paul zeigte auf die Bremse. »Was soll das?« Johann fuhr an den Straßenrand.

Pauls Hand zitterte, als er auf den Wunderblock schrieb:

– Ich habe eine Tüte vergessen.

»Was?«

– Eine Tüte mit Notizen.

»Wo?«

– Im Hühnerstall.

»Was?«

– Beim Küken-Raustragen.

»Spinnst du?«

– Es tut mir leid.

»Wieso hast du die Scheißtüten überhaupt mitgenommen?«

– Es ist die rote Tüte.

»Die haben sie wahrscheinlich schon entdeckt.«

– Die mit dem blauen Streifen.

»Es ist scheißegal, welche Tüte es ist.«

– Der Zettel, den wir aus der Garage geholt haben, ist in der Tüte.

»Ja und?«

– Für den wir den Umweg gemacht haben.

»Was ist denn an dem so wichtig?«

– Es ist ein Brief von Mutter.

»Was?«

– Von damals.

Paul ballte die Hand zur Faust.

– Es tut mir leid.

Johann starrte auf den Wunderblock. Dort stand:

– Ich habe eine Tüte vergessen. Eine Tüte mit Notizen. Im Hühnerstall. Beim Küken-Raustragen. Es tut mir leid. Es ist die rote Tüte. Die mit dem blauen Streifen. Der Zettel, den wir aus der Garage geholt haben, ist in der Tüte. Für den wir den Umweg gemacht haben. Es ist ein Brief von Mutter. Von damals. Es tut mir leid.

Ein Riss fraß sich durchs Land. Johann klammerte sich ans Steuer. Vor seinen Augen zerbarst die Landschaft. Es schien ihm, als breche die Straße der Länge nach auf. Wo im Asphalt Lücken klafften, drängte der Untergrund an die Oberfläche. Grollend riss er Gesteinsbrocken mit sich, die durch die Luft schossen und in die Felder krachten. Strommasten und Windräder knickten ein. Geröll begrub sie. Was war Paul doch für ein Arschloch. Er hatte sich Gunnis Blick genommen, ihre Stimme, ihren Geruch, die Erinnerung an ihre Haut. Er hatte sie lebendig begraben an einem Ort, den er seit Jahrzehnten verschwieg. Sein Bruder, dieses stumme, butterlächelnde Kind, von allen gemocht, so sehr, dass sie sich wünschten, dass es im Chor mitsinge, obwohl es nicht einmal sprach, dieses reine, selbstgenügsame Kind, von dessen Berührung sie sich Heilung und Trost erhofften, dieses greise Kind, das sich niemandem aufzwang, nur manchmal träge die Hand hob zum stummen Gruß, dieses Kind, an das Johann geglaubt hatte, wie er an Jesus geglaubt hatte, und an dessen Existenz er zu zweifeln begonnen hatte, als er anfing, die Existenz Jesu zu bezweifeln, nachdem er nächtelang dafür gebetet hatte, nicht mehr an ihn glauben zu müssen, dieses Kind, von dem Johann gehofft hatte, dass es ihm seinen Namen gegeben habe, geschrieben auf eine Tafel:

– Er heißt Johannes, und Gott wird ihm gnädig sein,

dieses weise Scheißkind hatte ihm die Liebe seiner Mutter gestohlen und ihn aus ihrer Welt verstoßen mit einer Kälte, die alles gefrieren ließ.

Das Land in Trümmern vereiste. Johann verlor sich im Whiteout eines ewigen Winters. Er sah die weißen Zonen, sah gleißendes Licht, sah über den Äckern Schneetreiben. Er kannte nun die achtzehn Begriffe für das Weiß des Nordpols. Er schlug zu. Paul kippte vom Sitz wie gefällt. Er rutschte in den Fußraum. Ängstlich zog er die Knie an die Brust. Johann versuchte, auf ihn einzutreten, traf aber nur seinen Ellenbogen. Er griff nach Pauls Arm und verdrehte ihn. Gleichzeitig trat er gegen Pauls Knie. Paul wollte ausweichen, doch er klemmte fest. Johann packte Pauls T-Shirt und zog daran, bis Paul keine Luft mehr bekam. Paul wehrte sich nicht. Blut rann aus seiner Nase. Johann verwischte es, bis er Pauls Gesicht zu einer Fratze entstellt hatte. Dann ließ er los. Paul klammerte sich an den Wunderblock. Er klapperte mit den Zähnen. Zitternd schrieb er:

– Sie hat sich in eine Frau verliebt.

»Was?«

– Sie hat ihr Auto zu Schrott gefahren, um mit dem Geld der Versicherung und der Frau ins Ausland zu gehen.

»Sie hat sich in eine Frau verliebt?«

Paul nickte und leckte sich das Blut von den Lippen.

»Gunni ist homosexuell?«

– Nein. Du bist homosexuell. Mutter hat sich in eine Frau verliebt.

»Wann hat sie dir das geschrieben?«

– Vielleicht ein halbes Jahr nach dem Unfall.

Johann zog eine der Servietten des arabischen Imbisses hervor und versuchte, das verschmierte Blut auf Pauls Gesicht zu entfernen. Paul schrieb auf den Wunderblock:

– Sie schreibt, dass sie mit ihrer Freundin im Ausland ist, weit weg, weil Vater versuchen würde, sie ausfindig zu machen. Sie schreibt, dass sie weiß, dass ich meine Stimme in meinem Inneren deutlich höre, dass sie ihre innere Stimme aber nicht mehr deutlich hört. Sie schreibt, dass ihr Unglück uns irgendwann unglücklich gemacht hätte. Sie schreibt, dass es ihre Schuld gewesen ist, in der Ostsee abgetrieben zu sein, weil sie die Warnbeflaggung missachtet und geglaubt hat, dass sie stärker als das Wasser sei. Sie schreibt, dass du noch zu klein wärst, um es zu verstehen, und dass ich dich beschützen soll.

Johann begann zu weinen. Es stimmte. Er war zu klein gewesen, um es zu verstehen, und er verstand es bis heute nicht. Unter den 1296 Löchern in der Kassettendecke war Pauls Flüstern lange das Einzige gewesen, das greifbar mit Gunni verschwunden war. Das Schweigen schien zur Pflicht geworden zu sein, und es wurde noch stiller in dem ohnehin schon stillen Fertighaus. Johann gewöhnte sich an, endlos lange Gebete zu sprechen. Fiel ihm nichts mehr ein, beschrieb er Jesus, was er gerade tat. »Beim Zähneputzen biegen sich die Borsten meiner Zahnbürste, ein paar aber nicht, die kratzen dann durch die Zwischenräume. Im Gummi meiner Unterhose schimmert ein roter Faden durch. Heute Morgen packe ich meinen Geschichtsatlas nicht ein, er ist zu schwer, und wir kriegen wahrscheinlich sowieso hitzefrei.« Gunnis Verschwinden hatte einen Hohlraum in der Luft hinterlassen, der das Licht brach, sich aber nicht mehr füllen ließ. Das, was fehlte, bestimmte nun über das, was war.

»Glaubst du, dass Vater wirklich versucht hat, sie ausfindig zu machen?«

Paul schüttelte den Kopf. Er rappelte sich auf, setzte sich

auf den Sitz und zog ein Stück Packpapier aus einer der Zetteltüten. Über das Papier gebeugt schrieb er:

– Vater ist damals in der Mission in Afrika in einen Gewissenskonflikt geraten. Als Apotheker unter Kontrahierungszwang hätte er jedes von einem Arzt verordnete Medikament abgeben müssen, doch er hat sich geweigert, einer Frau, die Opfer einer Vergewaltigung geworden war und die er für eine Prostituierte hielt, einen sogenannten Nidationshemmer auszuhändigen. Als sich die Schwangerschaft nicht mehr verbergen ließ, wurde die Frau von ihrer Familie verstoßen. Vater begründete damals sein Verhalten mit dem Gleichnis vom barmherzigen Samariter. Der Samariter, eigentlich Samaritaner, sei kein Jude gewesen und daher nicht den Reinheitsgeboten der Thora verpflichtet. Er habe dem Verletzten ohne Konsequenz für sein weiteres Leben helfen können. Der Priester, der an dem Mann vorübergegangen sei, wäre durch eine Berührung mit den Wunden entweiht gewesen, der Levit, der kurze Zeit später vorübergegangen sei, hätte zumindest für die nächsten sieben Tage keine rituellen Handlungen vornehmen dürfen, der Samariter hingegen habe außerhalb der Gesellschaft gestanden, nur aus diesem Grund sei es ihm möglich gewesen, dem Verletzten zu helfen. Zusätzlich hatte sich Vater darauf berufen, im Interesse der Gesundheit der Frau gehandelt zu haben. Er argumentierte, dass nidationshemmende Medikamente häufig zu Brustkrebs führten oder schwere psychische Störungen verursachten. Er war zu seiner eigenen Sekte geworden. Mutter hat ihm das nicht verzeihen können.

»Woher weißt du das alles?«

– Ich habe sie streiten hören, als wir von der Ostsee zurückgekommen sind. Und den Rest habe ich mir später zusammengereimt.

Johann legte seine Hände auf sein Gesicht. »Aus der Tiefe rufe ich, Herr, zu dir. Herr, höre meine Stimme! Lass deine Ohren merken auf die Stimme meines Flehens! Wenn du, Herr, Sünden anrechnen willst – Herr, wer wird bestehen? Denn bei dir ist die Vergebung, dass man dich fürchte. Ich harre des Herrn, meine Seele harret, und ich hoffe auf sein Wort. Meine Seele wartet auf den Herrn mehr als die Wächter auf den Morgen, hoffe Israel auf den Herrn. Denn bei dem Herrn ist die Gnade und viel Erlösung bei ihm.«

Paul schrieb die Worte »Ohren«, »Stimme« und »Erlösung« auf das Packpapier und unterstrich sie.

»Ich hätte sie fragen können.«

– Wie es ist, homosexuell zu sein?

»Ja. Naja. Vielleicht.«

Johann sah hinaus. Die Sonne stand über den Feldern. Die Trümmer waren verschwunden. Das Land war wieder intakt. Ein gewöhnlicher niedersächsischer Straßenrand. Eine geographische Koordinate auf Pauls Karten.

»Lass uns das hier möglichst zügig beenden.«

Paul schien die Luft anzuhalten.

»Es geht nicht um Trost, sondern um Wissen.«

Ohne suchen zu müssen, griff Paul in eine der Zetteltüten und zog einen Stapel eingerollter DIN-A4-Blätter hervor. Sie waren mit mehreren Büroklammern gesichert. Paul löste die Klammern, strich die Blätter glatt und reichte Johann den Stapel.

Zehn

52° 44' 14" N, 23° 48' 3" O

– Am 26. Juni 1941 rückt das Polizeibataillon 309, dem Befehl des Führers folgend, den Weltfeind Nr. 1, den jüdischen Bolschewismus, zu vernichten, ins Gebiet um Białystok vor und nimmt in der Nacht zum 27. Juni die Stadt ohne nennenswerte Gegenwehr ein. Die Männer tragen an den linken Ärmeln ihrer Uniformen Stoffstreifen mit der Aufschrift »Deutsche Wehrmacht«. Sie werden von der polnischen Bevölkerung überwiegend freundlich empfangen, mit Blumen, Süßigkeiten und Getränken. Zur »Säuberung der Stadt von russischen Versprengten und deutschfeindlicher Bevölkerung«, so der Divisionsbefehl, schwärmt das Bataillon am frühen Morgen aus und erreicht bis zum Mittag den Kościuszko Markt. Es kommt zu Ausschreitungen. Ein Bataillonsangehöriger treibt einen kahlgeschorenen Mann in wehrfähigem Alter vor sich her und erschießt ihn aus kurzer Distanz. Vier gefangene sowjetische Soldaten werden mit dem Gesicht zu einer Wand aufgestellt und vom Kompanietruppführer der 1. Kompanie mit der Pistole erschossen. Angehörige des 4. Zuges der 3. Kompanie nehmen in einem Haus an einer Durchfahrtsstraße 20 Zivilisten fest, treiben sie auf die Straße und erschießen sie dort. Major Ernst Weis, Befehlshaber des Bataillons, fordert seine Leute auf: »Macht mal ein bisschen Beute, Jungs!« Die Polizisten schlagen Türen und Schaufenster ein und schaffen Rotwein, Sekt und Wodka heran. Im Gefechtsbericht gibt der Major an, dass bei diesem ersten Vorstoß etwa 200 sowjetische Soldaten und jüdische Männer getötet werden.

Gegen Mittag befiehlt Weis, das Viertel rund um die Hauptsynagoge zu durchkämmen und alle wehrfähigen Männer jüdischen Glaubens festzunehmen. Im gesamten Judenviertel setzen Schießereien ein. Der Führer des 4. Zuges der 3. Kompanie, Leutnant Heinrich Schneider, tötet mindestens fünf Juden durch Schüsse aus der Maschinenpistole. Beim ersten sagt er: »So wird das gemacht.« Ein Polizist muss zur Seite springen, um nicht getroffen zu werden. Drei weitere erschießt er, während sie um einen Tisch herum sitzen, den fünften durch eine geschlossene Tür. Er weist zwei Polizisten an, zehn Festgenommene an einer Häuserecke zu erschießen. Mehrfach demütigen Bataillonsangehörige Festgenommene, sie zünden ihre Bärte an und zwingen sie, vor ihnen zu tanzen und mit ausgebreiteten Armen »Ich bin Jesus Christus« auszurufen. Einige der Männer vergewaltigen Frauen.

Am frühen Nachmittag lässt Hauptmann Behrens, Kommandeur der 1. Kompanie, die orthodoxen jüdischen Bewohner aus der Menge der zuvor Festgenommenen aussondern und in Gruppen von etwa zwölf Mann erschießen, man schätzt ihre Zahl auf annähernd 250. Mit Blick auf eine Ansammlung von mindestens dreißig jüdischen Männern, Frauen und Kindern befiehlt Behrens dem Kompanietruppführer der 1. Kompanie, Rondholz, auch sie zu erschießen, da man sie mit mitgeführten Waffen angetroffen habe. Auf den Einwand des Kompanietruppführers, dass bestimmt weder die Frauen noch die Kinder bewaffnet gewesen seien, wird der Hauptmann zornig und verlangt, den Befehl unverzüglich auszuführen. Der Kompanietruppführer fordert hierauf einen Polizisten auf, die Männer zusammen mit einigen Kameraden abzuführen und zu liquidieren.

Generalleutnant Pflugbeil wendet sich ab, als ihn zwei Männer auf der Treppe des Gouvernementsgebäudes nahe dem Marktplatz auf Knien um das Leben der jüdischen Bevölkerung anflehen. Ein Angehöriger des Polizeibataillons öffnet seine Hose und uriniert auf die Männer. Einige Zeit später lässt der Generalleutnant durch einen Melder ausrichten, dass ihn die Exekutionen unmittelbar unter seinem Fenster bei der Verrichtung seiner dienstlichen Obliegenheiten störten. Die Erschießungen werden daraufhin in größerer Entfernung zum Gouvernementsgebäude vorgenommen.

Immer mehr Juden werden auf die Sammelplätze getrieben, begleitet von den Rufen einiger polnischer Einwohner: »Hurra, Jud' kaputt!« Sie unterstützen die Männer der 2. Kompanie, indem sie sie auf Fluchtwege und Verstecke hinweisen. Hauptmann Behrens, Leutnant Schneider und mutmaßlich weitere Offiziere befehlen, die aufgegriffenen Juden in die Hauptsynagoge zu treiben und dort zu verbrennen. Um eine Flucht der Gefangenen zu verhindern, werden die Seitentüren der Synagoge mit Möbeln und anderem Gerät verbarrikadiert. Vor dem Gotteshaus wird ein Maschinengewehr aufgebaut, dessen Mündung zum Hauptportal zeigt. Polizisten werden in die Synagoge geschickt, um dort Benzinkanister auszuleeren. Die anwesenden Gläubigen stimmen einen choralähnlichen Gesang an. Ein Angehöriger des Polizeibataillons wirft ein Bündel entsicherter Handgranaten in den Gebetsraum. Das Portal wird verschlossen. Die Handgranaten explodieren und entzünden das Benzin. Die Synagoge gerät unmittelbar in Brand.

Zu diesem Zeitpunkt befinden sich etwa 500 Menschen in ihrem Inneren.

Die Eingeschlossenen brechen in lautes Geschrei aus. Mindestens sechs Männer drücken das Hauptportal auf und stürzen in brennenden Kleidern heraus. Sie brechen im Kugelhagel des vor dem Portal aufgestellten Maschinengewehrs zusammen. Andere versuchen, durch die Fenster zu entkommen. Mehrere Frauen strecken an den Fenstern den Polizisten ihre Kinder entgegen und flehen sie an, wenigstens diese zu verschonen. Aus der Absperrreihe um die Synagoge fallen Schüsse. Vereinzelt hört man Gelächter. Einige der Polizisten geben später an, Freude an dem Geschehen gehabt zu haben. Andere übergeben sich vor Ort. Der Geruch verbrannten Menschenfleischs liegt über dem Viertel. Selbst als nach Ablauf einer halben Stunde kein Lebenszeichen mehr aus der Synagoge dringt, wird der Beschuss fortgesetzt. Erst als Oberleutnant Buchs anordnet, dies zu unterlassen, stellen die Bataillonsangehörigen das Feuer ein. Durch die Witterung begünstigt, greifen die Flammen auf die umliegenden Häuser über. Major Weis, der erst jetzt an der Synagoge eintrifft, befiehlt, das Feuer zu löschen. Es fehlt jedoch geeignetes Gerät. Ganze Straßenzüge brennen nieder. Mehr als 1000 Menschen kommen in den Flammen um oder werden durch einstürzende Gebäudeteile erschlagen.

Am Abend stellt Generalleutnant Pflugbeil Major Weis wegen des Brandes zur Rede. Der Major ist zu diesem Zeitpunkt bereits betrunken. Auch Leutnant Heinrich Schneider ist betrunken, so sehr, dass er auf der Straße zusammenbricht. Im Gefechtsbericht gibt Weis an, dass verirrter Beschuss durch Panzerabwehrraketen das Feuer in der Synagoge verursacht habe. Hauptmann Behrens bemerkt später, dass sich seine Männer »im Kampf gegen das Judentum« gut bewährt hätten. Gesamtbilanz des Tages: annähernd 2200 ermordete Zivilisten. Fünf Tage nach Beginn des Krieges gegen die Sowjetunion ist dies das erste von Angehörigen eines Polizeibataillons verübte Massaker an der jüdischen Bevölkerung. Der Holocaust hat begonnen. Am 3. Juli wird das Bataillon in den Forst von Białowieża verlegt.

Durch die im Großdeutschen Rundfunk bekannt gegebenen Maßnahmen der Reichsregierung gegen die Sowjetunion in freudige Stimmung versetzt, mit dem festen Vorsatz, »dem Slawen gegenüber als Herrenmensch aufzutreten«, dem Mongolen, der kein Mensch ist, nicht einmal ein Feind, sondern ein Symptom des Morastes, erreichen die Polizeibataillone 316 und 322 in der Nacht vom 5. auf den 6. Juli 1941 Białystok. Kommandeur des Bataillons 322 ist Major Gottlieb Nagel, sein Adjutant Oberleutnant Josef Uhl. Das Bataillon 316 wird von Major Waldow angeführt. Am 8. Juli riegeln gegen 5 Uhr morgens sechs Offiziere und 220 Wachtmeister des Bataillons 322 einen Straßenzug des jüdischen Wohnbezirks ab. Bei den folgenden Durchsuchungen werden insgesamt 20 Lastkraftwagenladungen Lebensmittel, Kleidung, Haushaltswaren sowie ein Jagdgewehr sichergestellt. Die Polizisten erschießen 22 Personen an Ort und Stelle. Noch vor dem Abschluss der Aktion erscheint gegen 16:20 Uhr unverhofft der Reichsführer SS, Heinrich Himmler, um die Fortschritte der eingesetzten Polizeikräfte zu erörtern. Er zeigt sich enttäuscht, dass nur wenige Juden getötet worden sind. Später erklärt Himmler, dass ausnahmslos jeder Jude als Partisan anzusehen und daher zu vernichten sei. Oberstleutnant Montua präzisiert auf Befehl des HSSPF von dem Bach-Zelewski am 11. Juli, dass alle als Plünderer überführten männlichen Juden zwischen

17 und 45 Jahren sofort standrechtlich zu erschießen seien. Die Erschießungen hätten abseits von Städten, Dörfern und Verkehrswegen zu erfolgen. Die Gräber seien so einzuebnen, dass keine Wallfahrtsorte entstehen könnten. Das Fotografieren und die Zulassung von Zuschauern bei den Exekutionen seien untersagt, Exekutionen und Gräber seien nicht bekannt zu geben. Die seelische Betreuung der bei dieser Aktion beteiligten Männer hätten sich die Bataillonskommandeure und Kompaniechefs besonders angelegen sein zu lassen. Die Eindrücke des Tages seien durch Abhaltung von Kameradschaftsabenden zu verwischen.

In den Morgenstunden des 12. Juli werden sämtliche jüdische Männer im angegebenen Alter auf die Straßen getrieben, von wo aus man sie zunächst in Kolonnen zu Sammelpunkten und dann ins Sportstadion von Białystok führt. Den Männern wird mitgeteilt, dass sie ein Arbeitseinsatz erwarte. Im Stadion angekommen, müssen sie den Wachen ihre Wertsachen aushändigen und, ohne Wasser oder Nahrung zu erhalten, in der hochsommerlichen Hitze ausharren. Der Abtransport zum Exekutionsgelände, eine aufgegebene sowjetische Artilleriestellung und ehemalige Panzergräben in einem Wald- und Wiesengebiet etwa zehn bis 15 Kilometer vom Stadtzentrum entfernt, erfolgt durch die Kraftfahrzeugstaffeln beider Polizeibataillone. Angehörige der 2. Kompanie des Bataillons 316 vertiefen einen der vorhandenen Gräben, während man an einem anderen bereits mit den Erschießungen beginnt. Wer Widerstand zeigt, wird mit Gewalt von der Ladefläche gezerrt. Begleitkommandos treiben die Opfer zur Eile an, um sie nicht zur Besinnung kommen zu lassen. Sie hetzen sie in Gruppen, die der Stärke der Erschießungskommandos entsprechen, in die Gräben. Dort müssen sie sich mit dem Gesicht zur Grabenwand in einer Reihe aufstellen, in einigen Fällen auch hinlegen.

Polizisten sämtlicher Bataillone klagen zu dieser Zeit über Magenbeschwerden und Brechdurchfall. Dieses wird auf schlecht durchgebackenes Brot zurückgeführt, das zur Verpflegung der Polizeikräfte angeliefert wurde. Der Reichsführer empfiehlt den Männern, Röstbrot zu essen und auf Salzkartoffeln zu verzichten.

Angehörige der 1. Kompanie des Polizeibataillons 322, Angehörige sämtlicher Kompanien des Polizeibataillons 316 sowie Mitglieder der Sicherheitspolizei und des SD, Einsatzkommando 9, sind zur Exekution abgestellt. Befehlshaber ist Hauptmann Reinhold Jörke. Die Schüsse erfolgen aus Karabinern. Es wird auf den Hinterkopf oder Nacken der Opfer gezielt. Von Zeit zu Zeit wechseln sich die Schützen ab. Die kurze Schussdistanz von etwa fünf Metern führt zu großflächigen Verletzungen. Der zum Geradeziehen der Leichen in den Gräben abgestellte Polizist sieht blutverschmiert »wie ein Metzger« aus. HSSPF von dem Bach-Zelewski erscheint am Exekutionsort. In einer kurzen Ansprache rechtfertigt er die Aktion. Er schießt selbst auf einige Opfer, um »mit leuchtendem Beispiel« voranzugehen. Mit Eintritt der Dunkelheit werden die Exekutionen im Scheinwerferlicht der Fahrzeuge fortgesetzt, doch nimmt bei der unzureichenden Beleuchtung die Zahl der Fehlschüsse zu, so dass die Erschießungen in den späten Abendstunden abgebrochen werden. Die übrigen Juden müssen die Nacht auf den Ladeflächen der Lastkraftwagen verbringen. Im Morgengrauen werden die Exekutionen fortgesetzt. Oberstleutnant Montua befiehlt schriftlich, dass sie noch am selben Tag abgeschlossen zu sein haben. Dies erfolgt. Insgesamt werden mehr als 3000 Juden getötet, die genaue Zahl lässt sich nach dem Krieg nicht mehr feststellen. Der Munitionsverbrauch wird im Tätigkeitsbericht als »sehr hoch« angegeben.

Am 23. Juli wird das Polizeibataillon 322, nachdem es kurzzeitig die Gegend nach abgesprungenen russischen Fallschirmjägern durchkämmt hat, in den Forst von Białowieża, etwa 65 Kilometer südöstlich von Białystok, verlegt. Es trifft um 15:00 Uhr ein. Es herrschen klare Sichtverhältnisse, der Gesundheitszustand der Bataillonsangehörigen ist sehr gut.

Bereits 1934 unterrichtet Reichsminister Göring die Landesforstverwaltungen, der Kernpunkt sei, »so viel wie möglich aus dem deutschen Wald herauszuholen und allem, was er uns schenkt«. Später ergänzt er, ewiger Wald und ewiges Volk gehörten zusammen. Die geldwirtschaftliche Orientierung habe zu einer Überhandnahme naturwidriger und dem Volksempfinden fremder Nadelholzbestände geführt. Eine künftige Bewirtschaftung habe »der Waldesschönheit« zu dienen. Es seien »demgemäß Waldbilder von urwaldartigem Charakter mit buntem Wechsel der Holzarten und unregelmäßiger Verteilung der Altersgruppen zu schaffen«.

Mit einer Aufführung des *Freischütz* als Auftakt wird am 3. November 1937, dem Hubertustag, die Internationale Jagdausstellung in den Ausstellungshallen am Funkturm in Berlin eröffnet. Mehr als zwanzig Länder, das Deutsche Reich auf der größten Fläche, präsentieren unter anderem Dermoplastiken unterschiedlicher Schalen- und Federwildarten sowie aufwendig präparierte Wildschweine, Wölfe und Bären. Den Mittelpunkt der deutschen Ausstellung bildet die »Halle Hermann Göring«, die der Öffentlichkeit einen Einblick in die umfangreiche Trophäensammlung des Reichsministers erlaubt, darunter auch das Geweih des hochkapitalen Hirsches »Raufbold«, den Göring Anfang 1936 während der Schonzeit mittels Blattschuss erlegt hat.

Unter dem massigen Leib eines ausgestopften Wisents wird in der polnischen Abteilung auf mehreren Quadratmetern eine Reliefdarstellung des Urwaldes von Białowieża gezeigt. Eine Fotografie im Erinnerungsdruck *Waidwerk der Welt* zeigt den Reichsminister in Begleitung einiger Herren in nachsinnender Betrachtung vor der modellierten Landschaft verweilend. Am Rand des Reliefs liegt das in Gold gefasste Horn eines urgeschichtlichen Auerochsen. Die Reitpeitsche, mit der der Reichsminister auf die Miniaturen der im Forst von Białowieża vorkommenden Tierarten weist, ist auf der abgebildeten Fotografie retuschiert.

Der Forst von Białowieża, deutsch Bialowies, heute am östlichen Rand des Powiat Hajnowski, einem Landkreis in der Woiwodschaft Podlachien, an der polnisch-weißrussischen Grenze gelegen, ist ein Apanagegut des Zaren und dient ihm zu Jagdzwecken. Nach der Eroberung im Sommer 1915 steht das Waldgebiet mit einer ununterbrochenen Fläche von 128 000 Hektar bis zum November 1918 unter deutscher Militärforstverwaltung. Der seinerzeit ermittelte Baumbestand beziffert sich wie folgt: Kiefer, Fichte, Stieleiche, Esche, Hainbuche, Schwarzerle, Birke, Aspe, Winterlinde, Bergulme, Spitzahorn. Es fehlen: Rotbuche, Weißerle, Sommerlinde, Weißtanne, Lärche und Pappeln.

Göring, dessen bemerkenswerte Leere und Oberflächlichkeit in ideologischen Fragen die Parteiführung zunehmend verärgert, lässt der Reichskanzlei telefonisch ausrichten, die Wälder seien dem Deutschen Reich einzuverleiben, des wertvollen Holzes wegen. »Er sagt Holz und meint Hirsche«, bemerkt der Führer missgelaunt. Zu diesem Zweck sei der Wald samt Umgebung als Reichsjagdrevier auszuweisen, ein Forstamt einzurichten und die Fläche des Waldes auf 260 000 Hektar zu erweitern. Um die Geschlossenheit des Waldgebietes zu fördern, sieht Görings Befehl vor, die zahlreichen in und um das Waldgebiet verstreut liegenden Ortschaften zu zerstören und ihre Bewohner alsdann zu vertreiben oder zu ermorden.

Görings »Sonderauftrag zwecks Befriedung und Evakuierung des Urwaldes Bialowies« beendet den Fronteinsatz Walter Freverts, Oberforstmeister sämtlicher Forstämter der Rominter Heide. In Begleitung des Oberstjägermeisters Ulrich Scherping, stellvertretender Reichsjägermeister, Leiter des Reichsjagdamtes in Berlin, begibt sich Frevert nach Białowieża und nimmt Quartier im ehemaligen Jagdschloss des Zaren. Rund um den Wald »drängen sich, nur den Ratten in Schmutz und Aussehen vergleichbar, die Juden, in ihrer übelsten, verkommensten Form, die Geruchsnerven störend, soweit sie noch nicht zu Arbeitskommandos zusammengefasst und nutzbringend eingesetzt sind. Die Zahl der notorischen Verbrecher, die sich als Bandenführer und Wilderer einen guten Namen gemacht haben, ist groß.« Es wird noch Wochen dauern, bis an diesem Ort Ordnung und gute Waldesluft geschaffen sein werden.

Zur Räumung der Walddörfer besitzen Frevert und Scherping Anordnungsbefugnis gegenüber den stationierten Truppenteilen und Polizeikräften. Scherping weist Major Nagel, Kommandeur des Polizeibataillons 322, an, sämtliche Einwohner fortzuschaffen und die verlassenen Ortschaften niederzubrennen. Das Bataillon erhält zudem Listen von Personen, »bei denen es sich um Partisanen, der Partisanentätigkeit Verdächtige« oder um Personen handeln soll, »die die Bevölkerung zum Widerstand gegen die deutsche Besatzung aufzuwiegeln« versuchen. Major Nagel gibt Befehl, sie festzunehmen und zu erschießen. Die 3. Kompanie durchsucht 26 Orte nach »Banden, Wilderern und Personen, die kommunistischer Umtriebe beschuldigt wurden«. Hierbei werden »sechs Weißrussinnen, 87 Weißrussen, drei Polinnen und 45 Polen« erschossen. Judenfressen, die unter der Wirkung der Projektile ihr mongolisches Profil einbüßen. Außerhalb von Białowieża nehmen Angehörige der 3. Kompanie eine Frau und fünfzehn, möglicherweise sechzehn Männer fest, bringen sie zu einer Waldlichtung und erschießen sie dort. Sechs weitere Männer und eine junge Frau, die man der Spionage verdächtigt, werden in einer Mulde erschossen. Der Ablauf der Räumungsmaßnahmen ist stets derselbe: Die zur Evakuierung bestimmten Dörfer werden eingekesselt, die Bewohner zusammengefasst, in östlicher Richtung abgefertigt und nach wenigen Kilometern sich selbst überlassen. Auf die Frage, was mit den vertriebenen Einwohnern zu geschehen habe, erklärt Frevert, das Schicksal der Dorfbevölkerung gehe ihn nichts an. Sein Auftrag lautet, sich des Wildes anzunehmen, die Trophäenhege des Schalenwilds und die Blutauffrischung des Niederwilds zu besorgen und die Aufartung der Geschöpfe dieses »landschaftlich und jagdlich einzigartigen Gebietes« voranzutreiben, »um den triebhaften Neigungen des wehrhaften deutschen Mannes Folge zu leisten«. Bevor die Dörfer niedergebrannt werden, wird das Vieh der Bewohner zusammengetrieben. Bis Ende Juli belaufen sich die Zahlen auf »663 Pferde, 22 Fohlen, 7 Ochsen, 280 Kühe, 454 Kälber, 1514 Schweine, 978 Ferkel, 1939 Schafe und anderes mehr«, darunter eine unbekannte Zahl beschlagnahmter Hühner. Es ist schwül, teilweise bewölkt, der Gesundheitszustand des Bataillons ist zufriedenstellend.

Am 31. Juli 1941 beauftragt Reichsminister Göring Obergruppenführer Heydrich, Leiter des RSHA, die »Gesamtlösung der Judenfrage« vorzubereiten und zu koordinieren.

Heydrich verlangt, die schriftliche Ausfertigung des Befehls zu erhalten. »In Ergänzung der Ihnen bereits mit Erlass vom 24.1.39 übertragenen Aufgabe, die Judenfrage in Form der Auswanderung oder Evakuierung einer den Zeitverhältnissen entsprechend möglichst günstigsten Lösung zuzuführen, beauftrage ich Sie hiermit, alle erforderlichen Vorbereitungen in organisatorischer, sachlicher und materieller Hinsicht zu treffen für eine Gesamtlösung der Judenfrage im deutschen Einflussgebiet in Europa. Soferne hierbei die Zuständigkeiten anderer Zentralinstanzen berührt werden, sind diese zu beteiligen. Ich beauftrage Sie weiter, mir in Bälde einen Gesamtentwurf über die organisatorischen, sachlichen und materiellen Vorausmaßnahmen zur Durchführung der angestrebten Endlösung der Judenfrage vorzulegen.«

Am 2. August exekutiert die 1. Kompanie des Polizeibataillons 322 im Rahmen einer »Befriedungsaufgabe« 72 Personen, denen Anzettelung eines Streiks im Sägewerk von Gródek vorgeworfen wird.

Um seinem Schutzauftrag nachzukommen, lässt Oberforstmeister Frevert den Holzeinschlag im Waldgebiet drastisch reduzieren. Der stellvertretende Reichsjägermeister Scherping schreibt hierzu: »Die, die nach uns kommen, werden das Kerngebiet des Urwaldes in seiner Ursprünglichkeit sehen, und ich glaube nicht, dass es auch nur einen mit der Natur wirklich verbundenen deutschen Menschen geben wird, der nicht tief berührt sein wird von der Majestät dieses gewaltigen Domes.« Zur Hege des Wildes werden Sesamkuchen ausgelegt. Sie sind besonders reichhaltig an Calcium, Phosphor, Proteinen und Fetten. Frevert verspricht sich, durch diese Art der Fütterung besonders mächtige Geweihe zu erzielen.

Am 10. August herrscht Sonntagsruhe. Die Strecke ist

gemeldet, die erlegten Geschöpfe sind verblasen, und die 3. Kompanie liquidiert 77 Juden im Alter zwischen 16 und 45 Jahren bei klaren, guten Sichtverhältnissen. Sie müssen sich mit dem Gesicht auf die Erde legen und werden an Ort und Stelle erschossen.

Bereits 1933, über 300 Jahre nachdem die letzte arische Kuh in den polnischen Wäldern gewildert worden ist, treffen Hermann Göring und Dr. Lutz Heck anlässlich der jährlichen Abwurfstangenschau in der Schorfheide aufeinander. Seit den zwanziger Jahren stellt Heck, inzwischen Leiter des Berliner Zoologischen Gartens, gemeinsam mit seinem Bruder Heinz, dem Leiter des Münchner Tierparks Hellabrunn, Versuche zur »Wiedererstehung des Auerochsen« an. Es sei falsch, »dass der Auerochse ausgestorben sei. Kein Lebewesen ist ausgestorben, dessen lebendige Erbmasse noch vorhanden ist.« Heck ist überzeugt: »Das herrliche Wildtier lebt in den Trägern seiner Erbmasse fort.« Es komme nur darauf an, mit der kundigen Hand des Züchters das in verschiedenen Rinderrassen verstreute Erbgut wieder zu vereinigen.

Auf Korsika findet Lutz Heck in einem Bergdorf Rinder, die ihm beim ersten Anblick »förmlich einen Schlag versetzen – das ist ja mein Auerochs!« Er paart die Tiere mit südfranzösischen und spanischen Kampfrindern. Sein Bruder Heinz setzt auf ungarische Steppenrinder. Er kreuzt sie mit Tieren aus der ukrainischen Steppe und mit schottischen Hochlandkühen. Nach gut zehn Jahren scheint der Versuch geglückt. »Der Auer oder Ur ist seiner Gestalt nach wiedererstanden«, verkündet Lutz Heck. Die Tiere in den Zoos von Berlin und München tragen geschwungene Hörner und einen Aalstrich auf dem Rücken. Allerdings sind sie erheblich kleiner als der ursprüngliche Auerochse. Sie haben kürzere Beine, einen kleineren Schädel, und im Winter muss zugefüttert werden.

Im Herbst 1938 machen sich mehrere Lastwagen auf den Weg in die Rominter Heide. In einem abgesperrten Waldstück werden riesige Kisten abgeladen, geöffnet und »heraus stürmen die ersten Auerochsen der Neuzeit«. Heck ist begeistert: »Dicht vor uns stand der riesige Bulle, wilden Blickes und hocherhobenen Hauptes, mit drohenden Hörnern, deren Spitzen im Waldesgrün aufleuchteten.« Der germanische Urstier, »an Kraft dem Nashorn gleichgestellt«, werde wieder »in deutschen Wäldern umherziehen«, dort, wo die germanische Rasse einst geformt wurde, mit blauen Augen und kupferfarbenem Haar, in der Erscheinung mächtig.

In Białowieża, im Osten, dem »heiß ersehnten Siedlungsgebiet«, wie Heck es bezeichnet, sollen nun ebenfalls Heckrinder ausgewildert werden. Eine jagdliche Herausforderung für die Herren, sobald der Wald judenfrei sein wird, das Fleisch ist hervorragend, ein Geschmack zwischen Rind und Hirsch. Kaum Fett. Wenig Cholesterol.

Oberforstmeister Frevert schreibt an seine Verlobte: »Endlich mal ein beschaulicher Tag. Sonntag. Die anderen sind auf Entenjagd gegangen, und ich habe gestreikt, um mal Ruhe zu haben und beschaulich an dich denken zu können. Zunächst habe ich ausgeschlafen bis ½ 9 Uhr, dann habe ich herrlich gebadet im sybaritisch eingerichteten Kachelbad, dann habe ich gut gefrühstückt – 2 gekochte Eier – und nun sitze ich in dem von dir so sehr geliebten weißen Rock.« Und weiter: »Das Polizeibataillon kommt nun bestimmt Mittwoch an, und dann geht es mit Volldampf an das Evakuieren. Ich hoffe bis zur Brunft mit dieser schrecklichen Arbeit fertig zu sein. Auch mit dem Erschießen sind wir dann hoffentlich zu Ende.« Schließlich: »Nicht lange auch und die Hirsche schreien, und wenn die Brunft zu Ende ist, dann dauert es auch nicht mehr lange, bis wir endlich heiraten können, und dann werde ich endlich innerlich zur Ruhe kommen.« Die Hochzeit findet am 11. November 1941 statt. Frevert ist zu diesem Zeitpunkt an einer Entzündung des Trigeminus erkrankt, eines Gesichtsnervs, der in Berlin operiert werden muss. Obwohl dienstunfähig und bis Ende 1941 von seinen forstlichen Pflichten entbunden, reist er mehrfach nach Białowieża, um dort Hauptschweine zu jagen. Darunter ein Tier, »wie ein Elefant so groß, nein, wie ein Möbelwagen! Es war der stärkste Keiler, der seit langen Jahren in der dortigen Gegend gestreckt war.« Im März 1942 ist Frevert wieder diensttauglich und teilt mit, dass sich »leider immer noch Partisanen und sonstige Banditen in großer Zahl« im Waldgebiet aufhalten würden. Ihre Strecke sei »ganz erheblich größer als an allem Wild«.

Im April 1943 erklärt Frevert, das Dorf Laski habe »seit Oktober 1942 einer Bande von 110 Mann, die sich etwa zweieinhalb Kilometer von Laski entfernt im Urwald den ganzen Winter aufgehalten hatte, laufend Wäsche gewaschen, Brot gebacken und jede Annäherung von Soldaten sofort den Banditen gemeldet. Die Banditen sind häufig mit Musikinstrumenten ins Dorf gegangen und haben hier mit den Einwohnern Feste gefeiert. Nicht einer von der Bevölkerung Laskis hat die Anwesenheit der Banditen der deutschen Wehrmacht gemeldet. Der SS- und Polizeiführer für den Bezirk hat daher die Vernichtung sämtlicher Einwohner von Laski angeordnet. Das Jägersonderkommando hat den Ort zu umstellen, die Erschießung wird von der 2. Kompanie des 34. Polizeischützenregimentes durchgeführt.« Am 4. Mai 1943 wird das Dorf niedergebrannt, und sämtliche

207 Bewohner werden erschossen. Auf den Vorwurf, das Vorgehen gegen die Bevölkerung züchte mit Sicherheit Partisanen im Rücken der kämpfenden Truppe, erwidert Frevert, er könne »den ihm von Göring persönlich erteilten Auftrag nur ausführen, solange im Gebiet von Bialowies das Chaos herrscht«. Dies sei als Hege mit der Büchse aufzufassen.

1945 muss Frevert »diese uralte Landschaft, diese unendliche Einsamkeit, diese schwermütig machende Weite des östlichen Sumpfwaldes« verlassen. Ein letztes Mal fühlt er »die Unendlichkeit der Zeit, in der tausend Jahre nichts sind«, an diesem Ort, an dem »der Mensch mit all seiner Qual noch nicht als Zerstörer und Verwüster aufgetreten« ist.

Mit diversen Persilscheinen versorgt, die ihm eine »stets korrekte und einwandfreie« Kampfführung attestieren, »wie es von Leuten der grünen Farbe nicht anders zu erwarten« sei, wird Frevert, der von sich selbst behaupten kann, auch in der größten Notzeit in seinem Verhalten und in seiner Haltung niemals Niveau verloren zu haben, acht Jahre nach Kriegsende Leiter des Forstamtes Kaltenbronn bei Gernsbach im Landkreis Rastatt.

Doch scheinen ihn »die dunklen und die schwarzen Steine aus dem Lebensmosaik« zu bedrücken. Am Abend des 30. Juli 1962 begibt er sich mit seiner Schweißhündin Blanka, nachdem er vom Hochsitz aus ein Stück Wild beschossen hat, auf Nachsuche, bei der er »in dem sehr dichten Gestrüpp oder auf dem recht unebenen Boden, vielleicht auch durch starkes und ruckartiges Ziehen des am langen Riemen geführten Schweißhundes, zu Fall kam, wobei irgendwelche dürren Fichtenäste mit dem Abzug in Verbindung kamen und so den Schuss auslösten«, wie in einem Bericht des Forstamtes Kaltenbronn festgehalten wird. Die ermittelnde Staatsanwaltschaft kommt hingegen zu dem Schluss, dass »die gesamten Umstände, insbesondere auch die Lage des Toten und der Waffe«, für eine Selbsttötung sprechen. Ein von Frevert beschossenes Schalenwild wird nicht gefunden.

Sämtliche Verfahren gegen die beteiligten Polizeibediensteten des Bataillons 322, anhängig bei den Landgerichten in Stuttgart, Freiburg und Darmstadt, werden entweder eingestellt oder enden mit der Feststellung eines Befehlsnotstands in Freisprüchen. Die Freiburger Staatsanwaltschaft äußert in ihrem Plädoyer, sie glaube kaum, dass es möglich sei, das Ausmaß der schweren Schuld und Sühne, das hier vorliege, voll zu erfassen. »Wie viel Tränen sind hier vergossen worden, wie viel Todesnöte mussten ausgestanden werden und welche seelischen Schmerzen mussten erlitten werden, bis das grausige Vernichtungswerk vollendet war und die sterblichen Überreste Tausender Menschen in großen Massengräbern in der Erde Russlands ruhten.« Wer im Einzelnen dieses »grausige Vernichtungswerk« vollendet hat, lässt sich nach Ansicht der Staatsanwaltschaft allerdings nicht mehr ermitteln. Der Strafverteidiger Josef Uhls versteigt sich in seinem Plädoyer zu der Behauptung, sein Mandant sei zum Opfer der staatsanwaltlichen Ermittlungen geworden. Er räumt allerdings ein, dass, sofern das Verfahren dazu beigetragen habe, dass dem »Herrgott seine Liebsten« – gemeint sind die Ermordeten – in Zukunft nicht so massenhaft zugeführt würden, sich das »ungeheure Opfer« seines Mandanten, die zweieinhalbjährige Untersuchungshaft, gelohnt habe. Der Bundesgerichtshof lehnt eine Revision des Verfahrens vor dem Landgericht Freiburg ab, die Zubilligung des Befehlsnotstandes sei »nicht zu beanstanden«. Bis heute ist kein Fall dokumentiert, in dem die Weigerung, einen verbrecherischen Befehl auszuführen, eine im Sinne der gesetzlichen Bestimmungen objektiv drohende Gefahr für Leib und Leben des Befehlsempfängers mit sich gebracht hätte.

Im Frühjahr 1965 taucht in Prag das bis dahin verschollen geglaubte Kriegstagebuch des Polizeibataillons 322 auf, geführt von Oberleutnant Josef Uhl, Adjutant des Bataillonskommandeurs Oberstleutnant Gottlieb Nagel. Die Aufzeichnungen beginnen am 10. Juni 1941 und enden am 26. Mai 1942. Den Eintragungen zufolge wurden vom Bataillon in 234 Einzelfällen Erschießungen durchgeführt, denen insgesamt etwa 11 000 Menschen zum Opfer fielen, darunter mehr als 9000 Juden – Männer, Frauen und Kinder –, 82 wiederaufgegriffene russische Kriegsgefangene, 74 russische Soldaten, die als »Freischärler« galten, und 230 russische Soldaten, die als Partisanen verdächtigt wurden. »Bei den übrigen Getöteten handelte es sich um nichtjüdische Zivilisten, die wegen ›kommunistischer Umtriebe‹ umgebracht wurden, sowie neun ›partisanenverdächtige Frauen‹«, wie ein großes Hamburger Nachrichtenmagazin 1986 subsumiert. Insgesamt wurden im Bezirk Białystok bis zur Befreiung durch die Rote Armee am 27. Juli 1944 etwa 72 000 Polen und 210 000 Juden umgebracht. Letzter regulärer Eintrag im Kriegstagebuch: »19.5.1942. Das Bataillon verlässt nach reibungslos vor sich gegangener Verladung und Verabschiedung der im Einsatz verbleibenden Ka.-Staffel durch den Bataillons-Kommandeur bei schönstem Wetter um 13:15 Uhr in geschlossenem Eisenbahntransport den Bahnhof Krasny-Bor bei Smolensk und beendet hiermit seinen tapferen Einsatz in Russland im Kriege gegen die Sowjetunion. Abrückstärke: 20 Offiziere, 442 Unterführer und Mannschaften.« Unter dem »Schluss-

Vermerk« ist die Richtigkeit und Vollständigkeit der Eintragungen bestätigt: »Nagel, Oberstleutnant der Schutzpolizei und Bataillonskommandeur, Hohenlütte b. Kattowitz O/s, den 26.5.1942«

Hochachtungsvoll Paul

Elf

52° 33' 53" N, 4° 43' 1" O

Das Land verschwieg sich im Nebel. Die Autobahn führte ins Nichts. Paul schien zu frieren. Seit sie in den Niederlanden waren, hatte er sich in seinen Schlafsack gewickelt und starrte mit klappernden Zähnen in den Dunst. Drei Stunden zuvor hatte er die Aufzeichnungen über den Terror der Polizeibataillone im Forst von Białowieża achtlos und ungeordnet in seine Zetteltüten gestopft und die Büroklammern hinterhergeworfen. Er schien dem Grauen keine Bedeutung mehr beizumessen.

Als sich nach dem Verschwinden ihrer Mutter erster Flaum auf seiner Oberlippe bemerkbar gemacht hatte, hatte Paul ihn mit einem Messer abgeschabt. Die wenigen Schamhaare hatte er mit einer Pinzette herausgerissen, um die Haarwurzeln zu zerstören. Er hatte sich verboten, jemals Pickel zu bekommen. Auf der Suche nach etwas, das größer war als er, hatte er sich damit begnügt, sich auf geraden Linien fortzubewegen. Er hatte in ein Leben eingewilligt, das ohne Wörter auf Zetteln leer war. Er hatte sich niemandem zugemutet. Er hatte sich zu helfen gewusst. Doch nun schien Paul nicht mehr zu können.

Johann verspürte eine dumpfe Angst vor dem, was kommen würde. Nichts bot Orientierung. Nichts gab Halt. Paul hatte ein Leben an der Grenze zum Leben geführt, auf

Schmugglerpfaden, die nur er kannte. Auf seine Karten würde künftig kein Verlass sein.

Einige Nächte zuvor hatte Paul ihm anvertraut, woher die kreisrunde Verbrennungsnarbe auf seinem linken Handrücken stammte. Kurz nachdem Johann fortgegangen war, hatte Martin Paul mit einem glühenden Zigarettenanzünder bedroht und ihn gezwungen, etwas zu sagen. Paul hatte sich ihm widersetzt.

Paul griff nach Johanns rechtem Arm. Oberhalb des Handgelenks machte er ein Zeichen, eine Linie, die eine Wellenlinie im rechten Winkel kreuzte. Das Zeichen bedeutete »Verzeih mir« und zugleich »Ich werde es nicht vergessen«. Johann antwortete mit einem Zeichen, das er auch früher nur selten benutzt hatte. Zwei parallele Linien auf Pauls linkem Handrücken. Das Zeichen bedeutete »Bruder«.

52° 42' 5" N, 4° 41' 33" O

– Ich wollte genügen.

– Es heißt S-ch-oorl. Du musst nach dem S fauchen.

Johann parkte den Wagen auf einem Parkplatz. Schoorl war ein Touristenort. An der Hauptstraße lagen einige kleine Hotels, ein paar Restaurants, eine Nachtbar und eine Diskothek in einer ehemaligen Autowerkstatt. Es gab Geschäfte, in denen man Bademode kaufen konnte, Strandspielzeug und nutzlose Andenken. Andere Geschäfte boten Postkarten an, Urlaubslektüre und ebenfalls nutzlose Andenken. Es gab Buden für Backfisch und Buden für Softeis. Am Ende der Straße befand sich ein Supermarkt.

– Wir müssten etwas Vogelfutter kaufen.

Paul hatte die Nachricht in winzigen Buchstaben auf eine Klebenotiz geschrieben und sie aufs Lenkrad gepappt. Er gab Johann ein Zeichen, ihm zu folgen. Er führte ihn ums Auto zum Kofferraum und öffnete die Klappe. Zwischen seinem Wanderrucksack und Johanns Rollkoffer hockte in einem zerzausten Nest aus Mull, Dreieckstüchern und Heftpflaster ein Mastküken und piepte leise vor sich hin.

»Oh. Mein. Gott«, sagte Johann. Dann fing er an zu lachen. »Du hast den Arsch so offen, dass es reinweht.«

– Du bist nicht böse?, schrieb Paul auf den Wunderblock.

»Doch, natürlich bin ich böse.« Johann lachte noch immer. Das Küken sah ihn verwundert an. Langsam öffnete es den Schnabel, als ob es gähnte. »Wir haben es geweckt. Es ist wahrscheinlich müde. Die lange Fahrt und so, das ganze Geschaukel. Hat es überhaupt einen Namen?«

– Ja, ich dachte, ich nenne es Isi. Sollte sich herausstellen, dass es ein männliches Küken ist, wäre dies die Kurzform für Isidor.

»Zum Glück kann es nicht fliegen.«

– Doch. Ein bisschen schon. Auf einen Busch würde es Isi schon schaffen.

»Und wenn es Hunger hat? Was frisst so ein Küken?«

– Mal sehen, was sie hier so haben, schrieb Paul.

Während Johann dem Vogel mit zwei Fingern den Nacken kraulte, kaufte Paul im Supermarkt am Ende der Straße eine Packung Haferflocken, eine Packung Sonnenblumenkerne und eine Tüte mit Äpfeln. In einem Geschäft für nutzlose Andenken besorgte er sich eine gelbe Kinderschaufel. Dann stiegen sie zu dritt in die Dünen.

Zunächst durchquerten sie einen dichten Kiefernwald, und Johann glaubte sich an den Beginn ihrer Reise zurückversetzt. Doch nach einer Weile lichtete sich das Gelände und gab den Blick auf eine sanft abfallende Hügellandschaft frei. Moose überwuchsen den Sand, Binsen, Disteln und Löffelkräuter, Strandhafer und Silbergras. In den Senken hatte das Brackwasser Teiche entstehen lassen. Der Mohn leuchtete rot, der Klee blühte üppig, Heide bedeckte die Anhöhe. Johann stellte Pauls Zetteltüten ins Kraut und seufzte. »Endlich.«

Paul hatte das Küken unter seinem Pullover getragen. Nun setzte er es behutsam in den Sand. Isi fing sofort an zu picken. Paul streute Sonnenblumenkerne und Haferflocken aus und pflückte ein paar Kleeblüten. Er hockte sich auf einen abgestorbenen Ast und schnitt mit seinem Multitool einen Apfel in kleine Stücke. Johann stieß die Kinderschaufel in den Sand. Er drängte sich zu Paul auf den Ast und glättete die Obsttüte in seinem Schoß.

»Wie alt wird so ein Küken?«

– Hähne können bis zu zwölf Jahre alt werden, schrieb Paul an den Rand der Tüte.

– Aber Isi ist ein bisschen überzüchtet.

»Ein Hahn wird so alt wie ein Hund?«

– Es gibt Hunde, die älter werden.

»Und wo willst du Isi die nächsten zwölf Jahre halten?«

– Ich habe einen Kollegen in der Bibliothek mit Garten am Stadtrand. Er ist SPD-Mitglied.

»Und das macht ihn zum Hühnerzüchter?«

– Naja, schrieb Paul, sie können ja nicht alle Nazis sein.

Er warf dem Küken einige Apfelstückchen zu. Das Küken pickte sie auf und schleuderte sie durch die Gegend. Schließlich spreizte es seinen rechten Flügel und streckte dabei sein rechtes Bein.

– Ich glaube, Isidor fühlt sich wohl. Er sollte Sand essen. Das ist gut für seine Verdauung.

Wie zur Bestätigung kackte das Küken in die Düne. Sie sahen dem Vogel zu und aßen etwas von seinem Obstvorrat.

»In ein paar Jahren wird es das alles nicht mehr geben«, sagte Johann und warf Isi ein Stück Apfel vor den Schnabel. »Dann kommt der Smoothie aus dem Drucker. Macht aber nichts, denn unser Stoffwechsel wird dann längst von selbstdenkenden Nano-Bots reguliert, während wir ausreichend Zeit haben, mithilfe von Mikrochips zu kommunizieren, die in unseren Frontallappen implantiert sind und von unseren Gedanken stimuliert werden.«

– Das ist wirklich wahnsinnig interessant, schrieb Paul auf die Rückseite der Obsttüte.

– Aber könntest du vielleicht ein bisschen auf Isidor aufpassen? Ich habe was zu tun.

Er zog die Kinderschaufel aus dem Sand und verschwand in einer Mulde.

Johann legte sich zu dem Küken, das unentwegt piepend über die Moosbuckel hüpfte, und schloss die Augen. Er dachte an Lukas, wehmütiger, als er erwartet hatte. Er erinnerte sich an ihn wie an eine Figur aus einem Liebesfilm. Aus dem Umstand, dass ihn die zahllosen Klischees, die ihm einfielen, nicht deprimierten, schloss er, dass er Lukas noch immer liebte. Er würde es ihm sagen müssen. Britta würde ihn ermahnen, sich nicht selbst zu vergessen, und der eine Ralf würde ihm vorschlagen, das Liebesgeständnis vorher einzuüben. Johann presste seine Hand auf seine Augen und erzeugte ein Muster auf der Innenseite seiner Lider. Es krümmte sich zu einem Möbiusband.

Paul scheuchte Isi in die Mulde. Er griff nach den sieben Zetteltüten und gab Johann ein Zeichen, ihm zu folgen. In der Mitte der Mulde hatte er eine Grube ausgehoben. Sie maß ungefähr einen halben Meter in der Breite, war etwa einen Meter lang und einen halben Meter tief. Die Kinderschaufel steckte noch im Sand. Paul lächelte. Es war kein Butterlächeln, es glich vielmehr dem unerbittlichen Lächeln von Johanns Kinderpuppe Cordula. Paul griff nach den Zetteltüten, stellte sie der Reihe nach in die Grube, zog die Schaufel aus dem Sand und schippte die Grube zu. Schnaufend stampfte er den Sand fest. Als Paul ihn schließlich umarmte, glaubte Johann, wie zur Begrüßung vor dreizehn Tagen, unter Pauls Haut seine Knochen hören zu können. Sein Bruder wuchs noch immer. Das Küken hüpfte zwischen ihren Füßen hindurch und piepte ausgiebig. »Isi hält die Grabpredigt«, flüsterte Johann in Pauls Ohr. Er bückte sich und vergrub neben den Zetteltüten seine Fensterglasbrille.

Als sich endlich das Meer zwischen den Dünen zeigte, zog Johann seine Schuhe aus und rannte hinunter zum Strand.

Er krempelte die Hosenbeine hoch und sprang über die schäumenden Wellen. Er sammelte wahllos Muscheln, ein von der Strömung geschliffenes Stück Holz und etwas, das er für das Bein eines Krebses hielt. Er jagte Möwen. Er nahm mehrere Sandproben und transportierte sie in weggeworfenen Zigarettenpackungen, die er aus einem Papierkorb gefischt hatte. Er schleuderte gestrandete Quallen ins Meer zurück, grub einen sinnlosen Graben, machte einem Kind Komplimente für seine mickrige Kleckerburg und schrieb Zeichen in den Sand. Das Licht des Nachmittags trieb wie Splitter auf dem Wasser.

Paul übte am Fuß der Dünen Handstand. Johann präsentierte ihm das gesammelte Strandgut in Alliterationen. »Fossile Fundstücke. Fadenförmige Fabelwesen. Feine Fauna.«

– Hör auf zu schnauben, schrieb Paul auf den Wunderblock.

– Du weckst das Küken.

Isi hockte etwas abseits in einer Kuhle und hatte den Schnabel unter den Stummel seines Flügels gesteckt. Johann ließ sich neben Paul in den Sand fallen und schmückte den Rand der Kuhle mit Muscheln aus seinem Fund.

»Leider habe ich keinen Seestern entdeckt«, sagte er.

– Seesterne kann man unters Hühnerfutter mischen, schrieb Paul.

»Muscheln auch. Man muss sie aber zu Schrot zermahlen.«

– Ja, schrieb Paul, gut für die Eier.

Er zeichnete einen Seestern auf den Wunderblock und löschte ihn wieder. Am Horizont flackerten vereinzelt Lichter auf.

– Seit 1941 ist den Juden der Strand verboten. Die Deutschen fürchten, sie könnten den Engländern Zeichen geben. Das Lager, ein Durchgangslager, haben die Deutschen von der niederländischen Armee übernommen, ein paar Holzbaracken in den Dünen. Bis September 1941 werden von hier Häftlinge nach Buchenwald deportiert, nach Mauthausen und in die Tötungsanstalt Hartheim bei Linz. Trotzdem ist es schön hier. Schöner, als ich gedacht habe. Zum Glück sind seit einigen Jahren ein paar der Dünen hinter uns wieder Wanderdünen.

»Warum zum Glück?«, fragte Johann.

– Sie lassen sich nicht kartieren, schrieb Paul auf das Zelluloid und warf den Wunderblock in den Sand.

Johann nahm Pauls rechte Hand, klopfte auf den Knöchel des Mittelfingers und zählte bis sieben: yksi, kaksi, kolme, neljä, viisi, kuusi, seitsemän.

52° 44' 14" N, 4° 38' 20" O

In der Nacht setzte Paul das Küken unter einen Busch. Sie warteten, bis es eingeschlafen war, dann wickelten sie sich in einer Kuhle in ihre Schlafsäcke, und Johann erzählte ihre Lieblingsstrandgeschichte, die Lebensgeschichte der nonkonformistischen Krabbe Konrad von Stolzenburg.

Konrad war es leid gewesen, ewig seitwärts gehen zu müssen. Er hatte sich, von den anderen unbemerkt, in den Dünen den Vorwärtsgang in drei verschiedenen Geschwindigkeiten beigebracht. Als er auch einige Schritte im Rückwärtsgang beherrschte, schmückte er seinen Panzer mit Seetang und lud die Krabben zu einer Feier an den Strand, um seine Fähigkeiten zu präsentieren. Doch statt des erwarteten Erfolgs pfiffen ihn die Krabben aus. Sie bezichtigten ihn aufrührerischer Umtriebe. Sie beriefen eine Sitzung ein und kamen zu dem Schluss, den Umstürzler von Stolzenburg aus der Gemeinschaft der Krabben auszuschließen und ihn vom heimatlichen Strand zu vertreiben. Weinend verbrachte Konrad die nächsten Wochen einsam in den Dünen. Doch schließlich rettete ihn sein Eigensinn. Während er eines Tages den Rückwärtsgang in hoher Geschwindigkeit praktizierte, griffen die Möwen die Krabben auf dem Strand an und zerhackten ihnen mit ihren spitzen Schnäbeln die Panzer. Nur Konrad blieb verschont. Aus Dankbarkeit gründete er einige Monate später einen Sportverein für Krabben mit unbezwingbarem Bewegungsdrang und erklärte sich mangels Mitgliedern zum Vorsitzenden, zweiten Vorsitzenden und Kassenwart des Vereins.

Mit dumpfem Rauschen brandete die Flut ans Land. Johann leckte sich das Salz von den Lippen.

»Sagst du mir noch einmal, wie Gunni ausgesehen hat?«, flüsterte er in Pauls Ohr.

Paul schaltete die Stirnlampe an, legte sich den Wunderblock in den Schoß und begann zu schreiben.

Verwendete Quellen

Wolfgang Curilla: *Die deutsche Ordnungspolizei und der Holocaust im Baltikum und in Weißrussland 1941-1944*. Paderborn: Ferdinand Schöningh 2006; Wolfgang Curilla: *Der Judenmord in Polen und die deutsche Ordnungspolizei 1939-1945*. Paderborn: Ferdinand Schöningh 2011; Andreas Gautschi: *Der Reichsjägermeister. Fakten und Legenden um Hermann Göring*. Melsungen: Neumann-Neudamm 2009; Andreas Gautschi: *Walter Frevert. Eines Weidmanns Wechsel und Wege*. Melsungen: Neumann-Neudamm 2005; Eberhard Kolb: *Bergen-Belsen. Geschichte des »Aufenthaltslagers« 1943-1945*. Göttingen: LIT 2011; Angelika Königseder, Juliane Wetzel: *Lebensmut im Wartesaal. Die jüdischen DPs (Displaced Persons) im Nachkriegsdeutschland*. Frankfurt: Fischer 2005; Raphael Ben Nescher (Hg.): *Götzen. Die Autobiografie von Adolf Eichmann*. Berlin: Metropol Verlag 2016; Werner Renz (Hg.): *Interessen um Eichmann. Israelische Justiz, deutsche Strafverfolgung und alte Kameradschaften*. Frankfurt: Campus 2012; Andrea Röpke, Andreas Speit: *Völkische Landnahme. Alte Sippen, junge Siedler, rechte Ökos*. Berlin: Ch. Links 2019; Werner Sollors: *The Temptation of Despair. Tales of the 1940s*. Cambridge: Harvard University Press 2014; Bettina Stangneth: *Eichmann vor Jerusalem*. Hamburg: Arche 2011; Hetty Verolme: *Wir Kinder von Bergen-Belsen*. Weinheim: Beltz 2005; Nikolaus Wachsmann: *KL. Die Geschichte der nationalsozialistischen Konzentrationslager*. München: Siedler 2016; Alexandra-Eileen Wenck: *Zwischen Menschenhandel und »Endlösung«. Das Konzentrationslager Bergen-Belsen*. Paderborn: Ferdinand Schöningh 2000; und andere.